大风起兮云飞扬

周啸天 著

四川人民出版社

图书在版编目（CIP）数据

大风起兮云飞扬 / 周啸天著. -- 成都：四川人民
出版社，2025.1. -- ISBN 978-7-220-13806-5

Ⅰ. I207.2

中国国家版本馆 CIP 数据核字第 20245VC574 号

DAFENG QIXI YUNFEIYANG

大风起兮云飞扬

周啸天 著

责任编辑	刘姣娇
封面设计	张 科
版式设计	张迪茗
责任校对	刘 静
责任印制	周 奇

出版发行	四川人民出版社（成都三色路 238 号）
网　址	http://www.scpph.com
E-mail	scrmcbs@sina.com
新浪微博	@四川人民出版社
微信公众号	四川人民出版社
发行部业务电话	（028）86361653　86361656
防盗版举报电话	（028）86361653
照　排	四川胜翔数码印务设计有限公司
印　刷	四川机投印务有限公司
成品尺寸	145mm×210mm
印　张	12.5
字　数	350 千
版　次	2025 年 1 月第 1 版
印　次	2025 年 1 月第 1 次印刷
书　号	ISBN 978-7-220-13806-5
定　价	68.00 元

凡例

一、本书性质为中国传统诗词歌赋之历代名篇赏析，分为《大风起兮云飞扬》《江畔何人初见月》《忽如一夜春风来》《此情可待成追忆》《一江春水向东流》《只留清气满乾坤》六册。

二、全书析文累计一千三百余篇。为读者便携、便览计，每册分量大致相当。作品排列，大体上以时代先后为序，并附作者小传。

三、《大风起兮云飞扬》含"诗经楚辞""八代诗赋"；《只留清气满乾坤》含"元明清诗词曲""近现代诗词"；"唐宋诗词"为全书重点，居十分之七，累计析文九百六十篇，故《大风起兮云飞扬》《江畔何人初见月》《忽如一夜春风来》《此情可待成追忆》《一江春水向东流》《只留清气满乾坤》六册皆有收录。

序

文学研究最基础的工作，是对具体文学作品的阅读。而对于一篇具体文学作品的阅读，实包含着三个要素：一，文本解读。二，艺术分析。三，审美判断。

首先，我们要读懂作者在"说什么"。这就是"文本解读"。文本解读有两种不同的定位："作者定位"与"读者定位"。所谓"作者定位"，是指读者以作者为本位，不带任何先入为主的有色眼镜，尽可能做到客观、冷静，在作品文字所给定的弹性范围内，披文入情，力求对作品做出有可能最接近作者本意的解读。它关注的焦点，是作者的创作。所谓"读者定位"，是指读者以自我为本位，带有强烈的主观色彩，不关心作者想说的是什么，只关心我从作品中读到了什么。这种定位，理论后盾是西方的"接受美学"与"读者反应批评"，在中国古典传统则是"六经注我"，"作者未必然，读者何必不然"。它关注的焦点，是读者的接受。作为一般读者，普通文学爱好者，爱怎么读就怎么读，这是他的自由，不容他人置喙。但作为学者，专业研究者，当我们在对具体作家具体作品创作的本身进行研究，而非对其作品的大众接受进行研究时，通常都采取"作者定位"。

然而，光读懂作者在"说什么"还不够。还要探讨作者"怎样说"，审视其写作技术，这就是"艺术分析"。然而，光读懂作者在"说什么"，弄明白作者"怎样说"，也还不是我们的终极目的。最终，我们还必须对该作品做出评价：它"说得怎样"？"说"得好还是不好？好到什么程度，不好到什么程度？这就是"审美判断"。文学之区别于其他文字著述的本质属性，在语言艺术之审美。其他文字著述，或求真，或求真且善，至于其语言运用，辞达而已，作者说得清楚，读者看得明白，目的便达到了。而文学作品则不仅求真，求善，更求其美。因此，将文学等同于其他各类文字著述，阅读文学作品仅求其真、其善，而不提升到审美的层次，即无异于对蒙娜丽莎做人体解剖，真正是煞风景了。

总的来说，在古典文学的各类文体中，"诗词"是篇幅最短小，语言最精练，技术含量最高，从而被人们公认为最难读懂，最难鉴赏的一类文体。一般读者不必说了，一般学者也不必说了，即便是资深的专家，乃至于大师级的学者，对具体诗词作品的文本阅读，误解的现象也时有发生；对某些诗词作品的艺术分析与审美判断，也未必切中肯綮，甚或不免于隔靴搔痒。

笔者这样说，并非信口雌黄，而是以事实为根据的。三十多年前，笔者还在攻读博士学位，承蒙上海辞书出版社信赖，诚邀笔者作为《唐宋词鉴赏辞典》的总审订者之一，与上海古籍出版社原副总编辑陈振鹏先生共同审订了该书的全稿。该书是上海辞书出版社继《唐诗鉴赏辞典》开创体例并获得巨大成功、巨大社会效益之后编辑的第二部鉴赏辞典，约稿规格是很高的。撰稿人当中，不乏当时诗词研究界的著名专家学者乃至大师级的学者。但即便如此，书稿在文本解读、艺术分析与审美判断这三个方面，还是存在着大量的失误。笔者前后花了一年多时间，细细审读，写下了数千条具体的审读、修改意见。这些意见，绝大多数都经陈振鹏先生裁决认可，由他亲自操刀对原稿做了订正；或反馈给作者，请他们自行修改。

在笔者的审读印象中，鉴赏文字质量最高，几乎无懈可击的撰稿人为数并不太多。而在这为数不多的撰稿人当中，笔者印象最深刻的一位便是周啸天先生。当时啸天硕士生毕业不久，尚未成名，笔者与他素昧平生，缘悭一面，亦无通讯往来。但每读其文，辄击节叹赏，钦服不已。笔者在与《唐诗鉴赏辞典》《唐宋词鉴赏辞典》的责任编辑汤高才先生闲谈时，对啸天所撰鉴赏文章曾做过大意如下的评价：别人没有读懂的诗词，啸天读懂了；别人虽然读懂了，但没能读出其好处来，而啸天读出来了；别人虽然读懂了，也读出好处来了，但下笔数千言，刺刺不能自休，却说不到位，而啸天的鉴赏文章，既一语破的，文字又简净明快，绝不拖沓，行于所当行，止于所不可止。高才先生对此评价深为赞同，并说他在《唐诗鉴赏辞典》的组稿过程中就已发现啸天的长才，因此一约再约，以致在此两部鉴赏辞典中，啸天所撰稿件篇数独多。高才先生实在是一个爱才的前辈，真能识英雄于风尘之中，不拘一格用人才啊！

三十年后，笔者与啸天已成为熟识的朋友。啸天应四川人民出版社之约，将其历年精心撰写的古典诗词鉴赏文章汇编出版，而不以笔者为谫陋，来电命序。义不容辞，乃重述当年所见如此，今日所见依然如此的评价，以为嚆引。如此精彩的古典诗词鉴赏文集，必将得到广大读者的宝重，其传世是必然的！

2017 年 5 月 23 日，钟振振撰于南京仙鹤山庄寓所之酉卯斋

目录

【诗经】我国最早的诗歌总集，本称《诗》，汉时独尊儒术，始称《诗经》。共收西周初年至春秋中叶的民歌和朝庙乐章歌辞 305 篇，另有笙诗 6 篇有目无诗。全书按音乐分风、雅、颂三类（一说分风、小雅、大雅、颂四体）。汉代传诗者有齐、鲁、韩、毛四家，今传诗经为《毛诗》。

周南·关雎

关关雎 jū 鸠，在河之洲。窈 yǎo 窕 tiǎo 淑女，
君子好逑。
　　参差荇菜，左右流之。窈窕淑女，寤寐求之。
　　求之不得，寤寐思服。悠哉悠哉，辗转反侧。
　　参差荇菜，左右采之。窈窕淑女，琴瑟友之。
　　参差荇菜，左右芼之。窈窕淑女，钟鼓乐之。

　　将文学的终极原因归结到性恋的说法看似偏颇，其实信而有征。"风诗者，固闾阎风土男女情思之作也。"（司马迁）在民歌中，情歌据有优势地位，所谓"无郎无姊不成歌"。理由很简单，民歌多属劳动者之歌，什么歌能提高劳动兴趣就唱什么，什么歌能提高劳动效率就唱什么，还有什么比情歌更能提高劳动兴趣、劳动效率，又更能消除疲劳的呢？
　　排在《诗经》第一篇的《周南·关雎》是情歌；具体地说，是恋歌；更具体地说，是写男子的单相思。孔子说："诗三百，一言以蔽之曰：'思无邪。'"（《论语·为政》）这话有点费解。我宁可这样认为：因为单相思是普遍存在的情感，显然也是正常的情感，从这个意义上说，就是"思无邪"了。何必一定要牵扯什么"后妃之德"（《毛诗序》）呢。
　　"窈窕淑女，君子好逑"是诗中主题句，《毛诗序》谓"乐得淑女，以配君子"。鲁迅调侃地释为"漂亮的好小姐呀，是少爷的好一对儿"

（《且介亭杂文·门外文谈》）。陈子展说"当视为才子佳人风怀作品之权舆"（《诗经直解》）。都不错，但讲得太城市化了，不类风土之音。不如用高踞当代情歌排行榜首的《康定情歌》中的两句来诠释，更为神似："李家溜溜的大姐，人才溜溜的好；张家溜溜的大哥，看上溜溜的她。"

"上河里鸭子下河里鹅，一对对毛眼眼望哥哥"，这首《信天游》以水禽起兴的手法所来自远，可追溯到《关雎》。河边洲岛上，水鸟儿作双成对，雄雌和鸣，引起诗人的感兴，如果按"关雎"即鱼鹰的说法（毛奇龄），则此二句还有以水鸟捕鱼隐射男子求爱之义。诗中男子以"君子"自谓，而"琴瑟""钟鼓"之乐都非平民之乐（《墨子》），可以推测抒情主人公为一贵族青年。《诗经》的好几首诗中，思慕的男女，往往被河水隔断。何新认为，这与源于性禁忌的古代学宫制度有关——男子到达八岁就得离开父母膝下，就读于学宫，这种学宫又叫辟雍（即避宫）和明堂，一律建在城郊，有水三面或四面环绕，使之与外界隔绝，故又称泮宫（泮水园即校园），直到成丁举行"冠礼"。所以诗中的河水既是一种象征（爱情遇到的间阻），又是一种纪实（参《诸神的起源·第九章》）。如其说法成立，莫非《关雎》写的是古代校园中大学生之烦恼？

"窈窕淑女"的身份，余冠英据"参差荇菜"在诗中三复斯言，认为当是"河边一位采荇菜的姑娘"，不无道理。姑娘采荇的美妙姿态，摄印入那青年的脑中，是难以磨灭了。而"左右流之"、"左右采之"、"左右芼之"，不仅可使人想见伊人情影，而且也似乎有以勉力求取荇菜，隐喻对其人的执着相思之义。写采荇菜，而意在采荇的人。诗中写男子的单恋十分坦率，醒也想、梦也想。"寤寐求之"紧接"求之不得"云云，用"顶真格"，已有"忧从中来，不可断绝"之感，而"悠哉悠哉，辗转反侧"，更通过失眠，将相思之苦推进一层。钱锺书说："《太平乐府》卷一乔梦符《蟾宫曲·寄远》：'饭不沾匙，睡如翻饼'，下句足以笺'辗转反侧'也。"（《管锥编》一）

与每一种满足都会降低其崇拜相反，爱的渴求却能导致爱的升华。

诗中陷入情网不能自拔的那位青年,于是做起了美妙的"白日梦",在想象中和他的爱人美满结合。又是"琴瑟友之",又是"钟鼓乐之"。这诚然是一场虚构的热闹,一座美丽的空中楼阁,但那青年在一刹间满足了,读者不禁为之陶然。这升华的境界,便远离了性的目标,成为热诚、挚爱、欢乐、和谐的"结合"(或以为诗的最后一章,实写得之为欢,本文不取此说)。有一种概括,认为中国写情文学中色性的成分居多,揆之《诗经》包括《关雎》在内的大量情诗,似不尽然。

《关雎》"乐而不淫"有其历史原因。大量史料告诉我们,诗经时代婚俗正处在一个重要的过渡阶段,其时封建礼教为基础的专偶婚制尚未稳固形成,而人们还享有较多性爱的原始自由。正是在这种情况下,方才产生了如同《关雎》那样的热烈奔放的情歌。这里毫无顾忌的爱情直白,已凝聚成一种原始的美。而为儒学礼教统治下的汉儒宋儒们感到十分困惑,百思而不得其解。"《关雎》,后妃之德也,《风》之始也,所以风天下而正夫妇也。"这话同样出之《毛诗序》,便很费解,定非诗之本旨。

《关雎》章法在诗经中别具一格。诗经本多叠咏体,但常见的是三章叠咏、两章联咏,像《关雎》这样第二章和第四五章跳格叠咏,是仅见的。日本青木正儿曾怀疑是误合两诗而成(详《中国文学艺术考》),但"窈窕淑女"通贯全诗,"寤寐求之"与"求之不得"顶针衔接,妙合无垠,而诗经中叠咏体间有首章或他章不叠的现象屡见,故错简之说很难成立。二、四、五章的叠咏除却描写荇菜的兴语不论,"看他窈窕淑女,三章说四遍"(钟惺《评点诗经》),这活脱是热恋中男子对不知名的爱人的反复叨念,神似《董西厢》妙语所说:"锦笺本传自吟诗,张张写遍莺莺字。"

"作诗必此诗,定知非诗人"(苏轼)。若下一转语,便有"说诗必此诗,定知非解人"。懂得这番道理,来看《关雎》诗中的单相思,又不仅是单恋而已。诗人于爱的对象"寤寐求之"式的执着追求,及其在现实中"求之不得",便于理想中"友之""乐之"的实现方式,均构成一种境界,一种超越本文的象征意蕴,从而能够兴发读者引譬连类的联想。

我们不由会联想到风诗中的其他作品如《汉广》《蒹葭》，联想到《离骚》，其中所写的"汉有游女，不可求思"的苦恼，"所谓伊人，在水一方"的迷惘，及"路曼曼其修远兮，吾将上下而求索"的执着劲头；不由会联想到古代神话对世界的浪漫征服和把握的方式；甚而联想到人类在漫长的历史中，不安现状，通过心灵与思辨追求美与自由、自我实现、自我完善的历程。诗情一旦与哲理结合，便给世代读者以回味无穷的审美愉快。

这，或许就是包括《关雎》在内的风诗名篇的艺术奥秘之所在。

周南·葛覃

葛之覃兮，施 yì 于中谷，维叶萋萋。黄鸟于飞，集于灌木，其鸣喈 jiē 喈。

葛之覃兮，施于中谷，维叶莫莫。是刈是濩，为絺 chī 为绤 xì，服之无斁 yì。

言告师氏，言告言归。薄污我私，薄澣 huǎn 我衣。害 hé 澣害否？归宁父母。

"葛覃"即葛藤（"覃"为藤的借字）。《诗序》解云："后妃在父母家，则志在于女功之事；躬俭节用，服澣（浣）濯之衣；尊敬师傅；则可以归安父母。"其说牵强。今人或认为是"一个贵族女子准备归宁的事"（如余冠英），或认为是"女仆工作完毕，告假回家探望父母"（如袁愈荌）。从"归宁"一词约定俗成的用法，及诗意本身看，似以解为出嫁后的女子准备回娘家较妥。诗中表现婚后女子就要回家见爹妈的喜悦心情，极富生活情趣。"归宁"的喜悦，溢于全诗，而三章表现各各不同。

这种喜悦心情在首章，是通过兴义或情景自然流露的。诗中"因归宁而澣衣，因澣衣而念缔绤，因缔绤而想葛之初生"（方玉润《诗经原始》），故以"葛覃"起兴。一般说来，《诗经》中以树木起兴者，多有关乡里之思和福禄观念；而以葛起兴者特与婚恋有关，如《周南·樛木》《王风·采葛》《唐风·葛生》等，汉唐诗如"菟丝附女萝"、"菟丝附蓬麻"的比兴手法也延续了这一传统。"葛之覃兮，施于中谷"，象征着女子的出嫁，"维叶萋萋"，"维叶莫莫"的盛景，则意味婚后生活的和谐（《桃夭》："其叶蓁蓁"）。"黄鸟"三句，以鸟起兴，其本原与怀念祖先及父母相关（详赵沛霖《兴的起源》），从赋的角度来看，群鸟呼晴属乐景，与女主人公将和家人团聚的快乐心情相融洽。

二章重复前章"葛覃"的兴语，由治葛为服的联想，说到各色衣服的称心，仍是心情愉快的表现。三章通过将告假归宁之事说给保姆，及换洗内外衣裳，准备动身的情景，表现出女子的归心，是愉悦而兴奋的。"害澣害否"句中的"害"即"曷"字，郑笺训为"何者"，即"何所当见澣乎，何所当否乎？"细玩味之，当为抒情主人公自为问答语气，"害"或应训"为何"，翻译为："为什么浣衣？""为什么不！"于此逼出末句，乃为"归宁父母"故也。

"归宁父母"一句为全诗结穴。而整首诗写法是逐层渲染愉悦的气氛及准备归宁的情事；先设悬念，最后点题、点眼。《诗经》多数篇章或两句一韵，或两句一意；此诗前两章均三句一意，采用隔韵，与第三章异。音情上由舒徐而促迫，形式内容结合极好，唐诗也有类似音节，然已先见于此矣。

周南·卷耳

采采卷耳，不盈顷筐。嗟我怀人，寘彼周行。

陟彼崔嵬，我马虺 huī 聩 tuí。我姑酌彼金罍 léi，维以不永怀。

陟彼高冈，我马玄黄。我姑酌彼兕 sì 觥 gōng，维以不永伤。

陟彼砠 jū 矣，我马瘏 tú 矣。我仆痡 pū 矣，云何吁矣。

关于本篇题旨，何琇《樵香小记》云："此必大夫行役，其室家念之之诗"，戴震《诗经补注》云："感念于君子之行迈之忧劳而作也"，均弃《诗序》迂阔旧说，指出了这是一篇思妇诗。诗中男子有仆马、兕觥、金罍，即不必大夫，也应属贵族之列。

诗的首章写女方，二、三、四章写男方，论者无异辞。唯于后三章，多数人认为是诗中思妇想象所怀之人，乃"己思人乃想人亦思己"。影响后世，就有"故乡今夜思千里，霜鬓明朝又一年"（高适《除夕》）、"想得家中夜深坐，还应说着远行人"（白居易《邯郸冬至夜思家》）、"遥知湖上一樽酒，能忆天涯万里人"（欧阳修《春日西湖寄谢法曹歌》）等机杼相同、波澜莫二的诗词名作。

钱锺书独不以为然，他说：既云"嗟我怀人"而又称所怀之人为"我"，葛龚莫辩，扞格难通。实则涵咏本义，意义豁然。男女两人处两地而情事一时，批尾家谓之"双管齐下"，章回小说谓之"话分两头"，《红楼梦》第五回凤姐仿说书所谓"一张口难说两家话"、"花开两朵，各表一枝"。（见《管锥编》）

按照通常的理解，则诗中的征夫上山过冈，马病人疲，饮酒自宽，皆出于女子想象，不必实有其事。思妇置筐大道，本不难采满卷耳的蒹葭老采不满，她是心不在焉，浮想联翩。其情之真挚神往，足感人矣。而按钱氏解会，又别有意趣，征夫上山过冈、马病人疲、饮酒自宽，皆实有其事。两种情景比较，"以明征夫况瘁，非女手拮据可比"。正因为女方不能确知对方劳顿之苦，方才一味嗟怨一己怀思之苦。唐人陈陶《陇西行》云"可怜无定河边骨，犹是春闺梦里人"，与此可悲程度不同，而手眼如一。诗有别趣，多义多解，是很正常的现象，不必务是此而非彼，于《卷耳》诗解可知。

周南·桃夭

桃之夭夭，灼灼其华。之子于归，宜其室家。

桃之夭夭，有蕡 fén 其实。之子于归，宜其家室。

桃之夭夭，其叶蓁蓁。之子于归，宜其家人。

方玉润说此诗乃"咏新婚诗，与《关雎》同为房中乐，如后世催妆坐筵等词。特《关雎》从男求女一面说，此从女归男一面说，互相掩映，同为美俗"（《诗经原始》一）。其言近是。诗三章叠咏，兴中有比。第一章以桃花喻新娘之美艳，"开千古词赋香奁之祖"（同前）。第二章祝新娘早生贵子，在参加婚礼的人也是很自然的联想，可谓谑而不虐，能活跃婚筵气氛。三章以桃叶茂密，祝愿整个家族兴旺发达。唐时杜牧《叹花》有"绿叶成阴子满枝"之语，比义略同。

三章结以"室家"、"家室"、"家人"，旧注以为义同。褚斌杰引《左传·桓十八年》："女有家，男有室"，认为："第一章'室家'，重点在'家'，是就女子方面说的。《孟子·滕文公》：'女子生而愿为之有家。'第二章'家室'，重点在'室'，是就男子方面说的。犹言娶得了一位好妻室。所谓'丈夫生而愿为之有室'（同上）。至于'家人'，是就整个家庭、家族说的。"（《诗经楚辞鉴赏辞典》）亦有诗意的递进。

今译如下：

007

桃树儿欣欣向荣，桃花儿红红如火。姑娘啊作了新人，作新人真是快乐！

桃树儿欣欣向荣，桃实儿枝头累累。姑娘啊作了新人，娶了她真是完美！

桃树儿欣欣向荣，桃叶儿亭亭如盖。姑娘啊作了新人，一家子真是和谐！

周南·兔罝

肃肃兔罝 jū，椓之丁丁。赳赳武夫，公侯干城。

肃肃兔罝，施于中逵。赳赳武夫，公侯好仇。

肃肃兔罝，施于中林。赳赳武夫，公侯腹心。

"兔罝"为猎手捕兔子所设置的网，是经过巧妙伪装的，元人关汉卿〔南吕一枝花〕（不伏老）中曾把这种逮"兔羔儿"的玩意儿称为"锄不断、斫不下、解不开、顿不脱、慢腾腾千层锦套头"。"兔罝"一加上"肃肃"二字的形容，那真是有些"锄不断、斫不下、解不开、顿不脱"的意味了。所以诗篇一开始就表现出那些猎户的经验与才干。牵设得严严实实的猎网，再加上打桩的叮当有力的声音，又使人感到这些汉子的孔武有力和身手的矫健。"肃肃兔罝，椓之丁丁"之妙，也就不在单纯的起兴上，而在于它的且兴且赋。《诗经》中此法并不罕见。

从前二句到后二句"赳赳武夫，公侯干城"有一个跳跃。由猎手，而"武夫"，而"干城"，是诗人的联想在发挥妙用。打猎和战斗本来就关系密切，古代诗歌中经常有由此及彼的联想和借代，因而好猎手与好武士，也有着必然的联系。而"兔罝"的起兴，似乎又具一层比义，那些猎手逮兔的功夫，恰好是"赳赳武夫"擒敌本领的象喻。似乎任何顽敌在他们面前，都不过是束手就擒的猎物。如果按照别一解释，"兔"即於菟（老虎）的话，那么这些武夫更是勇猛过人的"搏虎手"了。因此，有人从"肃肃"二字看出"军容严肃之貌"，这种感受也就不能说全无道理。

第二、三章是首章的叠咏和深化。诗中猎手从开始打桩设网，渐次施网于路口，进而施网于林中，这是兴语的深入。而"赳赳武夫"也由王侯之干城卫士，进而为"公侯好仇"，乃至"公侯腹心"，这是诗中人地位的升腾。"好仇"在《关雎》中作配偶讲，用在这里，显然不是一般卫士了，而是贴身的近卫，形同股肱。"腹心"即心腹，简直与王侯结为一体，成了不可或失的亲信了。杜甫诗道："男儿生世间，及壮当封侯。战伐有功业，焉能守旧丘。"（《后出塞》）此诗三章中武夫地位的变迁，就大有建功立业、不守旧丘之意。

全诗洋溢着饱满的赞美，根本看不出一点讽刺。有人却认为是讽刺奴隶主阶级豢养鹰犬爪牙，说"他们正是奴隶大众的死敌"。看作品因读者而不同。用阶级斗争观点读《诗经》，必然处处得到这样的结论。阶级意识在《诗经》不能说没有，但远不是篇篇有。如这首本意在赞扬猎人，因而设想推论其美好前程的诗，原是深刻反映着古代社会下层人士的普遍观念，即"士为知己者死"的怀才待贾的思想的。"伯也执殳，为王前驱"（《卫风·伯兮》）、"祈父，予王之爪牙"（《小雅·祈父》），这种"名编壮士籍"的际遇，是家属和本人都引以为光荣的。英雄如《水浒》中渔猎于江湖的三阮，也逃不出这种观念的范畴："这腔热血，只要卖与识货的！"即使上了梁山，日后还被集体招安，作了"公侯干城"去。至于杨志之流就更甭提了，才从狱中放出，便因表现突出，成了梁中书的"好仇""腹心"。但读者何必对他们表示义愤呢。

诗序云："《兔罝》，后妃之化也。《关雎》之化行，则莫不好德，贤人众多也。"把这诗与后妃扯到一起，也太无理，恐"武夫"不会允许。但说诗有"贤人众多"的美意，却不是附会。《墨子·尚贤上》说："文王举闳夭、泰颠于罝罔之中，授之政，西土服。"虽然古人逸事不可得而详，但可见周代确有从布置施网的猎户中提拔人才的事实。诗中"赳赳武夫"固然不必是闳夭、泰颠等贤人，不能与益、伊尹相提并论，但干城之士亦为邦本，不可缺少。则《兔罝》诗仍能体现"不得意贤士不可不举"的从基层选拔优秀人才的思想。这是很有意味的。

方玉润对此诗有一别解："窃意此必羽林卫士，扈跸游猎，英姿伟抱，奇杰魁梧，遥而望之，无非公侯妙选。识者于此有以知西伯异世之必昌，如后世刘基赴临淮，见人人皆英雄，屠贩者气宇亦异，知为天子所在，而叹其从龙者之众也。诗人咏之，亦以为王气钟灵特盛于此耳。"（《诗经原始》）这种以意逆志的解会，虽不必尽合诗人原意，要亦是很有启发性的别解。

周南·芣苢

采采芣 fóu 苢 yì，薄言采之。采采芣苢，薄言有之。

采采芣苢，薄言掇 duó 之。采采芣苢，薄言捋 luō 之。

采采芣苢，薄言袺 jié 之。采采芣苢，薄言襭 xié 之。

这是周代南方妇女在劳动中即兴口唱的山歌。以"韵分三章，章四句。然每二句只换一字，实六章，章二句也"（姚际恒），在《诗经》中是很独特，很值得注目的一首。

诗中主题句——"采采芣苢"的"采采"二字，郑笺为"非一辞也"，孔疏为"见其采者多也"，故今流行的诗经选本或译本，多释作"采了又采"。这其实是很成问题的。首先，《诗经》的叠字多见于形容词（如"灼灼"、"依依"）、名词（如"燕燕"）、象声词（如"喈喈"、"喓喓"）等，动词复叠，似不二见。（"采采卷耳"的"采采"，则与此实属一例）这是一个疑点。其次，《诗经》中"采采"一词凡四见，即本篇"采采芣苢"、《卷耳》"采采卷耳"、《蒹葭》"蒹葭采采"、《蜉蝣》"采采衣服"。后二例比照同一诗中叠咏对应的诗句"蒹葭苍苍"、"衣裳楚楚"，可知"采采"为形容词无疑。则此芣苢、卷耳的"采采"应一例类推，故陈子展译为"形形色色的车前草"；而闻一多释为"犹粲粲也"，尤为通达，用之四句而皆准。因此，"采采芣苢"是对劳动对象状貌的歌咏，也可以说是触物起情，属于兴象之列。其中饱含着劳动者获取植物的愉快，是素朴而很有感染力的诗句。

妇女采集车前子是一种古老的习俗，系于繁衍种族的观念，因为相传食之能受胎生子，且可治难产。诗序解题说"和平则妇人乐有子矣"，韩诗及汉以来论诗者亦皆缘芣苢宜子立说，是不错的。因此当芣苢粲粲结子之时，妇女们结伴而出，竞相采撷，其情绪是相当兴奋，而场面是尤其热烈的。闻一多通过想象描述了这样一幅动人的情景："揣摩那是一个夏天，芣苢都结子了，满山谷是采芣苢的妇女，满山谷响着歌声。这边人群中有一个新嫁的少妇，正捻着那希望的玑珠出神，羞涩忽然潮上她的靥辅，一个巧笑，急忙地把它揣在怀里了，然后她的手只是机械似的替她摘，替她往怀里装，她的喉咙只随着大家的歌声啭着歌声——一片不知名的欣慰，没遮拦的狂欢。不过，那边山坳里，你瞧，还有一个伛偻的背影。她许是一个中年的磽确的女性。她在寻求一粒真实的新生的种子，一个祯祥，她在给她的命运寻求救星，因为她急于要取得母的资格以稳固她的妻的地位……"这段由诗还原生活的描画，对于读者真切地体味这歌谣字面下深藏的意蕴，是大有帮助的。

鲁迅曾幽默地论及诗歌起源于劳动道："我们的祖先的原始人，原是连话也不会说的，为了共同劳作，必需发表意见，才渐渐练出复杂的声音来，假如那时大家抬木头，都觉得吃力了，却想不到发表，其中有一个叫道'杭育杭育'，那么，这就是创作；大家也要佩服，应用的，这就等于出版；倘若用什么记号留存下来，这就是文学。"《芣苢》一诗比"杭育杭育派"自然是高明多了——它虽然是两句成一节拍，不断反复，但毕竟有形象的描绘与动词的屡换，——然而在情不自禁地通过反复的有节奏的歌声，去协调那反复的有节奏的动作，去模仿自身与自然的关系这一点上，它和"杭育杭育派"还是一脉相通的。

"口唱山歌手不闲"。在《芣苢》中，劳动者灵巧的手的动作，也就成了即兴歌唱取材的对象。诗"实六章，章二句"，每"章"变换的就在一个动词，一共变换了六个字：采、有、掇、捋、袺、襭。这六字可以细分为三组，采、有（有即采得），是对采集最一般性的描述，虽然概括，还不具体；掇、捋，是对手的动作的具体描写。或一颗一颗地拾，或一把一把地抹，写来很真切很生动，是没有劳动经验者难以捕到的动词；袺、襭，这两个"衣"部的字，是对用裙襟盛取芣苢的动作的具体描写，或是手提衣襟而往里揣，或是掖起衣襟来兜着。从采写到盛，暗合劳动实际操作程序，它取自生活，是不必用意而自工的神来之笔。由此我们又发觉，这首口头创作的歌在笔录为诗时分为三章，也是深具匠心的。

"采采芣苢"描绘了景物，六个动词则表现了劳动的情态，虽然简到不能再简，但诗还是速写似地展现了一幅动人的劳动画面。"读者试平心静气，涵咏此诗，恍听田家妇女，三三五五，于平原绣野、风和日丽中群歌互答，余音袅袅，若远若近，忽断忽续，不知其情之何以移而神之何以旷。"（方玉润《诗经原始》）可见此诗虽然语言不多，但有点睛之妙，"自鸣天籁，一片好音"，故能启发读者展开生动的联想。当然，这些三五成群、愉快劳作的妇女，不是一般的"拾菜讴歌"，而是怀着强烈的母性的渴望，功利的目的，她们摘着芣苢，唱着《芣苢》，心里荡漾着虔诚与激情，默默地祈祷着神灵的赐福。较之后世跪倒在"送子娘娘"香火前的妇女，同样抱着无限希望，却有着不可比拟的奔放愉悦之感。

这样产生于自然与生命的乐章，具有不可仿效的魅力。袁枚《随园诗话》云："三百篇如'采采芣苢，薄言采之'之类，均非后人所当效

法。章蘬斋戏仿云'点点蜡烛，薄言点之；剪剪蜡烛，薄言剪之'。闻者绝倒。"东施效颦，适增其丑，此之谓也。

周南·汉广

南有乔木，不可休思。汉有游女，不可求思。汉之广矣，不可泳思。江之永矣，不可方思。

翘翘错薪，言刈其楚。之子于归，言秣其马。汉之广矣，不可泳思。江之永矣，不可方思。

翘翘错薪，言刈其蒌 lóu。之子于归，言秣其驹。汉之广矣，不可泳思。江之永矣，不可方思。

这是一首恋歌，诗中兴语涉及砍樵，方玉润判断说："此诗即为'刈楚''刈蒌'而作，所谓樵唱是也。近世楚粤滇黔间，樵子入山，多唱山讴，响应林谷。盖劳者善歌，所以忘劳耳。其词大抵男女相赠答，私心爱慕之情，有近乎淫者，亦有以礼自持者。文在雅俗之间，而音节则自然天籁也。当其佳处，往往入神，有学士大夫所不能及者。"（《诗经原始》）

关于诗义，《韩叙》云："说（悦）人也。"清人陈启源发挥道："夫说之必求之，然唯可见而不可求，则慕悦益至。"（《毛诗稽古编》）盖人生难堪事之一，便是"欲济无舟楫"式的爱慕和追求，唐人所谓"直道相思了无益，未妨惆怅是清狂"（李商隐《无题》），宋人所谓"衣带渐宽终不悔，为伊消得人憔悴"（柳永《凤栖梧》）。

此诗三章，首章前四句点题。先以"南有乔木，不可休思"起兴，含可望不可即之喻义。然后推出主题句："汉有游女，不可求思。"何谓"汉有游女"？《郑笺》云："贤女出游于汉水之上。"朱熹发挥道："江汉

之俗，其女好游，汉魏以后犹然，如《大堤》之曲可见也。"（《诗集传》）此是一说。或谓乃汉水神女（按，刘向《列仙传》引《鲁说》讲，有位叫郑交甫的男子，在汉水之滨邂逅两位美人，说哑谜以求信物〈佩〉，两位美人答以哑谜，与其信物。郑将信物揣在怀里，转瞬之间，信物不见了，回顾二女，也不见了。二女即汉之游女），如《楚辞》之有湘君、湘夫人，其所喻指，仍是现实生活中可望而不可求的女子。

二、三两章前四句叠咏，反复写一往情深的憧憬、想象。"翘翘错薪，言刈其楚"、"翘翘错薪，言刈其蒌"，明人钟惺引古谣"刈薪刈长，娶妇娶良"释之，甚是。诗意与《郑风·出其东门》："出其东门，有女如云。虽则如云，匪我思存。缟衣綦巾，聊乐我员"差近。"之子于归，言秣其马"、"之子于归，言秣其驹"，乃以假设为前提，与《周南·关雎》中的"窈窕淑女，琴瑟友之"、"窈窕淑女，钟鼓乐之"的意思相近。今新疆民歌《达坂城的姑娘》唱道："如果你要嫁人，不要嫁给别人，一定要嫁给我，带着你的嫁妆，领着你的妹妹，赶着那马车来。"语异情同，情同在痴，痴所以真。

全诗各章末四句相同，是副歌，以反复歌咏强化主题，如怨如慕，令人情移。其神理与《秦风·蒹葭》相似，友人小军云："然《蒹葭》言'溯洄从之'，又言'溯游从之'，尚有实际的追求。《汉广》则'不可泳思'，'不可方思'，根本是可望而不可求。虽然不可求，诗人的心灵境界却始终呈为无限向往。人生境界何止爱情一端。向往、追求崇高理想而终不可得，但那向往追求的一段精神，却留得不可磨灭的光彩。这种境界，在人生也是有的。《汉广》虽小，可以喻大。"其言可从，故录之。

召南·殷其雷

殷其雷，在南山之阳。何斯违斯，莫敢或遑？振振君

子，归哉归哉！

殷其雷，在南山之侧。何斯违斯，莫敢遑息？振振君

子，归哉归哉！

殷其雷，在南山之下。何斯违斯，莫或遑处？振振君

子，归哉归哉！

此诗三章叠咏，意尽于首章六句，后两章为首章的重复，但换韵时略有易辞。由于文本过于简短与富于跳跃性，给确解带来一定困难，又给说解以相当的灵活性。诗序认为此诗写"如南大夫远行从政，不遑宁处，其室家能闵其勤劳，劝以义也"，除"劝以义"一说在诗中没有直接的表现外，余义均可成立。戴震说是"感念君子行役而作"，尤切诗意。以行役（兵役、徭役等）为背景的作品，在三百篇中屡见不鲜。《殷其雷》仅是其中的一首。

诗中的南山，当指终南。诗篇一开始就写雷声隆隆，雨意甚浓，阴沉沉的天气与阴沉沉的思妇之心搭成一种微妙的联系。以雷声殷殷兴起情人的焦灼感（即忧心殷殷），《楚辞·九歌·山鬼》中有"雷填填兮雨冥冥，猿啾啾兮狖夜鸣，风飒飒兮木萧萧，思公子兮徒离忧！"可以参阅。唐代诗人李商隐以"一寸相思一寸灰"结尾的无题诗，开篇也写道："飒飒东风细雨来，芙蓉塘外有轻雷。"这种一致性，与其说是彼此沿袭传承，毋宁说是心同此理的妙合。看来，诗中南山女子听见雷声大作，山狖啾鸣，而忽起忧夫一念，原是自然而然的。三章中"南山之阳"、"南山之侧"、"南山之下"，易辞申义，或解为"屡易其地，正以雷声之无定在，兴君子之不遑宁居"（胡承珙）。作者未必然，读者何必不然。

"何斯违斯，莫敢或遑"，诗中女子之夫为何离家呢？是身不由己，忙于公务。这像是妻子代丈夫立言的话。"何斯违斯"是已然之辞，或解为"为啥这时离开家"，成了正在进行时态，与诗末思归之意不大切合。为什么"莫敢或遑"？诗未显言。若显言之，便是《诗经》常见的一句

话——"王事靡盬"啊。"莫敢"的语气透露出几分自觉的意识，可见诗中的丈夫虽未必就是远行从政的大夫，至少也该有一点身份。不过第三章改说"莫或遑处"，也有被动的意味。正是"万里奉王事，一身无所求。也知塞垣苦，岂为妻子谋"（岑参《初过陇山途中呈宇文判官》）。难怪这人要被称作"振振君子"了。"振振"一词，有信厚、勤奋二义，此处不妨兼有。诗序"劝以义"一说，或许即由此而生，过犹不及；反过来，有人以为"冀其归可也，何必美其德邪，二义难以合并"（姚际恒《诗经通论》），则失之拘泥。《伯兮》诗中的妻不是"愿言思伯，甘心首疾"吗，可这丝毫无损"伯兮"在她心中的美好形象。《殷其雷》诗中的丈夫或许没有堪称邦杰的帅劲儿，但"振振君子"的形象，也仍有私而美之的理想化的光辉，这一点，又并不能消除妻子的烦恼和思念，或者倒应说恰恰强化了这种感情。对于丈夫，与"伯兮"之妻一样，这"君子"之妻也是爱与痛交加的，在表情上还毋宁更激烈一些。"伯兮"之妻低吟曼唱到"愿言思伯，使我心痗"、"君子于役，如之何勿思"为止，而此诗的女主人公则干脆放声呼喊"归哉归哉"、"归哉归哉"，以致第三遍"归哉归哉"。就像听一首歌曲，反复唱着"归来吧归来哟"，把人的心都唱紧了，直露的结尾，也能产生动人的效果。

"夫戍边关妾在吴，西风吹妾妾忧夫"（唐·陈玉兰）。《殷其雷》比较接近于这样一种感情。诗中人反复叮念丈夫的"莫敢或遑"、"莫敢遑息"、"莫或遑处"，表现出一种殷切的担忧，虽然诗中并没有写她如何想象丈夫马瘏仆痡的困顿，但与采卷耳的妇人有同样的愁绪。她也许较《伯兮》中人年纪稍长，所以心之所系不在"非无膏沐，谁适为容"。《击鼓》诗疏引《韩诗》说周制"二十从政，三十受兵，六十还之"。诗中女子担心的已不是自己青春的流逝，而是丈夫平安的生还。这种个性，足以使本篇在《卷耳》《君子于役》《伯兮》等同类名作之外，争得一席地位。

召南·野有死麕

野有死麕 jūn，白茅包之。有女怀春，吉士诱之。

林有朴樕 sù，野有死鹿。白茅纯束，有女如玉。

舒而脱脱兮，无撼我帨 shuì 兮，无使尨 máng 也吠。

　　这首情诗写一位少年猎手求爱的事，余冠英说："丛林里一位猎人获得了獐和鹿，也获得了爱情。"（《诗经选》）

　　猎人打得的这獐和鹿，同时就是送给女方的礼物了。以自己亲手打来的猎物作馈赠，意义当然不同寻常，比市场上买来的值得炫耀。首章是对情事的概略叙述。注意那个"包"字，这是关于送礼需要包装的最早记载。在周代，白茅是南方贡物，《左传》有"包茅"一说（见《僖公四年》）。白茅是编织材料。我想这鹿不会是用白茅草草包裹，而应是以白茅编织物包之，这一点于诗意至关重要。其次要注意的是"诱"字："诱"是有前提的行动；女方有爱的要求（"有女怀春"），男方和她套近乎，便是"诱"。

　　首章已把话说完了。二章实是在首章的基础上作描绘补充，是变相的叠咏。诗中的獐和鹿实在只是一回事，是易辞申意（诗的同义词借代很宽泛），把它说成送了两回礼，是误会。二章除了增加一个兴句"林有朴樕"，其余三句就是首章前三句的变格（错位）反复。

　　三章纯写对话，是此诗特色所在。约会当在女家，必是黄昏以后，背了女方家人的幽会。所以女方叫男方不要毛手毛脚，不要把衣上玉饰弄得太响，不要惊动了宠物小狗。钱锺书道："按幽期密约，丁宁毋使人惊觉，致犬嘤喋也。王涯《宫词》：'白雪猸儿拂地行，惯眠红毯不曾惊。

深宫更有何人到，只晓金阶吠晚萤'；高启《宫女图》：'小犬隔花空吠影，夜深宫禁有谁来?'可与'无使龙也吠'句相发明。"（《管锥编》一）

诗写女方口吻极妙，完全从声音上着想，符合夜晚幽会的特定情境。这里写了幽会中拉拉扯扯的事，《毛诗序》说是"恶无礼也"，不免煞风景。其实，这就像今天男女幽会时，女方对男方说："讨厌，有人。""讨厌"是因为有人，心里美滋滋的，哪里就"恶无礼"呢。对话的加入，为诗平添风趣。

语译如下：

野外猎得一头獐，白茅编袋来包装；少女多情人漂亮，少年和他搞对象。

林中乔木连灌木，野外猎得一头鹿；白茅编袋红绳束，少女纯情美如玉。

"哥哥你别慌嘛，别拉我衣裳嘛，别使狗儿叫汪汪嘛。"

召南·驺虞

彼茁者葭，壹发五犯 bā。于嗟乎驺虞！
彼茁者蓬，壹发五豵 zòng。于嗟乎驺虞！

本篇是《诗经》歧解最多的诗篇之一，原因在于文本的简古，而古文经学与今文经学对"驺虞"的解释不同。

《毛传》发挥诗序，释驺虞为"义兽也，白虎黑文不食生物，有至信之德则应之"。但这"义兽"与上文"壹发五犯（豵）"风马牛不相关，故今人多不从这一说。那么驺虞究竟指什么呢？陈子展《诗经直解》博引《韩说》："驺虞，天子掌鸟兽官。"（《周礼·钟师疏》引）《鲁说》："驺者，天子之囿也。虞者，囿之司兽者也。"（《贾子新书》）可见驺虞的名义是

"猎场之虞官"。

对诗中驺虞与猪（豝、豵）的关系，又有不同理解。或以为是放牧者"一看到小猪，便联想到牧猎官的狞恶可怕"，译为："茁壮茂盛芦苇芽，五只小猪一胎下。唉！牧猎官，真可怕！""豝"是二岁小猪，以母猪产仔释第二句不妥；"于嗟乎"的感叹，不必与"可怕"相关（参较《麟之趾》："于嗟麟兮"）。或进一步，把驺虞释为"猪倌"，译为："那芦苇已发出了壮芽，一个人却把多头母猪放押。好可怜哪牧猪娃！"似乎是一首表现阶级压迫的民歌。但以放猪释"壹发五豝"也不妥。再说把"驺虞"释为牧猪娃，也无依据。或将驺虞释为猎手，认为是赞美猎人的歌，译为："密密一片芦苇丛，一群母猪被射中。哎呀这位猎手真神勇！"以发箭射野猪释第二句，堪称确解。但将驺虞视同一般猎人，仍缺乏依据。

比较通达的说法，见于《毛传》："虞人翼五豝以待公之发"，《贾子新书》引《齐说》："虞人翼五豝以待一发，所以复中也。"这是说虞人遵照职责，将猎物驱赶出来，以供奴隶主贵族射猎。直译便是："芦苇新生已长粗，一箭驱出五野猪，这个虞人好功夫。"使人想到梁实秋曾这样说过："从前英国的王家狩猎，是王率百官隐身于一安全而有利的地方，由猎场守者驱赶成群的野兽于王前经过，王发矢石，轻而易举的有所斩获。这样的行为是于野蛮之外再加上卑鄙可耻！我们从前帝王狩猎是否如此，我不知道。"（《梁实秋读书札记·奥杜邦》）《驺虞》正好答复梁先生的这个问题。

这是《诗经》中最简短的篇章之一，要说它的风韵，也只能是三分诗，七分唱。诗本身是赞美虞人的能干称职，《齐说》却谓"乐官备也"、"乐得贤者众多"（《仪礼·乡射义》及郑注），这是它用作乐章之义，是对原诗意蕴的进一步发挥。清儒戴震说《驺虞》写的是"春蒐之礼"，"春蒐以除田豕，为其害稼也"，不知确否。

邶风·静女

静女其姝，俟我于城隅。爱而不见，搔首踟蹰。

静女其娈，贻我彤管。彤管有炜，悦怿女美。

自牧归荑 tí，洵美且异。匪女之为美，美人之贻。

　　这是一首写幽会定情的诗。如果说《关雎》中写的是单相思，那么这里写的便是实实在在的恋爱中情景，通篇亦由男子口吻道出。"静女"，据毛传及余冠英译文，均谓文静的姑娘。然据马瑞辰《毛诗传笺通释》，"亦当读靖，谓善女，犹云淑女、硕女也"。则"静女"犹言靓女，乃是男子对心上人儿的爱称。从后文"自牧归荑"一句又可悟到，这位靓女乃是一位牧羊姑娘。

　　诗中的"静女其姝"、"静女其娈"，同义反复，都是男方对女方由衷的赞美。"其"字作形容词头，有加重形容的意味，是叠字的一种变式，在诗经中运用很普遍。这男子感到很幸福，因为那位靓女约他在僻静的城角楼上相会。这场约会写得有意思，很具生活情趣。男方如期到达约会地点，却不见人影儿，这恰如一首叫《敖包相会》的民歌所唱的，"十五的月亮升上了天空，为什么旁边不见云彩？"是不是女方失约呢？否，"爱而不见"，她躲着在呢。弄得"阿哥"一阵好找，然后感到意外的惊喜。这一层诗人未显言，但无字处皆具意也。看来这位靓女还有几分调皮呢。

　　靓女约阿哥相会，当有心意表白。但作为一位姑娘，话儿怎么好讲？她只是赠给对方一枝红色的通心草。旧训彤管为针筒、笛子或笔杆儿，总不符合牧女的身份，与后文"归荑"之说亦缺乏照应。其实，这"彤管"即下文的"蕑",乃红色通心的嫩茅草。伴随赠草的动作,想必她还问了一声:"这枝草儿可美?"这才自然地引起一番答话或议论。"彤管"是新从牧场采来的,鲜嫩润泽。"有炜"犹言"炜炜"(有字加单音形容词是叠字的变式)。"悦怿女美"的答语妙在双关,既是悦怡"彤管有炜"之美,又是悦怡"静女其娈"之美。还需要表白什么呢,男有心女有意,早已是"心有灵犀一点通"了。

以下便写约会后男子幸福的回味。拿着那枝不同寻常的嫩茅草,男子爱不忍释,重申其"洵美"即确美。不但美,而且"异"——美得怪,何以言之?原来这茅草本是郊原上最平常最低贱的植物,人们从未把它和"美"联在一块儿过。然而一经姑娘手赠,居然美。常言道"情人眼里出西施",又道是"爱屋及乌",这里是兼而有之了。这种恋爱中人的心理,在诗中表现得很真切。

全诗最警策的还在最后两句,诗人通过那男子对这种新鲜感受的反复玩味,道出了一个富于哲理意味的结论:"匪女之为美,美人之贻。"美在物,亦在人;美在形式,亦在内容;美在客观,亦在主观。于是朴素的诗句启发读者超越诗的文本,进而领悟到美之本质,美之奥义。诗中对茅草以人称相呼,"卉木无知,禽犊有知而非类,却胞与而尔汝之,若可酬答,此诗人之至情洋溢,推己及他。我而多情,则视物可以如人"(钱锺书《管锥编》)。这种"尔汝群物"的移情手法,后世诗词多有运用,而此诗已肇其端。

邶风·新台

新台有泚 cǐ,河水瀰瀰。燕婉之求,籧篨 qúchú 不鲜。

新台有洒 cuǐ,河水浼 měi 浼。燕婉之求,籧篨不殄 tiǎn。

　　鱼网之设，鸿则离之。燕婉之求，得此戚施。

　　卫宣公是个淫昏的国君。他为儿子聘娶齐女，只因新娘子是个大美人，便改变主意，在河上高筑新台（台的故址在今山东甄城县黄河北岸），把齐女截留下来，霸为己有。国人便编了这首歌子挖苦他。

　　卫宣公欲夺儿子的新娘，先造"新台"，好比唐明皇欲夺儿媳寿王杨妃，先让她入道观作女冠一样，好像这样一来，一切就合理合法了。然而丑行就是丑行，丑行是欲盖弥彰的。诗人大赞"新台有泚"、"新台有洒"，兴味在于：新台是美的，但遮不住老头子干的丑事啊。通过反衬，美愈美，则丑愈丑。

　　这一调包，使得美丽的少女配了个糟老头，而且还是个驼背鸡胸，本来该作她老公公的人，是怎样也不般配的，"一朵鲜花插在牛粪上"，难怪诗人心中不忿，要为齐姜、也要为天下少年鸣不平！诗人好有一比："鱼网之设，鸿则离之"（鸿：蟾蜍），打鱼打个癞蛤蟆，是多么倒霉，多么丧气，又多么无奈的事啊！

　　关于此诗，也有人不同意传统的解说。如宋人王质说："寻诗当是此地之人娶妻不如始言，故下有不悦之辞，求求燕婉乃得恶疾者，为可恨也。"（《诗总闻》）即俗话所谓："隔着麻布口袋买猫儿，交订要白的，拿回家去才是黑的。"今人高亨则说："诗意只是写一个女子想嫁一个美男子，而却配了一个丑丈夫。"即俗话所谓"一朵鲜花插在牛粪上"。

　　㊟ 有泚：泚泚，鲜明的样子。瀰瀰：水满的样子。籧篨：粗竹席；喻生有鸡胸、腰不能弯的人。燕婉：安乐美好的样子。有洒：洒洒，高峻的样子。浼浼：意近弥弥。不殄：不善。戚施：背驼而不能挺胸的人。

鄘风·柏舟

汎彼柏舟，在彼中河。髧 dàn 彼两髦，实维我仪。之死矢靡它。母也天只，不谅人只！

汎彼柏舟，在彼河侧。髧彼两髦，实维我特。之死矢靡慝 tè。母也天只，不谅人只！

姑娘看上一个少年郎，但她的选择未能得到母亲的同意，所以满腔怨恨，发誓要和母亲对抗到底。诗中表现了旧时的青年男女，为了争取婚恋自由而产生的反抗意识，很有认识意义。

这首诗还触及一个更为普遍的社会问题：无论古今中外，在择偶的问题上，母亲和女儿的意见往往不能一致。母亲相中的，女儿不屑一顾；女儿中意的，母亲坚决不准带回家来。这种事不但古代有，今天还有；不但中国有，外国也有。印度尼西亚有一首民歌，歌中这样唱道："哎哟妈妈，你不要对我生气，年轻人就是这样相爱。"

妈妈也曾年轻过，为什么就不理解年轻人的心思了呢？这是因为妈妈多了些岁数，多了些世故，多了些势利，就少了些热情；多了些理智，就少了些感觉。老是看家底呀，看文凭呀，看几大件呀，女儿都烦透了。殊不知"甜蜜的爱情从哪里来？是从那眼睛里到心怀"——与家底无关、与文凭无关、与几大件也无关。

按，也有人认为诗中"母也"和"天只"一样，只是叹词，从而对诗意有完全不同的理解。如闻一多说："女不见答也。诗中大意说：那河中泛舟的少年，我愿以此身许配给他，至死不变节，无奈他不相信我哟。"（《风诗类钞》）白俄罗斯有一首民歌叫《妈妈要我出嫁》，前六段的提亲，不是唐璜就是懒鬼，故结句皆为"妈妈我不嫁给他"，而最后一段道："妈妈要我出嫁，把我许给第七家，第七个多么漂亮活泼年轻，但是他不爱我呀！"意味相近。

鄘风·桑中

爰采唐矣？沬 mèi 之乡矣。云谁之思？美孟姜矣。期我乎桑中，要我乎上宫，送我乎淇之上矣。

爰采麦矣？沬之北矣。云谁之思？美孟弋矣。期我乎桑中，要我乎上宫，送我乎淇之上矣。

爰采葑矣？沬之东矣。云谁之思？美孟庸矣。期我乎桑中，要我乎上宫，送我乎淇之上矣。

这是一首歌唱幽期密约的诗。有人根据诗中"采葑"，"采麦"之说，认为抒情主人公是普通劳动者；也有人根据"姜"、"弋"、"庸"为贵族姓氏，认为诗中人乃贵族男女。然而男女之间，爱欲存焉，抒情主人公的身份对这一首诗，无关宏旨，而其情辞音节之美，在三百篇中不可多得，特别值得注意。

诗三章的前四句都是用自问自答的方式唱出来的，又都是以采集植物起兴的（采唐、采麦、采葑）。以渔鱼隐射性爱，以饮食隐射性爱，在《诗经》中屡见不鲜。从采集植物兴起求爱、相思，是另一种自然的联想，这在《关雎》《卷耳》中便有表现；至于后世乐府中的"郎见欲采我，我心欲怀莲"、现代民歌的"我有心摘一朵戴，又怕栽花人将我骂"，都可遥相印证。诗一起就兴致勃勃，而又别有用心。"云谁之思？美孟姜矣"，反复问答，最有歌味，能尽抑扬顿挫之致，比直接地宣布要动人得多。"孟姜"犹言姜家大姐，与"孟弋"、"孟庸"皆同是美人的同义语，又是爱人的代称。朱自清说："我以为这三个女子的名字，确实只是为了押韵的关系……那三个名字，或者只有一个是真的，或者全不是真的——他用了三个理想的大家小姐的名字，许只是代表他心目中的一个女子。"（《中国歌谣》）而在媵妾制的时代，长姊地位特殊；而大家闺秀，别具风姿。故诗中称谓饱含着诗人的柔情蜜意。

诗章的后三句用了一种回忆、遐想的语调，一口气唱出了心爱的姑娘"期我"、"要（邀）我"及"送我"的整个儿的约会过程，极有层次。恋爱靠谈，谈恋爱的最好方式就是相送，这在《诗经》时代人们就懂得了。桑中之期，上宫相邀，诗中点到为止，至于其间唯有天知的情事，一概略去，以下便说到淇水相送。比起后人戏文中的"软玉温香抱满怀"之类不知有几多空灵。孙作云以为桑中即卫地的桑林之社（桑为社树），上宫即社庙。当时的庙会，即男女青年约会场所。其说最为通达。诗人把桑中相期之苦情，上宫相会之乐事，淇水远送的缠绵，一股脑儿留给读者自行玩味，尤有悠悠不尽的韵味。

《毛诗序》主美刺说诗，连这样一首情歌，也说是"刺奔也"。清人崔述驳斥道："（此诗）但有叹美之意，绝无规诫之言。若如是而可以为刺，则曹植之《洛神赋》、李商隐之《无题诗》、韩偓之《香奁集》，莫非刺淫者矣。"（《读风偶识》）

诗的前四句是整齐的四言句，而到末三句却依次作五五七言句，这是典型的逐渐增字永言的做法。诗人本不难运用齐言形式，如末句就可以作"送我乎淇上"，与上二句划一。却偏偏要增衬"之"、"矣"两个语辞，盖兴会所致，"言之不足故嗟叹之，嗟叹之不足故永歌之"（《诗大序》），使此诗从头到尾，洋洋乎愈歌愈妙，真欲令人手舞足蹈了。此外，每章前四句略有易辞之处，而末三句则完全相同，这在今日多段的歌曲中还是习见的形式，相同的后一部分通常称之为"副歌"，往往点题。在演唱时多用合唱，尤为动人。

鄘风·蝃蝀

蝃蝀 dìdōng 在东，莫之敢指。女子有行，远父母兄弟。

朝隮 jì 于西，崇朝其雨。女子有行，远弟兄父母。

乃如之人也，怀昏姻也。大无信也，不知命也！

这是一首维护封建礼教的诗，诗序释其题旨为："止奔也。卫文公能以道化其民，淫奔之耻，国人不耻也。"近人或一反旧说，谓为女子斥负心男人之诗，实未必然。陈子展说"此民间歌手囿于习惯势力之作"（《诗经直解》）不错。

封建礼教，一如封建制度，是个历史的范畴，须要历史地加以批判。虽然在漫长的封建社会中，礼教的作用很坏（礼教吃人），但作为古代婚俗从对偶婚向专偶婚过渡的文明进程中，礼教的出现最初却是应运而生和有其积极作用的。统治者"以道貌岸然化其民"即推行礼教，而"淫奔之耻，国人不齿"，可见它曾一度深入人心。

不过，作为封建时代的上层建筑，礼教从产生的那一天起，就具有二重性。它对在促进文明进步的同时，也使人类付出了丧失婚恋自由、人性遭受压抑的代价。这首短小的诗，便生动地反映了当时的社会舆论如何向一个自行其是的女子施加压力的，封建礼教如何通过正人君子的义愤对生活实施干预的。诗的认识价值超过其审美价值。

《蝃蝀》，在《释名》中写作"蠕蝀"，即虹。书中注云："虹又曰美人。阴阳不和，淫风流行，男美于女，女美于男，互相奔随之时，则此气盛。"可见周人迷信虹的出现，有关妇女贞邪。而"蝃蝀在东，莫之敢指"是有所取义的兴起，不敢指云云，可见时人忌讳之深。次章又用早上的云雨变化进一步渲染，兴起人事中的男女私奔，伦常的扰乱。"女子有行，远父母兄弟"是两章反复提到的一句话（因押韵，末句词序小有腾挪），这同样的话还在《邶风·泉水》《卫风·竹竿》二诗中出现过，可知是卫地流行的谚语或熟语。其意本是说女大当嫁，而在此诗的具体语言环境中，则有言外之意：女子应该规规矩矩地出嫁。反复强调，意在谴责。

末章水到渠成，一连四个"也"字惊叹作结，表达了诗人对败坏道德规范的行动的不能容忍，充满了合乎礼教的义愤。"仲可怀也，人之多言亦可畏也"（《郑风·将仲子》），在礼教压力之下，有人忍痛割爱，求合于礼。可也有桀骜不驯，任从爱欲，大胆行动者，那就不免为千夫所指了。诗中人的追求婚姻自主，自然合情；而舆论的批评，亦持之有理。这里有情与理的冲突，个人与社会的冲突，人性与历史的冲突。其中是非，是耐人寻味的。不同时代不同眼光的读者，对于诗中公案，容有截然不同的价值判断。从这个意义上说，这也是一篇说不完的《蝃蝀》。

末了还应提到清人方玉润的一个别解。他猜测这首诗是代宣姜答《新台》之作。诗人是用宣姜自我开脱的口气，对卫宣公劫夺儿媳（即宣姜）一事予以讥刺。"其意若曰：予之失节岂得已哉？予固一弱女子，而又远自齐东，来嫁卫西，父母兄弟，均无所依。当其初来，亦以为两姓昏（婚）姻不爽凤约，讵料卫君其人心怀叵测，只恋新婚之美，罔顾伦常之重，竟夺子妇，是无信也，是不知天缘自有命在也。"（《诗经原始》）这里加入了一些想象，所以他又补充道："特无实证，未敢遽定。"《诗经》解说中的这种多解现象，说明了一个事实：由于文本的简古，空白多多，就给了好求甚解的读者以见仁见智、自由发挥的余地；其中某些解说，定非诗之本意。

卫风·硕人

　　硕人其颀，衣锦䋛衣。齐侯之子，卫侯之妻，东宫之妹，邢侯之姨，谭公维私。

　　手如柔荑，肤如凝脂，领如蝤 qiú 蛴 qí，齿如瓠犀，螓 qín 首蛾眉。巧笑倩兮，美目盼兮。

　　硕人敖敖，说 shuì 于农郊。四牡有骄，朱幩 fén 镳镳，翟 dí 茀 fó 以朝。大夫夙退，无使君劳。

　　河水洋洋，北流活 guō 活。施罛 gū 濊 huò 濊，鳣鲔发 pō 发，葭菼 tǎn 揭揭。庶姜孽孽，庶士有朅。

　　篇名直译，即"大美人诗"。诗云"硕人其颀"，可见"硕人"即高个儿美人。

　　在任何选美或模特儿大赛中，身高永远是一项标准。看来这样的标准是于古有据的。近距离的日常接触，只要身材比例匀称，哪怕娇小，也不失为美人。而舞台表演，选美作秀，皆属远看。唯有硕人，才能尽得风流。这里有一个视觉冲击力的问题，抢眼为美。这首诗咏齐公主庄姜嫁卫，一顾倾城，事见《左传》隐公三年（"卫庄公娶于齐东宫得臣之妹，曰庄姜，美而无子，卫人所为赋《硕人》也"）。

　　使这首诗传世不朽的是第二章，昔人称之"美人赋"，也可称之"硕人秀"。诗人在形容庄姜绝世的风神时，抓住了人体美、女性美的要领，表现了东方人的审美趣味。一说手，手是人体最灵巧的表情器官，微妙的心理活动，往往会通过手的动作，特别是无意识动作得到表露，女性的手姿尤其如此；二说肌肤，人体敏锐而分布很广的感官是皮肤，肌肤细腻润泽，是女性美的重要指标；三说脖子，脖子短的人身材不高，粗短的脖子显得愚笨，细长的脖子、高挑的身材，如天鹅一般，会给人以高贵的感觉；四说牙齿，一口排列整齐的匀白的牙齿，使嘴和下颌的形状趋于完美，使得美的容颜无可挑剔，面部整形，关键在于矫正牙齿，今人重视有加；五说额与眉，额要适度饱满，鼻梁要挺，眉要天然弯曲，可以略加修饰，却不可以剃掉、另作人工文眉。最后还有一样锦上添花的，那可是美之魂灵——笑和眼神。

虽有"任是无情也动人"之说，然而一个漠然迟钝、冷若冰霜的美人，又哪里比得上一个"巧笑倩兮，美目盼兮"的美人，让人如坐春风，灵魂出窍呢？而仪态的放松，是自信的表求，与人应对，定可对答如流。眼神是一种美妙的语言，晋代大画师顾恺之画人，或数年不点目睛。人问其故，曰："四体妍媸，本无关于妙处，传神写照，正在阿堵中。"（《世说新语·巧艺》）清人方玉润说："千古颂美人无出此二语，绝唱也。"（《诗经原始》一）明人钟惺云："巧笑二句言画美人不在形体，要得其性情。此章前五句犹状其形体之妙，后二句并其性情生动处写出矣。"所谓"性情"，其实与后天的教养有关，是由文化造成的一种风姿或风度。白居易《长恨歌》"回眸一笑百媚生，六宫粉黛无颜色"云云，或许就受到此诗的一点启发。

"手如柔荑"五句所形容着的，都是人体裸露在外的部分。而人体的其他部分，则处在美丽的"锦绢衣"的覆盖之下。而由"硕人其颀"一句，引发读者无限的遐思。"硕人其颀"与"硕人敖敖"、"庶姜孽孽"，大意相同，高挑的个儿是天生的衣架子。中西人种不同，体态各异，民族审美习惯和传统也不一样。有一位选美评委即兴发言说："西方美女以不着衣为美，东方美女以着衣为美。"有一定的道理。史称庄姜"美而无子"，语若有憾。可有子、无子，与审美无关。把女性视为传宗接代的工具，不是审美的态度。

"手如柔荑，肤如凝脂，领如蝤蛴，齿如瓠犀，螓首蛾眉"，一连串比喻，虽不是针对整体对象的博喻，而是各部分的比喻之叠加。然而由于设喻本身的启发性，加上读者的想象力，其效果是整合的。这种手法颇具创意，"生动之处《洛神》之蓝本也"（《诗义会通》）。《洛神赋》形容洛神云："其形也，翩若惊鸿，婉若游龙，荣曜秋菊，华茂春松。……秾纤得衷，修短合度。肩若削成，腰若约素。延颈秀项，皓质呈露，芳泽无加，铅华弗御。云髻峨峨，修眉联娟。丹唇外朗，皓齿内鲜。明眸善睐，靥辅承权。瓖姿艳逸，仪静体闲。柔情绰态，媚于语言。"较之《硕人》，描写更加展开而已。

此诗前后各章对于第二章，有烘云托月之妙。一说庄姜的血统，"齐侯之子，卫侯之妻，东宫之妹，邢侯之姨，谭公维私"，一口气说出无数贵人，而不嫌堆垛，盖非如此无以突出其血统之高贵，亦巧于用拙。二说庄姜适卫（第三章）仪从之盛，当其停车于国都近郊，等候迎接，其车服、媵送之备，具有很强的可看性，成为当日卫国的一大景观。关于"大夫夙退，无使君劳"二句，郑笺云："无使君之劳倦，以君夫人新为配偶。"胡培翚、陈奂等皆驳郑笺。钱锺书评议："实则郑说亦通，盖与白居易《长恨歌》：'春宵苦短日高起，从此君王不早朝'，李商隐《富平少侯》：'当关不报侵晨客，新得佳人字莫愁'，貌异心同。新婚而退朝早，与新婚而视朝迟，如狙公朝暮赋芧，至竟无异也。"（《管锥编》一）

第四章，忽然加入了一段"拉网小调"，令人感觉非常特别。有人根据《汉广》"翘翘错薪，言刈其楚"等句，疑心诗是樵唱；那么，我们也有理由根据"河水洋洋"几句，认为这是一首响穷河滨的渔唱了。此外，河水洋洋，鱣鲔发发，也可以是鱼水交欢写婚礼之隆盛，也可以是以鱼水喻庄姜随从之盛意（对比《敝笱》："敝笱在梁，其鱼唯唯；齐子归止，其从如水"）。"葭菼揭揭"，以芦荻的高扬与庶姜（陪嫁的各位姜女）庶士（扈从的各位武士）的高长作联想。而庶姜之颀长美丽、庶士的健壮威风，对庄姜的美与贵有众星捧月之效。

此诗语言的考究。主要是注意整一中的变化。如第一章"齐侯之子"

以下四句结构相同，最后一句则变换说法，不言"谭侯之姨"而曰"谭公维私"，便不单调板滞，又避免与上一句重复。第二章"手如柔荑"以下四句均每句一喻，结构相同，"螓首蛾眉"一句两喻，故为紧缩且由明喻变作借喻；第四章连用叠字，绘声绘色，声调铿锵，然前六句的"洋洋"、"活活"、"浽浽"、"发发"、"揭揭"、"孽孽"皆叠字的标准形式，唯末句"有揭"即"揭揭"，改用叠字变化形式，颇见灵动。

卫风·氓

氓之蚩蚩，抱布贸丝。匪来贸丝，来即我谋。送子涉淇，至于顿丘。匪我愆 qiān 期，子无良媒。将 qiāng 子无怒，秋以为期。

乘彼垝 guǐ 垣，以望复关。不见复关，泣涕涟涟。既见复关，载笑载言。尔卜尔筮，体无咎言。以尔车来，以我贿迁。

桑之未落，其叶沃若。于嗟鸠兮，无食桑葚。于嗟女兮，无与士耽！士之耽兮，犹可说也。女之耽兮，不可说也。

桑之落矣，其黄而陨。自我徂尔，三岁食贫。淇水汤汤，渐车帷裳。女也不爽，士贰其行。士也罔极，二三其德。

三岁为妇，靡室劳矣。夙兴夜寐，靡有朝矣。言既遂矣，至于暴矣。兄弟不知，咥 xī 其笑矣。静言思之，躬自悼矣。

及尔偕老，老使我怨。淇则有岸，隰则有泮。总角之

宴，言笑晏晏。信誓旦旦，不思其反。反是不思，亦已
焉哉。

国风反映婚恋问题，比较引人注目的是弃妇诗，《卫风·氓》是最重
要的一首。"氓"即民，音与义都接近于英文的 man，或 the man，以代
诗中之负心郎。"弃妇"这一说法本身就打上了时代的烙印，表明了妇女
在婚姻、家庭、社会中对男子的依附性。因此，弃妇诗很有认识价值。

朱熹释此诗道："此淫妇为人所弃，而自叙其事以道其悔恨之意也。
夫既与之谋而不遂往，又责所无以难其事，再为之约以坚其志，此其计亦
狡矣。以御蚩蚩之氓，宜其有余，而不免于见弃。"（《诗集传》）"戒淫"之
说荒谬，可以撇开不谈。但朱熹又确实道出了本篇叙写的婚恋悲剧的主要
特点：这一婚姻的缔结，虽托媒氏，实出自愿；这一婚姻的毁弃，既不因
家长意志，又不因第三者涉足，而在于男子的负心忘本，始乱终弃。

前两章写婚恋。先写一来一送，男方从淇河那边来。贸丝是假，勾
兑是真。不但主动，而且急情。女方却表现得比较冷静，坚持要对方请
来媒人，照章办事。女方将男方送过淇河，一直送到"顿丘"。"顿丘"
是个地名，送到顿丘分手，也许是遵循当时的习俗，也意味送得很远。
女方讲了一番很恳切的话，既不同意草率成事，又担心男方误解。

由于氓是板着脸走的，所以女方不免悬心吊胆，生怕他作赵巧送灯
台，一去永不来，不禁"泣涕涟涟"。而当氓再一次出现，女方不禁喜形
于色，"载笑载言"。媒人是一关，算命是一关，妆奁随车过去，意味婚
姻做成。看来《诗经》时代，旧式婚姻嫁娶的手续，即从媒妁之言、占
卜算命到嫁妆聘礼，大体已具，结个婚很不容易。

以下两章写婚变。不复用赋法叙事，而继以比兴抒情。"桑之未落，
其叶沃若"比年轻貌美，或婚后最初的小日子还过得滋润；"桑之落矣，
其黄而陨"比年长色衰，色衰爱减。这是婚变的一重原因。诗人以"吁嗟
鸠兮，勿食桑葚"兴起"吁嗟女兮，无与士耽"，乃是基于这样一个事实：

"士之耽兮，犹可说也；女之耽兮，不可说也"，此即明人戏曲所谓"男子痴，一时迷；女子痴，没药医"。今谚则云："男人重责任，女人重感情。"对男女行为差异的这些概括或感慨，不免过情，不免绝对，却也言出有据——有社会学的依据（男女不平等），也有生物学的依据（男女有别）。

诗中婚变还有一重原因，就是家境的变化。陈启源云："诗言'总角之宴'，则妇遇氓时尚幼也；又言'老使我怨'，则氓弃妇时，妇已老矣，必非三年便弃也。意氓本窭人（穷汉），乃此妇车贿之迁，及夙兴夜寐之勤劳，三岁之后，渐至丰裕。及老而弃之，故怨之深矣。"（《毛诗稽古编》五）联想唐代某公主"田舍郎多收三五斗便思易妻"的名言，及今人一为经理便招小秘，知陈说之不诬。

诗叙女方被弃还家，"淇水汤汤"与"送子涉淇"相照应。当初女方送氓，两人一同涉淇，多少柔情蜜意；而今氓弃女方，独自一人涉淇，又多少凄凉绝望。自己本没错（"女也不爽"），错在认错人（"士贰其行"、"二三其德"）；自己本没错，被休就是错。兄弟的不理解、不谅解，看似不情，实则有因："盖以私许始，以被弃终，初不自重，卒被人轻，旁观其事，诚足齿冷，与焦仲卿妻之遭遇姑恶，反躬无咎者不同。"（《管锥编》）"静言思之，躬自悼矣"，即《莺莺传》所谓"闲宵自处，无不泪零"。难道真是"男人不坏，女人不爱"？

为什么离异总是造成妇女的痛苦？由于经济地位不平等，婚姻关系就是女人对男人的依附关系。一旦解除关系，女方就失去了生存的因依。更要命的是，不但失去因依，还将为人所不齿，使父母兄弟蒙羞，自个儿得承受极大的心理压力。恩格斯一针见血地指出："历史上出现的最初的阶级对立，是同个体婚制下的夫妻间的对抗的发展同时发生的，而最初的阶级压迫是同男性对女性的奴役同时发生的。"（《家庭、私有制和国家的起源》）《氓》就为这一科学的论断提供了形象的实例。

不但如此，《氓》的故事并没有画上句号。在现实生活中，就有这类的事情：一位女子迷上一位徒有其表的男人，不顾家人的劝说和反对，和他结了婚，又竭尽全力，倾其所有，包括动用其社会关系，赞助男方，必欲使之飞黄腾达。而男方的境遇稍有改变，却移情别恋，回报给她的只是冷酷。"言即遂矣，至于暴矣。"恰如冯至所译的一首海涅诗所说："这是一个古老的故事，可是它永远新鲜。谁要是正好碰上了这样的事，她的心就会裂成两半。"

《氓》这首诗，也可以作一篇诗体小说读。现代小说评论家说，是张爱玲改变了言情小说的故事模式，破坏婚恋的不再是外部的阻力，而是"两个人的战争"。而这种模式的萌芽，在《氓》中就可以看到，虽然未能充分展开，却已初见端倪。唐传奇《莺莺传》，则更进一步。及至《红楼梦》中的宝黛关系，已经展示得相当充分。张爱玲对《红楼梦》酷爱而精熟，宜其会心之深。

从叙事艺术看，本篇赋比兴兼用，以顺叙为主，间或穿插倒叙（如末章），行文颇不单调。注意前后映带，如前有"氓之蚩蚩"，后就有"总角之宴，言笑晏晏"；前有"送子涉淇，至于顿丘"，后就有"淇水汤汤，渐车帷裳。"钱锺书说："此篇层次分明，工于叙事。'子无良媒'而'愆期'，'不见复关'而'泣涕'，皆具无往不复，无垂不缩之致。然文字之妙有波澜，而读之只觉是人事之应有曲折；后来如唐人传奇中元稹《会真记》崔莺莺大数张生一节、沈既济《任氏传》中任氏长叹一节，差堪共语。"（《管锥编》一）

卫风·伯兮

伯兮揭 qiè 兮，邦之桀兮。伯也执殳 shū，为王前驱。

自伯之东，首如飞蓬。岂无膏沐，谁适为容。

其雨其雨，杲 gǎo 杲出日。愿言思伯，甘心首疾。

焉得谖草？言树之背。愿言思伯，使我心痗 mèi。

本篇是闺怨的始祖。一章用赋法，以女主人公夸耀的口吻写其夫出征的情景。"伯"是女主人公对爱人的称呼，可能他是老大吧。若要知道他如何英雄，只要知道他是干什么的就行了——他是先锋、打头阵的，那可是经过严格选拔来的。想想他手执丈二长殳，走在队列最前头的帅劲！当初她一定为此非常骄傲，非常喜悦，她可能曾经想过，凭他那身本事，闹个立功封侯并不是什么难事吧。这一章洋溢着兴奋愉悦的情绪，与以下三章形成对照。

二章自伯之东，是全诗一大转关。自从男人东征以后，情况就发生了变化。由于战争旷日持久，男人一去不归，女主人公满腔的热情和兴奋，渐渐化着悬心挂肠的思念，通信的不便，更加重了思念的程度。她的情绪较之当初，可说是一落千丈，干什么都打不起精神来，头都懒得梳理，还有什么心思化妆！这里用比法，以蓬草喻女子散乱的头发，十分生动形象，使其愁苦憔悴的形容，跃然纸上。方玉润谓此章"宛然闺阁中语，汉魏诗多袭此调"（《诗经原始》四）。如徐幹《室思》："自君之出矣，明镜暗不治"，此外，唐人如杜甫《新婚别》："罗襦不复施，对君洗红妆"，均有此诗的影响。

三章用兴起，兴而兼比，即以大旱之望云霓，喻女子与丈夫久别而盼重逢，更进一层。女子日日盼望丈夫归来，却一天天落空，就像盼雨却盼来了毒日头一样。这种折磨人的愁思，使她平添了头痛的毛病。那就别盼吧，丢开也许病就好了。但她却不能丢开，也不愿丢开，所以是"甘心首疾"了。这个话中的"甘心"和宋词名句"衣带渐宽终不悔，为伊消得人憔悴"（柳永《凤栖梧》）的"不悔"，意思差不多。表情是曲折、执着而强烈的。

到四章，这位心病沉重的女子，希望通过草药来治她的心病。据说萱草别名忘忧草，就有这种作用，这种草怎么用，不大清楚。女主人公希望能在北堂种上它，到时也许熬水喝吧。灵验不灵验，也不大清楚，只知道有这样一句俗话："心病还须心药医。"诗只写到"愿言思伯，使我心痗"戛然而止。为读者留下想象的空白：这位闺中少妇的心病治好没有？她的丈夫日后真的能衣锦还乡么？会不会喋血沙场、抛骨异乡呢？诗的结尾不了了之，有余音袅袅之致。

由于此诗写闺怨的生动真切，所以历来为人传诵。据《艺苑卮言》记载，明代大学者杨升庵谪戍滇中，其妻黄峨在新都老家写了一首七律《寄外》，其中第三联是："日归日归愁岁暮，其雨其雨怨朝阳"，分别采用诗经《小雅·采薇》中"日归日归，岁亦暮止"和本诗中的"其雨其雨，杲杲出日"的成句点化，写出了征人思妇双方的不得团圆的怨苦，传为佳话。

王风·黍离

彼黍离离，彼稷之苗。行迈靡靡，中心摇摇。知我者谓我心忧，不知我者谓我何求。悠悠苍天，此何人哉？

彼黍离离，彼稷之穗。行迈靡靡，中心如醉。知我者谓我心忧，不知我者谓我何求。悠悠苍天，此何人哉？

彼黍离离，彼稷之实。行迈靡靡，中心如噎。知我者谓我心忧，不知我者谓我何求。悠悠苍天，此何人哉？

这是一首感伤诗，列王风第一。王，指东周洛邑王城周围方圆六百里之地。据朱熹说，东周王室已卑，虽有王号，实与诸侯无异，故其诗不称雅而称王风。《毛诗》序说"周大夫行役至于宗周，过故宗庙宫室，尽为禾黍，悯周室之颠复，彷徨不忍去，而作是诗也"。郭沫若释云：

“《王风》的《黍离》是周室遭犬狨的蹂躏，平王东迁以后的丰镐的情形。相传周室东迁以后，所有旧时的宗庙宫室尽为禾黍。周的旧臣行役过旧都，便不禁中心悲怆，连连地呼天不止。这样的三章诗，的确是很有缠绵悱恻的情绪。”

在《史记·宋微子世家》记载有一个类似的故事：纣王之叔箕子（曾以谏被囚，武王释之）朝周，过故殷墟，感宫室毁坏，竟生禾黍，也曾感伤作歌：“麦秀渐渐兮，禾黍油油。彼狡童兮，不与我好兮。”后人称此诗为《麦秀》，其起兴和怨意均与《黍离》相类，于是人们也更有理由认为它们属于同一类诗歌。“黍离”、“麦秀”在字面上也天然成对，晋人向秀《思旧赋》遂以为对仗：“叹《黍离》之愍周兮，悲《麦秀》于殷墟。”后世遂习以“黍离之悲”或“麦秀之悲”为成语，以表达故国哀思。虽然也有人认为《黍离》本是一个行役者或流浪汉之歌。

这首诗以行役者看到的黍稷起兴，这是行役途中最常见的景物，同时那摇摇晃晃的低垂着的黍子和高粱，与行役者彷徨的步伐和低沉的情绪也有一种微妙的同构。“离离”、“靡靡”、“摇摇”这一串叠字形容生动，且有一唱三叹、回肠荡气之妙，起到了“既随物而宛转”、“亦与心而徘徊”即状物抒情两个方面的作用。以下就直道心中的忧伤却不说忧伤的原因，仅以“知我者”、“不知我者”对举，说“知我者谓我心忧，不知我者谓我何求”，这话的意思用熟语来说，就是“可为知者道，难与俗人言”，“不如意事常八九，能与人言不二三”，是一种莫名的不可告人的悲哀。

人在极度痛苦而又无可告诉的时候，往往情不自禁地呼告上苍，诗的结尾正是如此：“悠悠苍天，此何人哉？”——“此何人哉”，是一句意思含混的诘问，也许连问者自己也不明白他究竟是在责怪“不知我者”呢，还是怨恨别的什么。准确地说，这含混的诘问，只是在呼叫苍天之后的一声沉重的叹息。诗中虽不见宗庙宫室颓废的描写，然而其咏唱的忧思显然超出一般的行役羁旅，这也很容易使人将它和《麦秀》之歌联系起来。

诗共三章，三章叠咏，各章仅第二句的“苗”字换为“穗”和

"实"；第四句的"摇摇"换为"如醉"、"如噎"。黍稷由苗而穗而实，在形式上构成递进，主要是为了分章押韵，即不必意味时序的变迁；但从摇摇到如醉如噎，在抒情的程度上是渐渐加重的。三章反复咏叹着一种寻寻觅觅、使人精神恍惚的忧思，各章后四句完全相同，近于现代歌曲的副歌。方玉润评："三章只换六字，而一往情深，低回无限。此专以描摹虚神擅长，凭吊诗中绝唱也。唐人刘沧、许浑怀古诸诗，往往袭其音调。"（《诗经原始》五）

王风·君子于役

  君子于役，不知其期。曷至哉，鸡栖于埘 shí。日之夕矣，羊牛下来。君子于役，如之何无思？

  君子于役，不日不月。曷其有佸 huó？鸡栖于桀。日之夕矣，羊牛下括。君子于役，苟无饥渴！

  这首诗写妻子思念长期在外服役未归的丈夫。宋人王质说："当是在郊之民，以役适远，而其妻于日暮之时，约鸡归栖，呼牛羊来下，故兴怀也。大率此时最难为别怀，妇人尤甚。"（《诗总闻》四）

  诗是两章叠咏，每章的结构是由抒情到写景，再由写景到抒情，中间三句是很有意味的田园黄昏景色——夕阳西下，鸡已进窝，牛羊下山，所有的事物都找到了它自然的归宿，这与久役不归的君子形成对照，从而唤起了妻子对他的怀念和忧思之情。清人王闿运评："'鸡栖于埘，日之夕矣，羊牛下来'，横入喻义，又诗中别调。'鸡栖于桀，日之夕矣，羊牛下括'，生出方法，只就上文变换一二字，便以无限经济，此为奇也。"（《湘绮楼说诗》八）

这首诗对后世的田园诗和写景诗有较大影响。牛羊下山，就成为诗中描写乡村黄昏的典型景色。钱锺书云："许瑶光《雪门诗钞》卷一《再读〈诗经〉四十二首》第十四首云：'鸡栖于桀下牛羊，饥渴萦怀对夕阳。已启唐人闺怨句，最难消遣是昏黄。'大是解人。诗人体会，同心一理。潘岳《寡妇赋》：'时暧暧而向昏兮，日杳杳而西匿。雀群飞而赴楹兮，鸡登栖而敛翼。归空馆而自怜兮，抚衾裯以叹息。'盖死别生离，伤逝怀远，皆于昏黄时分，触绪纷来，所谓'最难消遣'。"

唐宋诗词如孟浩然《游精思观回王白云在后》："出谷未停午，至家已夕曛；回瞻下山路，但见牛羊群"、王维《渭川田家》"斜光照墟落，穷巷牛羊归。野老念牧童，倚杖候荆扉"，张孝祥《六州歌头》："落日牛羊下，区脱纵横"等，都有此诗消息。

注 坢，凿墙做成的鸡窠。佸，聚会；"括"音义同。

王风·大车

大车槛槛，毳 cuì 衣如菼 tǎn。岂不尔思？畏子不敢。

大车啍 tūn 啍，毳衣如璊 mén。岂不尔思？畏子不奔。

榖则异室，死则同穴。谓予不信，有如曒 jiǎo 日。

诗中女主人公爱上了一位男子，但又不肯贸然和他同居（"榖则异室"）。并非她心怀二志，而是她对恋人的态度尚无十分的把握。《大车》一诗便是在这种矛盾心情中所做的爱的试探。

"大车槛槛，毳衣如菼"、"大车啍啍，毳衣如璊"，这不纯是兴语。车走雷声，毛衣鲜艳，都暗示出一个很有身份的男子的形象，那无疑便是女子的意中人了。这里应隐含有二情相逢的值得记忆的往事，或许他们曾经同车而行；或许当初结识，他就是这样驱高车，盛服装，显得风流倜傥，令人一见难忘。时光可以使记忆变得模糊，但那车声，那服色却令人忘不了。也可能是另一种情况，那人丽服乘车而来，要讨一个重要的口信。从后文"榖则异室，死则同穴"二句看，那女子其实是早已表明心迹的，所欠的只是一个"榖则'同床'"的许诺。那么，她在犹豫什么呢？

盖当时婚俗，已受礼教的干预。"取妻如之何？必告父母"、"取妻如之何？匪媒不得。"（《齐风·南山》）舆论已不容非礼的自由结合，连上层统治者也不免受约束。诗中那个好身份的男子虽怀有爱的觊觎，又不能不顾虑重重。这从"岂不尔思，畏子不敢"两句，有着充分的暗示。什么不敢？私奔的不敢。"畏子不奔"，便是进一步的补说。换言之，那男子受到一些约束，不敢将两个人的隐秘感情、隐秘关系，公之于众。他只能采取幽会的形式，而未敢冒天下之大不韪，做出更多的牺牲，尤其是名誉上的牺牲。这正是女主人公深感不满的，所以她话里带刺，而且一语破的："岂不尔思，畏子不敢"！"岂不尔思，畏子不奔"！这与其说是讥讽，不如说是反激，诗句妙处也正在这里。说你不敢，正表明"我"敢；说你不敢，是希望你敢。

或许，那男子先前曾要女主人公表态；现在反过来，是女主人公逼男方表态了。成，还是吹，都在一句话。诗通过活生生的人物语言，展现了极富戏剧性的爱情谈判，很有意味。"岂不尔思，畏子不敢"，这是火辣辣的挑战。"岂不尔思，畏子不奔"，这是坦率的表白。那女子很有性格，决不如"妾拟将身嫁与一生休，纵被无情弃，不能羞"（韦庄《菩日游》）那等的盲动；而是将命运攥在手里，引而不发跃如也。不怕她现在静如处子，只要对方一句话，她也能脱兔般地行动。

一面是爱的大胆，一面是爱的矜持。女主人公为再一次表白爱的心迹，于是旧誓重提："榖则异室，死则同穴"，今人曾翻新为"生不同床死同穴"（田汉《关汉卿》）一句。这里值得玩味的是"榖则异室"四字，看来那女子是要坚持敢奔这一条件的，否则不全则无，把希望留到身后。

"谓予不信，有如皦日"，指天为誓，更见信念。

诗人写到这里戛然而止。那男子听后是赧然而退，还是回应如响，并不是这首抒情诗的兴趣所在，诗人不画蛇足。他要表现的是一种爱的心境，一个活生生的个性，就此而言，《大车》一诗是完满成功了。

汉人刘向《列女传·贞顺篇》载："楚伐息，破之。虏其君使守门，将妻其夫人，而纳之于宫。楚王出游，夫人遂见息君，谓之曰：'人生要一死而已，何至自苦。妾无须臾而忘君也，终不以身更二醮。生离于地上，何如死归于地下哉！'乃作诗曰：'縠则异室，死则同穴。谓予不信，有如皦日。'息君止之，夫人不听，遂自杀。息君亦自杀，同日俱死。"这一本事的可靠性如何，不得而知。其中"作诗曰"，当是赋诗言志，不得遽谓息夫人即此诗之作者。

清人姚际恒谓《大车》为"誓辞之始"（《诗经通论》），后世如汉乐府《上邪》、敦煌曲子词《菩萨蛮》（枕前发尽千般愿）等，即与之一脉相承。

郑风·将仲子

将 qiāng 仲子兮，无逾我里，无折我树杞。岂敢爱之？畏我父母，仲可怀也，父母之言亦可畏也。

将仲子兮，无逾我墙，无折我树桑。岂敢爱之，畏我诸兄，仲可怀也，诸兄之言亦可畏也。

将仲子兮，无逾我园，无折我树檀。岂敢爱之，畏人之多言。仲可怀也，人之多言亦可畏也。

这首诗写女青年在恋爱中的道德自律。周时，人民在政令许可的范围虽有一定性爱的自由，但普遍的情况却是"取妻如之何，必告父母"、

"取妻如之何，匪媒不得"（《齐风·南山》），礼教作为一种道德规范，已经在现实生活中发生作用，对人们的行为有很大的约束力。

古话道："女大不中留"，即使是束之高楼，隔以高墙，也不中的。礼防总是能冲破的。所以西方古典文学常有架梯翻窗的描写，中国古典文学有不少跳墙的描写。《西厢记》中的张生跳墙即一例，书生贼胆大，是因为受到了小姐的鼓励。但就是写了"明月三五夜，迎风户半开"的崔莺莺，只为没有与红娘搭成默契，没有安全感，也会"申礼防以自持"，只好把张生"教训"一通，让他还从粉墙上跳回去了事。

《郑风·将仲子》里的情况或不尽同，大约男方也曾跳墙与女子幽会过，女子似乎察觉到走漏了风声，想到"父母之言亦可畏也"、"诸兄之言亦可畏也"、"人之多言亦可畏也"（犹言"我好害怕"），一个弱小的女子，担待得起多少责骂和闲言碎语，想起来都不寒而栗，所以劝对方不要再走这条道儿。热恋中少女因舆论的压力，劝心中人不要再跳墙幽会，内心当然痛苦、矛盾，故诗中三复斯言："仲可怀也，某某之言亦可畏也。"关于此诗的叠咏，《诗经传说汇纂》引徐常吉说："由逾里而墙而垣，仲之来也以渐而迫也；由父而诸兄众人，女子畏也以渐而远也。"是颇具会心的。

清人崔述解道："细玩此诗，其言婉而不迫，其志确而不渝，此必有恃势以相强者，故托为此言以拒绝之，既不干彼之怒，亦不失我之正，与唐张籍却李师古聘而赋《节妇吟》之意相类。所谓'仲可怀'者，犹所谓'感君缠绵意'也；所谓'岂敢爱之，畏我父母（诸兄）'云者，犹所谓'君知妾有夫'、'还君明珠双泪垂'也。此岂果爱其人哉？特不得不如是立言耳。"（《读风偶识》）其说虽巧，惜乎似是而非。因为细加玩味，《将仲子》与《节妇吟》的女主人公身份不相同，男女关系也不相同，不能以彼例此。

近人詹安泰解道："这是一个恋爱中女子替她心爱的人多方设想，以减少他的恋爱障碍。她并不是请仲子不要来，而是请他不要跳墙攀附而来；她虽然有多方面的顾忌，但主要的还是为要较顺利地达成她的目的。这种言似拒而实乃招之的心理状态，和明代一首民歌相似：'姐道：我郎呀！若半夜来时，没要捉个后门跐。只好捉我场上鸡来拔子毛，假做子黄鼠狼偷鸡，引得角角里叫。好叫我穿上单裙出来赶野猫。'"（《诗经里所表现的人民性和现实主义精神》）"她并不是请仲子不要来，而是请他不要跳墙攀附而来"，此言甚得诗意；"言似拒而实乃招之"，诗中女子的心情绝没有这样踏实，相反，她感到的是人言可畏，计无所出。

"人言可畏"的成语，出于本篇。我国 20 世纪 30 年代的电影明星阮玲玉，在其绝命书上写下的，就有这几个字。由此也可见礼教吃人，舆论可怕。

郑风·褰裳

子惠思我，褰裳涉溱。子不我思，岂无他人？狂童之狂也且 jū！

子惠思我，褰裳涉洧。子不我思，岂无他士？狂童之狂也且！

孔子说："《诗》三百，一言以蔽之曰'思无邪'。"（《论语·为政》）总体上肯定《诗经》内容是纯正的。但他又说："恶紫之夺朱者，恶郑声之乱雅乐也。"（《论语·阳货》）是说不喜欢红到发紫，认为郑声有近于放纵的。比如《褰裳》就是。这首诗是用第一人称的语气写的，而且是两章叠咏。郑笺认为是影射郑国公室权力斗争的史实（见《左传》），朱熹不以为然道："自是男女相咎之辞，却干忽与突（郑国二公子）争国甚事！"（《朱子语类》）他认为这是女方指责男方的话，指责对方只是把爱挂在嘴上。

这首诗中提到两条水名。溱、洧是流经郑境的两条河，河水不深，《孟子·离娄》中即有郑子产用车渡人过溱洧的记载。可见其浅处当可褰裳而涉。既要蹚水过河，难免湿脚。诗中用来比譬恋爱需要付出代价。想吃鱼又怕沾腥，只享受爱的权利而不尽爱的义务，天下哪有如此便宜的事！诗中"子惠思我，褰裳涉溱"、"子惠思我，褰裳涉洧"，是易词申义，是讲条件，20世纪有首歌曲说："假如你要认识我，请到青年突击队里来"，就是讲条件。但这首诗中的男子，与诗中女子是认识的。女子是要求对方抛弃顾虑，拿出爱的证据来，与俗话说"嗜山不顾高，嗜桃不顾毛"（毛奇龄评）的意思相近。这两句，语必缘事而发，却未直接叙事，给读者以浮想联翩的余地。看来这小伙子有点犹豫不决，可能是爱情出现了现实障碍，所以诗中人要求他当机立断，克服困难，超越障碍，做出冒险和牺牲。总而言之，拿出爱的证据来！这两句并不过分，过分的是后面两句。

"子不我思，岂无他人？""子不我思，岂无他士？"也是易词申义。这个女子是爱对方的；但她要找的，不是"我爱"的人，而是"爱我"的人。别的不管，她只在乎对方爱不爱我，肯不肯为自己付出。而且，她有充分的自信。所以才表现出对这场恋爱的结果毫不介意，至少嘴上是如此。有你不多，无你不少。"离了胡萝卜不成席。"话虽放纵，近乎要挟，表现的却是一种爱的矜持，就是死要面子。读者须听话听音，须知话虽如此，假如诗中人真的完全不介意，那么她何苦怂恿对方过河。由此可见，她骨子里还是希望对方冲破障碍、放弃犹豫来到她身边。

两章的最后一句"狂童之狂也且"，是完全的重复。这是训人的话，"狂童"，相当于疯子。看来男方自我感觉太好，四川人叫作"很要不完"，这也是女方生气之处。所以这句的意思是：你小子有哪一点要不完！但结尾带了一个"且"字，有人解释为语气助词。郭沫若《释祖妣》一文认为甲骨文"且"字像男根，李敖直译为"鸡巴"，认为这是一句粗口，即："你小子狂个毬！"郑振铎说："这种心理，没有一个诗人敢于将它写出来！"（《插图本中国文学史》）但《褰裳》把它写了出来。

总之，这首表现的是爱的矜持。虽然语言有些放纵，却是真性情文字，真性情就是"思无邪"。同样表现爱的矜持，当代女词人沈祖棻（别号紫曼）写过一首新诗《别》，其中说："你爱想起我就想起我，像想起一颗夏夜的星；你爱忘了我就忘了我，像忘了一个春天的梦。"也有不在乎，随便你的意思。与《褰裳》相比，虽有古今、精粗、文野之分，但诗中那份爱的矜持，何其相似乃尔。

最后顺便说，笔者在拍《邓小平与四川》专题片期间，写过一首《竹枝词》："郑女江边凤啸歌，怜欢其奈踌躇何。涉溱莫问水深浅，摸着石头能过河。"是由邓小平说过的一句话，联想到《褰裳》这首诗。意思是改革不要停留在口头上，请拿出你的证据来。

郑风·出其东门

出其东门，有女如云。虽则如云，匪我思存。缟衣綦巾，聊乐我员。

出其闉阇 yīndū，有女如荼。虽则如荼，匪我思且。缟衣茹藘，聊可与娱。

这首诗表现的是男主人公对爱情的忠实不贰。关于"东门"，陈启源说："《左传》记郑事，所言城门，凡为名十二。惟东门两见于诗，意此门当国要冲，盖师旅之屯聚，宾客之往来，无不由是，其为郑之孔道可知，宜乎诗之一兴一赋皆举以为端也。"（《毛诗稽古编·附录》）

诗中主人公出席东门之外的一个聚会，面对美女如云，眼花缭乱的情景，他却想到了自己的心上人，从而否定和排斥外来的诱惑。故"'匪我思存'句最重"（高朝瓔《诗经体注大全会参》）。

十八世纪苏格兰杰出农民诗人彭斯在《玛丽·莫里孙》中咏叹的："昨夜灯火通明/伴着颤动的提琴声/大厅里旋转着迷人的长裙/我的心儿却

飞向了你/坐在人堆里/不见也不闻/虽然这个白的俏、那个黑的俊/那边还有倾倒全城的美人/我叹了一口气，对她们说/你们不是玛丽·莫里孙。"

这可以说是《出其东门》的英语版本。

郑风·溱洧

溱与洧，方涣涣兮。士与女，方秉蕳 jiān 兮。女曰观乎，士曰既且 cú。且往观乎，洧之外，洵讦 xū 且乐。维士与女，伊其相谑，赠之以勺药。

溱与洧，浏其清矣。士与女，殷其盈矣。女曰观乎，士曰既且。且往观乎，洧之外，洵讦且乐。维士与女，伊其相谑，赠之以勺药。

此诗用第三人称叙事，与代言体抒情诗不同。它叙事的同时展示了更广阔的背景，可使人窥见民情风俗，不止写恋情而已。周时为蕃育人口，规定仲春二月过情人节："仲春之月，令会男女；于是时也，奔者不禁。"(《周礼·媒氏》)"郑国之俗，三月上巳之日，于两水（溱、洧）上招魂续魄，祓除不祥。故诗人愿与所悦者俱往观也。"(《韩诗章句》，《太平御览》)《溱洧》即写上巳佳日，郑国男女相悦，相约郊游情事。方玉润说："想郑当国全盛时，士女务为游观。莳花地多，耕稼人少。每值风日融和，良辰美景，竞相出游，以至兰勺互赠，播为美谈，男女戏谑，恬不知羞，则其俗流荡而难返也。在三百篇中别为一种，开后世冶游艳诗之祖。"(《诗经原始》五)

阳春三月，河水解冻，溱洧水涨得汪汪洋洋的。郑国的青年男子三五成群，秉执泽兰，在清澄的水边，招魂续魄，祓除不祥。此诗两章的前四句，都是描绘这个节日盛况的。从"士与女，方秉蕳兮"到"士与女，殷其盈矣"，通过换章易词，写出了一个时间上循序渐进的过程。前章的两个"方"字，意谓节日开始；后章"殷其盈矣"，则见盛会达到高潮。这样一个男女大集会，是天然的交际场所，到处充满春意。两章诗的后几句，就着重刻画了这个节日喜庆背景上发生的，一对青年男女结伴赶会的小小插曲。

一位迟到的女郎，在洧水边上遇到一位迎面而来的男子，便热情地邀他同往赶会。这一情事包含在"女曰观乎"寥寥四字之中。不料那青年刚从洧水那边看过热闹回来，所以有"既且"（去过了）的答谢。以下三句："且往观乎，洧之外，洵讦且乐"，未标明士曰女曰。朱熹理解为"女复邀"之辞；郭沫若则理解为男方主动迁就之辞（见《卷耳集》）。不管是女子复邀也好，男方迁就也好，或是两人达成"协议"也好，都是如此的自然，如此的大方，毫无忸怩作态。于是这一对结伴的人儿，遂说说笑笑，渐次亲昵，愉快远在游乐之上，后来竟互赠香草定情。何以要赠芍药？药音谐"约"，芍药一名江篱，音谐"将离"，"言将离赠别此草也"（《韩诗外传》），即相会待明年。

《溱洧》在直叙中插入对话，这种手法使场面活跃，富于情节性。故姚际恒说"诗中叙问答语甚奇"，"盖诗人一面叙述，一面点缀，大类后世弦索曲子。"（《诗经直解》引张尔岐）的确，《溱洧》有情节有对问的写法，使读者如听"二人转"，妙趣横生。

齐风·东方未明

东方未明，颠倒衣裳。颠之倒之，自公召之。

东方未晞，颠倒裳衣。倒之颠之，自公令之。

折柳樊圃，狂夫瞿 jù 瞿。不能辰夜，不夙则暮。

这首诗写被奴役者对繁重苦役的抱怨，所谓"诗可以怨"。诗截取"东方未明"的这个典型时刻集中表现主题，大类高玉宝《半夜鸡叫》。

苦役们白天从事超强度的劳作，收工后疲惫不堪，只盼晚上能睡个囫囵觉。但这个起码的要求也得不到满足。前二句写东方未明，半夜鸡叫，苦役们就摸黑起身，忙七慌八，胡乱穿衣，弄得颠倒衣裳，不分上下。三、四句点出所以慌张的原因，也就是被奴役者受苦的原因，是"自公召之"——原来周代的"周扒皮"恶狠狠吆喝着呢。

前两章叠咏，文字的更换与句式的变化，使诗情在反复渲染中得到加强。末章交代苦役起床出工后干什么和怎么干。"折柳樊圃"，苦役们忙着砍树条编篱笆。而监工手执皮鞭，瞪大眼睛监视着他们，一个也不许偷懒。"狂夫瞿瞿"只写眼神的凶狠，而其余可以概见，所谓"传神阿堵"。末二句表明，不能好好睡觉，并非一天两天的事，而是年年岁岁，起早摸黑地干。

马克思认为剥削的手段之一，就是延长奴隶的劳动时间，这首诗反映的就是这种情况。全诗画龙点睛，长于用短。

魏风·伐檀

坎坎伐檀兮，置之河之干兮，河水清且涟猗。不稼不穑，胡取禾三百廛兮？不狩不猎，胡瞻尔庭有县貆 huān 兮？彼君子兮，不素餐兮！

坎坎伐辐兮，置之河之侧兮，河水清且直猗。不稼不穑，胡取禾三百亿兮？不狩不猎，胡瞻尔庭有县特兮？彼君子兮，不素食兮！

坎坎伐轮兮，置之河之漘兮，河水清且沦猗。不稼不穑，胡取禾三百囷 qūn 兮？不狩不猎，胡瞻尔庭有县鹑兮？彼君子兮，不素飧兮！

此诗选自魏风。魏国国都和它管辖的地域，是在现今山西省芮城县以及附近地区。

关于此诗诗意，清儒戴震说："伐檀乃置之河干，盖诗人因所闻所见而言之，以喻急待其用者置之不用也。因叹河水之清，而讥在位者无功倖禄，居于污浊，盈廪充庖，非由己稼穑田猎而得者也。食民之食，而无功德及于民，是谓素餐也。首二言，叹君子之不用。中五言，讥小人之倖禄。末二言，以为苟用君子，必不如斯。互文以见意。"(《毛郑诗考正》)此说有求之过深之嫌。

其实这首诗以伐木作兴语，乃触物起情，不过"劳者歌其事"，并无深意。今人或认为这首诗是一首伐木者之歌，已得到普遍的接受和认同。

古代伐木的劳动是十分艰巨的，特别是伐檀木一类用来造车的坚硬木材，砍下来的木材还要搬运到河边，其间可能要稍事休息。伐木者看到河水清清泛着涟漪，想到那些有钱有闲、不劳而获的大人先生们，心里感到愤愤不平。于是你一言，我一语，有热讽，有冷嘲，向贵族老爷们提出一系列质问："不稼不穑，胡取禾三百廛兮？不狩不猎，胡瞻尔庭有县狟兮？"问题提得十分尖锐，直接指向社会现实。"县"同"悬"。

这首诗的思想高度，在于它揭示了不合理的阶级社会所共有的一种基本现象：生产者不是所有者，所有者不是生产者。足以使读者联想到近世的一首民谣："纺织娘，没衣裳；泥瓦匠，住草房；卖盐的，喝淡汤；种田的，吃米糠；当奶妈的卖儿郎；淘金的老汉一辈子穷得慌。"诗中的伐木人显然感到社会现实的不合理。

然而，统治阶级的辩护士自有一套理论，来为这种社会存在辩护："劳心者治人，劳力者治于人；治于人者食人，治人者食于人。"伐木人对此似乎并不服气，他们反唇相讥道："彼君子兮，不素餐兮!"不直接说大人先生们是白吃白拿，反而说他们不白吃。这里，反语的运用起到了画龙点睛、耐人寻味的作用。

对于现实的不平，诗中人不是哀诉，而是嘲弄。诗亦突破了四言格局，多用杂言句式，长短相间，参差错落，每章九句中有七句用了语气词"兮"、"猗"，更增强了情感表达的力度。孔子说"诗可以怨"，此亦一例。

秦风·蒹葭

蒹葭苍苍，白露为霜。所谓伊人，在水一方。溯洄从之，道阻且长。溯游从之，宛在水中央。

蒹葭萋萋，白露未晞。所谓伊人，在水之湄。溯洄从之，道阻且跻 jī。溯游从之，宛在水中坻 chí。

蒹葭采采，白露未已。所谓伊人，在水之涘 sì。溯洄从之，道阻且右。溯游从之，宛在水中沚 zhǐ。

秦风是最早的西部诗，秦风中的篇章一方面激荡着西北边鄙的慷慨悲壮的音情，粗放如《我家住在黄土高坡》；一方面缥缈着男女之间绵长不尽的情思，缠绵如《走西口》。

《蒹葭》一诗即脱尽黄土高原粗犷沉雄气息，将人们带到散发着水乡泽国情调的渺远空灵而又缠绵的境界。诗的开头"只两句写得秋光满纸，抵一篇悲秋赋"(清·牛运震《诗志》)，诗人为读者描绘出一幅河上秋色图，淡远的境界中略带凄清的色彩，对诗所表现的执着追求、若即若离的思慕之情，是很好的气氛烘托。

写景之后，出现了抒情主人公在河畔徜徉凝望的身影，这个身影相当朦胧。诗中人望穿秋水，企盼着"所谓伊人"。这个"伊人"，在诗中出现，没有性别的规定性；谓其"在水一方"，则没有方位的规定性。所以向河的上游走，找不到这个"伊人"；向河的下游走，还找不到这个"伊人"。"宛在"二字，微妙地透露出伊人之所在缥缈如海市蜃楼，望之似有，实渺茫难即。北宋贺铸《青玉案》："凌波不过横塘路，但目送、芳尘去。锦瑟华年谁与度？月桥花院，琐窗朱户，只有春知处。"写企盼心理，与此正同。

与国风中多数情诗内容往往比较具体实在者不同，这首诗的意境特别空灵。没有具体的人物、事件、地理方位。全篇着意渲染一种对于幸福的憧憬和期待，一种缥缈迷人的气氛，一种缠绵而略带感伤的情调，一种执着而不免失落的意绪。它表现的不是具体的人生故事，而是一种期盼的心境。它超越写实，而进入了象征领域，故诗意难于指实，连朱熹也说："秋水方盛之时，所谓彼人者，乃在水之一方，上下求之而皆不可得，然不知其何所指也。"（《诗集传》）

读者固然可以从诗中所描绘的情景唤起相似的爱情体验，也可从诗中所描绘的象征性境界产生更丰富深远的联想，唤起某种更广泛的人生体验。清人牛运震认为此诗乃"《国风》中第一篇缥缈文字，极缠绵，极惝恍，纯是情，不是景；纯是窈远，不是悲壮。感慨情深，在悲秋怀人之外，可思不可言。萧疏旷远，情趣绝佳，《序》以为刺襄公不用周礼，失其义矣。"（《诗志》）姚际恒说："此自是贤人隐居水滨，而人慕而思见之诗。"（《诗经通论》）近人陆侃如则说："它的意义究竟是招隐或是怀春，我们不能断定，我们只觉得读了百遍还不厌。"（《中国诗史》）

《蒹葭》各章前二句乃赋景起兴，用秋江冷寂景象烘托失恋者寂寞的情绪，在抒情气氛的创造上有不可忽略的作用。"白露为霜"——"白露未晞"——"白露未已"，在时间上有递进，这是《诗经》中复迭运用的一种很典型的形式，其作用是在反复中深化意境。琼瑶为电视剧《在水一方》作主题歌，主要从男女之思的角度演绎此诗的诗意。歌词作两章叠咏，句式错综，而不失原诗神韵。姑录如次，以助此诗之赏析：

　　绿草苍苍，白雾茫茫，有位佳人，在水一方。我愿逆流而上，依偎在她身旁，无奈前有险滩，道路又远又长。我愿顺流而下，找寻她的方向，却见依稀仿佛，她在水的中央。

　　绿草萋萋，白雾迷离，有位佳人，靠水而居。我愿逆流而上，与她轻言细语，无奈前有险滩，道路曲折无已。我愿顺流而下，找寻她的踪迹，却见依稀仿佛，她在水中伫立。

秦风·黄鸟

　　交交黄鸟，止于棘。谁从穆公，子车奄息。维此奄息，百夫之特。临其穴，惴惴其慄。彼苍者天，歼我良人。如可赎兮，人百其身。

　　交交黄鸟，止于桑。谁从穆公，子车仲行。维此仲行，百夫之防。临其穴，惴惴其慄。彼苍者天，歼我良人，如可赎兮，人百其身。

　　交交黄鸟，止于楚。谁从穆公，子车鍼 qián 虎。维此鍼虎，百夫之御。临其穴，惴惴其慄。彼苍者天，歼我良人，如可赎兮，人百其身。

　　这是一首控诉以活人殉葬这一奴隶制社会的野蛮习俗的悲歌。关于秦国三良（即子车氏三位大夫——奄息、仲行、鍼虎）为穆公殉葬事。《左传·文公六年》载，秦穆公死，康公遵其遗嘱，杀 177 人为之殉葬，中有子车氏三良。事并见《史记·秦世家》。

此诗三章叠咏。首二句，或以黄鸟的悲鸣，正面兴起悼辞；或以黄鸟的自由自在，反面兴起哀思——三良那样的好人，非得为穆公殉葬不可，岂非人不如鸟！

以下六句入题，诗人怀着极度的惶惑和悲愤，指出三良都是百里挑一的人才，却要他们白白送死。既非终其天年，又非战死沙场，像牲口一样被殉葬——谁能甘心？谁不畏惧？"三良不必有此状，诗人哀之，不得不如此形容尔。"（清·牛运震《诗志》）

末四句诗人对天呼号，要求还我三良，实际上就是对野蛮的殉葬制度进行抗议。"如可赎兮，人百其身"，与前文"百夫之特"，映照回环，深表对三良的痛惜，极真诚，极沉痛。"至今读之，犹觉黄鸟悲声未亏耳。"（陈延杰《诗序解》）

要之，此诗表现了在奴隶制与封建制交替的时代，时人朦胧的"人权意识"，是其思想价值之所在。

秦风·无衣

岂曰无衣？与子同袍。王于兴师，修我戈矛。与子同仇！

岂曰无衣？与子同泽。王于兴师，修我矛戟。与子偕作！

岂曰无衣？与子同裳。王于兴师，修我甲兵。与子偕行！

这是一首军歌，"美用兵勤王也。秦地迫近西戎，修习战备，高上气

力，故《秦风》有《车邻》《驷骥》《小戎》之篇及'王于兴师，修我甲兵，与子偕行'之事。"(清·魏源《诗古微》)

军歌可以协调步伐、振作士气，素为善于用兵之道者所重视。现代史上的抗日战争、抗美援朝战争中，《义勇军进行曲》和《中国人民志愿军军歌》所起的作用，非枪炮所能代替，听到军乐队奏起它们的曲子，战士就会热血沸腾，抱定今天就死在战场上的决心，去同敌人顽强拼搏。因此，对《无衣》这首最早的军歌，理当刮目相看。

"与子同袍"，通常的解释是"同穿一条战袍"，解释者甚至说，对于来自人民的战士，"无衣"未尝不是真实情况，遭到外族侵略的时候，流血牺牲都不怕，无衣又何在话下！其说虽振振有词，但并不符合事实。军队要有战斗力，着装不是一件小事，古装片和小人书中的古代军队的服装都是整齐的，这并非没有依据，只要看看秦始皇兵马俑的阵容就清楚了。

"岂曰无衣"在当时是一句熟语，《唐风》同名诗的开篇是："岂曰无衣？七兮"，衣服都七件了，还说无衣，是为了从反面引起与衣服有关的话。所以"与子同袍"的翻译应是"同穿一样战袍"。这两句大是名言，后人称战友关系为"袍泽之谊"，本此。

"王于兴师，修我戈矛"，国家要出兵了，快整好手中的刀枪，奔向民族斗争的战场。王在诗中是国家的代号，表现的是很强的国家民族意识，很强的责任感。它基于一个简单的事实：没有国哪有家，没有家哪有我，没有家哪有你。最后推出一个奇句："与子同仇！"强调的是一个共同的目标，强调的是团结友爱，强调的是铁哥们儿。团结就是信心，就是力量，就是胜利的保证。

语言越是单纯明快，就越有力，越容易被迅速接受，越能立竿见影地产生效果，这正是军歌的本色。

陈风·衡门

衡门之下，可以栖迟。泌 bì 之洋洋，可以乐饥。

岂其食鱼，必河之鲂？岂其娶妻，必齐之姜？

岂其食鱼，必河之鲤？岂其娶妻，必宋之子？

　　这是一篇"陋室铭"，"此隐居自乐而无求者之词。"（朱熹《诗集传》七）

　　在诗人看来，人生处世，不要强求，不要攀比。食不求饱，居不求安。便是娶妻，也不要嫌贫爱富。一切随缘自适，维持自我心态的平衡，比什么都强。能够做到这个份上，显然是有精神支柱的。诗人的生活理想，与孔门那个"一箪食，一瓢饮，在陋巷"而"不改其乐"的颜回极为相似，肯定是个以读书为乐的人。

　　清人崔述道："'衡门'，贫士之居。'乐饥'，贫士之事。食鱼、娶妻，亦与人君毫不相涉，朱子之说是也。细玩其词，似此人亦非无心仕进者。但陈之士大夫方以逢迎侈泰相尚，不以国事民艰为意。自度不能随时俯仰，以故幡然改图，甘于岑寂。谓廊庙可居，固也，即衡门亦未尝不可居；鲂鲤可食，固也，即蔬菜亦未尝不可食；子姜可取，固也，即荆布亦未尝不可取。语虽浅近，味实深长，意在言表，最耐人思。盖贤人之仕，原欲报国安民，有所建白。若但碌碌素餐，已无乐于富贵；况使之媚权要以干进，被贤人者，肯为宫室、饮食、妻妾之奉而为乎！恬吟密咏，可以息躁宁神。"（《读风偶识》四）

　　这段话追溯到贫士的人格，于诗意会心很深。其根据是《孟子·告子上》中一段名言："是故所欲有甚于生者，所恶有甚于死者，非独贤者有是心也，人皆有之，贤者能勿丧耳。一箪食，一豆羹，得之则生，弗得则死；呼尔而与之，行道之人弗受；蹴尔而与之，乞人不屑也。万钟则不辩礼义而受之，万钟于我何加焉？为宫室之美，妻妾之奉，所识穷乏者德我欤？向为身死而不受，今为宫室之美为之；向为身死而不受，今为妻妾之奉为之；向为身死而不受，今为所识穷乏者德我而为之：是亦不可以已乎？此之谓失其本心。"

后世文士，如汉代班固、蔡邕等，即以"衡门栖迟"、"泌水乐饥"作为安贫乐道的典故。晋宋间陶渊明所写的"倚南窗以寄傲，审容膝之易安"（《归去来兮辞》）、"弊庐何必广，取足蔽床席"（《移居》），唐刘禹锡所写的《陋室铭》，与这首诗的精神支柱是相通的。

注 泌，指泌丘下的水。

桧风·隰有苌楚

隰有苌楚，猗ē傩nuó其枝。夭之沃沃，乐子之无知。

隰有苌楚，猗傩其华。夭之沃沃，乐子之无家。

隰有苌楚，猗傩其实。夭之沃沃，乐子之无室。

这是一首悲观厌世之作。朱熹说写的是"政烦赋重"下人民的哀告，沈德潜更将此诗与《小雅·苕之华》相提并论。但《苕之华》中明有一个饥民的形象，悲愤却并不颓废；与此诗中虽有室家而不乐者，是显有区别的。郭沫若认为，《隰有苌楚》一诗中人哀叹"自己这样有知识罣虑，倒不如无知的草木！自己这样有妻儿牵连，倒不如无家无室的草木！做人的羡慕起草木的自由来，这怀疑厌世的程度真有点样子了。""这种极端的厌世思想，在当时非贵族不能有，所以这诗也是破落贵族的大作。"（《中国古代社会研究》）

此说比较通达。在生活中，对痛苦比较敏感，容易绝望的人，往往是被命运突然抛弃的破落者，世态的炎凉与生计的艰辛，常使他们感到不堪忍受。"不承权舆"（《秦风·权舆》）之痛，"尚寐无吪"（《王风·兔爰》）之悲常常萦绕在他的胸际，不像长做牛马的劳动者那样麻木，那样乐天。

这首诗在写法上有一显著的特点，就是并没有直接表现悲观厌世的思想，倒是反反复复在那里欣赏赞叹羊桃（苌楚：羊桃，猕猴桃）的欣欣向荣，婀娜多姿（"猗傩"同婀娜），羡慕草木的无知无识、无家无室之乐。诚如《诗经直解》引居维叶所说，植物不为痛苦所困，只有恋爱而无妒忌，有美丽而无炫耀，有强力而无横暴，有死亡而无痛楚，与人类绝不相同。而这种差异，也只有别有怀抱的伤心人，才容易深切感到。诗人着重通过这种心理刻画，表现出难言的悲苦，而"凡苦之可言者，非其至也"（钟惺），以不言言之，可谓得宜。

各章前三句均触物起情，在诗中占有较大比重，具体手法与《周南·桃夭》颇有异同，可以对读。《桃夭》诗也以树木之欣欣向荣为兴语，三章易辞，逐次寻其枝叶花果之美盛加以形容。彼此不同的是，《桃夭》由树木的欣荣，义归于家室之好；《隰有苌楚》则由树木的欣荣，义归于有家而不乐。前者是最习见的起兴手法，后者则是较特殊的兴法，通常称之"反兴"，这是一种逆向的形象思维，故有别趣。

桧风·匪风

匪风发兮，匪风偈 jié 兮。顾瞻周道，中心怛兮！

匪风飘兮，匪风嘌 piāo 兮。顾瞻周道，中心吊兮！

谁能烹鱼？溉之釜鬵 xín。谁将西归？怀之好音。

诗序释本篇为:"(桧)国小政乱,忧及祸难,而思周道焉",方玉润概括为"伤周道不能复桧"(《诗经原始》),于诗之本文,信而有征。因此诗中人非一般的游子,而是周室东迁,桧逼于郑的形势下,逃难于大路的桧国士大夫一流人物。汉王吉《上昌邑王疏》所说:"东迁之初,士大夫各以车马载其孥贿疾驱而至。小国实逼处此,何以安存?故诗人忧之。"便是针对此诗而言的。

即使无风的情况下,车子飞跑,也会四轮生风。何况一路上风吹得很厉害。"匪风发兮,匪车偈兮",风疾适见车快,车快益觉风疾。车辚辚,风萧萧,作用在行人心理上,是什么滋味呢?须知这不是乘车兜风去,而是流徙避难呢。坐在颠狂飞驰的车中,回看尘土飞扬的大道,故园越离越远,前程渺茫难卜,诗中人怎能不"中心怛兮"!

诗的前两章是联吟,易辞申意,重复中有新的感伤。"匪风飘兮,匪车嘌兮",风旋起来了,车转得更轻疾了,人更感到"行迈靡靡,中心摇摇"了。心中之伤由"怛"而"吊",当有层次上的加深。方玉润云:"桧当国破家亡,人民离散,转徙无常,欲住无家,欲逃何往?所谓中心惨怛,妻孥相吊时也。行之偈(疾驰)也,漂摇难安。此何如景况乎?果谁为之咎也?非周辙之东不至此。"诗中"周道"含义是双关的。一方面就诗中意象而言,这是指大道,《诗经》中屡见;另一方面就诗之含义而言,又隐射王道,即文武之道。这就直接关联到第三章的"烹鱼"之喻。

这一比喻显然与一般以鱼象征性爱的用法不同,因为这诗无关爱情,不必硬往上面扯。这个比喻与治国之道攸关,使我们联想到孟子"治大国若烹小鲜"那个说法。"谁能烹鱼?溉之釜鬵",直言之等于说:谁能复兴周道,再振王纲,使我小国无危亡之苦,我将举双手赞成,且助一臂之力。出以比兴,便觉含蓄。有了这个飘飘然的想法,诗人由此又生一念,希望眼前出现一个西归的人,替他向家乡捎个好信。当然,第三章这个光明的尾巴只是存在于诗人的幻想之中,望梅止渴而已。

此诗第三章构思绝妙。余冠英先生曾以为与岑参《逢入京使》意境相似："故园东望路漫漫，双袖龙钟泪不干。马上相逢无纸笔，凭君传语报平安。"两诗都有故乡之恋，且结尾都写到捎报平安，可说是不谋而合。然而，那怀着"功名只向马上取"的唐代投笔之士，尽管难舍家园，却是自觉远征，目的明确，前景乐观，诗末洋溢一片豪情。所以两诗又不可同日而语。《匪风》中那桧国流亡者，其希望多么渺茫，而心情又是多么凄恻哟。

豳风·七月

七月流火，九月授衣。一之日觱发，二之日栗烈。无衣无褐，何以卒岁？三之日于耜，四之日举趾。同我妇子，馌 yè 彼南亩，田畯至喜。

七月流火，九月授衣。春日载阳，有鸣仓庚。女执懿筐，遵彼微行，爰求柔桑。春日迟迟，采蘩祁祁。女心伤悲，殆及公子同归。

七月流火，八月萑 huān 苇。蚕月条桑，取彼斧斨。以伐远扬，猗彼女桑。七月鸣鵙 jú，八月载绩。载玄载黄，我朱孔阳，为公子裳。

四月秀葽，五月鸣蜩。八月其获，十月陨萚 tuò。一之日于貉，取彼狐狸，为公子裘。二之日其同，载缵武功。言私其豵，献豜于公。

五月斯螽动股，六月莎鸡振羽，七月在野，八月在宇，九月在户，十月蟋蟀入我床下。穹窒熏鼠，塞向墐户。嗟我妇子，曰为改岁，入此室处。

六月食郁及薁 yù，七月亨葵及菽。八月剥枣，十月获稻。为此春酒，以介眉寿。七月食瓜，八月断壶，九月叔苴。采荼薪樗 shū，食我农夫。

九月筑场圃，十月纳禾稼。黍稷重 tóng 穋 lù，禾麻菽麦。嗟我农夫，我稼既同，上入执宫功。昼尔于茅，宵尔索绹。亟其乘屋，其始播百谷。

二之日凿冰冲冲，三之日纳于凌阴。四之日其蚤，献羔祭韭。九月肃霜，十月涤场。朋酒斯飨，曰杀羔羊。跻彼公堂，称彼兕觥，万寿无疆！

豳地今属陕西，原是周人祖先公刘开发的地方，周平王东迁以后，这个地方归秦所有。故豳风七篇，都是西周时代的作品。《七月》是一首四时田园纪事长诗，它反映了当时奴隶们一年到头的繁重劳动和苦寒生活。诗共八章，章各十一句，共八十八句，是国风中最长的诗篇。

全诗各章基本上按季节月份先后，杂叙农时农事。西周人兼用夏历和周历，诗中凡提到月，皆属夏历；提到几之日，则属周历，一之日即周历的一月，相当于夏历十一月，二之日相当于十二月，三之日相当于一月，四之日相当于二月。此外还有一处提到蚕月，是夏历三月。

第一章从岁寒授衣写到春耕生产。流火，指火星渐向西下行，是暑退将寒的时候。诗人由此想到天寒授衣之事。20 世纪 70 年代出土的秦简，对对奴隶发放夏衣、冬衣的条文——这并非出于仁慈，而是基于一个简单事实——奴隶都是奴隶主的私产、会说话的牲口。授衣的时间正是九到十一月，可与此诗参证。下面就说，十一月寒风呼啸，十二月寒风凛冽，有时寒衣没发下来，就难免有"无衣无褐，何以卒岁"的啼饥号寒之声。正月开始整治农具，二月就抬脚下田；妇女儿童就往田里送饭，奴隶们干活卖力，监工露出了笑脸。

二章就从春日即夏历三月说起（首二句重复第一章不计），专讲女奴从事蚕桑劳动的情况。春天气候暖和（载阳），黄莺开始婉转啼鸣。于是女奴们沿着小路（微行），去采柔嫩的桑叶。女奴们还得采集蘩草（白蒿）来饲幼蚕，春天白昼变长，蘩草采了很多（祁祁），但女奴的心里充满忧伤——关于为什么忧伤，旧注解释得很乱，今人多从郭沫若说"怕是有公子们把她们带回家去"。但既"为公子裳"，可见是公子家奴，怎么还怕与"公子同归"呢？按照情理，贵族公子看上女奴，大可不必到田野去掳；公子属意女奴，在女奴也不必是伤悲之事。清人姚际恒以为公子是指豳公的女公子（《诗经通论》），极是。在奴隶社会里，奴隶主的女儿出嫁是以女奴为陪嫁的，这些女奴将被迫远离其父母，为她们的不幸感到悲伤，所以干活时显得心事重重。

三章从蚕桑劳动说到布帛衣料的制作。开头基本上还是重复前两章，只是为了换韵，第二句作"八月萑苇"。同时，也就从八月收割芦苇用作来年蚕箔，而想到下年开春蚕桑之事——条桑是修剪桑枝，"取彼斧戕，以伐远扬；猗（牵引）彼女桑（嫩小桑枝）"是具体操作情况。再写七月伯劳鸟叫，回到八月，写织布染色，衣料颜色有黑有黄，而红色的衣料特别漂亮，好给小姐制作嫁妆。这与上章末尾适成呼应，是继续写女奴的纺绩缝纫劳动。

四章首以四月，承前章八月写秋收以后的狩猎活动。先叙四、五月的物候——王瓜结子，知了长鸣，只是表明时序的流逝。八月收获完毕，十月开始落叶，十一月开始狩猎（于貉），以珍贵的狐皮为女公子准备嫁妆。十二月聚会（其同），继续打大猎。小兽归私，大兽归公。

五章首以五月，写修缮破屋，准备过冬。前六句为闲中生色的笔墨，着眼于昆虫之微，插说时序流逝时的物候变化。斯螽，蝗虫类；莎鸡，纺织娘，此二虫略写。七月以下，皆写蟋蟀。通过其叫声由田野——屋檐——房间——床下的迁移，表示出天气的渐寒，可以说是极细致有趣的生活观察。于是阻塞室内洞穴（穹窒），以烟熏杀老鼠；堵起北面窗子（塞向），用泥涂涂门缝（墐户）。以下用叹息的口气说：可怜我妻儿老小，在此年关将近时候，就住进这样的房子。

六章则首以六月，写奴隶们除了农桑田猎之处还有许多杂务要做。如摘果子，煮豆子，酿酒，采瓜，摘葫芦，收麻子，等等。而奴隶们自己过的日子则是"采荼薪樗，食我农夫"——即吃苦菜、烧臭椿木凑合凑合。

七章写庄稼收打归仓后，还要到奴隶主家里服劳役，然后急急忙忙修理自己的破茅草棚，又要说到田间播百谷的话了。一年忙到头，也没个喘息的机会。

八章写当时一年一度的宴饮、祭祀活动。其准备工作从十二月的储冰保鲜做起，二月举行"旱"祭，年终还有大的祭祀和宴饮活动，大家这时齐上公堂，去祝福贵族老爷"万寿无疆"。

关于此诗的作者，清人方玉润说："《七月》一篇所言皆农桑稼穑之事，非躬亲陇亩久于其道者，不能言之亲切有味也如是。"（《诗经原始》）近人陆侃如说："《七月》是描写农家生活的。我们知道周民族是务农的民族，豳又是他们的发祥地，故这些也带着农业的地方色彩。我推测这位作者大约是西周中叶一个无名氏，他大约是一个受过文学训练的农家子。"（《中国诗史》）

《七月》就像奴隶主庄园一年的纪事长编，其间包括每月的虫鸟的情况、草木的荣实、作物的生长过程和奴隶的作息状况，"天时、人事、政令、教养之道，无所不赅"（《诗义会通》）。但最基本的事实是，自正月至十二月，根本没有安逸休闲之一日，劳动时间之长，劳动强度之大，几至无以复加。但奴隶一年到头辛勤劳动的成果大部分被奴隶主占有，奴隶主冬裘夏葛，好酒好肉；而奴隶们则采荼薪樗，不免乎啼饥号寒。阶级对比是非常鲜明的。诗人对稼穑农耕之事和奴隶生活的熟悉程度令人惊讶，全诗好像是一位老年奴隶对人拉家常，絮絮叨叨，巨细无遗，虽不着愤怒情绪，但事实摆得十分清楚。透露了奴隶们初步的觉醒。此外，此诗还反映了当时生产斗争、科技水平，诸如天文、历法、物候、农艺、纺绩、酿造、保鲜等方面的内容，具有较高的认识价值。

《七月》在形式上是反反复复，逐月叙事，内容丰富，多姿多彩。

"今玩其辞，有朴拙处，有疏落处，有风华处，有典核处，有萧散处，有精致处，有凄婉处，有山野处，有真诚处，有华贵处，有悠扬处，有庄重处。无体不备，有美必臻。晋唐后，陶谢王孟韦柳田家诸诗，从未见此境界。"（方玉润《诗经原始》）

诗人已留心景物描写与人物心情相配合的问题。诗中有一连串的物候描写以表现节令的交替，充满了自然风光和浓郁的乡土气息。第二章先描绘春日转暖、黄莺歌唱的令人愉快的情景，然后在这个背景上写女奴的伤心事，就有"以乐景写哀"的反衬作用。第五章借对候虫动态的细致勾画，寥寥几笔，"无寒字，而寒气逼人"（姚际恒），从而烘托出奴隶的忧心，手法也是很高明的。

诗人还注意到正笔和闲文的配合运用。清人王闿运说："'女执懿筐，遵彼微行，爰求柔桑'，写桑径如画；'载玄载黄，我朱孔阳，为公子裳'，寓颂祷于叙事，如天衣无缝；'五月斯螽动股，六月莎鸡振羽'等句，叙事运典，只于闲文。"（《湘绮楼说诗》八）所谓正笔，是指诗中关于衣食劳作的叙说；所谓闲文，则是诗中那些关于物候变化的描写。正笔表现主旨，当然必不可少；而闲文在诗中，除了写景，还往往起到时间上的衔接作用，把各个活动空间连接起来，使人读全诗有如展阅风俗画长卷，百看而不厌。

豳风·东山

我徂东山，慆慆不归。我来自东，零雨其濛。我东曰归，我心西悲。制彼裳衣，勿事行 héng 枚。蜎 yuān 蜎者蠋 zhú，烝 zhēng 在桑野。敦 duī 彼独宿，亦在车下。

我徂东山，慆慆不归。我来自东，零雨其濛。果赢 luǒ

之实，亦施 yí 于宇。伊威在室，蟏蛸在户。町疃鹿场，熠耀宵行 háng。不可畏也，伊可怀也！

　　我徂东山，慆慆不归。我来自东，零雨其濛。鹳鸣于垤 dié，妇叹于室。洒埽穹窒，我征聿 yù 至。有敦 duì 瓜苦 hù，烝在栗薪。自我不见，于今三年！

　　我徂东山，慆慆不归。我来自东，零雨其濛。仓庚于飞，熠耀其羽。之子于归，皇驳其马。亲结其缡 lí，九十其仪。其新孔嘉，其旧如之何？

　　东山在今山东境内，为周公伐奄驻军之地。旧说多认为本篇是周公东征武庚、管叔，三年平叛之后，凯旋时慰劳将士之作。然"此诗毫无称美周公一语，其非大夫所作显然；然亦非周公劳归士之辞。乃归士自叙其离合之情耳"（清·崔述《东壁遗书·丰镐考信录》）。今人多认为这是一首征人解甲还乡途中抒发思乡之情的诗，事或与周公东征相关，却不必是周公所作。

　　诗四章，各章首四句叠咏，写征夫在归来的途中，遇到淫雨天气，倍增其忧伤。盖行人思家，唯雨雪之际最难为怀，"我来自东，零雨其濛"，就为以下几句的叙事准备了一幅颇富感染力的背景。它放在各章开头，反复歌唱，具有很强的抒情性。

　　各章后八句写征夫归途况味及其在途中的回忆和想象。首章写归途况味，"'蜎蜎者蠋，烝在桑野'，感物撼情，悲凉凄恻。'敦彼独宿，亦在车下'，'落日照大旗，中天悬日月'，百万军中，以此孤寂之情，圣人、文人乃能超万物而别以怀抱。"（王闿运《湘绮楼说诗》八）

　　次章想象经历战乱，家园残破，倍增怀思之情。三章由自己对家中的思念，写到家中妻子对自己的思念。末章因而追忆三年前新婚，言及新婚之别，意在重逢之喜。"'仓庚于飞，熠耀其羽。之子于归，皇驳其

马'，凯歌别调，所谓'兵器销为日月光'。"（同前）

这首诗也许是《国风》中想象力最为丰富的一首诗。诗中写征夫对新婚的回忆，是再现、追忆式的想象；有对家园残破的想象，则是幻想、推理式的想象。

注 行枚，战士行军衔在口中以禁发声的竹块。蜎蜎，蜷曲的样子。蠋，一种野蚕。敦，团状。蟏蛸，蜘蛛。

小雅·采薇

采薇采薇，薇亦作止。曰归曰归，岁亦莫止。靡室靡家，狁 xiǎn 狁 yǔn 之故。不遑启居，狁犹之故！

采薇采薇，薇亦柔止。曰归曰归，心亦忧止。忧心烈烈，载饥载渴。我戍未定，靡使归聘。

采薇采薇，薇亦刚止。曰归曰归，岁亦阳止。王事靡盬 gǔ，不遑启处。忧心孔疚，我行不来。

彼尔维何？维常之华。彼路斯何？君子之车。戎车既驾，四牡业业。岂敢定居，一月三捷。

驾彼四牡，四牡骙 kuī 骙。君子所依，小人所腓。四牡翼翼，象弭 mǐ 鱼服。岂不日戒，狁犹孔棘。

昔我往矣，杨柳依依。今我来思，雨雪霏霏。行道迟迟，载渴载饥。我心伤悲，莫知我哀。

这是一首早期的边塞诗。全诗共六章，每章八句，比较完整地展现了征人由久戍不归及归时痛定思痛的感情历程。从结构上看，这首诗可以分成三个部分。前三章主要表现久戍思归之情；继二章写军旅生活；

末章是全诗结穴所在，写戍卒在得归时转觉感伤。

前三章采用叠咏的形式，写战争间歇时，戍卒难以遏止的思乡情绪。各章首二句叠咏，"采薇"即采集野豌豆苗，在粮草不续时，士兵只好以此充饥。这样，全诗一开篇就展示出一幅凄凉的戍边生活画面。三章在叠咏的同时，情景亦有递进。薇由作，而柔而刚，时序也经历了从春到秋的变化，一年将尽，仍然是君问归期未有期。年关将近，还回不了家；是（猃狁）害得他们有家难回，不得安宁。第二章进而说到归思难收，忧心似焚，而且饥渴难忍。军队驻地没个一定，连捎个家信也不可能。第三章写眼见小阳春（阳月即十月）了，回家还没个指望，戍卒积忧成疾。通过反复咏唱，抒情渐次深入。

四、五两章衔接，写战斗激烈时，戍卒没有工夫想家。"彼尔维何"二句起兴，写将军乘坐的战车之威风，两章多次出现"四牡"的形象，写得雄赳赳气昂昂的，于中可见军容严整及将士忠勇报国的豪情。客观上也表现出乘坐战车的将军与徒步奔驰的战士，到底还有苦乐的差别。战马随时在辕（既驾），战士则是弓箭随时在身（鱼服是绘有鱼纹的箭袋），他们一个月中就有多次接仗（三捷），所以无法定居。战士须随时加强警戒，因为他们面对的是凶顽的匈奴，军情十分紧急（孔棘）。在战斗紧张的时刻，在战车后奔跑时刻，靠着车厢躲避飞矢的时刻，是没有工夫去想家的。然而，枕戈待旦时，则一定会祈愿和平的实现与亲人的团聚。

末章写戍卒终于生还，一路上悲喜交集的情态。朝思暮想、梦寐以求的回乡的愿望终于实现，照说应该感到高兴才是。然而诗人却偏写归途遇上风雪交加的天气和一路上又饥又渴的情景，还让他回忆起从军时那个春天一路杨柳依依的景色以及由此产生的感伤，这就很耐人寻味了。首先，从军是在春天，而且是从南方出发的，自然会看到"杨柳依依"的情景；还乡则遇上冬天，而且是从北方出发的，自然就遇上"雨雪霏霏"的天气。这里有季节的差异，也有地理的差异。这种差异无疑将引起对故乡殷切的思念，即归心似箭的心情。从军时虽一路"杨柳依依"，然而却是远离故乡，死生未卜；眼前虽然"雨雪霏霏"，又饥又渴又冻，毕竟绝处逢生。所以戍卒还是感到幸运的。

王夫之评这四句是"以乐景写哀，以哀景写乐，一倍增其哀乐"，也就是说，杨柳依依中的悲哀，更见得悲哀；雨雪纷纷中欣喜，更见得欣喜。这是反衬修辞的妙用。同时这里不只是欣喜，还包含有感伤情绪，也就是通常所谓"痛定思痛"的情绪。多年的出生入死，同伴的凋零，够生还者一路上回味。再说，家中的情况还是一个未知数。汉乐府："十五从军征，八十始得归。道逢乡里人，家中有阿谁？"唐诗《河湟旧卒》："少年随将讨河湟，头白时清返故乡。十万汉军零落尽，独吹边曲向残阳。"诗中戍卒的明天难保不是这个样子。总之，诗中人庆幸之余，心里也在打鼓。

此诗写法与《氓》相近，前五章出以归途的回忆，有助于表现痛定思痛的心情。读罢此诗，读者仿佛看见诗中主人公慢腾腾地走向画面深处，走向雨雪浓重的远方，只留下一个孤独的背影，一声幽幽的叹息。

小雅·鱼丽

鱼丽于罶 liǔ，鲿 cháng 鲨。君子有酒，旨且多。

鱼丽于罶，鲂鳢。君子有酒，多且旨。

鱼丽于罶，鰋 yǎn 鲤。君子有酒，旨且有。

物其多矣，维其嘉矣。

物其旨矣，维其偕矣。

物其有矣，维其时矣。

这是一首贵族宴飨宾客的诗，诗中盛赞肴酒的多且美，又推广到

"美万物盛多"（《毛诗序》），故后来成为"燕飨通用之乐歌"（朱熹《诗集传》）。

诗六章，明显地分为前后两部分。前三章，章四句，具体地渲染主人设宴的丰盛，可视为诗的主歌。诗人没有描绘宴会的全景，笔墨只集中在鱼、酒的鲜美与丰富上，我国古代的饮食文化中，鱼与酒皆占有重要地位。鱼乃美食，孟子说起"鱼，我所欲也"，是津津乐道的；冯谖没吃上鱼还和孟尝君闹过意见。《诗经》中提到酒的地方，竟有五十余处之多，"君子有酒"成为豪言，见于三首诗中。直到宋代的苏轼还说是"有客无酒，有酒无肴。月白风清，如此良夜何！"（《后赤壁赋》）非得"携酒与鱼，复游于赤壁之下"不可。而《鱼丽》诗中正是客、酒、肴三全其美。

"鱼丽于罶"是兴兼，有以鱼入篓譬喻留客之意，那么而宴会本来多鱼，则"鱼丽于罶"又使人联想到在鱼篓里毕剥活跳的鲜鱼，唯其鲜，其味更美。三章中每章并列两种鱼名：鲿呀鲨呀，鲂呀鳢呀，鰋呀鲤呀，全是夸口的语气。已间接地、形象地写了鱼肴的"旨且多"。下面则说"君子有酒，旨且多"。写鱼形象而具体，写酒概括而直接，正是实与虚，象与言的相互为用，相得益彰。三章反复间有鱼名变化，真令人目不暇接。这里虽无宴会场面的描写，但从那兴致勃勃的口气中，使人恍若目击"琉璃钟，琥珀浓，小槽酒滴真珠红。烹龙炮凤玉脂泣，罗帷绣幕围香风"（李贺《将进酒》）的觥筹交错的热闹场面。

后三章，章二句，系抓住前三章中的三个重要的形容词：多，旨，有。又从具体的鱼酒推广到更大范畴的"物"，反复重唱，似乎是在赞美自然的赐予，又似乎在赞美人类的创造。这是诗的副歌。副歌往往是直接点出主题的，"物"既着眼于眼前食物又属意于万物，"物其多矣"、"物其旨矣"、"物其有矣"，三复斯言，突出了"美万物盛多"的主题。这几句须和《頍弁》中"尔酒既旨，尔肴既嘉"、"尔酒既旨，尔肴既时"、"尔酒既旨，尔肴既阜"对读，可知此诗中的旨、多、有、嘉、时等形容词，是针对酒、肴双方而设，而此诗更有推美于一般物产之义。这组副歌在主歌基础上"重重再描一层"（方玉润《诗经原始》），对这首宴飨诗章有着不可忽视的升华作用，它不只是反映贵族追求生活享受的狭隘意识，而在更高层次上反映了先民对于物阜年丰、和平安乐的祝愿，这种肯定的评价，不是拔高，而是指出它的深层应有之义。

作为一首歌诗，《鱼丽》的语言形式之美妙，是应予特别注意的。它似乎直接暗示了这诗的唱法。虽然《诗经》唱法失传，我们仍不难通过这种暗示，做出最佳唱法设计。

先看主歌。由于是具体的形象的描绘，故每章诗句较副歌为多；又采用四二四三的长短句形式，明显地与合乐有关。尤值得注意的是由鱼名组成的二字句，这种短句在唐五代词里一般出现在"和声"，如《采莲子》中的"举棹"、"年少"，《竹枝》中的"竹枝"、"女儿"。因为短，便成为长句的间隙，宜用帮腔（即和声）唱法。由此可以假设推想，在宴会演唱《鱼丽》，众乐齐举，一人领唱道："鱼儿落进笼鱼篓啊"，于是齐声应和："鲿呀鲨呀"，该是多么动人。后两句也可照此一唱一和，唱来极有顿挫抑扬之妙，唱得众宾客情绪都上来了，于是杂然相和，满座尽欢。

再看副歌，由于是点题和渲染，每章都很短，每句重音落在多、旨、有、嘉、偕、时等字眼上，句末都带一个语助"矣"，更重反复咏叹。此部最宜大合唱，甚至可用轮唱，把宴会的气氛推向欢乐的高峰。

小雅·南山有台

南山有台，北山有莱。乐只君子，邦家之基。乐只君子，万寿无期！

南山有桑，北山有杨。乐只君子，邦家之光。乐只君子，万寿无疆！

南山有杞，北山有李。乐只君子，民之父母。乐只君子，德音不已。

南山有栲，北山有杻 niǔ。乐只君子，遐不眉寿！乐只君子，德音是茂。

南山有枸 jǔ，北山有楰 yú。乐只君子，遐不黄耇 gǒu！乐只君子，保艾尔后。

这是一首颂德祝寿的乐歌，或以为"乐得贤"（《毛诗序》），或以为颂天子，或以为祝宾客。但从诗中"乐只君子"、"邦家之基"、"民之父母"等措辞看，寿星既不是天子，也不是一般的宾客，而应是贵族中的头面人物。据朱熹说，此诗后来成为"燕飨通用之乐歌"，是可信的。因为诗中不涉及具体的人事，而是较抽象的歌功颂德和祈福，这正是通用乐章的特征。

全诗五章，章六句，诗不算短，但内容却单纯。因为五章基本上是叠咏，分析一下不过三重意思。其一是各章通用的兴语，"南山有台，北山有莱"，等等。以"山有"句格起兴本是民歌常见的做法，主要功效在于增强音乐性。而此诗的兴语与歌颂的对象仍有较深隐的象征意义。山，本来就是以高大稳当永恒为特征，这与诗中为国柱石（"邦家之基"）的君子构成象喻关系；而它的化育万木（诗中列举树木达十种之多：台、莱、桑、杨、杞、李、栲、杻、枸，给人以种类繁多的印象），与"为民父母"的君子能构成另一层象喻。这样的兴语，使乐章开头就给人以肃穆庄重之感。

其二便是对君子的赞美，既赞其功（即对国家的重要作用）如"邦家之基"、"邦家之光"；又表其德，如"民之父母"、"德音不已"、"德音是茂"。这种赞辞是概括性的，似乎有些空洞，却相当得体。因为颂诗就是要从大处着笔，宜于用最光辉的辞语；说坏一点就是不怕溜须，戴高帽子。唱的高兴，听的才满意。

其三是对君子的祝福，首先祝爷长寿："万寿无期"、"万寿无疆"、"遐不眉寿"、"遐不黄耇"，何啻三复斯言。爷长寿了，好永远为民做主。其次祝他家族兴旺，嗣息延长，这在以家庭为基础的古代社会，是幸福的基本观念。但子孙绵绵与个人长寿毕竟还不大相同，既然祝福，不妨拣最好听的说。

以上三层构成了这颂诗的基本内容。而全诗的主词便是"乐只君子"一句，必须突出他的绝对权威，诗中反复亲切地呼唤了十次。这位无名的颂诗作者真是高明得很，他懂得：颂词不必多，但要入耳；既要突出歌颂的中心，又要造成热烈的气氛；有反复可加深印象，有层次可感觉庄严；用最精简的文字材料，可造成奇妙的颂声盈耳的感觉。就此而言，他一点也不比后代歌德派诗人逊色。

小雅·斯干

秩秩斯干，幽幽南山。如竹苞矣，如松茂矣。兄及弟矣，式相好矣，无相犹矣。

似续妣祖，筑室百堵，西南其户。爰居爰处，爰笑爰语。

约之阁阁，椓之橐橐。风雨攸除，鸟鼠攸去，君子攸芋。

如跂斯翼，如矢斯棘，如鸟斯革，如翚 huī 斯飞，君子攸跻。

殖殖其庭，有觉其楹。哙 kuài 哙其正，哕 huì 哕其冥。君子攸宁。

下莞 guān 上簟 diàn，乃安斯寝。乃寝乃兴，乃占我梦。吉梦维何？维熊维罴，维虺维蛇。

大人占之："维熊维罴，男子之祥；维虺维蛇，女子之祥。"

乃生男子，载寝之床，载衣之裳，载弄之璋。其泣喤喤，朱芾 fú 斯皇，室家君王。

乃生女子，载寝之地，载衣之裼 tì，载弄之瓦。无非无仪 é，唯酒食是议，无父母诒罹。

《诗序》释题："宣王考室也。"今人据以认为是祝颂周天子宫室落成的诗。

然而，"不睹皇居壮，安知天子尊"（骆宾王《帝京篇》）的观念，这时似乎还未形成。读者感觉不到王者的威严和宫禁的神秘。相反，诗中还保留着某些原始氏族社会的遗风。诗人的观念是世俗化的，不但人生观和幸福观是世俗化的，连所用语言也都是些家常话，贴近读者。似乎并不像方玉润所强调那样："自是皇家语，非士庶所宜言。"（《诗经原始》）

诗从盖房子写起，先说宅地的选址，面朝幽幽南山，靠近流淌的涧水，风水不错，用今天的话说，这个家族的"硬件设施"很好；兄弟和睦相处，像竹子成丛，像松柏常青，情同手足，没有算计防嫌，这个家族的"软件配置"很好。有这两个很好，家族的兴旺是不成问题的了。

于是"兄及弟矣"，继承祖先遗志，建造了大量宫室，正户南向，侧门东西向，搬进新居，举行庆典，有说有笑。回想施工之初，"约之阁阁，椓之橐橐"，忙活过许久。宫室落成，既避免风雨的侵袭，又无鸟鼠的骚扰，适宜君子居住。

当人告别了穴居野处的日子，就有了建筑。建筑从一产生起，就是与人生存攸关的艺术。建筑群本是静物，诗中"如跂斯翼"几句用动物动态作比，化静为动，生动描绘出建筑的气势感和运动感，是十分出色的文字。"殖殖其庭"几句，是说宫室宽敞，采光很好。居住起来不但舒服，而且有安全感。

然后写到寝宫，写到草席竹席，写到睡觉起床，写到做梦和梦的解析。梦的解析和性本能有关，关系到生孩子和孩子的性别。

在诗人眼中，生活是简单而平实的，幸福也是简单而平实的。生活的乐趣，不外乎盖房子，过日子，生孩子，如是而已，岂有他哉。和睦是福，平安是福，添丁进口都是福。生男也好，生女也好，都是喜事。

诗的字里行间有重男轻女的观念，这是时代普遍的观念，没有什么奇怪。值得称道的，倒是这里丝毫没有嫌弃女孩的意思。在诗人看来，生男固然好，生女也不赖。后世称生男为弄璋之喜，生女为弄瓦（用来纺织的陶锤）之喜，皆出此诗。

若是男孩，要好好教育他成才，将来支撑门户；若是女孩，则要好好教她理家的本领，将来嫁人，不要父母操心。世界是男人的，也是女人的。男人和女人，扮演的社会角色不同，如是而已。

任何时代，统治的观念都是统治者的观念，如封建时代的忠孝节义，等等。此诗虽然是为庆贺宫室落成而作，却贯穿着民间的观念，即用于大户人家的新房落成的赞美，也是可以的。（"室家君王"的字面，也不是不可以借用的）

小雅·无羊

谁谓尔无羊，三百维群。谁谓尔无牛，九十其犉 chún。尔羊来思，其角濈濈。尔牛来思，其耳湿湿。

或降于阿，或饮于池，或寝或讹。尔牧来思，何蓑何笠，或负其餱 hóu。三十维物，尔牲则具。

尔牧来思，以薪以蒸，以雌以雄。尔羊来思，矜矜兢
兢，不骞不崩。麾之以肱 gōng，毕来既升。

牧人乃梦，众维鱼矣，旐 zhào 维旟 yú 矣。大人占之：
众维鱼矣，实维丰年；旐维旟矣，室家溱溱。

这是《诗经》中描写畜牧活动的两首诗之一。

首章写牛羊的蕃盛。以"谁谓尔无羊"、"谁谓尔无牛"连发两问开
篇，排比其句，是相对于昔日的无羊无牛而言，方玉润谓"是前此凋耗，
今始蕃育口气"（《诗经原始》），极是。"三百维群"，而何止一群；"九十其
犉（七尺大牛）"，而不足七尺者尚多。句下饱含对牧业生产发展的自豪。
以下四句又是一组排比，描写赶着牛羊到牧地的情态。羊牛成群上路
（来思），所以远远看去牛羊角挨角，边走边在摇耳朵。犹如远看人群只见
人头攒动一般，煞是生动。

二三章写放牧活动，方玉润说："以下人、物杂写，或牛羊并题，或
牛羊浑言，或单咏羊不咏牛，而牛隐寓言外。总以牧人经纬其间，以见
人、物并处，两相习自不觉其两相忘耳。其体物入微处，有画手所不能
到。"（《诗经原始》）两章亦略有区别，盖二章从牲畜说到牧人。先写到了
牧地，牛羊相对散开，以四个"或"字，着眼于牲口个体的活动，有的
下坡吃草、有的就湖饮水、有的卧下歇息、有的在草地撒欢。接着出现
牧人形象，着重表现其风餐露宿的辛劳——荷蓑戴笠、背负干粮。末二
句说牛羊品种很多，祭品不用犯愁。因为当时宰杀牲口，主要用途之一
就是祝福献祭，兼饱口福。

三章从牧人说到牲口。先说牧人除了放牧，还兼樵薪拾柴，同时留
意选种交配（或释"以雌以雄"为猎鸟，似无关乎雌雄）。再写转移牧地，羊群
（兼关牛群）又开始走动，争先恐后地紧跟在头羊的后边，生怕掉队挨鞭
子，或落入豺狼之口，所以矜矜兢兢，不少一个。牧人挥动胳臂，吹响

口哨，头羊上坡，羊群也跟着转向。写其指挥如意，是诗人妙于观察的得意之笔。

四章写牧人之梦，是一奇笔。关于梦的内容，因为年代久远，当时民俗不得其详，故难求甚解，所以众说纷纭。或解"众"为本字，"旐"为借字，则牧人梦见的是很多的鱼、很多的鸟旗。或解"众"为借字，"旐"为本字，则牧人梦见的是蝗变成鱼，龟旗变成鸟旗。都是改字训释，难定于一。然后是梦的解析，根据梦中之鱼，解析者说是丰年之兆，犹如后人所谓"连年有余"。根据梦中鸟旗，解析者说是添丁进口之兆，这一点跟弗洛伊德的理论有点挨谱。

全诗给人留下最生动的印象，是其间描绘的放牧图景以及牧人做的美梦——前者体物入微，而后者匪夷所思。反映了古人对和平的赞美，对幸福的向往。

小雅·巷伯

萋兮斐兮，成是贝锦。彼谮 zèn 人者，亦已太甚！
哆 chǐ 兮侈兮，成是南箕。彼谮人者，谁适与谋？
缉缉翩翩，谋欲谮人。慎尔言也，谓尔不信。
捷捷幡幡，欲谋谮言。岂不尔受？既其女迁。
骄人好好，劳人草草。苍天苍天，视彼骄人，矜此劳人！
彼谮人者，谁适与谋？取彼谮人，投畀 bì 豺虎；豺虎不食，投畀有北；有北不受，投畀有昊！
杨园之道，猗于亩丘。寺人孟子，作为此诗。凡百君子，敬而听之！

这是一首怒斥造谣诬陷者的诗。造谣之所以有效，乃在于谣言总是披着一层伪装。培根说："诗人们把谣言描写成一个怪物。他们形容它的时候，其措辞一部分是美秀而文，一部分是严肃而深沉的。他们说，你看它有多少羽毛；羽毛下有多少只眼睛；它有多少条舌头，多少种声音；它能竖起多少只耳朵来！"

古人称造谣诬陷别人为"罗织罪名"。何谓"罗织"？诗一开头就形象地描绘什么是"罗织"：花言巧语，织成的这张贝纹的罗锦，是多么容易迷惑人啊，特别是不长脑壳的国君。

造谣之可怕，乃在于它是背后的动作，是暗箭伤人。当事人无法及时知道，当然也无法一一辩驳。待其知道，为时已晚。诗中对造谣者的摇唇鼓舌，喊喊喳喳，上蹿下跳，散布舆论的丑恶嘴脸，做了极形象的勾勒，并表示了极大愤慨。

造谣之可恨，乃在于以口舌杀人，杀了人还不犯死罪。作为受害者的诗人，为此对那些谮人发出强烈的诅咒，祈求上苍对他们进行正义的惩罚。诗人不仅投以憎根，而且投以极大的厌恶："取彼谮人，投畀豺虎！豺虎不食，投畀有北！有北不受，投畀有昊！"

这使人联想起莱蒙托夫《逃亡者》一诗中鄙夷叛徒的诗句比较："野兽不啃他的骨头，雨水也不洗他的创伤"，认为它们都是写天怒人怨，物我同憎的绝妙好辞，都是对那些罪大恶极、不可救药者的无情鞭挞，都是快心露骨之语。王闿运说："单刀直入，石破天惊。此诗袁枚谓其绝不含蓄，良然。声罪伐谋，用不得一毫姑息。"（《湘绮楼毛诗评点》）

作者孟子，很可能是一位因遭受谗言中伤获罪，受了宫刑，成为宦官的正直人士，其遭遇近乎司马迁。无怪乎诗中对诬陷者是如此切齿愤恨，也无怪乎此诗能引起后世蒙冤受屈者强烈的共鸣。班固在《汉书·司马迁传赞》叹息道："呜呼，以迁之博物洽闻，而不能以知自全。既陷极刑，幽而发愤，书亦信矣。迹其所以自伤悼，《小雅·巷伯》之伦。"方玉润发挥道："必腐迁之流无疑。其祸同，其文亦同；故班固引以譬赞。此亦天之忌才，故设此一局以厄文人。未有腐迁，先有巷伯，古今人可同声一哭也。虽然，迁不遭刑，文亦不奇；伯不遭祸，诗何能传？此又天之玉成二人如出一辙，岂不奇哉！"（《诗经原始》）

小雅·北山

陟彼北山，言采其杞。偕偕士子，朝夕从事。王事靡盬 gǔ，忧我父母。

溥天之下，莫非王土。率土之滨，莫非王臣。大夫不均，我从事独贤。

四牡彭彭，王事傍傍。嘉我未老，鲜我方将。旅力方刚，经营四方。

或燕燕居息，或尽瘁事国。或息偃在床，或不已于行。

或不知叫号，或惨惨劬劳。或栖迟偃仰，或王事鞅掌。

或湛 zhān 乐饮酒，或惨惨畏咎。或出入风议，或靡事不为。

这是篇苦于劳役之作，着重表示对等级森严、劳逸不均的不满乃至怨愤。由殷商迄于周代，等级制已发展完备，且具有宗法性质，即常以与王室血缘之亲疏，以确定等级尊卑。在这一等级制中，"士"属于统治阶级的最基层，他们常怀不满也是很自然的。

"陟彼北山，言采其杞"，兴语显然有民歌的影响。这使人想起宋人王禹偁的"北山种了种南山，相助力耕岂有偏"（《畬田词》）。登山采杞，正兴力役岂偏之义。果然以下便是"王事靡盬"这一熟句，结穴到"忧我父母"。《孟子》谓为劳于王事不得养父母，撇开一身之忧苦，牵入亲

077

人，意味倍加丰厚。

二章欲进先退，欲夺故予，先承认国家服役的合于天理："溥天之下，莫非王土。率土之滨，莫非王臣"，这四句后来成为封建时代的名言（《左传·昭公七年》有"天子经略，诸侯正封，古之制也。封略之内，何非君土？食土之毛，谁非君臣"，意同语近），就在于它用铿锵的语言讲出了"君权神授"天下一家的大道理。诗人并没有超越时代限制，他不敢将矛头指向最高统治者，因而只能不满于高他一等的"大夫"了。"天王圣明，臣罪当诛"（韩愈），反贪官不反皇帝，真是由来已久。尽管打了折扣，诗人终于还是揭露了"不均"不公的社会现实。章末说"我从事独贤"，这"独贤"二字，是很高明的反讽之语，即钟惺所谓："'嘉我未老'三句，似为'独贤'二字下一注脚，笔端之妙如此。"（《评点诗经》）

三章抒情主人公登场亮相：他驾着骊马，经营四方，疲于奔命，不敢渎职。这里专门转述了顶头上司"大夫"的话："嘉我未老，鲜我方将，旅力方刚"，上司拍着肩膀把"我"的腿脚身体夸上一番，再叫"我"好好儿干。卖命的差使，廉价的奖赏！讽刺见于无形之中，作者写实手段真正到了家。

如果就此打住，也不失为一首好诗。此篇之奇妙，尤在于前三章克制地叙写之后，赓即有后三章的一连十二个"或"字领起的排比句，作尽情的宣泄。先前的克制便成为一种蓄势，使最后的喷发更加有力。排比之中，又有对比六组，以劳逸、苦乐、善恶、是非，两两相形："或安居在家，或尽瘁于国，或高卧于床，或奔走于道，则劳乐大大悬殊矣，此不均之实也。或身不闻征伐之声，或面带忧苦之状；或退食从容而俯仰作态，或经理烦剧而仓卒失容，极言不均之致也，不止劳逸不均而已。或湛乐饮酒，则是既已逸矣，且深知逸之无妨，故愈耽于逸也；或惨惨畏咎，则是劳无功矣，且恐因劳而得过，反不如不劳也。或出入风议，则已不任劳，而转持劳者之短长；或靡事不为，则是勤劳王事之外，又畏风议之口而周旋弥缝之也，此则不均之大害，而不敢详言之矣。"（傅恒

078

等《诗经折中》)

前三章写法各不相同，后三章则同一句式一气贯注，妙语连珠，方玉润评此诗："归重独劳，是一篇之主。末乃以劳逸对言，两两相形，愈觉难堪。"(《诗经原始》)沈德潜说："《鸱鸮》诗连下十'予'字，《蓼莪》诗连下九'我'字，《北山》诗连下十二'或'字，情至，不觉音之繁，辞之复也。"(《说诗晬语》)姚际恒说："'或'字作十二叠，甚奇。末更无收结，尤奇。"(《诗经通论》)更无收结，戛然而止，而"是可忍，孰不可忍"之意，溢于言表，是亦"诗可以怨"也。

小雅·青蝇

营营青蝇，止于樊。岂悌君子，无信谗言。
营营青蝇，止于棘。谗人罔极，交乱四国。
营营青蝇，止于榛。谗人罔极，构我二人。

这是一首斥责谗毁者并对信谗的统治者致忠告的诗。《毛诗序》说是刺幽王，后之论者更落实到"废后放子"的史实，很难确信。谗毁作为一种社会现象，无时无之，诗的本文既未牵涉具体的人事，读者也就无须指实为何朝何代何人何事而作，而应视为对社会现象的一种艺术概括。

积毁可销骨，暗箭最难防，谗言作为毁谤的特殊方式，因其目的险恶、手段隐秘而尤为可怕。无怪斥谗之作在《诗经》中为数不少。"苍蝇贝锦宣谤声"(李白《答王十二寒夜独酌有怀》)，诗人孟子与本诗作者，大概都有切肤之痛，是谗言的受害者。比较起来，孟子的怨毒更深，故《巷伯》一诗咬牙切齿之声闻于纸上，必欲将谮人"投畀豺虎"而后快。因而诗的矛头是直接指向进谗的谮人的，其集中声讨有类檄文。《青蝇》一诗的作者，似乎较及时发现了谗人的构陷，所以他一面警惕着，一面向信谗的"君子"发出忠告。故诗中对谗佞的蔑视厌恶多于痛恨。

诗人对谗佞的蔑视厌恶见于三章兴语，他用了一个很有创造性的比喻意象——"青蝇"，作为工谗者的化身。青蝇是一种绿头苍蝇，"营营"是形容其飞声的象声词，欧阳修说："诗人以青蝇喻谗言，取其飞声之众可以乱听，犹今谓聚蚊成雷也。"(《诗本义》)青蝇的粪便附着力强，可以污白使黑，虽璧玉亦不能免，好比谗佞者之善于奉迎蛊惑、颠倒黑白，这是另一层喻义。方玉润说："青蝇之为物至微而甚秽，驱之使去而复来。及其聚而成多也，营营然往来，飞声可以乱人之听。始不过'止于樊'，继且'止于棘'，终且'止于榛'，是无往不入，渐而相亲，是非淆而黑白乱矣。"(《诗经原始》)虽然没有直接的褒贬字面，诗人满腔憎恶已见于言外。

谗佞者捣鬼有术，往往难与计较，诗人似乎也不屑与之计较，他遂把全部希望寄托在谗言作用的对象——"君子"身上。三章后半均为殷勤的致意。"岂悌君子，无信谗言"，言"无信"，正以其可能听信或竟然听信也。"苍蝇不叮没缝的蛋"，"岂悌"是平易近人的样子，但倘若"近小人"，结果必然"远贤臣"了；诗人希望所谓君子幡然醒悟，倒个个儿。

"谗人罔极，交乱四周"，这似乎危言耸听，有些夸饰。其实谗佞者一旦取信于上层统治者，成为亲随，其破坏的能量确乎不可低估。"谗人罔极，构我二人"，是由远及近，说到眼前已有的恶果。"构我二人"一句，暗示了许多未尝明言的人事内容，由此可会：诗人与"君子"始必相得，但目前已被离间；诗人已中谗言之祸，而被"君子"疏远。可见"无信谗言"的忠告，绝不是泛泛而谈，而是有感而发。

故方玉润说："首章直呼'君子'，以勿听戒之；然后甚言其祸，如后世禅家之当头棒喝，使人猛省耳。而'君子'之上必加'岂悌'者，微词也。"(《诗经原始》)因为这首诗，"青蝇"从此成为谗毁者的代称，足见其影响之深远。

小雅·黍苗

芃 péng 芃黍苗，阴雨膏之。悠悠南行，召伯劳之。

我任我辇，我车我牛。我行既集，盖 hé 云归哉。

我徒我御，我师我旅。我行既集，盖云归处。

肃肃谢功，召伯营之。烈烈征师，召伯成之。

原隰既平，泉流既清。召伯有成，王心则宁。

本篇赞颂召伯经营谢邑的功绩，属于"美"；《毛诗序》认为是幽王时人借古讽今之作，则又含"刺"，但"刺幽王"说没有根据。周宣王时的召伯（召虎）是一个功德昭著、有口皆碑的历史人物。《诗经》中好几首作品都提到他的事迹（如大雅之《崧高》《江汉》《召南·甘棠》)，与本篇一样，都是为他树碑立传的作品。

周宣王封其母舅于申，命召伯为之经营，建筑谢城（申都）和宗庙。《大雅·崧高》也写到这件事，但那是朝臣尹吉甫颂美申伯的作品，"申伯之功，召伯是营"，诗中召伯只是配角。而此诗是随从召伯建设申国的士役，在完成任务于归途之中的歌唱，召伯是歌中的英雄。

诗用民歌的兴语发唱，"芃芃黍苗，阴雨膏之"，雨露滋润禾苗长，显然有所取义。据说《甘棠》的作意是因召伯在社前断狱听讼，公正无私，所以为人感戴，故尊及社木。看来这位召伯，在当时人们心中，确实是一位"青天"式人物。诗的首章兴语（前二句）与情语（后两句），采用了错综对仗形式，形式的同构暗示了内涵的联系。"黍苗"与"南行"者对应，"阴雨膏之"与"召伯劳之"对应，感恩戴德之意溢于言表。

从这由衷的赞美可以体味，召伯确乎是位"仁者爱人"的上司，说激进一点，至少也是深通统治驭下之术的贵人。故他的下属士役皆乐为之用。二三章写营建谢邑大功告成之后，士役在归途愉快的心情。《诗》曰"我任我辇，我车我牛"、"我徒我御，我师我旅"，一路熙熙攘攘，好不热闹。一连串十个"我"字，显示了召伯统率下的万众一心。而士役的归心，便是不赞美的赞美。虽只写"盖云归哉"、"盖云归处"即归途情状，却能使人由此推想他们先前劳作的同心协力，共赞成功，如见"捄之陾陾，度之薨薨，筑之登登，削屡冯冯，百堵皆兴，鼛鼓弗胜"（《大雅·绵》）那样令人振奋的劳作场面。可以说是"众志成城"。

是谁创造了人类世界？奴隶，还是英雄？这是个久有争议的问题。此诗的歌者是毫不怀疑地归功于召伯："肃肃谢功，召伯营之。烈烈征师，召伯成之。"这也许是英雄史观在隶役头脑中的反映。从另一个角度看，召伯确乎是营谢工程的组织者，有经营管理之功。士役们将首功无条件地归于他，也不无道理。

诗的末章再次用了兴语，"原隰既平，泉流既清"，大有一种移山造河，征服自然的意味。这对营建城邑之功是很自然的起兴，显得那么雍容，那么踌躇满志。诗的最后说召伯办事，周王放心，在封建时代算得是最高的颂辞了。

小雅·白华

白华菅兮，白茅束兮。之子远兮，俾我独兮。

英英白云，露彼菅茅。天步艰难，之子不犹。

滮 biāo 池北流，浸彼稻田。啸歌伤怀，念彼硕人。

樵彼桑薪，卬烘于煁 chén。维彼硕人，实劳我心。

鼓钟于宫，声闻于外。念子懆 cǎo 懆，视我迈迈。

082

有鹙 qiū 在梁，有鹤在林。维彼硕人，实劳我心。

鸳鸯在梁，戢其左翼。之子无良，二三其德。

有扁斯石，履之卑兮。之子之远，俾我疧 qí 兮。

古人尚无科学的文艺观，故汉儒每强经就史，附会本事，其失在于主观绝对。然而，"千秋毛郑功臣在"（王士祯《论诗绝句》），前人说解中，毕竟有大量合理的因素，不容一概抛弃。有时，绝对否定和绝对肯定，都是缺乏根据的。

《白华》一诗，《毛诗序》说是"周人刺幽后也。幽王娶申女以为后，又得褒姒而黜申后"，故周人作此诗。又因诗用第一人称，或以为是申后自作。关于这诗的主题与本事，今古文、汉宋学无争论（陈子展《诗经直解》）。考之于诗的本文，也没有不合之处。今人作弃妇词看，可备一说；但也无法排斥旧说。

此诗八章中仅每章后二句言情，又多重复，所以涉及的具体情事不多。但仍可以看出以下几端：第一，女主人公倾心于男方；第二，男方对她有旧恩，但眼前已经变心；第三，变心的原因是有第三者插足。诗中四次提到的"之子"（还有一次直呼"子"），与三次提到的"硕人"，今人译注已视为同一个人即男方，但《郑笺》不然。它认为"之子"指幽王即男方，"硕人"指褒姒即"第三者"。这种说法切合旧说（即男方喜新弃旧），大有意趣。今人合二而一，虽可通解，但诗味较薄。第四，女主人公已陷入痛苦而不能自拔的境地，既对"硕人"耿耿于怀，又痛恨"子之无良"。

凭此数端，已可将此诗作为申后的《长门赋》来读。《诗经原始》引邹肇敏云："观于宫、于外、在梁、在林之咏，亦如后世之赋《长门》耳。"诗的写法上有一显著特点，就是全篇各章都是先兴比而后赋，而且八章兴语都不相重，与赋语的重复，形成对比，在《诗经》中实为仅见。

古之诗人常用束薪来喻二情的绸缪（参《唐风·绸缪》），而"白茅纯束"（《召南·野有死麕》）还是写礼物的包装。故首章开篇"白华菅兮，白茅束兮"，可以使人联想到诗中人与"之子"当初的结合，又反兴起"之子之远，俾我独兮"，而大有往事不堪回首的悲哀。

二章的兴语由上章的菅、茅进一步发挥，说这些草儿还能受到白云的惠爱；反兴起女主人公的失爱失宠。"天步艰难"说得严重，但对于旧式女性，婚变本来就是天塌下来一样的事情（参较《邶风·柏舟》："日居月诸，忽迭而微"）。三章以"滮池北流，浸彼稻田"兴起男方恩爱之转移。"念彼硕人"，意味近于"月明歌吹在昭阳"，相形之下，"玉颜不及寒鸦色"，只好长歌当哭了。

四章以桑薪烘煁（灶），为无釜之炊；兴起新人故人的易位、女方被弃，措语奇倔。以致有人疑此二句"皆似里巷人之言，不类王侯语气"（崔述《丰镐考信录》）而陈子展先生驳道："此不知古今帝王家之经济生活，丰啬苦乐，大有悬殊也"（《诗经直解》），并补充道：诗歌创作，固有别趣。故白居易《长恨歌》写宫室，有孤灯挑尽、夕殿萤飞之语。

五章以"鼓钟于宫，声闻于外"兴而兼赋，大有昭阳歌吹之意，下即云"念子懆懆，视我迈迈"，即"得宠忧移失宠愁"。女主人公犹念旧恩，而男方已有新宠，故不谐如此。六章以鸳、鹤对举起兴，同属水鸟，性恶者反而在梁得鱼，性驯者反而在林受饥，兴起下二句"硕人"与"我"的势不两立。七章用当时习语"鸳鸯在梁，戢其左翼"（别见《小雅·鸳鸯》），再用鸟类起兴，双栖多情的鸳鸯，反兴起"之子无良，二三其德"。

五六两章使人想起《长门赋》中"翡翠胁翼而来萃兮，鸾凤翔而北南。心凭噫而不舒兮，邪气壮而攻中"、"白鹤嗷以哀号兮，孤雌峙于枯杨。日黄昏而望绝兮，怅独托于空堂"，表现出一种深切的"妾人自悲"之感。最后一章以乘石（古人垫脚登车的石头）自喻，自伤卑微，以忧积成病作结。

如以两句为一单位，则全诗各章均由一句起兴、一句言情组成，大类陕北民歌《信天游》的结构，诗人可能采用了当时民歌的格调。这种格调使得诗歌的抒情叙事变得很空灵，很有意味，唱起来"洋洋乎愈歌愈妙"。它的精义不在情语，反在兴比之中，故发人深省，耐人玩味。诗中兴比，除少数采用了当时套句如"鸳鸯在梁，戢其左翼"外，其余多属新创。《诗经》多章用兴，每有重复；唯此诗八章兴语无一重复，可见作者的才情。

诗中虽有"我"、"之子"、"硕人"三个角色，但重在写情绪之纠葛。所以它与《长门赋》和后代宫词有所不同，能一网打尽天下因丈夫喜新厌旧、第三者介入的弃妇悲剧，从而使读者可以把它作为一首广义的弃妇词来读。

周颂·潜

> 猗与漆沮，潜有多鱼。有鳣 shàn 有鲔 wěi，鲦 tiáo 鲿
> 鰋鲤。以享以祀，以介景福。

这是一首以鱼献祭于宗庙的乐歌。漆、沮是两条水的名称，分别源于陕西大神山与分水岭，至耀县合流。

西安半坡村出土陶器有人面鱼纹，画中人面嘴角各含一鱼，似有闭目满足之表情。它生动表明，具有强大繁殖力的鱼类，系先民赖以生存的重要食物。先民对鱼由依赖转而崇拜，进而以鱼祭献祈福。"鱼"出现在原始文艺中便被赋予一定观念意义，即成为生命之两大本能——生存（丰衣足食）和生殖（多子多福）的象征。旧时年画绘小儿抱鱼，题为"连年有馀（鱼）"，就有这样的含义。

这首短诗提到鳣、鲔、鲦、鲿、鰋、鲤六种鱼的名称，可视为漆、沮水产史料，是先民生产斗争知识的积累。孔子说"诗可以观"，可以"多识于鸟兽草木之名"，是不假的。

周颂·桓

绥万邦，娄丰年。天命匪解，桓桓武王！保有厥土，于
以四方。克定厥家，於昭于天，皇以间之。

《毛诗序》说本篇为"讲武类祃"之作，陈子展解云："类是祭天；
祃是祭造为军法者，殆谓祭军神，亦犹后世之所谓祃牙或祭旗邪？"邹肇
敏则认为是"祀武王于明堂"的乐歌。两说都有相当的影响。但近代和
当代学者多根据《左传·宣公十二年》所载楚庄王的一段话（大略云：武
王克商，又作《武》，其六曰"绥万邦，屡丰年"），认为这是成王时《大武》乐
歌的第六章，主要歌颂武王克商以后，国泰民安，物阜年丰的景象。

周代歌舞，已形成一种功利性很强，而以表演为主的综合性文艺样
式，而舞曲歌辞只是其中有机的组成部分，本非独立的诗歌。一离开音
乐、舞蹈，其文辞"早失了春光一半"，剩下一个空空洞洞的外壳，所以
大多数颂诗，味同嚼蜡。然而在它们产生的当时，却曾配合乐舞，打动
过听众，有着活泼的生命，全不似今日之"涸辙枯鲋"。欣赏这类作品，
必须有历史感和想象力。非如此不能穿越时间的隧道，追寻、领略其远
逝的芬芳馥郁于万一。

相对于乐、舞，歌辞处于宾位，固不能喧宾夺主。歌辞的内容不必
复杂，但求对舞蹈有辅助和画龙点睛的作用。《大武》据说是以干戚伴舞
的，试想皇家舞队手持干戚，在舞场上摆开气势磅礴的队形后，一声
"安万邦，屡丰年"，将使观众感到何等的庄严。对于"桓桓武王"的崇
拜与感激，将从心底油然而生。

汉高祖威加海内归故乡的当儿，不是组织过乡里少年百人演唱御制
歌辞《大风歌》吗，那歌辞多么简短，但唱起来是多么雄壮，多么令人

感奋！辞中不是有"安得猛士守四方"之句吗？这简直就是"保有厥士，于以四方，以定厥家"的一转语。然从马瑞辰以来注家都疑"厥士"是"厥土"之误。可"保有厥士"有什么不通呢？还是朱熹不改本字的解释为好："保有其士而用之于四方，以定其家"，就这意思。

配合这样的歌辞，场上执干戚的舞蹈者当有相应的形体动作，使人感到威风凛凛，所向披靡；伴随明快刚健的动作，一切强敌似乎都土崩瓦解、灰飞烟灭了。乐曲逐渐推向高潮："啊，光芒万丈，顺天以代商"，观众情绪为之一振，为黑暗时代的结束，光明时代的展开而欢欣鼓舞。

要之，《桓》和《周颂》中不少作品一样简短，却已经成了很标准的舞曲歌辞。它的某些特征，如主题鲜明，语言浅近，节奏明快，依附于乐舞等，在晚近的历史歌舞剧中仍然有所保留。

注　《桓》的歌辞文本中，"娄"同屡，"解"通懈，"於"为语助词。

【屈原】（前 339—前 278）名平，战国楚人。怀王时曾任左徒、三闾大夫，主张联齐抗秦。于怀王、顷襄王时两遭佞臣进谗，而被放逐汉北、江南。因国事不堪，而自沉汨罗江。他根据楚声楚歌，而创制楚辞，著有《离骚》《天问》《九歌》《九章》等。

离骚

帝高阳之苗裔兮，朕皇考曰伯庸。摄提贞于孟陬兮，惟庚寅吾以降。皇览揆余初度兮，肇锡余以嘉名。名余曰正则兮，字余曰灵均。纷吾既有此内美兮，又重之以脩能。扈江离与辟芷兮，纫秋兰以为佩。汩 yù 余若将不及兮，恐年岁之不吾与。朝搴阰 pí 之木兰兮，夕揽洲之宿莽。日月忽其不淹兮，春与秋其代序。惟草木之零落兮，恐美人之迟暮。不抚壮而弃秽兮，何不改乎此度？乘骐骥以驰骋兮，来吾导夫先路！昔三后之纯粹兮，固众芳之所在。杂申椒与菌桂兮，岂维纫夫蕙茝chǎi。彼尧舜之耿介兮，既遵道而得路。何桀纣之猖披兮，夫唯捷径以窘步。惟夫党人之偷乐兮，路幽昧以险隘。岂余身之惮殃兮，恐皇舆之败绩。忽奔走以先后兮，及前王之踵武。荃不察余之中情兮，反信谗而齐 jì 怒。余固知謇 jiǎn 謇之为患兮，忍而不能舍也。指九天以为正兮，夫唯灵修之故也。初既与余成言兮，后悔遁而有他。余既不难夫离别兮，伤灵修之数 shuò 化。余既滋兰之九畹兮，又树蕙之百亩。畦留夷与揭车兮，杂杜衡与芳芷。冀枝叶之峻茂兮，愿俟时乎吾将刈。虽萎绝其亦何伤兮，哀众芳之芜秽。众皆竞进以贪婪兮，凭不厌乎求索。羌内恕己以量人兮，各兴心而嫉妒。忽驰骛以追逐兮，非余心之所急。老冉冉其将至兮，恐修名之不立。朝饮木兰之坠露兮，夕餐秋菊之落英。苟余情其信姱以练要兮，长顑 kǎn 颔 hàn 亦何伤！揽木根以结茝兮，贯薜荔之落蕊。矫菌桂以纫蕙兮，索胡绳之纚 xǐ 纚。謇吾法夫前修兮，非世俗之所服。虽不周于今之人兮，愿依彭咸之遗则！长太息以掩涕兮，哀民生之多艰。余虽好修姱以鞿羁兮，謇朝谇 suì 而夕替。既替余以蕙纕兮，又申之以揽茝。亦余心之所善兮，虽九死其犹未悔。怨灵修之浩荡兮，终不察夫民心。众女嫉余之蛾眉兮，谣诼谓余以善淫。固时俗之工巧兮，偭规矩而改错。背绳墨以追曲兮，竞周容以为度。忳 tún 郁邑余侘 chà 傺 chí 兮，吾独穷困乎此时也。宁溘 kè 死以流亡兮，余不忍为此态也。鸷鸟之不群兮，自前世而固然。何方圜之能周兮，夫孰异道

而相安？屈心而抑志兮，忍尤而攘诟。伏清白以死直兮，固
前圣之所厚。悔相道之不察兮，延伫乎吾将反。回朕车以复
路兮，及行迷之未远。步余马于兰皋兮，驰椒丘且焉止息。
进不入以离尤兮，退将复脩吾初服。制芰荷以为衣兮，集芙
蓉以为裳。不吾知其亦已兮，苟余情其信芳。高余冠之岌岌
兮，长余佩之陆离。芳与泽其杂糅兮，唯昭质其犹未亏。忽
反顾以游目兮，将往观乎四荒。佩缤纷其繁饰兮，芳菲菲其
弥章。民生各有所乐兮，余独好脩以为常。虽体解吾犹未变
兮，岂余心之可惩？

　　女嬃之婵媛兮，申申其詈予。曰："鲧悻直以亡身兮，
终然夭乎羽之野。汝何博謇而好修兮，纷独有此姱节？薋菉
葹以盈室兮，判独离而不服。众不可户说兮，孰云察余之中
情？世并举而好朋兮，夫何茕独而不予听？"依前圣以节中
兮，喟凭心而历兹。济沅湘以南征兮，就重华而陈词："启
《九辩》与《九歌》兮，夏康娱以自纵。不顾难以图后兮，
五子用失乎家巷。羿淫游以佚畋兮，又好射夫封狐。固乱流
其鲜终兮，浞 zhuó 又贪乎厥家。浇 ào 身被服强圉 yú 兮，
纵欲而不忍。日康娱以自忘兮，厥首用乎颠陨。夏桀之常违
兮，乃遂焉而逢殃。后辛之菹 zū 醢 hǎi 兮，殷宗用而不长。
汤禹俨而祗 zhī 敬兮，周论道而莫差。举贤而授能兮，循绳
墨而不颇。皇天无私阿兮，览民德焉错辅。夫维圣哲以茂行
兮，苟得用此下土。瞻前而顾后兮，相观民之计极。夫孰非
义而可用兮，孰非善而可服？阽 diàn 余身之危死兮，览余
初其犹未悔。不量凿而正枘 ruì 兮，固前脩以菹醢。"曾歔欷
余郁邑兮，哀朕时之不当。揽茹蕙以掩涕兮，沾余襟之浪
浪。跪敷衽以陈辞兮，耿吾既得此中正。驷玉虬以乘鹥 yī

兮，溘埃风余上征。朝发轫于苍梧兮，夕余至乎县圃。欲少留此灵琐兮，日忽忽其将暮。吾令羲和弭节兮，望崦 yān 嵫 zī 而勿迫。路曼曼其修远兮，吾将上下而求索。饮余马于咸池兮，总余辔乎扶桑。折若木以拂日兮，聊逍遥以相羊。前望舒使先驱兮，后飞廉使奔属。鸾皇为余先戒兮，雷师告余以未具。吾令凤鸟飞腾兮，继之以日夜。飘风屯其相离兮，帅云霓而来御。纷总总其离合兮，斑陆离其上下。吾令帝阍开关兮，倚阊阖而望予。时暧暧其将罢兮，结幽兰而延伫。世溷 hùn 浊而不分兮，好蔽美而嫉妒。朝吾将济于白水兮，登阆风而绁 xiè 马。忽反顾以流涕兮，哀高丘之无女。溘吾游此春宫兮，折琼枝以继佩。及荣华之未落兮，相下女之可诒。吾令丰隆乘云兮，求宓 fú 妃之所在。解佩纕以结言兮，吾令蹇 jiǎn 修以为理。纷总总其离合兮，忽纬 wěi 繣 huà 其难迁。夕归次于穷石兮，朝濯发于洧盘。保厥美以骄傲兮，日康娱以淫游。虽信美而无礼兮，来违弃而改求。览相观于四极兮，周流乎天余乃下。望瑶台之偃蹇兮，见有娀 sōng 之佚女。吾令鸩为媒兮，鸩告余以不好。雄鸠之鸣逝兮，吾犹恶其佻巧。心犹豫而狐疑兮，欲自适而不可。凤皇既受诒兮，恐高辛之先我。欲远集而无所止兮，聊浮游以逍遥。及少康之未家兮，留有虞之二姚。理弱而媒拙兮，恐导言之不固。世溷浊而嫉贤兮，好蔽美而称恶。闺中既已邃远兮，哲王又不寤。怀朕情而不发兮，余焉能忍与此终古！

　　索藑 qióng 茅与筳篿兮，命灵氛为余占之。曰："两美其必合兮，孰信修而慕之？思九州之博大兮，岂唯是其有女？"曰："勉远逝而无狐疑兮，孰求美而释女？何所独无芳草兮，尔何怀乎故宇？世幽昧以眩曜兮，孰云察余之善恶？

民好恶其不同兮，惟此党人其独异。户服艾以盈腰兮，谓幽兰其不可佩。览察草木其犹未得兮，岂珵 chéng 美之能当？苏粪壤以充帏兮，谓申椒其不芳。"欲从灵氛之吉占兮，心犹豫而狐疑。巫咸将夕降兮，怀椒糈 xǔ 而要 yāo 之。百神翳其备降兮，九疑缤其并迎。皇剡 yǎn 剡其扬灵兮，告余以吉故。曰："勉升降以上下兮，求矩矱 yuē 之所同。汤禹严而求合兮，挚咎繇 yáo 而能调。苟中情其好修兮，又何必用夫行媒？说操筑于傅岩兮，武丁用而不疑。吕望之鼓刀兮，遭周文而得举。宁戚之讴歌兮，齐桓闻而该辅。及年岁之未晏兮，时亦犹其未央。恐鹈 tí 鴂 jué 之先鸣兮，使夫百草为之不芳。何琼佩之偃蹇兮，众薆然而蔽之，惟此党人之不谅兮，恐嫉妒而折之。"时缤纷其变易兮，又何可以淹留？兰芷变而不芳兮，荃蕙化而为茅。何昔日之芳草兮，今直为此萧艾也？岂其有他故兮，莫好修之害也！余以兰为可恃兮，羌无实而容长。委厥美以从俗兮，苟得列乎众芳。椒专佞以慢慆兮，樧 shā 又欲充夫佩帏。既干进而务入兮，又何芳之能祗。固时俗之流从兮，又孰能无变化？览椒兰其若兹兮，又况揭车与江离。惟兹佩之可贵兮，委厥美而历兹。芳菲菲而难亏兮，芬至今犹未沫。和调度以自娱兮，聊浮游而求女。及余饰之方壮兮，周流观乎上下。灵氛既告余以吉占兮，历吉日乎吾将行。折琼枝以为羞兮，精琼爢以为粻 zhāng。为余驾飞龙兮，杂瑶象以为车。何离心之可同兮，吾将远逝以自疏。邅 zhān 吾道夫昆仑兮，路修远以周流。扬云霓之晻蔼兮，鸣玉鸾之啾啾。朝发轫于天津兮，夕余至乎西极。凤凰翼其承旗兮，高翱翔之翼翼。忽吾行此流沙兮，遵赤水而容与。麾蛟龙使梁津兮，诏西皇使涉予。路修远以多艰兮，腾众车使径待。路不周以左转兮，指西海以为期。屯余车其千乘兮，齐玉轪 dài 而并驰。驾八龙之婉婉兮，载云旗之委蛇 yí。抑志而弭节兮，神高驰之邈邈。奏《九歌》而舞《韶》兮，聊假日以媮乐。陟 zhì 升皇之赫戏兮，忽临睨 nì 乎旧乡。仆夫悲余马怀兮，蜷 quán 局顾而不行。乱曰：已矣哉！国无人莫我知兮，又何怀乎故都？既莫足与为美政兮，吾将从彭咸之所居！

"正声何微茫，哀怨起骚人。"（李白《古风》）当诗三百篇为周代无名诗人做了光辉总结，一时风雅寝声之后，终于在战国风云和楚文化的背景之下，产生了我国诗史上第一个伟大作家和皇皇巨著。"不有屈原，岂见《离骚》！"（刘勰《文心雕龙·辨骚》）后世称楚辞为骚体，谓诗家为骚人，魏晋时有人倡言："但饮酒，熟读离骚，便足称名士！"（《世说新语》）屈原《离骚》在文学史上的卓著地位，于此可见一斑。但《离骚》之谜却不少，有的至今众说纷纭，尚待解决。

"离骚"的名义，司马迁说是"离忧"（《山鬼》即有"思公子兮徒离忧"），班固解为罹忧，王逸解为别愁，大致上相近。近人有提出"离骚"可能是楚歌名，即《大招》所谓"劳商"，其意为"牢骚"，也曾得到不少专家的同意。此外的异说还不少。

"离骚"写作年代，司马迁《报任安书》说"屈原放逐，乃赋离骚"，汉人无异辞；但《史记》屈原列传又系于"（怀）王怒而疏屈平"之后。于是今人或认为作于见疏怀王时，或认为作于见放顷襄王时。有一种意见则认为屈原实际是两次被放，《离骚》当作于初放于怀王之后，似较能弥合旧说；同时要写出如此充实光辉的巨著，也确须兼有在政治生涯中经历了大的风雨和在精神与体魄上有相当的余裕这样两个条件。

《离骚》与屈原政治生涯、战国时代风云密切相关，故全诗有极现实的思想内容和生活内容。但由于历史和艺术的原因，诗中又运用了大量超现实的语言意象、创作手法，把历史与神话、真实与想象奇特地糅合为一。它是如此华藻要妙，波谲云诡；如此惊采绝艳，炫惑眼目！以至读者只有紧紧把握住它的语义意象、历史内容及象征意蕴等诸多层面构成的审美结构关系，方能深入诗的意境而做到心领神会、心荡神驰。

《离骚》既是一篇政治抒情诗，又是一部伟大心灵的悲剧。它的篇章结构，有两分的，也有三分的。本文取后一种划分，即将长诗看作由"述怀"、"追求"、"幻灭"三大部分组成的三部曲式的悲剧。在这诗剧的舞台上，自始至终活跃着一个英雄主角，那是诗人伟大人格的化身，全诗除了女嬃、灵氛、巫咸几个人物的对话，几乎全由这个主人公的活动与内心独白构成。

从篇首到"岂余心之可惩"，是全诗的第一部分。诗篇一开始就着意树立抒情主人公的高大形象，即诗人的自我形象。不平凡的身世、不平凡的生日、不平凡的命名，给这个形象涂抹上了重重的三笔灵光。高阳苗裔，从寻根意义上点明了其与楚国不可分割的联系；摄提岁星曾附着于帝舜重华（《史记·天官书》："岁星一日摄提，曰重华"），孟陬即正月的得名与日月交会有关（《尔雅》郝疏），庚寅日乃楚先祖吴回"居火正，为祝融"的日子（《史记·楚世家》），为楚俗所重。综此数义，则诗之主人公的诞生便擅天地之美，得人道之正，怀爱国之忧。所以他的名字也不同凡响。"正则""灵均"不仅隐括了屈原本名（平），还寓有诗人一贯标榜，象征着他的政治理想（即"美政"，这个观念是孔孟"仁政""王政"与战国变法之风结合的产物，兼有民本思想与法治观念）的"中正"、"法度"、"好脩"等含义。主人公出台的庄重亮相，不仅与《离骚》的重大主题相称，而且有助于读者从开始就建立崇高纯正的悲剧意识，同时，也使后文那指点江山、叱咤风云式的展开有所因依。紧接着便是他自叙政治修养、远大抱负和坎坷遭遇，却并非以写实手法做平铺直叙，而是用成套的象征手法做艺术概括。约而言之，《离骚》的象征序列为：社会现象多象以自然（香草恶禽），政治关系多象以爱情（美人侠女），历史内容多象以神话（天地神祇），而在抒情之际又常露诗人本相。如这一部分中，就用了搴览、采集、佩服、种植、扶持、怜惜香花芳草，忠实、担忧灵脩美人，对诗人生平遭际，政治上的努力与挫败，做了系列的象征和艺术的反映。这一大段的欣赏离不开知人论世。

盖战国之际，大一统已成为历史发展之趋势，列国中最有资格担当此大任者莫过于秦、楚，所谓"横则秦帝，（从）纵则楚王"（刘向《战国策》）。具有德政（美政）思想同时为爱国者的屈原，绝不愿看到秦以刑政统一天下。正因为是处于危急存亡之秋，所以在以天下为己任的诗人笔下，才有如此使命感、紧迫感和危机感。诗中四言"恐"字，无非忧先天下之意。"汨余若将不及兮，恐年岁之不吾与"、"惟草木之零落兮，恐美人之迟暮"、"老冉冉其将至兮，恐修名之不立"，他唯恐虚度年华，白首无成，遂朝于斯、夕于斯，深自勖勉："朝搴阰之木兰兮，夕揽洲之宿莽"、"朝饮木兰之坠露兮，夕餐秋菊之落英"。这不仅是一种情操与修养；揆之史实，则有"博闻强记，明于治乱，娴于辞令，入则与（怀）王图议国事，以出号令；出则接遇宾客，应对诸侯，王甚任之"（《史记·屈原贾生列传》）。诗云："乘骐骥以驰骋兮，来吾道夫先路"，正是"奋其智能，愿为辅弼"（李白《代寿山答孟少府移文书》），充满自信，非徒作大言。他的政治憧憬是，致祗敬之君，尚任贤之政："昔三后之纯粹兮，固众芳之所在"、"彼尧舜之耿介兮，既遵道而得路"（后文则有"汤禹俨而祗敬兮，周论道而莫差。举贤而授能兮，循绳墨而不颇"）

然而，在他的政治实践中，却遇到了巨大的几乎难以逾越的障碍。阻力来自怀王周围的野心家和政治上的亲秦派，这就是《史记》所载：上官大夫与同列而心害其能，因谗之，怀王怒而疏屈平。《新序》所载：屈原为楚东使于齐以结强党，秦患之，使张仪之楚，赂上官大夫靳尚、令尹子兰、司马子椒、夫人郑袖，共谮屈原等史实所显露的，这里既有权力之争，又有路线之争。怀王的态度举足轻重，动关成败。诗人不禁意激言质，借古讽今，他大骂桀纣猖披、捷径窘步，矛头实指向上述党人媚秦偷安的幽昧险隘之路；他恳切地剖白自道"岂余心之惮殃兮，恐皇舆之败绩！"无异是对怀王的当头棒喝。但怀王并没有清醒，"荃不察余之中情兮，反信谗而齐怒"，"余既不难夫离别兮，伤灵脩之数化"，怀王的一边倒，使屈原在政治上陷于绝对孤立（"吾独穷困乎此时也"），其革新图强的主张无从实现（"謇朝谇而夕替"）。所谓"灵脩数化"对应着如下史实：怀王十六年受骗于张仪，绝齐，复败于秦，外交上处于孤立无援的境地；怀王悔，复派屈原入齐，张仪时至，怀王欲杀之，复信郑袖、靳尚之言释仪；二十年与齐复交；二十四年又绝齐合秦；二十六年齐韩魏共伐楚；二十七年楚太子杀秦大夫，楚秦绝交，尔后连遭列国围攻，外交内政陷于困境。怀王之初成后改，出尔反尔，可见一斑。

屈原曾为三闾大夫，职掌教育贵族子弟（三闾系楚宗室昭、屈、景三姓聚居之所）。诗云滋兰九畹，树蕙百亩，畦种夷车，间杂衡芷，均以树木喻人。他辛勤培植人才，以济时用（"愿俟时乎吾将刈"）。但在遭到政治打击迫害之后，必有受累者，亦必有变节者，诗于"众芳"既伤萎绝，尤哀芜秽，当有所指。忠良遭殃，奸邪当道，贪婪竞进，求索无厌，恕己量人，兴心嫉妒，正是"举世皆浊我独清，众人皆醉我独醒"（《渔父》）。随俗则存，矢志则亡。诗人何尝未清醒意识到这一点，无奈他独立不迁，禀性难移："鸷鸟之不群兮，自前世而固然"、"余固知謇謇之为患兮，忍而不能舍也"、"苟余情其信姱以练要兮，长顑颔亦何伤"、"虽不周于今之人兮，愿依彭咸之遗则"、"亦余心之所善兮，虽九死其犹未悔"、"宁溘死以流亡兮，余不忍为此态也"、"虽体解吾犹未变兮，岂余心之可惩"，一篇之中，何啻三复斯言！对他来说，屈心抑志是窝囊的，清白死直倒反而痛快。他的政治上取法前脩，踵武前王，却缺乏后盾与同道："灵脩"不察，"众女"见嫉，而"时俗"工巧，周容为度。苦恋着楚国，而不能见容于楚国（"何方圆之能周兮，夫孰异道而相安"），这就是屈原的悲剧！

爱与恨交织，忠与怨为仇，在诗人内心起了巨大冲突。从此，悔与未悔、远逝而终不行、寻求解脱而不得解脱，这些矛盾，将构成诗情的主旋律。"悔相道之不察兮，延伫乎吾将反。回朕车以复路兮，及行迷之未远"，他确乎产生过逃避与解脱的倾向。陶渊明辞"实迷途其未远，觉今是而昨非"的名句，就是由此出的。逃避意向之一，向内、向江湖（兰皋椒丘）："进不入以离尤兮，退将复脩吾初服。"诗人想回到未仕前自我修养亦即独善的境地。若为"制芰荷以为衣，集芙蓉以为裳"下一注脚，便是宋人《爱莲说》的"出淤泥而不染，濯清涟而不妖"，在芳泽杂糅之际，于昭质未亏，全是孤芳自赏之意。但屈非陶，根本之点就在于他满腔热血，静穆不来。于是便有逃避意向之二，向外、向他方："忽反顾以游目兮，将往观乎四荒"，然而这"四荒"实在是个含糊之辞，模糊概念。诗人实在不忍心对自己说，那是一个什么别的国家（比方说齐国）。屈非孔孟更非朝秦暮楚之士，根本之点就在于他出自宗室，又是凝聚力甚强的楚文化哺育出来的爱国者。这决定了他所说的"四荒"，只能是一个超现实的乌托邦；所谓"往观"，也只能是其有所作为的人生观之主观的探求实现的方式。

至此，《离骚》主人公道完他那缠绵悱恻而又波澜起伏的开场白，终于正式登上他那具有政治象征意义的"车马"（"回朕车"、"步余马"），即将开始他那为千古瞩目的"长征"。

从"女媭之婵媛兮"至"余焉能忍与此终古"为第二部分。这里诗人一变单纯的内心独白的写法，开始引入一些次要角色和情节性内容，首先是女媭及其忠告。女媭是一个亲爱者兼旁观者的形象，她以亲爱者特有的恺切和旁观者特有的清醒，对苦恼的主人公做了一番开导。她以鲧的刚直杀身为不可取，要求他稍自贬抑以求和光同尘，即《渔父》所谓"圣人不凝滞于物而能与世推移。世人皆浊，何不淈其泥而扬其波？众人皆醉，何不餔其糟而歠其醨？"并埋怨他太倔强而不听话。这段对话写来颇传"申申詈予"之神，它既是那样真恳、贴心；又是那样龃龉、隔膜。纵有手足相关之情，终难同气同声。对亲人的劝责，诗人只能以沉默相回避。他须得另觅知音，倾诉衷肠。于是远济沅湘，南下苍梧，向他星命上的远祖、九嶷山的大神即舜帝重华，敷衽陈辞。这一节大量征引历代兴亡盛衰的史实，并得出教训，再次直露诗人的政治身份与用世热情。前事不远，他连举五个反面教员（启、羿、浇、桀、纣）与前王（汤、禹、文王）做了一番对照，指出"皇天无私阿兮，览民德焉错辅。夫维圣哲以茂行兮，苟得用此下土"、"夫孰非义而可用兮，孰非善而可服？"诗人特别提到历史上知其不可而为之的殉道者（"不量凿以正枘兮，固前脩以菹醢"），引为同志，一发同情。悲怆激动，不禁洒下了他那不曾轻弹的眼泪。然而，即使"重华不可遌兮"（《怀沙》），通过这番陈辞也使诗人暂时求得了心理上的平衡（"耿吾既得此中正"），他决心通过求索追寻自己的理想，以生命去殉自己的事业。从此，诗人在浪漫想象的境界中，开始了他那"气往轹古"的三次飞行。

第一次飞行就从舜灵所在的苍梧出发："朝发轫于苍梧兮，夕余至乎县圃"，其目的是要由昆仑神山之悬圃，登上天庭，谒见天帝。从苍梧到悬圃，是一整日的飞行，诗人想在此"灵琐"小憩，无奈日色已暮。他不禁吁请羲和弭节，欲留驻飞光。此时离目的尚遥，然而诗人却表达了"路曼曼其脩远兮，吾将上下而求索"这一矢志不渝追求真理的信念。以下四句从饮马咸池，总辔扶桑，到西折若木，拂拭落日，又暗示了一日的飞程。（关于《离骚》飞行的时日，向有不同理解，此取一说）此时诗人打算昼夜兼程、朝夕相争，于是吁请月御、风伯等为其做夜行准备，但雷师作梗，几误公事。这里显然有地上的影子。诗人排除了障碍，令凤鸟飞腾，夜以继日，终于在云霞出海之清晨，到达了帝居天门（阊阖）："飘风屯其相离兮，帅云霓而来御。"在天国的门前，由于帝阍阻挠，使他吃了闭门羹——这里显然又有地上的影子。郭沫若说："在当时，天（上帝）的权威，本来是发生了动摇的，北方的诗人也早有'视天梦梦'的话，但难得屈原把这种怀疑思想幽默地形象化了。"诗人结兰延伫，直到黄昏（"时暧暧其将罢兮"），白白浪费了一天的光阴。第一次飞行的失败，使诗情从幻想回到现实的感喟："世溷浊而不分兮，好蔽美而嫉妒。"

第二次飞行仍严格地以朝夕字样为标识："朝吾将济于白水兮，登阆风而绁马。忽反顾以流涕兮，哀高丘之无女。"高丘，郭沫若认为指天国，闻一多则认为指楚地高唐之丘，在巫山旁。高唐神女乃楚民族远祖的化身。高丘无女即指高唐无神女，其寓意为楚国当局不得其人。刘向《九叹·逢纷》"声哀哀而怀高丘兮，心愁愁而思旧邦"，正是"反顾流涕"二句的注脚。弄清这一点，则第二次飞行"求女"的寓意可知。"及荣华之未落兮，相下女之可诒"，"下女"指下界美女，相对于天神而言。其一是宓妃，这个寓言式人物，性行暧昧乖戾，据说与羿通淫（"穷石"为羿居）美而无礼，并非理想的对象。"夕归次于穷石兮，朝濯发乎洧盘"，济白水后，为了解宓妃，似乎又有一日之迂延。其中包含求其所处，托媒褰脩等活动内容。宓妃令人失望，诗人却并不气馁，仍周游天宇，相观四极，访求不懈。先后属意于有娀之简狄，有虞之二姚，然而不是因为小人之飞短流长，便是因为理弱媒拙、导言不固而没有下文。诗人"欲远集而无所止兮，聊浮游以逍遥"，不免产生一种失落与无聊之感。再一次从幻想回到现实感喟："世溷浊而嫉贤兮，好蔽美而称恶！"

这一部分的两次飞行，造境虽幻，结语却极现实。诗人在幻境中言路不通、障碍横生、六面碰壁的情形，实际上是他"以道诱掖楚之君臣卒不能悟"（张惠言）的现实在梦里的投影。言在"闺中邃远"，而意归"哲王不寤"，正是"其称文小而其指极大，举类迩而见义远"。

以下至篇末，是诗的第三部分。两度的失败或落空，使诗人产生绝大迷惘，在继续探求出路，作新的飞行前，他需要求助于卜巫，期待预言家的指示。先后请教于灵氛和巫咸。灵氛占得的卜辞看来是很有希望（"吉占"）：九州博大，两美必合。解释更为明确："何所独无芳草兮，尔何怀乎故宇？"前途是有的，但不在政治上一团糟的楚国；芳草在天涯招手，应当速决去就。灵氛这一形象产生有其历史背景：盖先秦之士，有不择国而仕的倾向，屈原同时的孟子、荀子均其显例，屈原从事过外交活动，在国际上有影响。当其在楚国遭受政治迫害，理想破灭之际，生出去留的一闪念（即《抽思》所谓"愿摇起而横奔"）很是难免。但当灵氛点明此意时，他却犹豫狐疑了。他须再请高明，裁定主意。巫咸夕降，便是诗人内心矛盾冲突的形象化。从百神备降，九疑并迎的排场看，巫咸自然是更有权威。巫咸所告的"吉故"，与灵氛"吉占"几乎不谋而合，而且更具体而有说服力。他列举了古史上五对君臣遇合的著例（汤与伊尹，禹与皋陶，武丁与傅说，文王与吕望，齐桓与甯戚），论证了两美必合，不必恋旧。劝他趁年岁未晏，不但要走，而且要快；否则鹈鴃先鸣，时乎不再。灵氛巫咸的诛心之言，勾起诗人的悲痛，不禁对楚国现实重加思量，对结党营私、祸国殃民者（"党人"、"椒兰"），变节从俗、偷合取容者（"茅"、"萧艾"）痛加斥责，并且毫不掩饰地肯定赞美自我。这些"责数怀王，怨恶椒兰"、"露才扬己"的诗句，曾令后儒莫名惊诧，却恰恰最能体现《离骚》富于批判锋芒的"哀怨"特色。楚国现实既然如此不堪闻问，"又何可以淹留"？诗人即将开始他最后的遨游。

　　如果说上部分曾有的两次飞行，均受阻于外力，终至失败的话；那么这第三次经预言家肯定为吉祥的飞行，则由于内因，最后半途而废，未能实行。但这次朝发天津、夕至西极的行程是修远多艰的，付出的努力极大，场面也空前热烈：车马喧阗、凤凰承旗、蛟龙梁津、玉轪并驰、载歌载舞。这次行程的方向是西方。这一定向不是偶然的，有两种说法值得参考。一说认为中华民族出自西北高原，故远古神话传说集中在昆仑为中心的西方和西北。而楚国是保存远古文化最完全的国家，以昆仑西海为其发祥地，故《离骚》最后的西行，潜在有寻根的情愫。一说则认为当时列国，政治昏乱无异荆楚，唯秦奋发图强，收纳列国之士，士欲在政治上有所建树舍此莫归，故此次飞行所过山川，悉表西路。而这一价值取向，对屈原来说又是最违心的，最多只能是潜意识中的一闪念，是其内心深刻矛盾的梦的显现。正因为这样，所以当其西行左转，胜境在即的时候，他自己忽又恋眷旧乡，改变主意，对先时取向做了坚决否定。这出乎意外，又合其初衷。"仆夫悲余马怀兮，蜷局顾而不行。"这样，对诗人来说离开楚国寻求发展的任何意向都是"此路不通"，而在楚国又没有"足以为美政"的可能，于是在全诗的尾声中，他宣告了理想彻底的幻灭并准备用生命去殉自己的理想。"悲剧将有价值的东西撕毁给人看"（鲁迅），《离骚》正是如此。

《离骚》有如一部大型交响乐，它的情感内容丰富、复杂、矛盾而又统一。其中最突出的情调是深切的乡土之爱及植根其上的爱国主义激情。诗人被楚国遗弃，然而"落红不是无情物"，他本人却无法离弃他的故土。所以有人认为抒情主人公人格结构的核心就是对祖国的苦恋。这在士无祖国的战国时代，是一个特例，而对后世的民族英雄则是一个楷模。他的出现不是一种偶然现象，而是楚国历史文化传统的产物，从"楚虽三户，亡秦必楚"那一口号显示的楚民族的向心力，便可感知那一文化传统强大的凝聚作用。当然，仅仅看到《离骚》中的爱国主义激情还不够，还须看到主人公的爱国主义情感与其政治理想的统一。他的死不仅是殉国，也是殉自己的理想。诚如郭老指出的：屈原是主张大一统的人，他所怀抱的是儒家思想的大一统，想让楚国以德政完成统一，而反对秦国以刑政征服天下。所以他眷爱楚国又不纯因它是父母之邦，更不因自己是楚国的宗族而迷恋着"旧时代的魂"（《屈原研究》）。故《离骚》中最后毁灭的不仅是一个爱国者的屈原，同时也是一个理想家的屈原。

"屈平辞赋悬日月，楚王台榭空山丘。"（李白《江上吟》）《离骚》流芳千古，引起世世代代读者的激情和共鸣，其奥妙不仅在诗中反映的历史内容，更在于作品深层结构中生生不息历久弥新的象征意蕴。它的审美教育作用远大于认识功能。诗中诚然隐括了诗人的生平遭际，然而主要表现的则是他的心路历程，在诗中并未出现人们称为"史实"的东西（古史传说除外），诗人常将自己特有的政治哀痛，与宇宙人生、社会历史中恒有的悲剧性现象的普遍感喟结合在一起，从情感上超越一己而沟通了上下古今（所谓"气往轹古，辞来切今"）。有人认为可以把《离骚》看成是历史性悲剧人物的人性、人情的一次比较全面、综合的再现，是很中肯的。单就这个方面的象征意蕴而言，便有不可穷尽性。诗中主人公那独立不迁、举世无朋的伟大孤独者（《远游》所谓"往者余弗及兮，来者吾不闻"）形象，就在后代不少高蹈者、先驱者如阮籍（"去者余不及，来者吾不留"）、陈子昂（"前不见古人，后不见来者"）以及鲁迅（"两间余一卒，荷戟独彷徨"）的心中激起过同情。鲁迅曾集《离骚》"望崦嵫而勿迫，恐鹈鴂之先鸣"为联语，请乔大壮书出。在历史长河中任何时代那些坚持真理，不容当世的少数派；忠而见疑，悻直杀身的殉道者；以及为数甚多的不合时宜，生不逢辰的失意之士，都或多或少能从《离骚》找到共同语言和精神安慰。《离骚》在伦理、道德、精神、情操上，对中华民族曾经起过，而且仍将发挥巨大的陶冶作用。

　　《离骚》是一篇由称得上民族之魂的伟大诗人用整个生命谱写的诗章，为一般意义上的名篇佳作所不可比拟。在诗歌艺术领域，它也有着前无古人的开创和极独特的风貌。首行表现在体制的宏伟。这是由作品重大主题与诗人深沉的思想情怀所决定的，如此博大的内容，非有地负海涵的艺术载体无以包容。《离骚》便成功地创造了这样一个载体。全诗几乎每大部分都可分若干小节，每小节还可细分若干层次，显得思绪曲折，文澜往复，规模宏大，气势磅礴，较《诗经》中长篇诗作已有飞跃的演进，为后来铺张扬厉的辞赋首开先河。"轩翥诗人之后，奋飞辞家之前"（刘勰《文心雕龙》）正点明了《离骚》在文体史上的承先启后的作用。诗歌固然不以长短定妍媸，但也从来是"千军易得，一将难求"。翡翠兰苕式的佳作，比比皆是，增一篇不多，减一篇不少；而掣鲸碧海式的巨著，希代之制，则往往成为伟大文学时代的不朽丰碑。《离骚》便是这样的经典作品。

　　其次，全诗有一个结构规模空前宏伟的意象系统。按其层次，《离骚》中的意象可分三群：自然意象群（花草禽鸟），社会意象群（古今人事），神话意象群（神话传说），彼此又互相对应，可谓"六合之大，万类之广，耳目之所览睹，上极苍苍，下极林林"（黄汝亨）。意象的取用不竭使诗在表现上极为灵活自由，凡涉叙事性内容，大都能抛开笨重的现实，而象征以幻境；而涉及抒情议论，则又无妨诗人直露本相，现身说法。诗人自我形象亦在这意象三界中自由出入，恍惚渺茫，变化无端。有时幻化为蛾眉见嫉的修洁美女，更多的时候则显现为高冠长剑的伟岸丈夫，笔端自由几乎到了随心所欲的地步。而这种随心所欲，又与其形象思维的缜密、雄浑高度统一。《离骚》的伟辞自铸，绝非一般意义上的比兴象征手法。王逸说"《离骚》之文，依诗取兴，引类譬喻"（《离骚序》），仅道出部分事实。雅诗中孟子、家父们的政治讽喻诗性质已近于骚，但表现手法基本上是内心直白式的，比兴手法只在局部上起作用。而在《离骚》中，比兴象征意象已发展成结构庞大而严密的形象思维系统，在诗歌意境的全局上发生作用。这也是一大创举。

第三，与诗人的感情洪流奔突跌宕相应，《离骚》一反《诗经》用重章叠句取得唱叹之致的较简朴的做法，而将跌宕的情感融化在一种既澎湃汹涌又回旋往复的抒情节奏中。某些执着的情绪在类似的句组中反复出现，如好修、怨悔、怀古、伤今，"弃置而复依恋，无可忍而又不忍；欲去还留，难留而亦不易去"（钱锺书），反复加深着读者的印象，既悱恻缠绵，又惊心动魄，也成为一种创调。

至于诗歌语言的绚丽精彩，具体表现手法（修辞）的丰富多样，酌奇玩华，复能真实，更是历来为人津津乐道，成了一首说不完的《离骚》。《离骚》不仅以其鸿裁伟辞，卓绝一世；其影响后世，亦不亚于《风》《雅》。以汉唐论，前有枚马追风入丽，后有李杜沿波得奇，"衣被词人，非一代也"（刘勰《文心雕龙·辨骚》）。屈原《离骚》确乎成就了与天地比寿，与日月同光，洗空万古的第一篇长诗。

附今译：

古帝高阳氏的后裔啊，我已故的父亲叫作伯庸。太岁在寅那一年的正月啊，庚寅的那一天我正好降生。先父见我有这样的生日啊，便赐给我以相应的美名。替我取的名字叫正则啊，替我取的别号叫作灵均。我既有这样多的内美啊，对外表也加以美的装扮。被服着薜芜以及白芷啊，佩戴的香草还有那秋兰。我心急迫生怕来不及啊，怕如箭的光阴弃我飞掉。清晨去攀折山上的木兰啊，傍晚还在收揽水边的青藻。日月匆匆地不肯停留啊，春夏秋冬在不断地替代。想到草木经秋便会凋零啊，只怕少年的红颜即将早衰。何不趁着年少自图修洁啊，改变你那错误的态度。驾着骏马努力驰骋啊，来吧我要为你前驱引路。古时候曾有纯粹的三王啊，那时节固然是群英荟萃。申椒菌桂也配置其间啊，不仅把蕙茞纽结成环佩。那唐尧虞舜真是英明啊，他们奔驰在康庄大道。夏桀和殷纣一何糊涂啊，贪走近路而相继跌跤。有一帮小人苟且偷安啊，走的路暧昧而又加险隘。我岂畏自身会被殃及啊，怕的是君王将要塌台！我匆匆前后奔走呼告啊，为的是追踪先王的步伐。你不明察我的愚诚啊，反听信谗言对我恼怒。我诚然知道耿直不讨好啊，但骨鲠在喉又不能不吐。我可以指九天以作证，这全是忠于君王的缘故！当初既和我已经约定啊，后来翻悔又改变了心肠。我难过的不是遭到疏远啊，只叹你为人呀太没主张。我已种下了九顷的春兰啊，又曾栽下了百亩的秋蕙。把留夷与揭车种了一地啊，还间杂种下杜衡芳芷之类。愿它们的枝叶早早茂盛啊，到时候我会得到香的收获。众芳萎谢了也不算什么啊，就怕它们的美质变异成恶。众人都贪婪地拼命钻营啊，贪得无厌一味地求索。宽恕着自己而猜忌别人啊，都在钩心斗角而相互嫉妒。都在狂奔着争权夺利啊，而这些都不是我的所急。我只怕老境渐渐逼近啊，美好的声名不能建立。我清早饮用木兰的清露啊，傍晚餐食菊花的落英。只要我精神美满而顽健啊，肉体的憔悴又有何妨？我掘取细根把白芷拴上啊，又穿上薜荔落下的花朵。把菌桂削直再贯以蕙英啊，纽结成花索馥郁婆娑。我虔敬地效法古代贤人啊，我的衣着不为世俗喜欢。和今世的俗人不能投合啊，我愿效法殷代的彭咸。一声长叹不禁泪流满面啊，我感伤人生苦旅的多艰。我虽爱好修洁而自制花环啊，清早做成傍晚已被偷换。既已偷换我秋蕙的花环啊，我又继续用白芷花来替代。那是我自己心甘情愿啊，纵使死上九回也不肯悔改。怨君王你真是荒唐啊，始终不肯洞察我的心肠。众女嫉妒我的姿容啊，造谣说我是本性淫荡。时俗固然好投机而取巧啊，不守规矩而任意胡闹。抛弃准绳而只图迁就啊，把阿谀奉承作为常套。我郁郁寡欢若有所失啊，孤独地忍受今世的困穷。纵倒头便死而魂离魄散啊，也决不同乎流俗屈节卑躬。鹰隼不能和凡鸟同群啊，从古以来就是这个样子。哪有方和圆能彼此重合啊，哪有敌对势力能相安无事！我是尽量克制情怀啊，忍受着非难而蒙受羞耻。因清白忠贞而杀身成仁啊，本是前代圣人之所称许。我失悔未曾把道路认明啊，停顿着打算要半途而返。掉转车头走向来路啊，趁着这迷途行得不远。让我的马儿在兰皋漫步啊，让它在椒丘漫步、暂且休息。我不想前去遭受祸殃啊，且退回故乡修整我的旧衣。把碧绿的荷叶裁成上衫啊，把洁白的荷花缀成下裳。没人理解我也就算了啊，只要我内心是真正地芬芳。把我的冠戴加得高高啊，把我的环佩增得长长。芳香和污垢纵使杂糅啊，对于清白的品质丝毫无伤。我猛然回头骋目四望啊，打算去四面八方游历观光。我的环佩是缤纷多彩啊，馥郁的气味不可掩藏。世人生活各有所乐啊，我的习惯是爱好修洁。就把我肢解了也不会变啊，我心难道会怕他人的威胁！

　　女媭她殷勤地替我担心啊，委婉而执着地开导着我：说"鲧直来直去不要老命啊，终于在羽山下招致杀身之祸。你为何总是孤芳自赏啊，一个人穿着异服奇装。正是杂草丛生的时节，你却独个儿说它们不香。众人是不可家喻户晓啊，有谁能理解你我的衷情？世人都在拉帮结派啊，你为何孤独地不表同情？"依据先圣的理法节制性情啊，为这样的遭遇而悲愤填膺。渡过沅湘而走向南方啊，去向大舜英灵倾诉衷情。"夏启沉湎于《九辩》与《九歌》啊，在艳阳时分他欢乐而放纵。不居安思危深谋远虑啊，五观老弟便和他发生内讧。后羿荒疏游荡而好畋猎啊，爱好在山野外射杀大狐。淫乱之徒固然不得善终啊，相臣寒浞更占取了他的妻孥。寒浞的儿子过浇肆行霸道啊，放纵着情欲而不能忍耐。

104

每日里欢乐得忘乎其形啊，就这样丢掉了自己的脑袋。夏桀也始终不近人情啊，到头来他是自取其殃。纣王把忠良砍成肉酱啊，殷朝的国祚因此不长。商汤夏禹谨严而敬戒啊，周的先王论道也无差池。政治修明举贤而用能啊，遵守着规矩没有偏倚。皇天在上公道无私啊，观察到确有德行才肯帮助。只有那德行高迈的圣哲啊，才能使普天之下成为乐土。考察了前王又观省后代啊，省察得人生的路径十分详明。哪有不义之人而可信用啊，哪有不善之事而可以服膺！我纵使身临绝境而丧命啊，反省当初无可悔改。不管圆凿而一味方枘啊，古代贤人遂惨遭杀身之灾。"我连连叹息而又呜咽啊，只能怪我自己生不逢时。提起柔软的环佩擦擦泪水啊，我的衣襟已被滚滚眼泪打湿。跪在衣脚上我陈辞已毕啊，我的心中已经恢复了平衡。以凤凰为车玉虬为马啊，驾着长风我便向天空旅行。清晨从苍梧之野动身啊，晚上落到昆仑山上的悬圃。想在这神灵之地逗留片刻啊，落日匆匆地眼看便要入暮。我令日御羲和慢慢驾车啊，崦嵫在望请不要加快。前路漫漫而又长啊，我要上天下地寻求所爱。让我的玉虬在咸池饮水啊，让我的凤凰在扶桑休息。折取若木来敲打日头啊，我暂时在这儿逍遥而踯躅。想请月御望舒做我前驱啊，想请风伯飞廉做我后卫。想请天鸡鸾凤做我鼓吹啊，雷师告我说一切未曾准备。我令凤凰继续展翅飞腾啊，夜以继日而不再停息。飘风在耳边呼呼吹过啊，成群的云霓扑面相迎。成群结队来了又去啊，五光十色地在上在下。我叫天国的门子开门啊，他倚着天门而不答话。天色昏暗快到末日光景啊，我扭结着所佩幽兰而停步。世道如此混浊不辨贤愚啊，专好抹杀美德而生出嫉妒。天明时我要渡过白水啊，登上那阆风山顶系好玉虬。忽然反顾而怆然流涕啊，可悲高丘无美女可求。我忽地来到青帝的春宫啊，攀折了琼枝补充我的环佩。趁着琼枝瑶花还不曾凋落啊，且到下界献与可爱的香闺。我叫云师丰隆驾着云彩啊，为我去寻觅宓妃的所在。把环佩解下来拜托蹇修啊，请他代表我向她求爱。她的态度好比云霓多变啊，忽然乖戾得叫人不好迁就。她晚上回家在穷石过夜啊，清早起来则在洧盘洗头。她外表美貌而内心骄傲啊，整天价寻欢作乐在外遨游。姿容纵美而全无礼节啊，只好放弃初衷改作他求。寻寻觅觅观览四方啊，周游了天上又回到下界。望见一座巍峨的高台啊，有娀氏的佳人令我心爱。我叫鸩鸟去替我做媒啊，鸩鸟推口道它去不好。雄鸠本来善鸣善飞啊，我又讨厌它过于轻佻。我心犹豫而充满狐疑啊，想要自婚终觉不行。玄鸟凤凰已把聘礼送到啊，哪怕是高辛氏已捷足先登。想往远方但又无可投靠啊，暂且流浪着四处逍遥。趁少康还未成家的时节啊，还剩有虞氏的两位阿娇。提亲的媒人笨得不行啊，这一次求婚也怕是不稳。世道混浊而嫉贤妒能啊，不乐闻善而喜传恶声。香闺深邃得难于觊觎啊，君王又始终不肯醒悟。我满怀愚诚而无处倾诉啊。我怎忍心就这样撒手作古！

　　找来占卜用的蘦茅和细竹啊，请求女巫灵氛为我占卜。她说："郎才女貌其必有合啊，哪有真正的美人儿而没人爱慕？想一想九州是多么广大啊，哪会只有这儿才有美女。请努力远游而不要狐疑啊，哪有识才的女子会对你不理？天地间何处没有香草啊？你为什么一定要怀念着故乡？世道是黑暗而又混乱啊，谁能明察你我的短长？人们的好恶有什么不同啊，只有那一帮人特别出众。他们把野蒿带满腰间啊，偏说馥郁的幽兰不可佩用。连草木的好坏尚未辨清啊，对美玉的识别又岂能得当？把粪土来填满自己的香囊啊，反说申椒一点儿不香。"我打算听从灵氛的吉占啊，心中犹豫而狐疑不能决定。巫咸就要在晚间下凡啊，怀着椒香和精米等他来临。百神缥缈地从天而降啊，九嶷的女神纷纷来迎迓。辉煌地发出无限灵光啊，巫咸又告诉我一些好话："你应该努力四方跋涉啊，去追求意气相投的同志。商汤夏禹都虔诚地求访贤臣啊，伊尹皋陶便和他们和衷共济。只要你内心真好修洁啊，又何必一定要人从中做媒？传说曾在傅岩版筑啊，武丁起用他而决无反悔。吕望在朝歌操刀割肉啊，遇到周文王拜他做了师傅。宁戚在放牛时扣角讴歌啊，遇到齐桓公聘他做了大夫。要趁着岁华尚未迟暮啊，趁着这季节尚未萧条。怕的是一听见杜鹃先鸣啊，千花百草就要为之香消。琼枝的环佩是多么美好啊，怎奈众人糊涂不肯宝贵。想想那帮人完全不讲信用啊，怕会出于嫉妒要来捣毁。"时俗纷纷地变幻无常啊，我又哪儿能够在此久留？幽兰和白芷都变质不香啊，溪荪和蕙草都变成了菉茅。为什么往日的这些香草啊，到今天都成了荒蒿野艾？哪里还有别的缘故啊，只因为它们不肯自爱。我以为兰原是十分可靠啊，谁知它名实不符虚有其表。抛弃美质而媚俗取容啊，真是辱没了同列的芳草。那椒专会取媚而妄自尊大啊，茉萸之类也想填充香包。既已钻营着力求佞幸啊，纵使有香又什么可宝。时俗固然是随波逐流啊，谁又能保持得不生出变化？看到椒兰都变成这个样子啊，揭车和江离更无须多话。念此环佩尚可宝贵啊，美质虽被排斥而遭遇可悲。芳芬馥郁难以消逝啊，那香气至今尚未衰微。心理平衡着怡然自得啊，姑且浮游去再求美女。趁我这环佩还很有馨香啊，我要四方巡视呵上天下地。灵氛已告我以吉祥的占辞啊，选定好了的日期我要去远方。折琼枝以作为我的路菜啊，备玉屑以作为我的干粮。为我驾好神速的飞龙啊，以琼瑶间杂象牙装饰乘舆。哪有离心离德而能同路啊，我将远走以离群索居。且把我的路径指向昆仑啊，前途漫漫作天涯远游。高举云霓的施旗遮天蔽日啊，玉制的鸾铃鸣声啾啾。清早出发自天汉的渡口啊，晚间我到达了西方的尽头。凤凰飞来绕我的旌旗啊，高高地飞翔整齐而紧凑。忽然我已到西极的流沙啊，沿着赤水河我从容踟蹰。指挥蛟龙为我架桥啊，招呼白帝快把我引渡。道路漫漫而坎坷崎岖啊，只得让随从车辆路边等待。绕着不周山再向左转啊，不到西海边我绝不回来。我的车从聚集多至千乘啊，并着玉制的轮子向前齐驰。各驾着八龙矫健蜿蜒啊，各插着云旗随风逶迤。我按捺着心情弭辔徐行啊，神采飞扬啊一何高兴。演奏着九歌伴舞着九韶啊，暂借这辰光抚慰心灵。在皇天的光耀中升腾着啊，忽然间又看见下界的故土。我的车夫神伤马儿留恋啊，只是低回着不肯移步。尾声：算了吧！举国没有能理解我的人啊，我何必一定要思念着乡关？理想的政治既没有人共商啊，我将去追随那殷代的彭咸。

九歌·湘夫人

　　帝子降兮北渚，目眇眇兮愁予。嫋嫋兮秋风，洞庭波兮木叶下。登白薠 fān 兮骋望，与佳期兮夕张。鸟何萃兮蘋中，罾何为兮木上？沅有茝 zhǐ 兮醴有兰，思公子兮未敢言。荒忽兮远望，观流水兮潺湲。麋何食兮庭中，蛟何为兮水裔？朝驰余马兮江皋，夕济兮西澨 shì。闻佳人兮召予，将腾驾兮偕逝。筑室兮水中，葺之兮荷盖。荪壁兮紫坛，播芳椒兮成堂。桂栋兮兰橑 liáo，辛夷楣兮药房。网薜荔兮为帷，擗蕙櫋 mián 兮既张。白玉兮为镇，疏石兰兮为芳。芷葺 qì 兮荷屋，缭之兮杜衡。合百草兮实庭，建芳馨兮庑门。九嶷缤兮并迎，灵之来兮如云。捐余袂 mèi 兮江中，遗余褋 dié 兮澧浦。搴汀洲兮杜若，将以遗 wèi 兮远者。时不可兮骤得，聊逍遥兮容与。

　　《九歌》全部是祭神鬼的歌辞，兼有娱神、娱乐等作用，多立足于神本位，由女巫表演。古代祭神举行社会时是男女发展爱情的机会，所以祭神的歌辞中亦常叙述男女相爱、男神与女神的相爱。

　　湘君、湘夫人，旧说为舜之二妃；近人多主为湘水之配偶神。湘君即是舜灵，居九嶷山，湘夫人即舜之二妃，居湘水。《湘君》《湘夫人》均写期待对方不来，所产生的深切思慕哀怨的心情。两诗所写正是"一种相思，两处闲愁"。

　　《湘夫人》分四段。首写企盼，"帝子"即湘夫人、"予"是她喁喁自语的口气。"嫋嫋兮秋风"二句，融情于景，形容湖上秋景如画，为如杜甫"无边落木萧萧下"一类名句所本，乃千古言秋之祖（胡应麟）。因为湘夫人是水神，所以描写以"登白薠兮骋望"，与后来曹植写洛神"凌波步弱，罗袜生尘"的轻盈神似，"与佳（人）期兮夕张"写为接待对方面陈设布置帷帐，与下文"筑室兮水中"一段映带。"鸟何萃兮蘋中"二句，与下段中"麋何食兮庭中"二句，皆属"倒反"修辞。当栖树的鸟儿反在水藻之中，当在水的网儿反挂在树上，野鹿跑进屋，蛟龙爬上岸，皆是以景象的反常，暗示情事之阴错阳差，不近人情。"沅有茝兮醴有兰"兴起情语，极写言路不通之苦，语类"山有木兮木有枝，心悦君兮君不知"。"荒忽兮远望"二句承篇首"目眇眇兮愁予"，写的是望眼欲穿的情态。

次写追寻。从早到晚，从东边的江皋到西边的江皋，因为得到爱人的召唤，准备会合同行。以下用浪漫笔墨，写在水中建造新房。"筑室兮水中"十四句，铺排绚烂，写新房的布置陈设极幽洁芬芳，渲染了因爱人即将到来的兴奋和欢快。"九嶷缤兮并迎"二句，是想象对方降临的盛况，非实景。

最后写盼望落空，只好在约定地点留赠。这是与《湘君》结尾对等的一段文字。"时不可兮骤得"好比《古诗十九首》说"过时而不采，将同秋草萎"、唐诗《金缕衣》道"花开堪折直须折，莫待无花空折枝"，言下有极大的遗憾和无奈。

相传舜帝南巡，死于苍梧之野，葬于九嶷山，二妃追之不及，死于湘水。双方相爱之深而相思甚苦，所以《湘君》《湘夫人》写舜灵的湘君由九嶷北上，往寻二妃；而皇英二女即湘夫人，则沿湘江南下，往寻舜帝。其间不免有阴错阳差的情况发生。类似的情形，在人间男女恋爱中，也是经常发生的。故其象征意蕴超出本文内容，能引起读者普遍的神往和共鸣。

九歌·山鬼

　　若有人兮山之阿，被 pī 薜荔兮带女罗。既含睇兮又宜笑，子慕予兮善窈窕。乘赤豹兮从文狸，辛夷车兮结桂旗。被石兰兮带杜衡，折芳馨兮遗 wèi 所思。余处幽篁兮终不见天，路险难兮独后来。表独立兮山之上，云容容兮而在下。杳冥冥兮羌昼晦，东风飘兮神灵雨。留灵脩兮憺忘归，岁既晏兮孰华予！采三秀兮于山间，石磊磊兮葛蔓蔓。怨公子兮怅忘归，君思我兮不得闲。山中人兮芳杜若，饮石泉兮荫松柏，君思我兮然疑作。雷填填兮雨冥冥，猨啾啾兮又夜鸣。风飒飒兮木萧萧，思公子兮徒离忧。

　　山鬼即山中精灵，或云即巫山神女，徐悲鸿画作乘赤豹、披树叶的裸女，十分浪漫。诗写企盼不至，乃至失恋的情绪。

　　全诗三段。一段描绘山鬼出场的形象。虽然装束是神——被薜荔、带女萝、被石兰、带杜衡、乘赤豹、从文狸、辛夷车、结桂旗，但骨子里却是人，一个苗条会笑、眉目传情的怀春少女。她非常善于就山取材来装扮自己，同时也没有忘记采集一些香花芳草，准备献给心上人。

　　二段写山鬼到达赴约地点，未见期待出现的身影，心中有些忐忑不安。"余处幽篁"二句，是解释自己迟到的原因——居处幽暗、看不清天色，加山路很险，耽误了时间，潜在的担心是怕对方早来过了。"表独立兮山之上"四句，写候人。天昏昏、云容容、风飘飘、雨霏霏的景象和气氛，还有那个笔立山头眺望行人的山鬼，简直就是巫峡神女石一段的风光。"留灵脩兮憺忘归"二句，写执着与不安的心情。"岁既晏兮孰华

110

予"，写尽人间大女难嫁的担忧。

三段写久盼不至的惨苦。随着时间的推移，山鬼的不安为事态所证明——对方显然是不会来了。"采三秀兮于（巫）山间"二句，承前"折芳馨"句，写山鬼并未完全放弃希望，下意识中还在等待。"怨公子"二句，上句对对方产生埋怨，下句又想当然地为之辩解，设想他不是不想我，而是"不得闲"。然而"不得闲"哪里是爽约的理由，最多只能是借口，话虽如此，可怜山鬼一片痴情。"山中人"三句，顾影自怜，对"君思我"又产生怀疑。诗情千回百折，符合初恋者的心情。末四句写夜幕降临后，山鬼因相思得不到回报，而极度凄苦的心情。用了一系列叠字来烘托高江急峡的气氛——雷填填、雨冥冥、风飒飒、木萧萧，特别是"猨啾啾"这一句，所谓"猿鸣三声泪沾裳"，也是"于山"即"巫山"一证。

诗中通过山鬼候人不至心情的变化，从自我埋怨到埋怨对方、到自我安慰、到陷入极度烦恼，写失恋的心态达到细致入微的程度。当融入了人生体验，所以其指极大。《诗经》民歌即有大量以女性为抒情主人公的恋歌，而大诗人屈原更结合作者特有的人生体验，在《离骚》《九歌》乃至《九章》中对女性苦恋心态，做了更深刻的描写，形象独到。如《湘夫人》《山鬼》中的抒情主人公形象，就具有以下共同特点：美丽多姿而志趣芳洁，善解风情而孤独寂寥，情有独钟而专一执着，遭遇不偶而苦闷幽怨。和《诗经》中"子惠我思，褰裳涉溱，子不我思，岂无他人"式的恋情比较，正自不同。

九歌·国殇

操吴戈兮披犀甲，车错毂 gǔ 兮短兵接。旌蔽日兮敌若云，矢交坠兮士争先。凌余阵兮躐 liè 余行，左骖殪 yì 兮右

刃伤。霾 mái 两轮兮絷四马，援玉枹兮击鸣鼓。天时怼 duì
兮威灵怒，严杀尽兮弃原野。出不入兮往不反，平原忽兮路
超远。带长剑兮挟秦弓，首身离兮心不惩。诚既勇兮又以
武，终刚强兮不可凌。身既死兮神以灵，魂魄毅兮为鬼雄。

　　本篇在《九歌》中地位特别。它篇所迎颂者皆天地神祇，此篇独为
人鬼。"殇"本指未满二十岁而死的人，"国殇"则特指为国捐躯的将士。
刘永济说本篇"通体皆写卫国战争，皆招卫国战死者之魂而祭之之词"。
诗中场面系敌强我弱，有其特定历史背景。

　　战国的秦楚争雄战争，从怀王后期开始，屡次以楚方失利告终。《史
记·楚世家》记载："（怀王）十七年，与秦战丹阳。秦大败我军，斩甲士
八万，虏大将屈匄，遂取汉中郡。楚悉国兵复袭秦，大败于蓝田。""二十
八年，秦与齐、韩、魏共攻楚，杀楚将唐眜，取重丘。""二十九年，秦复
攻楚，大败楚军，死者二万，杀将军景缺。""三十年，秦复伐楚，取八
城。（顷襄）元年，秦攻楚，大败楚军，斩首五万。"由此可见楚国在抗秦
战争中伤亡的惨重。而当时楚国的士气民情并不低落，在怀王入关而不
返，死在秦国后，民间就有"楚虽三户，亡秦必楚"的口号。屈原这篇追
荐阵亡将士的祭歌，就反映了这样一种同仇敌忾和忠勇的爱国激情。

　　全诗可分两段。第一段从"操吴戈兮披犀甲"到"严杀尽兮弃原
野"，描绘严酷壮烈的战争场面。诗一开始就用开门见山、放笔直干的写
法：战士们披坚执锐，白刃拼杀。古时战车，作用有如坦克，双方轮毂交
错，"短兵（相）接"。诗从战斗最激烈处写起，极为简劲。在这个"近景"
描写后，诗中展开了一个战场的"全景"：旌旗遮天蔽日，秦军阵容强大。
敌若云，箭如雨。处于劣势的楚国将士却并没被危险与敌威所压倒，他们
争先恐后，奋不顾身，奋勇当先。这一段的描写，能使人联想到《义勇军
进行曲》的"我们万众一心，冒着敌人的炮火前进，前进，前进进"。

诗人用了"特写"式笔触着力刻画楚方主将：他高踞战车之上，身先士卒，临难不苟。他的左右骖乘一死一伤，车轮如陷泥淖，驷马彼此牵绊，进退不得，却继续援桴击鼓，指挥冲杀，直到流尽最后一滴血，直到全军覆没。"严杀尽兮弃原野"，是一个"定格"的画面：战场上尸横狼藉。喊杀声停止了，笼罩着一片死样的沉寂。楚国将士身首离异，然而还佩着长剑，挟持秦弓——这"秦弓"是夺到手的武器。敌人胜利了，但是"杀人三千，自损八百"，这是一场令其思之胆寒的胜利。楚军失败了，这是一场令人肃然起敬的悲壮的失败。诗人通过有限的画面，表现了意味极为丰富的内容。诗中主将的遭遇，容易使人想到项羽《垓下歌》的前两句："力拔山兮气盖世，时不利兮骓不逝"。然而《垓下歌》的结尾是软弱无力的，远不能与《国殇》的结尾相提并论。任何的徒呼奈何，泣血流泪，都是愧对烈士英灵的。

诗的后段，用了一种义薄云天的慷慨之音，对死国者做了热烈赞颂。"出不入兮往不返"二句，与荆轲《易水歌》同致，"壮士一去兮不复还"，是以身许国者共有的豪言壮语。烈士们用鲜血实践了他们的誓言。他们死不倒威，死而不悔，可杀而不可侮。他们生命终结而精神不朽，到了另一个世界，也仍是出类拔萃的"鬼雄"！一首诗发明了两个词，一个是"国殇"，指为国捐躯的烈士，成为诗词常用词，如"捐躯报明主，身死为国殇"（鲍照《代出自蓟北门行》）、"国殇毅魄今何在？十载招魂竟不知"（陈子龙《辽东杂诗》）、"希文忧乐关天下，算但哀时作国殇"（柳亚子《赠文怀沙》）。一个是"鬼雄"，即烈士不散之英魂。宋代李清照《绝句》就有"生当作人杰，死亦为鬼雄"的名句。红岩烈士有"作千秋雄鬼永不还家"之句，句中"雄鬼"，就是"鬼雄"。至于陈毅的"断头今日意如何？创业艰难百战多。此去泉台招旧部，旌旗十万斩阎罗"（《梅岭三章》）更是不著一字，尽得"国殇""鬼雄"之风流矣。

《诗经》中以战争为题材或背景的作品，除《大雅·常武》中少量文字外，一般只写出征的一方，如《秦风·无衣》仅言"王于兴师，修我

113

戈矛，与子同仇"，《小雅·车攻》仅言"我车既攻，我马既同"、"之子于征，有闻无声"，都未及正面的接仗。而《国殇》中却大写秦人狂风骤雨的凭凌，楚军浴血奋战与抵抗，两军短兵相接的激战。作者旨在歌颂阵亡将士的勇武，却没有简单地丑化敌人，相反地对敌方力量的强大做了夸张的描写，"疾风知劲草"，这样写对阵亡者的大无畏精神恰恰起到了有力的衬托作用。在战争诗的创作上谱写了全新的一页。

《国殇》紧凑而凝练，具有较强的艺术概括力。作者一扫诗人习用的香草美人和比兴手法，通篇直赋其事，造成一种刚健朴质的风格。有人认为诗中的战将非泛写，是指战败于丹阳之战的屈匄。其实诗人所祭颂乃楚国历来之"国殇"，并不限于一战。诗人用了艺术概括的手法，集中描写了一场浴血奋战的场面，在刻画中运用了"蒙太奇"式的语言，形象鲜明突出，篇幅短小精悍，在《九歌》中独树一帜。

九章·涉江

余幼好此奇服兮，年既老而不衰。带长铗之陆离兮，冠切云之崔嵬。被 pī 明月兮佩宝璐，世溷浊而莫余知兮，吾方高驰而不顾。驾青虬兮骖白螭，吾与重华游兮瑶之圃。登昆仑兮食玉英，与天地兮同寿，与日月兮同光。哀南夷之莫吾知兮，旦余济乎江湘。乘鄂渚而反顾兮，欸 āi 秋冬之绪风。步余马兮山皋，邸 dǐ 余车兮方林。乘舲 líng 船余上沅兮，齐吴榜以击汰。船容与而不进兮，淹回水而凝滞。朝发枉陼兮，夕宿辰阳。苟余心其端直兮，虽僻远之何伤？入溆浦余儃佪兮，迷不知吾所如。深林杳以冥冥兮，猿狖之所居。山峻高以蔽日兮，下幽晦以多雨。霰雪纷其无垠兮，云霏霏而承宇。哀吾生之无乐兮，幽独处乎山中。吾不能变心而从俗兮，固将愁苦而终穷。接舆髡首兮，桑扈裸行。忠不必用兮，贤不必以。伍子逢殃兮，比干菹 zū 醢 hǎi。与前世而皆然兮，吾又何怨乎今之人？余将董道而不豫兮，固将重昏而终身。乱曰：鸾鸟凤皇，日以远兮。燕雀乌鹊，巢堂坛兮。露申辛夷，死林薄兮。腥臊并御，芳不得薄兮。阴阳易位，时不当兮。怀信侘傺，忽乎吾将行兮。

《涉江》是屈原在顷襄王时遭谗逐放江南时所作，从诗中所叙地名考之，当作于《哀郢》之后。这是一篇屈原的南行记。

第一段写南行的缘起。屈原志行高尚，以忠信见疑，"举世皆浊我独清，众人皆醉我独醒，是以见放"（《渔父》）。这里的事由，本是非常现实的，然而诗人却来个"真事隐"，采用了他擅长的象征手法，《离骚》初服之义，复睹于兹：诗人幼好奇服，既老不衰，身佩长剑，头戴高冠，遍体珠光宝气。这当然不是实际写照，外修是特行卓立的内美的象征，和《离骚》的"制芰荷以为衣兮，集芙蓉以为裳"，"高余冠之岌岌兮，长余佩之陆离"的写法是同一机杼。诗人幼志以异，独立不迁，不见容于时。"世溷浊而莫余知兮，吾方高驰而不顾"，不善于偷合取容的诗人，也就只好以想象为翅膀，引古代圣贤为同志了。

于是他驾起龙车，陪伴大舜游遨在理想之国的瑶圃乐园。这象征着诗人对崇高思想境界的自我陶醉。"登昆仑兮食玉英，与天地兮比寿，与日月兮同光"，这是全诗最光辉最铿锵最亢奋的诗句，意合《离骚》"折琼枝以为羞兮，精琼爢以为粻"，比《橘颂》"秉德无私，参天地兮"，更精警易传。无须语译，自足动人。至此，诗人作成了一幅自画像，即被王冕模仿过（《儒林外史》第一回），陈老莲图写过，为后人极其熟悉的形象。

这样一个德参天地的人，为南楚所不容，而被放逐了，岂不可哀。

"哀南夷之莫吾知兮，旦余济乎江湘。"这是诗人的悲哀，更是楚国的耻辱。一个"南夷"的刺耳称呼，表面上联系南行，指南部未开化的楚人；然而联系上文的"莫余知"者，和当时中原对整个楚民族蔑称"蛮夷"，意实双关。诗人是有意识用了这个自己也不能容忍的称呼，来称呼楚国上层集团："丑陋的楚国人！"

第二段写南行的经过与途中观感。屈原一向喜欢用"反顾"的意象来暗示自己眷念故国的情怀，"忽反顾以流涕兮"、"忽临睨乎旧乡"（《离骚》）都有此意。"乘鄂渚而反顾兮"，感何如之？诗中未明说，却通过秋冬余风的悲肃做了替代，表情曲折而深刻。步马山皋，邸车方林的两句，既是由陆路转入舟行的过渡，又可体味出诗人中道彷徨的心情。"乘舲船余上沅兮"四句写诗人沿沅江上溯行舟，船在逆水与漩涡中行进艰难，尽管船工齐榜击浪，仍容与凝滞。这一方面是旅途况味的真实写照，十分生动；另一方面又寄寓感喟。

羁旅的艰辛，会使人"哀人生之长勤"，当诗人看到船在回水中挣扎奋斗时，无疑会有深刻的感触，此即异日辛弃疾所谓"江头未是风波恶，信有人间行路难！"（《鹧鸪天·送人》）同时，南行之船的容与不进，与"仆夫悲余马怀兮，蜷局顾而不行"（《离骚》）的景况，也能构成类比，象征着诗人眷念故国的情怀。诗中点明从枉渚到辰阳竟有一日行程，最后仍归结到现实感喟，"苟余心之端直兮，虽僻远其何伤"，这是《离骚》所谓"不吾知其亦已兮，苟余情其信芳"的转语。

第三段写船入溆浦，南行暂告一段落。溆浦在今湘西，地处僻远，在当时是一片穷荒。唐代柳宗元被放逐柳州，曾形容那百越文身之地是"惊风乱飐芙蓉水，密雨斜侵薜荔墙。岭树重遮千里目，江流曲似九回肠"（《登柳州城楼寄漳汀封连四州》）；白居易贬谪浔阳，也曾形容当地是："浔阳地僻无音乐，终岁不闻丝竹声。住近湓江地低湿，黄芦苦竹绕宅生。其间旦暮闻何物，杜鹃啼血猿哀鸣"（《琵琶行》）。他们的心情和境遇和千年前的屈原虽有共通之处，若论凄苦险恶的程度，则又不如。

屈原写溆浦环境的幽深、凄寂乃至恐怖，可以使读者联想到"山鬼"的孤独处境："雷填填兮雨冥冥，猨啾啾兮又夜鸣，风飒飒兮木萧萧"；满怀忧思被放逐的诗人，也处在山谷幽深、气候反常、地湿多雨、霰雪无垠、不见人踪，只有猿狄栖息的荒芜之地。这既是对流放地的夸张形容，也暗射幽暗险恶的楚国政治环境。处境这样幽独，无怪诗人要深哀"吾生之无乐"了。尽管不乐，他仍表明："吾不能变心而从俗兮，固将愁苦而终穷。"这正是一个先忧天下者的深刻的悲剧！

第四段是南行的思想小结。作为有深厚历史文化修养的诗人，屈原从一己的遭遇而联系到前代史事，得出了具有规律性的认识："忠不必用，贤不必以。"诗人一面想到伍子胥、比干这些著名的以性直杀身的前代忠良；一面又想到那些愤世嫉俗、佯狂避世的人物，如"凤歌笑孔丘"的楚狂接舆（春秋时人），裸身而行的子桑扈（古隐士）。这两种不同类型的人物，诗人分别以忠、贤二字加以肯定，表明了他思想深处的一个深刻矛盾：他既怀着爱国之心，为被逐出政治舞台而痛心疾首；又有着愤世之感，产生了一种甘心远离现实的逃避意识。这种对立思想的交战，使他永远不得安宁。"与前世而皆然兮，吾又何怨乎今之人？"这种强自宽解的话，表现的恰恰是无法自宽的悲愤。"余将董道而不豫兮，固将重昏而终身"，这是屈原的诗谶！

第五段是尾声，通过另一番意境的构造来概括全诗的意旨。它从现实转入象征，由赋法转入比兴，由自然意象群换替了社会意象群；语言形式从六七言长句变为四言短句，并采用了骈偶的行文方式。"鸾鸟凤凰，日以远兮；燕雀乌鹊，巢堂坛兮"数句，以铿锵精彩的形象语言，描绘了一幕令清醒者触目惊心的"精英淘汰"的图景：有才能的人被赶走了，楚国成了愚人群氓的世界。"黄钟毁弃，瓦釜雷鸣；谗人高张，贤士无名"（《卜居》）。

《红楼梦》七十四回"惑奸谗抄检大观园"中，探春有这样一段话："可知这样的大族人家，若从外头杀来，一时是杀不死的。必须先从家里自杀自灭起来，才能一败涂地呢!"你看："露申辛夷，死林薄兮"，不是从"家"里杀出的结果么，楚国的"一败涂地"不是指日可待了么! 这是屈原为楚国唱的挽歌，是其最深切的诗节之一。它曾引起过多少后人的同情和歌吟，李太白发挥道："鸡聚族而争食，凤孤飞而无邻。蝘蜓嘲龙，鱼目混珍"（《鸣皋歌送岑征君》），真是"哭何苦而救楚"了。那么诗人向何处去呢?"怀信侘傺，忽乎吾将行兮"，再行，前面便是汨罗江了。

《涉江》与《离骚》不同，它所记的是一次现实的历程，诗表明屈原当日渡江，行经湘水、洞庭（鄂渚在湖畔），沿沅水上溯，经枉陼、辰阳到达溆浦，暂处山中，路线及归宿极为清楚。这和《离骚》的"朝发轫于天津，夕余至乎西极"、"路不周以左转，指西海以为期"的纯属幻境以像心路之历程大不一样，使得这首诗更富于现实感与生活气息。某些方面又与《离骚》息息相通。思想情感的相同不论，在混用神话、社会、自然三种意象成篇而又天衣无缝这一点上，《涉江》就与《离骚》机杼相同。另一点是诗的主观色彩很强，一是夸张与想象（如写溆浦、写瑶圃）；二是全诗将被放逐写成自疏，变被动为主动，都表现了这种感情色彩。

九章·哀郢

　　皇天之不纯命兮，何百姓之震愆! 民离散而相失兮，方仲春而东迁。去故乡而就远兮，遵江夏以流亡。出国门而轸怀兮，甲之鼂吾以行。发郢都而去闾兮，怊荒忽其焉极? 楫齐扬以容与兮，哀见君而不再得。望长楸而太息兮，涕淫淫其若霰。过夏首而西浮兮，顾龙门而不见。心婵媛而伤怀兮，眇不知所蹠。顺风波而从流兮，焉洋洋而为客。凌阳侯

之氾滥兮，忽翱翔之焉薄。心绻 guà 结而不解兮，思蹇产而
不释。将运舟而下浮兮，上洞庭而下江。去终古之所居兮，
今逍遥而来东。羌灵魂之欲归兮，何须臾而忘反。背夏浦而
西思兮，哀故都之日远。登大坟而远望兮，聊以舒吾忧心。
哀州土之平乐兮，悲江介之遗风。当陵阳之焉至兮，淼南渡
之焉如！曾不知夏之为丘兮，孰两东门之可芜！心不怡之长
久兮，忧与愁其相接。惟郢路之辽远兮，江与夏之不可涉。
忽若不信兮，至今九年而不复。惨郁郁而不通兮，蹇侘傺而
含戚。外承欢之汋约兮，谌荏弱而难持。忠湛湛而愿进兮，
妒被离而障之。尧舜之抗行兮，瞭杳杳而薄天。众谗人之嫉
妒兮，被以不慈之伪名。憎愠忳之修美兮，好夫人之忼慨。
众踥 qiè 蹀而日进兮，美超远而逾迈。乱曰：曼余目以流观
兮，冀壹反之何时！鸟飞反故乡兮，狐死必首丘。信非吾罪
而弃逐兮，何日夜而忘之！

清人王夫之认为《哀郢》是秦将白起攻破郢都后、顷襄王东迁陈城
"九年"之后，即顷襄王三十年（前287）左右（《楚辞通释》），郭沫若、游
国恩则定此诗为顷襄王二十一年（前278）诗人哀悼郢都沦陷之作。

首写惊闻郢都沦陷后回忆当年离开郢都的情事。"皇天之不纯命兮"
（祸从天降）即指郢都陷落，遥想王室东迁，百姓离散之状。然后情不自
禁地回忆起当年被放离郢的往事。流放地湘江汨罗一带，在郢都的东南，
其间要渡过夏水，出发是在一个甲日。虽然事过九年，诗人还清楚地记
得。"去故乡而就远兮"、"出国门而轸怀兮"、"发郢都而去闾兮"等句重
迭往返、反复唱叹、蝉联不已，与诗中难舍难分的情感内容相宜。"望长
楸而太息兮，涕淫淫其若霰"两句以情语小结。

次写流放途中对故国的留恋。从"过夏首而西浮兮"到"思蹇产而

不释",写上路之后神思恍惚和惶惶丧家之感。"望龙门（郢都东门）"与上文"望长楸"、下文"登大坟而远望兮"、"狐死必首丘"关连,所谓一步一回头,是诗中抒发故国之思的重要枢纽。"心绪结而不解兮,思蹇产而不释"两句仍以情语小结。

接着是流放途中的归思。"将运舟而下浮兮"回到行程上来,主要写在途中诗人神思与行程的背道而驰和远望当归的衷情。"哀州土之平乐兮,悲江介之遗风"仍以情语小结。

又接着是听到坏消息后对郢都的忧念。"当陵阳（地属安徽）"二句承上,"曾不知夏之为丘兮,孰两东门之可芜",以疑惧的口吻想象郢都沦陷后的破败荒芜,言下不胜铜驼荆棘之悲。诗人虽一直为国事担忧,还是不敢相信听到的消息竟是真的。他很想回去看看,但又感到郢都在时间、空间上距离遥远。九年以来,楚王不准他北涉江、夏。"惨郁郁而不通兮,蹇侘傺而含戚"仍以情语小结。

再接着抒发政治忧愤。诗刺楚王身边亲秦和投机的小人讨人喜欢,实不可靠,在他们的蒙蔽下,楚王忠奸不分、贤愚不辨。接着引尧舜被诬的故事以自宽,说明嫉贤之事古已有之,被放并非自己过错。段末四句指出,楚王的憎爱颠倒,使朝中充斥追名逐利的小人,忠良也就离他越来越远了。

最后诗人放眼前途,感到回郢都的希望渺茫（"冀壹反之何时"）。然后以禽兽思乡起兴,表明诗人对遭到放逐的不服和对郢都至死不灭的怀念。

本篇是政治抒情诗,主要采用赋法,将抒情、叙事和议论熔为一炉。叙事从多年以前被放离郢入手,写到郢都沦陷的眼前;抒情紧紧围绕一个"哀"字,抒写对故国故都忧念的深情;议论则一针见血指出楚国政治窳败的根本原因。诗中运用了重叠往返、反复唱叹,加上大量运用呼告、问叹的句式（"何百姓之震怨"、"何须臾之忘反"、"孰两东门之可芜"、"冀壹反之何时"）,增强了诗句的感染力。

120

九章·橘颂

后皇嘉树，橘徕服兮。受命不迁，生南国兮。深固难
徙，更壹志兮。绿叶素荣，纷其可喜兮。曾枝剡 yàn 棘，圆
果抟 tuán 兮。青黄杂糅，文章烂兮。精色内白，类任道兮。
纷缊宜脩，姱而不丑兮。嗟尔幼志，有以异兮。独立不迁，
岂不可喜兮？深固难徙，廓其无求兮。苏世独立，横而不流
兮。闭心自慎，终不失过兮。秉德无私，参天地兮。愿岁并
谢，与长友兮。淑离不淫，梗其有理兮。年岁虽少，可师长
兮。行比伯夷，置以为像兮。

这是一首颂赞体的咏物诗，又是一首言志诗。

上段主要对橘的本性和外美作描绘说明，是体物寄情。"后皇佳树"
六句，写橘天生适应南国，有不可迁移性。象征志士扎根祖国，以求发
展。"绿叶素荣"十句，从花叶、枝干、果实各部分对橘进行描写。诗人
称赞橘树颇具锋芒、富于文采、内质有用，都是有所寄托的，咏橘即咏
人也。

下段进一步突出橘的品性，托物言志。"嗟尔幼志"六句，承篇首赞
橘树"受命不迁"的品性，把橘树比成一个从小立有与众不同的志向的
少年。"苏世独立"二句，谓其处世清醒，坚持独立思考。"秉德无私"
二句，谓其忠诚无私，德参天地。"淑离不淫"二句，谓其美而不淫，耿
直有理。这与其说是咏橘本身，还不如说是作者托橘树以自抒矢志不渝、
独立思考、忠诚无私、耿直有理等高尚志向。末四句承"嗟尔幼志"的
拟人，表明愿意向"橘树少年"学习，言志之意甚明。

全诗头绪似多，但根本之点是赞橘的独立不迁。根据之一是橘的特性——"生于淮南则为橘，生于淮北则为枳"（《晏子使楚》）；根据之二是作者的思想感情——楚国是屈原的宗国，所以他的事业只能在楚国，他永远忠于楚国。故诗前言"受命不迁，生南国兮。深固难徙，更壹志兮"，后言"独立不迁，岂不可喜兮？深固难徙，廓其无求兮"，不惜反复强调。

好的咏物诗应做到不即不离。"不离"就是要切合于所咏之物的特点，"不即"就是在咏物外应有寄意。本篇就做到了这样一点。一篇小小物赞，说出许多道理，看来句句是咏橘，句句又不是咏橘，但见人与橘，分不开来，彼此互映，有镜花水月之妙。前人或据诗中"嗟尔幼志"、"年岁虽少"等语，猜测此诗乃屈原少作；郭老则认为此诗是赠给一位年轻人的。

【宋玉】（约前298—前222），时代稍后于屈原，楚鄢城（湖北宜城）人。出生贫士，后为小臣，复失职潦倒，至于暮年。著有《九辩》《招魂》《风赋》《高唐赋》等。

九辩（节）

悲哉秋之为气也！萧瑟兮草木摇落而变衰。憭慄兮若在远行，登山临水兮送将归。泬 xuè 寥兮天高而气清，寂寥兮收潦 lǎo 而水清。憯 cǎn 凄增欷兮薄寒之中人，怆 chuàng 怳 huǎng 圹 kuàng 恨 lǎng 兮去故而就新。坎廪 lǐn 兮贫士失职而志不平，廓落兮羁旅而无友生。惆怅兮而私自怜。燕翩翩其辞归兮，蝉寂漠而无声。雁廱廱而南游兮，鹍鸡啁 zhāo 哳 zhā 而悲鸣。独申旦而不寐兮，哀蟋蟀之宵征。

时亹 wěi 亹而过中兮，蹇淹留而无成。

《九辩》是一篇长篇政治抒情诗。诗中抒情主人公是一个没有或丢掉了职位，从而失落感很强的贫寒之士，诗中抒发的就是所谓"坎廪兮贫士失职而志不平"的牢骚。从作品内容上看，诗中人缺乏屈原那种"存君兴国"的政治抱负和对黑暗势力的抗争精神，他抒写的是政治黑暗时代普通文士的悲哀。不过诗中对于当时的社会弊端也做了一定的揭露："猛犬狺狺而迎吠兮，关梁闭而不通。""谓骐骥兮安归？谓凤凰兮安栖？变古易俗兮世衰，今之相者举肥。骐骥伏匿而不见兮，凤凰高飞而不下。"表现了怀才不遇者的悲愤。

《九辩》共 255 句。首先在抒情诗的艺术手法上有很大开拓。它不是直抒胸臆，而是通过自然景物的描绘，以情景交融的手法，制造一种氛围，创造一种意境，从而抒发感情，展示情愫。朱熹曾在《楚辞集注》中指出，秋天是一年中草木零落、百物凋翠之时，它和国运衰微、不复振作能达成联想，"是以忠臣志士，遭谗放逐者，感事兴怀，尤切悲叹也"。诗中苍凉的秋景和诗人失意悲凉的心情交相融合，极大增强了诗歌艺术兴发感动的力量，开创了中国古代诗歌的一个传统主题——悲秋。"自古逢秋悲寂寥"（刘禹锡《秋词二首》），而莫古于宋玉。杜甫在某些方面深受宋玉影响，《咏怀古迹》其二："摇落深知宋玉悲，风流儒雅亦吾师。怅望千秋一洒泪，萧条异代不同时。"《登高》一类律诗也可以看到宋玉的影响。所以鲁迅说《九辩》："虽驰神骋想不如《离骚》，而凄怨之情，实为独绝。"（《汉文学史纲》）

其次，《九辩》在语言上也有它的特色。它继承了由屈原开创的楚辞体的艺术特色，文采绚烂，辞藻秀美。有时一连排用八、九个近义词来刻画景物或描写心理，能做到曲尽其妙，反映了用词的丰富和细腻。在句法形式上，比屈原的作品表现得更加灵活，如开篇的"悲哉秋之为气也"，实际上是以散文句式入诗；而且一连四句所用的音节、句式各不相同，节奏铿锵，气势充沛，读后令人有回肠荡气之感。它还吸取了民间诗歌多用双声叠韵词汇的特点，因此读起来就音韵谐美，情味悠长。孙鑛说："《九辩》已变屈子文法，加以参差错落，而多峻急之气。""《骚》至宋大夫乃快，其语最醒而俊。"（《七十二家评楚辞集注》）

风赋

楚襄王游于兰台之宫，宋玉、景差侍。有风飒然而至。王乃披襟而当之，曰："快哉此风！寡人所与庶人共者邪？"宋玉对曰："此独大王之风耳，庶人安得而共之？"

王曰："夫风者，天地之气，溥畅而至。不择贵贱高下而加焉。今子独以为寡人之风，岂有说乎？"宋玉对曰："臣闻于师：枳句来巢，空穴来风。其所托者然，则风气殊焉。"

王曰："夫风始安生哉？"宋玉对曰："夫风生于地，起于青𬞟之末。侵淫溪谷，盛怒于土囊之口，缘泰山之阿，舞于松柏之下。飘忽溯 píng 滂，激飓熛怒，耾耾雷声，回穴错迕。蹶 guì 石伐木，梢杀林莽。至其将衰也，被丽披离，冲孔动楗。眴 xuàn 焕粲烂，离散转移。故其清凉雄风，则飘举升降，乘凌高城，入于深宫。邸华叶而振气，徘徊于桂椒之间，翱翔于激水之上，将击芙蓉之精，猎蕙草，离秦衡，概新夷，被荑杨。回穴冲陵，萧条众芳。然后倘 cháng 佯 yáng 中庭，北上玉堂，跻于罗帷，经于洞房，乃得为大王之风也。故其风中人，状直憯 cǎn 凄惏慄，清凉增欷。清清泠泠，愈病析酲 chéng。发明耳目，宁体便人。此所谓大王之雄风也。"

王曰："善哉论事！夫庶人之风，岂可闻乎？"宋玉对曰："夫庶人之风，瑮然起于穷巷之间，堀 kū 堁扬尘。勃郁烦冤，冲孔袭门。动沙堁，吹死灰。骇溷浊，扬腐馀。邪薄入瓮牖，至于室庐。故其风中人，状直憯溷郁悒，殴温致湿。中心惨怛 dá，生病造热。中唇为胗 zhěn，得目为蔑。啗齰 zé 嗽获，死生不卒。此所谓庶人之雌风也。"

《红楼梦》第三十一回写史湘云和翠缕，主婢两个坐一处，从楼子花说起，渐渐讨论到阴阳问题一段，是闲中著色的妙文。"阴阳"这词儿，可以是一个具体概念，翠缕就湘云宫绦上的金麒麟问"这是公的，还是母的"，以阴阳指性别，是为狭义的阴阳。所以当她追问人如何分阴阳时，湘云就沉了脸说她下流。"阴阳"这词儿，还可以是一个抽象范畴，好比一个框，很多东西都可以装进去。湘云说："比如那一个树叶儿，还分阴阳呢：向上朝阳的就是阳，背阴覆下的就是阴了。"翠缕悟道："姑娘是阳，我就是阴。"湘云便憋不住笑。翠缕进而发挥："人家说主子为阳，奴才为阴。"湘云便点头称是："你很懂得。"是为广义的阴阳。

宋玉《风赋》之妙，不止在于它妙于形容，尤其在于它第一个说风有雌雄之别。不过这里的雌雄，也不是狭义上指性别的那个"雌雄"，而是对应于贵贱、贫富的广义的"雌雄"，相当于史湘云主婢二人所讨论的那个"阴阳"。因而，雄风只能隶属大王，乃"大王之雄风"；雌风只能隶属于小民，乃"庶民之雌风"。汉高祖《大风歌》"大风起兮云飞扬"中的狂风，定属雄风；黄仲则《都门秋思》"全家都在风声里"的凉风，则必属雌风无疑了。明代徐渭《与张太史书》云："西兴脚子云：'风在戴老爷家过夏，我家过冬。'"字面上只有一风，暗中却有夏日凉风和冬日寒风的区别，构思措语更妙，饱含民间的机智。而且和《风赋》一样，表面恭维中有很深的托讽：风尚如此势利，何况乎人。

【刘邦】（前256—前195），沛县丰邑人，出身农家，秦时任沛县泗水亭长，后响应陈胜起义，称沛公。入关后废秦苛法，与关中父老约法三章，后封汉王。楚汉相争中，反败为胜，统一天下，为西汉开国君主。庙号太祖，谥号高皇帝。

大风歌

　　大风起兮云飞扬，威加海内兮归故乡，
安得猛士兮守四方！

　　《大风歌》是汉高祖刘邦在公元前196年，平定淮南王英布之乱，凯旋路过沛县时作。《史记·高祖本纪》记载："高祖还归，过沛，留。置酒沛宫，悉召故人父老子弟纵酒，发沛中儿得百二十人，教之歌。酒酣，高祖击筑，自为歌诗曰：'大风起兮云飞扬，威加海内兮归故乡，安得猛士兮守四方！'令儿皆和习之。高祖乃起舞，慷慨伤怀，泣数行下。"可见诗是即兴而作，同时又精心组织过场面盛大的表演，作者的心情是激动的。

　　"大风起兮云飞扬"一句是起兴，也是写作者过沛县时所遇上的大风天气。这种天气，似乎是大自然对汉军平叛凯旋一事所产生的一种感应。《易经·乾卦》有"云从龙，风从虎"之说。风云本是天象，也可隐喻时局，风卷残云可以象征平叛，诗中人亦有龙虎之姿。这一句可以说是先声夺人。

　　"威加海内兮归故乡"一句是陈述光荣的事实，"威加海内"四字紧承"大风起兮云飞扬"，"威"是权威。这个权威不是凭空树立，而是打出来的，是历史形成的，是天下归心的。所以这四个字很厚重。"归故乡"三字，不仅是写凯旋，而且有"衣锦还乡"的意思。在《史记》中这本来是项羽的话："富贵不归故乡，如衣绣（锦）夜行，谁知之者。"而正如李商隐诗云："君王（刘邦）自起新丰后，项羽何曾在故乡。"刘邦笑到最后，所以笑得最好。

"安得猛士兮守四方"一句是在发感慨，是全诗的结穴，是重中之重。其由平叛之事引起，是有感而发。有道是：创业难守业更难。"守"是一个关键字。天下统一，不等于天下太平。领土要守，边防要守，守要得人，而得人最难。君王所要的"猛士"，必须是忠臣，否则"所守或匪亲，化为狼与豺"（李白《蜀道难》）。这一问可以称为汉高祖之问，包含着作者对英布叛变一事的深刻反省。

这里有一个历史的悖论，一方面是人才难得，另一方面则是人心隔肚皮，难免有猜忌。"高鸟尽，良弓藏。狡兔死，走狗烹。"似乎是一个规律。君王霸业一成，功臣不是自己走人（如范蠡、张良），就会遭到清洗（如文种、韩信）。清人黄任《彭城道中》云："天子依然归故乡，大风歌罢转苍凉。当时何不怜功狗，留取韩彭守四方。"就是针对这一历史悖论而言的。

刘邦存诗不多，《大风歌》确属绝唱。百感交集，一时兴会，慷慨伤怀，泣数行下。出自非常之人之口，遂成非常之诗。全诗只三句，首句飞扬，次句沉着，三句反诘，极具抑扬顿挫之致。宋人林宽著有《歌风台》一诗，诗云："蒿棘空存百尺基，酒酣曾唱大风词。莫言马上得天下，自古英雄尽解诗。"也是一首绝作。

【贾谊】（前200－前168）洛阳人，文帝初召为博士，一岁中超迁至太中大夫。为朝廷议立仪法、更定律令，多所创草。后遭权臣谗毁，左迁长沙王太傅，四年后征为梁怀王太傅。怀王堕马死，谊哀伤过度而卒。以政论、辞赋擅名汉初。明人辑有《贾长沙集》。

鵩鸟赋

单 chán 阏 è 之岁兮，四月孟夏，庚子日斜兮，鵩集于舍。止于坐隅兮，貌甚闲暇。异物来萃兮，私怪其故。发书占之兮，谶言其度，曰："野鸟入室兮，主人将去。"请问于鵩兮："予去何之？吉乎告我，凶言其灾。淹速之度兮，语予其期。"鵩乃叹息，举首奋翼；口不能言，请对以臆：

"万物变化兮，固无休息。斡流而迁兮，或推而还。形气转续兮，变化而嬗。沕穆无穷兮，胡可胜言！祸兮福所倚，福兮祸所伏；忧喜聚门兮，吉凶同域。彼吴强大兮，夫差以败；越栖会稽兮，勾践霸世。斯游遂成兮，卒被五刑；傅说胥靡兮，乃相武丁。夫祸之与福兮，何异纠缠；命不可说兮，孰知其极！水激则旱兮，矢激则远；万物回薄兮，振荡相转。云蒸雨降兮，纠错相纷；大钧播物兮，块圠无垠。天不可预虑兮，道不可预谋；迟速有命兮，焉识其时。

"且夫天地为炉兮，造化为工；阴阳为炭兮，万物为铜。合散消息兮，安有常则？千变万化兮，未始有极。忽然为人兮，何足控抟；化为异物兮，又何足患！小智自私兮，贱彼贵我；达人大观兮，物无不可。贪夫殉财兮，烈士殉名。夸者死权兮，品庶每生。怵迫之徒兮，或趋西东；大人不曲兮，意变齐同。愚士系俗兮，窘若囚拘；至人遗物兮，独与道俱。众人惑惑兮，好恶积亿；真人恬漠兮，独与道息。释智遗形兮，超然自丧；寥廓忽荒兮，与道翱翔。乘流则逝兮，得坻则止；纵躯委命兮，不私与己。其生兮若浮，其死兮若休；澹乎若深渊之静，泛乎若不系之舟。不以生故自宝兮，养空而浮；德人无累兮，知命不忧。细故蒂芥兮，何足以疑！"

汉初赋家承楚辞余绪，仿楚辞而为赋。骚体赋形式上与楚辞没有显

128

著变化，往往两句一组，而奇句末加"兮"字，有规律地用韵。骚体赋更多使用排句、尚铺陈，然篇幅不大，有浓厚的抒情色彩，代表作家为贾谊、淮南小山等。

单阏系古代纪年名称，本篇所指为汉文帝六年丁卯（前174）。时贾谊谪居长沙，以长沙卑湿，每自伤悼，以为寿不得久，作《鵩鸟赋》以自遣。谊颇通诸子百家之书，思想上也能融会贯通，其政论多宗儒、法，而本篇思想则本于老庄。

鵩鸟即猫头鹰，楚人以为不祥之鸟。开篇六句交代鵩鸟入室的时间和状况。猫头鹰是夜间活动的鸟类，天尚未黑则看不清楚，所以它闯入人家，并不十分惊慌，貌若闲暇。作者因惊疑，占卜求谶，谓"野鸟入室兮，主人将去"。对同一谶语，可有不同解释。一个"去"字，既可理解为死，也可理解为迁。所以作者问道："予去何之？吉乎告我，凶言其灾。淹速之度兮，语予其期。"从而引起本篇的议论。

其先从宇宙万物的运动变化说起，重在"形气转续兮，变化而蟺"两句。这里吸取了稷下道家学派的精气说和易系辞的阴阳二气学说，认为人的形体是由天地之气化生，死后仍化而为气。故形虽有尽，气则无穷，彼此变化蝉联。"沕穆无穷"即精微深远无穷，乃对形气而言。紧接着针对所问，专申吉凶祸福相互转化的问题，则主要发挥老子思想。所谓"祸福"、"忧喜"、"吉凶"实同出而异名，各为对立面的统一，各在一定条件下相互转化。赋中征之史实，用了夫差、勾践、李斯、傅说等人的事迹来说明"命不可说"，取消了"吉乎告我，凶言其灾"的问题。

作者认为生命的长短取决于生命力，"水激则悍兮，矢激则远"，但生命力的源泉乃在造物，天地好比大的洪炉，造物就用它来熔铸万物，造物的意志不可知，"天不可预虑兮，道不可预谋；迟速有命兮，焉识其时"。人之所以为人，原是偶然（"控抟"一词，或谓出于女娲造人的神话），而其化为异类，自属必然。不值得忧喜。这又取消了"淹速之度兮，语予其期"的问题。

从"小智自私"到篇末，对比了狭隘和通达——两种截然不同的人生态度：小智自私，贪生怕死（"贱彼贵我"）；而达人大观，生死无可无不可，此其一。俗人死财殉名、奔竞西东；大人无欲，亿变齐同，此其二。众庶动辄得咎、心态失衡；而至人、真人拥抱大道（超越时空的绝对精神），获得了真正的自由，此其三。

作者从而抒写得道的快乐，那就是做到去智（释智）、忘形（遗形）、无我（自丧），从小我、从功利中跳出来，对人生持一种静观的、审美的态度，达到随缘自适的精神境界——"乘流则逝兮，得坻则止；纵躯委命兮，不私与己。其生兮若浮，其死兮若休；澹乎若深渊之静，泛乎若不系之舟。"这不是动物式的浑浑噩噩，而是静思后的大彻大悟，在庄子、在陶潜、在苏轼，都曾是或将是一种活生生的生命实践。最后以"细故蒂芥"两句收住全篇，谓鵩鸟入室，小事一桩，不足为凶兆。

向往达人、大人、至人、真人、德人，渴求"独与道俱"、"独与道息"、"与道翱翔"，以期"无累"、"无忧"，发挥老庄思想，与汉初崇尚黄老之学的时代风气不无关系，是作者在现实政治中找不到出路时的自我排遣。而赋中关于宇宙充满运动变化、吉凶福祸死生互相转化、人应该从一己的忧乐中跳出来放眼世界等观点，或闪烁着思想的火花，或含有人生的智慧。

作为哲理赋，本篇在写作上颇具特色。一是采用禽言问答的形式，将《诗·豳风·鸱鸮》的禽言手法，和《楚辞》《孟子》开始的问答体结合起来，在内容上寓抒情于哲理性的论述之中，这在辞赋中尚无先例。其所采用的问答形式，为后来赋家广泛运用。

二是多巧比妙喻，使所发的议论、哲理形象化，如"天地为炉兮，造化为工；阴阳为炭兮，万物为铜"等，甚有创意，"寥廓忽荒兮，与道翱翔。乘流则逝兮，得坻则止；纵躯委命兮，不私与己。其生兮若浮，其死兮若休；澹乎若深渊之静，泛乎若不系之舟"等，极其生动，是其得力于《庄子》的所在。

三是多格言警句，即使一些纯说理的句子格言化，耐人寻味，如"万物变化兮"以下二十多句，及"小智自私兮"以下二十句中，即颇多警策之句，是其得力于《老子》的所在。

【枚乘】（? 一前140）字叔，西汉淮阴（今属江苏）人。初为吴王濞郎中，濞欲谋反，谏而不纳，遂去，为梁孝王客。景帝时召为弘农都尉，以病去官。武帝即位后，以安车蒲轮征入京，因年迈死于途中。有近人辑本《枚叔集》。

七发（节）

（客曰：）"将以八月之望，与诸侯远方交游兄弟，并往观涛乎广陵之曲江。至则未见涛之形也，徒观水力之所到，则恤然足以骇矣。观其所驾轶者，所摧拔者，所扬汩者，所温汾者，所涤汔者，虽有心略辞给，固未能缕形其所由然也。恍兮忽兮，聊兮栗兮，混汨汩兮，忽兮慌兮，傲兮慌兮，浩汋 wāng 瀁兮，慌旷旷兮。秉意乎南山，通望乎东海。虹洞兮苍天，极虑乎崖涘。流揽无穷，归神日母。汩乘流而下降兮，或不知其所止。或纷纭其流折兮，忽缪往而不来。临朱汜而远逝兮，中虚烦而益怠。莫离散而发曙兮，内存心而自持。于是澡概胸中，洒练五藏，澹澉手足，颒 huì 濯发齿，揄弃恬怠，输写㳽浊，分决狐疑，发皇耳目。当是之时，虽有淹病滞疾，犹将伸伛起躄，发瞽披聋而观望之也，况直眇小烦懑，醒酲病酒之徒哉！故曰：发蒙解惑，不足以言也。"

太子曰："善，然则涛何气哉？"

客曰："不记也。然闻于师曰，似神而非者三：疾雷闻百里；江水逆流，海水上潮；山出内云，日夜不止。衍溢漂疾，波涌而涛起。其始起也，洪淋淋焉，若白鹭之下翔。其少进也，浩浩溰 ǎi 溰，如素车白马帷盖之张。其波涌而云乱，扰扰焉如三军之腾装。其旁作而奔起也，飘飘焉如轻车之勒兵。六驾蛟龙，附从太白。纯驰浩蜿，前后骆驿。颙颙卬卬，椐椐彊彊，莘莘将将。壁垒重坚，沓杂似军行。訇隐匈礚，轧盘涌裔，原不可当。观其两旁，则滂渤怫郁，暗漠感突，上击下律。有似勇壮之卒，突怒而无畏。蹈壁冲津，穷曲随隈，逾岸出追。遇者死，当者坏。初发乎或围之津涯，荄轸谷分。回翔青篾，衔枚檀桓。弭节伍子之山，通厉胥母之场。凌赤岸，篲扶桑，横奔似雷行。诚奋厥武，如振如怒；沌沌浑浑，状如奔马。混混庉庉，声如雷鼓。发怒庢沓，清升逾跇 yì，侯波奋振，合战于藉藉之口。鸟不及飞，鱼不及回，兽不及走。纷纷翼翼，波涌云乱；荡取南山，背击北岸；覆亏丘陵，平夷西畔。险险戏戏，崩坏陂池，决胜乃罢。汸 zhǐ 汩溷漶，披扬流洒，横暴之极。鱼鳖失势，颠倒偃侧，沈沈湲湲，蒲伏连延。神物怪疑，不可胜言。直使人踣焉，洄暗凄怆焉。此天下怪异诡观也，太子能强起观之乎？"

西汉文景之世，随着社会经济的恢复发展，"宗室有土，公卿大夫以下争于奢侈"，"世家子弟富人或斗鸡走狗，弋钓博戏"（《汉书·食货志》），享乐成风，至于淫靡。本篇赋假托故事，写吴客探楚太子病，认为贵如太子，病在贪欲无度，生活糜烂，非一般的药石所能医治，必须改变不健康的生活方式，才有治愈的希望。全赋意在劝说上层统治者反腐归廉，振作精神，关心治国之术。在体裁上承楚辞《招魂》之余绪，复以雄伟的魄力冲破其格局，篇中借吴客之口，循序渐进地讲了富于启发性的七事，最后归结到应当亲近圣人辩士、一闻天下要言妙道，太子闻言竟据几而起，出了一身透汗，而霍然病除。因赋的主体共分七段，因称"七发"。

赋从太子据床，吴客问病写起。吴客认为太子病根在于长期养尊处优，吃得太好、穿得太多、交游太少，辨症施治，须节食节欲，从改变生活方式着手，让世之君子，承间语事。吴客所谓"要言妙道"，浅乎言之，即心理治疗——其所说七事皆是，而欲从根本上解决问题，还须有思想情操、精神生活的追求——至第七事方是。

赋的主体七段，一说音乐疗法：音乐之有益健康，是人所共知的。文中说取最好的琴材，交最好的工匠，做成天下最好的琴。由天下最好的琴师演奏，有最佳效果，或有益于病体。二说饮食疗法：食疗兼有美食与治病的作用，中医谓之药膳。文中列举饮食，谓软食易于消化，烹调精良，少饭多汤。三说运动疗法：良马、坚辔、易路，加之"伯乐相其前后，王良、造父为之御，秦缺、楼季为之右"，为车马之竞技。生命在于运动，赛车赛马对健康也是大有益处的。四说游览疗法，如观山望海，所谓登山则情满于山，观海则情满于海，再请赋家进行创作，这能开阔心胸，有益健康。如游览园林，观赏建筑之繁富、禽鸟之和鸣、草木之茂盛，赏心悦目，有益健康。以上三说因尚未触及根本，故太子称谢未能。

五说狩猎，狩猎是比赛马更富于刺激性的户外运动，因为综合了远足、奔驰、射击和搏杀等活动，至于举火夜猎，就更加富于刺激性了。狩猎结束后的盛大宴会，兴致自不同于一般。这一段幅有所增长，太子虽然仍称病未能，但"阳气见于眉字之间，侵淫而上，几满大宅"、"然而有起色矣"。

六说观潮，也就是节录于上的一段文字。赋中对"曲江涛"的铺张描绘酣畅淋漓，达到极致，篇幅在七段中最长。清刘熙载云："枚乘《七发》出于宋玉《招魂》，枚之秀韵不及宋，而雄节殆于过之。”“相如之渊雅，邹阳、枚乘不及；然邹、枚雄奇之气，相如亦当避谢。”（《艺概·赋概》）这段文字也充分表现了枚赋雄奇的特点。

本书节选之文先点时间地点，八月十五即中秋月圆之夜，是潮水最大的时候。广陵（扬州）曲江，是观潮最佳之地。接着说江潮壮景：“至则未见涛之形也，徒观水力之所到，则恤然足以骇矣”、“虽有心略辞给，固未能缕形其所由然也”、“秉意乎南山，通望乎东海。虹洞兮苍天，极虑乎崖涘”，总之百变万状、漫无边际、难以形容。接着说自然力对人涤荡心胸的影响，“澡概胸中，洒练五藏”，“当是之时，虽有淹病滞疾，犹将伸伛起躄，发瞽披聋而观望之也，况直渺小烦懑，酲醲病酒之徒哉!”

太子发问：“然则涛何气哉?”吴客答道，无记载可证，但听老师说过涛有三神，一神在涛声，雷动百里；二神在流向，海流入江；三神在云气，出没于山。

然后具体用譬喻来形容涛之形状：“其始起也，洪淋淋焉，若白鹭之下翔”、“浩浩溰溰，如素车白马帷盖之张。其波涌而云乱，扰扰焉如三军之腾装。其旁作而奔起也，飘飘焉如轻车之勒兵”、“壁垒重坚，沓杂似军行。訇隐匈盖，轧盘涌裔，原不可当”、“上击下律，有似勇壮之卒，突怒而无畏。蹈壁冲津，穷曲随隈，逾岸出追。遇者死、当者坏”等，极力突出潮涛的声势、声威，足使“鱼鳖失势，颠倒偃侧”、使“神物怪疑，不可胜言”、“直使人踣焉，洄暗凄怆焉”，这是何等崇高悲壮之美。

现实中的曲江潮水，经过这番“腴辞云构”的夸饰铺写，被表现得何等气象恢宏而瑰奇壮丽。正因为全文在这里达到了高潮，所以最后的一段一点即收，不必更作展开。

《七发》表现出对外部世界做全方位、空间显现的兴趣和对物象的铺张夸饰的兴趣，并基本上脱离了“兮”字调的骚赋特征，标志着汉代大赋形式的成立。它所开拓的赋之“七”体，引起后代众多赋家的仿效。因而，它在辞赋史上有重要地位。

【淮南小山】西汉淮南王刘安门客，余不详。

招隐士

桂树丛生兮山之幽，偃蹇连蜷兮枝相缭。山气茏 lóng 苁 zōng 兮石嵯峨，谿谷崭岩兮水曾波。猿狖群啸兮虎豹嗥，攀援桂枝兮聊淹留。王孙游兮不归，春草生兮萋萋。岁暮兮不自聊，蟪蛄鸣兮啾啾。坱兮轧，山曲岪，心淹留兮恫荒忽。罔兮沕 mí，憭兮栗，虎豹穴，丛薄深林兮人上慄。嵚 qīn 岑 yīn 碕 qí 礒 yǐ 兮硱 jīn 磳 zīng 磈 kuǐ 硊 wěi，树轮相纠兮林木茷 bá 骫 wěi。青莎杂树兮薠 fán 草靃 suǐ 靡，白鹿麏 jūn 麚 jiā 兮或腾或倚。状貌崟崟兮峨峨，凄凄兮漇 xǐ 漇。猕猴兮熊罴，慕类兮以悲。攀援桂枝兮聊淹留，虎豹斗兮熊罴咆，禽兽骇兮亡其曹。王孙兮归来，山中兮不可以久留。

清人刘熙载论辞赋，谓"屈子以后之作，志之清峻，莫如贾生《惜誓》；情之绵邈，莫如宋玉"悲秋"（指《九辩》）；骨之奇劲，莫如淮南《招隐士》。"（《艺概·赋概》）

此赋创作意图，题目明标"招隐士"，而汉人王逸谓是"闵伤屈子"（《楚辞章句》）。逐臣与隐士，本不得混为一谈。不过，既然"山中不可以久留"，何以"王孙游兮不归"？看来不会仅是因了泉石膏肓、烟霞痼癖的缘故，或许也有不合流俗、招致迫害的原因。

不过赋中对此并无详细交代，亦不必深求。作者着意只在刻画隐士所处的周边环境，山林中的幽深境界。刘熙载说："宋玉《招魂》，在楚辞为尤多异彩。约之只两境：一可喜，一可怖而已。"（同前）移作此赋的评语，也很恰当。

此赋奇短，但叠用奇字，故并不好读。明人胡应麟说："屈宋诸篇，虽遒深闳肆，然语皆平典。至淮南《招隐》，叠用奇字，气象雄奥，风骨棱嶒。拟骚之作，古今莫殆。"（《诗薮·内编一》）不过这些奇字，大多用于对自然环境的形容。而赋中的主题句："王孙游兮不归，春草生兮萋萋"、"王孙兮归来，山中兮不可以久留"，却相当平易近人。

而"王孙游兮不归，春草生兮萋萋"，大概是历代诗人词客化用率最高的古代名句之一，乃至成为表达相思怀远之情的特殊诗词话语。以唐诗为例，用得较为明显的，如白居易《赋得古原草送别》"又送王孙去，萋萋满别情"；用得较为含蓄的，如崔颢《黄鹤楼》"晴川历历汉阳树，芳草萋萋鹦鹉洲"。无论隐显，只要化用了其字面，多少都包含进了些离别怀思的情绪。

【司马相如】(前179－前117)，字长卿，西汉蜀郡成都（今属四川）人。初为景帝武骑常侍，因病免，游于梁园，与邹阳、枚乘等为友。因善辞赋为武帝赏识，用为郎，又拜中郎将，宣谕西南。后转孝文园令卒。有明辑本《司马文园集》。

长门赋

夫何一佳人兮，步逍遥以自虞。魂逾佚而不反兮，形枯槁而独居。言我朝往而暮来兮，饮食乐而忘人。心慊移而不省故兮，交得意而相亲。

伊予志之慢愚兮，怀贞悫之欢心。愿赐问而自进兮，得尚君之玉音。奉虚言而望诚兮，期城南之离宫。修薄具而自设兮，君曾不肯乎幸临。廓独潜而专精兮，天漂漂而疾风。

登兰台而遥望兮，神怳怳而外淫。浮云郁而四塞兮，天窈窈而昼阴。雷殷殷而响起兮，声象君之车音。飘风回而起闺兮，举帷幄之襜 chān 襜。桂树交而相纷兮，芳酷烈之訚 yín 訚。孔雀集而相存兮，玄猿啸而长吟。翡翠胁翼而来萃兮，鸾凤翔而北南。

心凭噫而不舒兮，邪气壮而攻中。下兰台而周览兮，步从容于深宫。正殿块以造天兮，郁并起而穹崇。间徙倚于东厢兮，观夫靡靡而无穷。挤玉户以撼金铺兮，声噌 chēng 吰 hóng 而似钟音。

刻木兰以为榱兮，饰文杏以为梁。罗丰茸之游树兮，离楼梧而相撑。施瑰木之欂栌兮，委参差以槺梁。时仿佛以物类兮，象积石之将 qiāng 将。五色炫以相曜兮，烂耀耀而成光。致错石之瓴甓 pì 兮，象玳瑁之文章。张罗绮之幔帷兮，垂楚组之连纲。

抚柱楣以从容兮，览曲台之央央。白鹤噭 jiāo 以哀号兮，孤雌跱于枯杨。日黄昏而望绝兮，怅独托于空堂。悬明月以自照兮，徂清夜于洞房。援雅琴以变调兮，奏愁思之不可长。案流徵 zhǐ 以却转兮，声幼妙而复扬。贯历览其中操兮，意慷慨而自卬。左右悲而垂泪兮，涕流离而从横。舒息悒而增欷兮，蹝履起而彷徨。揄长袂以自翳兮，数昔日之諐 qiān 殃。无面目之可显兮，遂颓思而就床。抟芬若以为枕兮，席荃兰而茝 chǎi 香。

忽寝寐而梦想兮，魄若君之在旁。惕寤觉而无见兮，魂迋 kuāng 迋若有亡。众鸡鸣而愁予兮，起视月之精光。观众星之行列兮，毕昴出于东方。望中庭之蔼蔼兮，若季秋之降霜。夜曼曼其若岁兮，怀郁郁其不可再更。澹偃蹇而待曙兮，荒亭亭而复明。妾人窃自悲兮，究年岁而不敢忘。

《长门赋》，为汉武帝陈皇后失宠而作。赋前有序云："孝武皇帝陈皇后时得幸，颇妒，别在长门宫，愁闷悲思。闻蜀郡成都司马相如天下工为文，奉黄金百斤为相如、文君取酒，因于解悲愁之辞。而相如为文以悟主上，陈皇后复得亲幸。"当是后人所加。

关于陈皇后得宠之事，见班固《汉武故事》："膠东王（即后来的汉武帝）数岁，公主抱置膝上，问曰：'儿欲和妇否？'长主指左右长御百余人，皆云不用。指其女：'阿娇好否？'笑对曰：'好。若得阿娇作妇，当作金屋贮之。'长主大悦，乃苦要上，遂成婚焉。"此便是"金屋藏娇"这一成语的来历。

可见陈皇后失宠之悲，有异于常情者，乃在前后反差太大。所以赋中特别强调这样一点。"刻木兰以为榱兮"一段，描写深宫景物，用笔细腻，颇见体物之工。从"天窈窈而昼阴"到"怅独托于空堂"，是从白昼写到黄昏；从"忽寝寐而梦想兮"到"众鸡鸣而愁予兮"，是从深夜写到黎明，大体遵循着按时间顺序叙事的手法。由于作者在写作大赋中积累了丰富的铺彩摛文的经验，运用到抒情小赋中来，反复重叠中层次井然，尤有驾轻就熟之感。

宫怨诗是中国古代诗歌一大专题，源出于汉人诗赋。主要有三个系列：一个是班婕妤系列，始于汉代班婕妤《怨歌行》；一个是王昭君系列，始于古琴曲歌辞中的《昭君怨》，事亦见《西京杂记》；一个便是陈皇后系列，源于本赋，梁代柳恽仿作为《长门怨》，唐代拟作者，不下三十家，佳作如李益《宫怨》：露湿晴花春殿香，月明歌吹在昭阳。似将海水添宫漏，共滴长门一夜长。此诗欲写长门之怨，却先写昭阳之幸，是其一显著特点。前两句的境界极为美好。诗中宫花大约是指桃花，此时春晴正开，花朵上缀着露滴，越发娇美艳丽。夜来花香尤易为人察觉，春风散入，更是暗香满殿。这是写境，又不单纯是写境。这种美好境界，与昭阳殿里歌舞人的快乐心情极为协调，浑融为一。昭阳殿里彻夜笙歌，欢乐的人还未休息。说"歌吹在昭阳"是好理解的，而明月为什么独归于昭阳呢？原因很简单，赵飞燕一得宠，连月亮也是昭阳殿的特圆。

写承恩不是诗人的目的，而只是手段。后两句突然转折，美好的环境、欢乐的气氛都不在了，转出另一个环境、另一种气氛。与昭阳殿形成鲜明对比，这里没有花香，没有歌吹，也没有月明，有的是滴不完、流不尽的漏声，是挨不到头的漫漫长夜。这里也有一个不眠人存在。但与昭阳殿欢乐苦夜短不同，长门宫是愁思觉夜长。此诗用形象对比手法，有强烈反衬作用，突出深化了"宫怨"的主题。

前两句偏于写实，后两句则用了夸张手法。铜壶滴漏是古代计时的用具。宫禁专用者为"宫漏"。夜间添一次水，更阑则漏尽，漏不尽则夜未明。"似将海水添宫漏"，则是以海水的巨大容量来夸张长门的夜长漏永。现实中，当然绝无以海水添宫漏的事，但这种夸张，仍有现实的基础。"水添宫漏"是实有其事，长门宫人愁思失眠而特觉夜长也实有其情，主客观的统一，就造成了"似将海水添宫漏，共滴长门一夜长"的意境，实为情至之语。

琴歌（二首）

其一

凤兮凤兮归故乡，遨游四海求其凰。时未遇兮无所将，何悟今兮升斯堂。有艳淑女在闺房，室迩人遐毒我肠。何缘交颈为鸳鸯，胡颉颃兮共翱翔。

其二

凤兮凤兮从我栖，得托孳尾永为妃。交情通体心和谐，
中夜相从知者谁？双翼俱起翻高飞，无感我思使余悲。

司马相如与卓文君，是正式载入史册的我国历史上第一对自由恋爱
的夫妇，影响很大。他们的结合，较早将婚姻建立在爱情的基础之上，
给后世无数追求自由的男女树立了榜样。其事见《史记·司马相如列
传》。传称临邛富豪卓王孙召临邛令与司马相如饮，"酒酣，临邛令前奏
琴曰：'窃闻长卿好之，愿以自娱。相如辞谢，为鼓一再行。是时卓王孙
有女文君新寡，好音。故相如缪与令相重，而以琴心挑之。文君窃从户
窥之，心悦而好之，恐不得当也。既罢，相如乃使人重赐文君侍者，通
殷勤，文君夜亡奔相如，相如乃驰归'"。

《琴歌》二首据说即是相如对文君弹唱的歌辞。然《史记》本传未
载，首见于梁代徐陵所编《玉台新咏》，近人或疑为两汉琴工所为。虽无
确据，但从歌辞比较直露来看，因感其事而托名相如的可能性是较大的。

凤凰是中国古代传说中的神鸟，"出于东方君子之国，翱翔四海之
外，过昆仑，饮砥柱，濯羽弱水，暮宿风穴"（《尔雅》郭璞注引言）。雄为
凤，雌为凰，"雄鸣曰即即，雌鸣曰足足。"（《广雅》）故昔人以"凤凰于
飞"、"鸾凤和鸣"喻和谐的夫妇关系。相如少年时曾读书学剑，景帝时
以家境殷实，捐得郎官，为武骑常侍。然武艺非其所长，长于辞赋，景
帝对辞赋缺乏兴趣。相如因称病辞官，投奔爱好文学而招贤纳士的梁孝
王，在梁园，他与邹阳、枚乘等一批著名文士交往，写下《子虚赋》等
名篇。梁孝王死，相如回成都，其时家境衰微，不得不依托于临邛令王
吉，于时尚未成家，故歌中引"遨游四海求其凰"以自譬。

"颉颃"是形容鸟儿上下自由飞翔的样子，语出《诗经·邶风·燕
燕》："燕燕于飞，颉之颃之。""孳尾"则指鸟兽的交配，"妃，匹也"

140

（《说文》）。一歌侧重于表爱慕之意，二歌则直接邀约对方为爱情而出走，歌辞更见大胆炽热。这种旁若无人，公然相挑的言辞，放在现实生活中，是很难理喻的；然而，由琴工作为故事演唱，则容易感动受众。

《琴歌》虽借用了骚体形式，但摒弃方言，而贴近口语，千古以下，仍觉得非常好懂。

【班婕妤】生卒年不详，西汉楼烦（山西宁武）人。成帝时选入宫，初为少使，有宠，立为婕妤。后为赵飞燕所谮，退居东宫。成帝卒，奉其园陵以终。《文选》存诗1首。

怨歌行

新裂齐纨素，鲜絜如霜雪。裁为合欢扇，团团似明月。出入君怀袖，动摇微风发。常恐秋节至，凉飙夺炎热。弃捐箧笥中，恩情中道绝。

《怨歌行》在中国古代是一首影响大、拟作多、引用多的诗篇。此诗托物言志，通篇以团扇作比，假秋扇见捐，以喻嫔妃初得宠于君王，而终不免见弃的悲哀，相当巧妙。诗见录于《文选》《玉台新咏》《乐府诗集》等书，均题班婕妤作。今人或疑为伪作，然无确证。

《乐府诗集·相和歌辞》解云：“汉成帝班婕妤失宠，求供养太后于长信宫，乃作怨诗以自伤。托辞于纨扇云。”晋人陆机拟为《婕妤怨》（一作《班婕妤》），历六朝至唐代，继作者不下20家。南齐谢朓因陆诗有“寄情在玉阶，托意唯团扇”之句，别创《玉阶怨》五绝体，继作者有虞炎、唐代李白等。唐代王諲就同一题材别制新题为《长信怨》，继作者有王昌龄、李白等十余家。王昌龄之作或注明季节，别题《长信秋词》《西宫春怨》《西宫秋怨》。以上各家多用七绝。唐人王翰别制新题为《娥眉怨》，体为七古。此即中国古代宫怨诗的班婕妤系列。

　　诗大体分为两段，开篇六句喻宫嫔得宠的快乐。以"新"作首字，已遥启篇末厌旧之意。"纨素"的洁白，譬喻少女的纯洁无瑕。"合欢"、"团团"字面，形容宫嫔得宠时良好的自我感觉极切，而以夏日的扇子比喻女性的受宠，非常生活化。在无空调的时代，中国人在折扇上题诗曰："六月天气热，扇儿借不得。"可见扇子在夏天受宠，原是朝野无异的。

　　后四句写嫔妃对失宠的恐惧。时间是可怕的，它会暗中偷换人的容颜，也会在暗中偷换人心。诗中以秋扇见捐，喻色衰爱减，既切贴又不着痕迹。"凉飙"与"微风"适成对照，它是夺爱者的象征，从"微风"的角度看，是很有压力，很有威胁性的。这里不但写出了客观的存在，同时也写出了主观的感觉。"箧笥"（竹箱）与"怀袖"构成另一组对照，是封闭空间（如冷宫）的象征，尤其在"出入君怀袖"后，再"弃捐箧笥中"，那种感觉又将是何等的悲凉，"弃"字是全诗的关键字。篇末更点出"绝""情"二字，尤令人感到心惊。

　　此诗咏物切贴，拟人巧妙。短短10句，不但道出了抒情主人公生平盛衰变故，有特殊性；又概括了无数嫔妃共有的遭遇，有普遍性。钟嵘评："《团扇》短章，辞旨清捷，怨深文绮，得匹妇之致。"（《诗品》上）

【张衡】（78—139）字平子，东汉河南南阳人。曾在京师洛阳就读太学，后两度任掌管天文的太史令。精通天文历算，创制浑天仪及地动仪，并解释月食成因。著有天文学著作《灵宪》，并善诗赋。有明辑本《张河间集》。

归田赋

　　游都邑以永久，无明略以佐时；徒临川以羡鱼，俟河清乎未期；感蔡子之慷慨，从唐生以决疑。谅天道之微昧，追渔父以同嬉；超埃尘以遐逝，与世事乎长辞。

　　于是仲春令月，时和气清，原隰郁茂，百草滋荣。王雎鼓翼，仓庚哀鸣；交颈颉颃，关关嘤嘤。于焉逍遥，聊以娱情。

　　尔乃龙吟方泽，虎啸山丘。仰飞纤缴，俯钓长流；触矢而毙，贪饵吞钩；落云间之逸禽，悬渊沉之鲂鲤。

　　于时耀灵俄景，系以望舒。极般游之至乐，虽日夕而忘劬；感老氏之遗诫，将回驾乎蓬庐。弹五弦之妙指，咏周孔之图书；挥翰墨以奋藻，陈三皇之轨模。苟纵心于物外，安知荣辱之所如？

　　张衡晚年对宦官专权、朝政腐败的现实深为不满，有感于世路艰难，欲自外荣辱，隐居著书。

　　开篇直抒胸臆，用"河清未期"、"天道微昧"等语表露对混乱时世和黑暗朝政的不满，用"感蔡子"（战国时燕国辩士蔡泽曾周游列国，长期不见任用，遂请魏国相士唐举为他看相，预测将来的命运）、"追渔父"等语表露自己不得志的苦闷和不愿同流合污的精神。

　　作者一生虽未能真正归隐，然而，通过想象，用清新质朴的语言，将归田的种种乐趣描写得十分闲适动人，虽然还不能像陶渊明诗赋那样饱含真实的田园生活体验，却也表现了作者向往自然和自由的高洁志趣。

143

此赋有三点值得注意：就内容而言，它上承淮南小山《招隐士》，下启陶渊明《归去来兮辞》，是文学史上最早的以田园隐居生活为主题的作品；就形式而言，它是现存的第一篇比较成熟的骈赋；从文学史上看，它是现存东汉第一篇完整的抒情小赋。

【赵壹】生卒年不详，字元叔，东汉汉阳西县（今甘肃天水）人。灵帝时为上计吏入京，为司徒袁逢等礼重，名动一时。原有集，已佚。

刺世疾邪赋

伊五帝之不同礼，三王亦又不同乐。数极自然变化，非是故相反驳。德政不能救世溷乱，赏罚岂足惩时清浊？春秋时祸败之始，战国愈复增其荼毒。秦汉无以相逾越，乃更加其怨酷。宁计生民之命，唯利己而自足。

于兹迄今，情伪万方。佞谄日炽，刚克消亡。舐痔结驷，正色徒行。妪㛥名势，抚拍豪强。偃蹇反俗，立致咎殃；捷慑逐物，日富月昌。浑然同惑，孰温孰凉？邪夫显进，直士幽藏。

原斯瘼之攸兴，实执政之匪贤。女谒掩其视听兮，近习秉其威权。所好则钻皮出其毛羽，所恶则洗垢求其瘢痕。虽欲竭诚而尽忠，路绝崄而靡缘。九重既不可启，又群吠之狺狺。安危亡于旦夕，肆嗜欲于目前。奚异涉海之失柁，积薪而待燃？荣纳由于闪榆，孰知辨其蚩妍！故法禁屈挠于势族，恩泽不逮于单门。宁饥寒于尧舜之荒岁兮，不饱暖于当

144

今之丰年。乘理虽死而非亡，违义虽生而匪存。

有秦客者乃为诗曰："河清不可俟，人命不可延。顺风激靡草，富贵者称贤。文籍虽满腹，不如一囊钱。伊优北堂上，抗脏倚门边。"

鲁生闻此辞，系而作歌曰："势家多所宜，咳唾自成珠。被褐怀金玉，兰蕙化为刍。贤者虽独悟，所困在群愚。且各守尔分，勿复空驰驱。哀哉复哀哉，此是命矣夫！"

本篇也可以叫作"愤世嫉俗赋"，是一篇具有尖锐针对性和溢扬着战斗性的文字。作者疾恶如仇，愤怒地揭露和鞭挞了东汉末年政治的黑暗，不但指斥了外戚、宦官，而且把政治腐败的原因归咎于帝王的"匪贤"。表现了愤世嫉俗的反抗精神和坚持操守的信念。作为汉代人，敢于对汉代政治做大胆的批评，勇气殊属罕见。

首段清算历史，一针见血地指出，春秋以来的历代统治者都是利己害民，一代甚于一代。表面上是说古代，其实"明修栈道，暗度陈仓"，文字表达，极为挥斥。二段以四言句为主，先总提，继分述，再总述为序，铺排对比，揭露当时奸邪飞黄腾达、志士遭殃深藏的弊端。愤激之情溢于言表。三段以六言句为主，指出造成弊端的根源，乃在统治者昏庸不贤，一味享乐。锋芒显豁，言辞朴直。四段进一步揭露黑暗现实，倾泻对黑暗现实的厌恶与悲愤，表明宁死不向黑暗势力屈服的鲜明态度。

篇末假托秦客、鲁生作诗总结全篇。这两首五言诗，语言犀利，感情充沛，是汉代文人五言诗中不可多得之作，它们概括了"刺世疾邪"的基本精神。其中"文籍虽满腹，不如一囊钱"、"被褐怀金玉，兰蕙化为刍"，受到梁代诗评家钟嵘的激赏："元叔散愤兰蕙，指斥囊钱，苦言切句，良亦勤矣。"（《诗品》中）

【辛延年】生卒年不详，东汉人。《玉台新咏》存诗1首。

羽林郎

　　昔有霍家奴，姓冯名子都。依倚将军势，调笑酒家胡。胡姬年十五，春日独当垆。长裾连理带，广袖合欢襦。头上蓝田玉，耳后大秦珠。两鬟何窈窕，一世良所无。一鬟五百万，两鬟千万余。不意金吾子，娉婷过我庐。银鞍何煜爚，翠盖空踟蹰。就我求清酒，丝绳提玉壶。就我求珍肴，金盘鲙鲤鱼。贻我青铜镜，结我红罗裾。不惜红罗裂，何论轻贱躯。男儿爱后妇，女子重前夫。人生有新故，贵贱不相逾。多谢金吾子，私爱徒区区。

《羽林郎》属乐府"杂曲歌辞"，署名辛延年。内容与《陌上桑》相近，写一个禁卫军官调戏一位少数民族姑娘，而受到严词拒绝的故事。自汉代通西域以来，西域人就有居内地经商者，诗中"酒家胡"即当垆卖酒的胡女。羽林郎，皇家禁卫军官，即执金吾，诗称"金吾子"。"冯子都"系西汉昭帝时大司马大将军霍光的总管和男宠，见《汉书·霍光传》，但没有记载表明他有诗中所讲的调戏民女的故事。诗人借用这个豪奴的名字，移花接木地安在一个禁卫军官头上，是文艺创作允许的。清人朱乾《乐府正义》则认为"此诗疑为窦景而作，盖托往事以讽今也"，窦景是东汉大将军窦融弟，为执金吾，尤为骄纵，见《后汉书·窦融传》。

　　与《陌上桑》偏重于人物对话描写不同，《羽林郎》更着重人物活动的刻画。诗的前四句是故事内容提要。依势二字，最有意味。盖权门中人搞惯了权钱交易，权色交易，把玩女人这件事，看得非常随便，以为

146

无不如志，两个字就给羽林郎冯子都的所作所为定了性。全诗也就是要把这个无价值的东西撕毁给人看。诗中夸胡姬的年轻和美丽，极力描写其服饰的豪华来衬托人物的美，这种手法近似《陌上桑》。"连理带"、"合欢襦"的字面，可引发关于性感的联想，使来饮酒的军官想入非非了。"头上蓝田玉，耳后大秦珠"，首饰流光溢彩而具有民族特色。"两鬟何窈窕，一世良所无。一鬟五百万，两鬟千万余。"给双环标价，现实生活中是闻所未闻的，这样写才罗曼蒂克。以局部概括全体，如沈德潜《古诗源》说"须知不是论鬟"，闻人《古诗笺》则云"论价近俗，故就鬟言，不欲轻言胡姬也"。

　　《陌上桑》中五马太守的形容如何，我们无从知道。但此诗中的禁卫军官却是一表人才，挺帅的。这从"娉婷"等字面可以会出，胡姬未必没有看到这一点。胡姬反感的，一是他炫耀——"银鞍何煜爚，翠盖空踟蹰"，何、空互文，偏重于空，意谓何必如此；二是他摆阔——"就我求清酒"、"金盘鲙鲤鱼"，照顾店内生意不错，但也不用故意摆阔呀，三是他借酒装疯，大施轻薄，一厢情愿地要赠胡姬以贵重礼品，说着就动手动脚，把一面铜镜往她的衣襟上系。殊不知胡姬是只收酒钱，不收礼品的，这样一拉一扯，就把红罗衣襟扯破了。于是胡姬就像叶塞尼娅教训奥斯瓦尔多那样，拉长脸正颜厉色地教训起他来：我不怕扯破红罗，也是不怕死的（"不惜红罗裂，何论轻贱躯"）；你们这些男子都是喜新厌旧的，你不要看错人（"男儿爱后妇，女子重前夫"）；爱情也有先来后到，何况我也高攀不上（"人生有新故，贵贱不相逾"）；总之，军官先生，让你浪费感情，实在对不起了（"多谢金吾子，私爱徒区区"）。"多谢"可以解为感谢，也可以解为敬告（如《焦仲卿妻》），此处实含谢绝之意。

　　《羽林郎》刻画的这两个人物，身份一贵一贱，而通过在酒店的戏剧性较量，贱者反贵，贵者反贱，即如左思《咏史》所说："贵者虽自贵，视之若埃尘。贱者虽自贱，重之若千钧"，十分地耐人寻味。与《陌上桑》相比：此诗用代言体叙事，彼诗则以第三人称口气叙事；此诗重在人物动作的描写，彼诗重在人物对话的描写；此诗强调的是后不僭先新不僭故、贵贱不逾等道德信条，辞色较为严厉，彼诗则盛夸夫婿来挫败对方，措辞较为委婉；此诗写军官，以动作调戏，彼诗写太守，以语言调戏，各各符合人物身份。所以两诗虽然主题相近，实各有千秋，为乐府诗中珠联璧合之作。

唐人张籍有一首《节妇吟寄东平李司空师道》：

君知妾有夫，赠妾双明珠。感君缠绵意，系在红罗襦。妾家高楼连苑起，良人执戟明光里。知君用心如日月，事夫誓拟同生死。还君明珠双泪垂，何不相逢未嫁时。

诗约作于永贞元年（805），为谢绝藩镇李师道拉拢而作。这首诗明显地受到《陌上桑》《羽林郎》的影响，而稍异其趣。诗借有夫之妇受到诱惑追求，巧为设喻，表态毫不含糊，光明磊落，复能语气委婉而情意缠绵，表现了作者忠君不贰之心。就诗中女主人公而论，更多地表现出情（情爱）与礼（道德）的矛盾斗争，所谓"发乎情止乎礼义"，也就是情有新故而后不僭先。这个主题，当代流行歌曲《迟到》也是唱的这个意思（你到我身边，带着微笑，带来了我的烦恼，我的心中早已有个他，噢，他比你先到）。

【汉乐府】汉时乐府官署所采制的诗歌。汉代乐府官署大规模搜集歌辞始自武帝时，采诗的目的一是考察民情，二是丰富乐章，以供宫廷各种典礼以至娱乐之用。汉乐府歌辞多感于哀乐，缘事而发，现存作品多为东汉人所作。宋人郭茂倩所编《乐府诗集》是收罗汉迄五代乐府最为完备的一部诗集。

江南

江南可采莲，莲叶何田田。鱼戏莲叶间。鱼戏莲叶东，鱼戏莲叶西。鱼戏莲叶南，鱼戏莲叶北。

这是今存最早的一首采莲诗，写采莲季节的良辰美景及采莲人快活的心情。"江南可采莲"二句，是说采莲季节到了，"田田"是荷叶茂盛的样子。清人张玉穀认为不写花只写叶，意为叶尚且可爱，花更不待言。其实采莲时节，荷花已开过了。

这首诗最别致的地方，是正津津乐道采莲和莲叶的时候，话题却转移到了观鱼，而且连用了五个叠句，每句只有末字不同，分别以方位词"间""东""西""南""北"依次替换，除了"间"字用作韵脚外，后面几句连韵也不管了。清人沈德潜赞为"奇格"。其实作者并非有意猎奇，他是写来唱的，而不是写来看的。此诗原见《宋书·乐志》，为《相和歌辞·相和曲》。这里包含一个暗示，即前三句是领唱者唱的，后四句是众人的和声（也就是帮腔），歌曲以旋律作主，韵脚就不那么重要了。

闻一多从民俗学角度，考证此诗写鱼水之欢，有影射爱情生活的含义。

战城南

战城南，死郭北，野死不葬乌可食。为我谓乌："且为客嚎！野死谅不葬，腐肉安能去子逃！"水深激激，蒲苇冥冥。枭骑战斗死，驽马徘徊鸣。梁筑室，何以南，何以北！禾黍不获君何食？愿为忠臣安可得！思子良臣，良臣诚可思：朝行出攻，暮不夜归。

本篇通过对凄惨荒凉的战场描写，揭露战争的残酷性和穷兵黩武的罪恶。

"战城南，死郭北"两句互文见义，是说城南在打仗、在死人，城北也在打仗、在死人。"为我谓乌，且为客嚎"，乃诗人的致辞。古人对新死的人要举行一种招魂的典礼，一边哭一边叫死者的名字，所以诗人请求乌鸦先不要忙啄食死尸，说反正死尸也是逃不过你们的口腹。这就间接刻画出一场恶战之后，战场上尸横遍野，群鸦乱噪，无人吊唁，甚可悲悯的情景。

"水声激激，蒲苇冥冥（幽暗状）"突作兴语，更加深了悲凉的感觉。"枭骑战斗死"二句，意谓牺牲了的都是最骁腾的马，苟活下来的偏偏平庸，这里也有比兴。"梁筑室"三句中，"梁"指桥梁，桥梁上所筑之"室"，不是别的什么室，而是工事。桥梁本以通南北，今筑工事于其上，则何以通南？何以通北乎？不是倒行逆施是什么？

"禾黍不获君何食"二句讲，壮丁都抓走了，没人种地又吃什么呢？愿为忠臣又怎么可能？"愿为忠臣安可得"一句，令人联想到梁山好汉中相当一部分人如林冲、鲁达、宋公明，这些人的初衷何尝不是"愿为忠臣"，所以这句话是对统治者的警告。"思子良臣"四句，是说想想那些战死者吧，他们不都堪称良臣吗？然而，打早上出战，晚上再也没能回来。

前文说战死的马乃"枭骑"，这里写战死的人乃良臣，更引人惋惜，从而生出"彼苍者天，歼我良人。若可赎兮，人百其身"那样的心情。要之，诗中对"良臣"之死，并非赞美着歌颂着，而是伤悼着惋惜着，诗中渲染的是战争的残酷和恐怖，诗人的倾向是反战的。

唐代诗人李白亦作《战城南》云："去年战，桑乾源。今年战，葱河道。洗兵条支海上波，放马天山雪中草。万里长征战，三军尽衰老。匈奴以杀戮为耕作，古来唯见白骨黄沙田。秦家筑城备胡处，汉家还有烽火燃。烽火燃不息，征战无已时。野战格斗死，败马号鸣向天悲（此即'枭骑战斗死，驽马徘徊鸣'）。乌鸢啄人肠，衔飞上挂枯树枝（即'野死不葬乌可食'）。士卒涂草莽，将军空尔为。乃知兵者是凶器，圣人不得已而用之。"

李白《战城南》较古辞具有更大的概括性，而在语言艺术上也更加圆熟，所以是青出于蓝。

有所思

有所思，乃在大海南。何用问遗君？双珠玳瑁簪，用玉绍缭之。闻君有他心，拉杂摧烧之。摧烧之，当风扬其灰。从今以往，勿复相思！相思与君绝！鸡鸣狗吠，兄嫂当知之。妃呼豨！秋风肃肃晨风飔，东方须臾高知之。

本篇写一个热恋中的女子，突然听说对方变心之后的痛苦复杂的心情。

"有所思，乃在大海南"，先言所爱居住之地作为开篇，是爱情诗歌常见的写法，诗经《周南·汉广》《秦风·蒹葭》如此，张衡《四愁诗》如此，西北民歌"在那遥远的地方"、"大板城的姑娘"也是如此。

赠爱人以礼物，是示爱的一种方式，古今无异。礼物最好亲手做成，"双珠玳瑁簪"就是两边各悬一颗珠子用玳瑁（龟类动物其甲有彩）做成的簪，又"用玉绍缭之"即以玉环缠绕在一起作为装饰。

这件珍贵的礼物后来竟被女主人公亲手毁了，因为她听说爱人移情别恋。一气之下把礼物付之一炬，还当风扬其灰。《红楼梦》第十八回有一个"林黛玉误剪香囊袋"的情节。不过误以为宝玉把她给的荷包让小厮解去罢了，黛玉就气得将为宝玉做的香囊袋"拿过来就铰"！

诗中"鸡鸣狗吠，兄嫂当知之"二句，意不甚明。或言女子的隐私为兄嫂所知。一说是女子一夜未睡，又怕兄嫂知道。"晨风"是鸟名，一说为雉鸟，因慕配偶而悲鸣，隐喻着女子求偶的失败。

末句说等到东方太阳升起以后总会知道怎么办。这就是所谓"车到山前必有路"，时间是包治百病的良药，暂时拿不定主意的事，不妨放一放。不了了之，也是一种办法。此诗很有生活情趣。

上邪

上邪！我欲与君相知，长命无绝衰。山无陵，江水为竭，冬雷震震，夏雨雪，天地合，乃敢与君绝！

这是一首情歌。其奇警处在于，女主人公为了向爱人表白自己的心迹，连举天地间不可能发生的五件事（高山夷为平地，江水枯竭，冬日打雷，夏天下雪，天地合一）来表达自己对爱情的坚贞不移。女主人公火一样的热情和急于表白自己的情态，使这首小诗具有感人的力量。须知处在封建时代，这样追求自由的爱情，表明义无反顾的决心和信念，是要有很大的勇气的。参读后代一些民歌，有助于理解此诗特定前提，如："打不丢来骂不丢，越打越骂越要偷。"

清人张玉谷评："首三正说，意言已尽，后五反面竭力申说。如此然后敢绝，是终不可绝也。迭用五事两就地维说，两就天时说，直说到天地混合，一气赶落，不见堆垛，局奇笔横。"（《古诗赏析》五）句句在理。

陌上桑

日出东南隅，照我秦氏楼。秦氏有好女，自名为罗敷。罗敷喜蚕桑，采桑城南隅。青丝为笼系，桂枝为笼钩。头上倭堕髻，耳中明月珠。缃绮为下裙，紫绮为上襦。行者见罗敷，下担捋髭须。少年见罗敷，脱帽著帩头。耕者忘其犁，锄者忘其锄。来归相怨怒，但坐观罗敷。使君从南来，五马立踟蹰。使君遣吏往，问是谁家姝。"秦氏有好女，自名为罗敷。""罗敷年几何？""二十尚不足，十五颇有馀。"使君谢罗敷："宁可共载不？"罗敷前置辞："使君一何愚！使君自有妇，罗敷自有夫。东方千馀骑，夫婿居上头。何用识夫婿，白马从骊驹。青丝系马尾，黄金络马头。腰中鹿卢剑，可直千万馀。十五府小吏，二十朝大夫。三十侍中郎，四十专城居。为人絜白皙，鬑鬑颇有须。盈盈公府步，冉冉府中趋。坐中数千人，皆言夫婿殊。"

本篇在汉乐府中属《相和歌辞》，写一位太守对采桑的美女罗敷作性骚扰，而碰了一鼻子灰的喜剧故事。"陌上桑"（《宋书·乐志》作《艳歌罗敷行》，《玉台新咏》作《日出东南隅行》，今从《乐府诗集》）意为大路边的桑林，即以故事发生的场所名篇。桑是社木，桑林在古代又为男女自由恋爱的场所，《诗经》即有《桑中》等爱情诗，汉代刘向《列女传》有一个秋胡戏妻的故事，故事发生的场所也在桑林。

诗分三段。一段写罗敷采桑。作者没有花工夫正面刻画罗敷外貌，只就两处落笔。一处是刻画她的服装与道具的精致美丽，有人说这不像是采桑女，倒像是走台的明星。其实这里当是比照舞台的形象，对人物做了一番形象设计，通过着装来衬托罗敷之美。二是写罗敷出现引来老少爷们围观，更是通过美的效果写美。诚如莱辛所说："诗人啊，替我们把美所引起的欢欣、喜爱和迷恋描绘出来吧，做到这一点，你就已经把美本身描绘出来了！"（《拉奥孔》）

这里，诗人还捎带了一点对人性之弱点的善意揶揄，但不可一本正经地加以批点。"耕者忘其犁，锄者忘其锄"二句，在"文化大革命"中

153

曾被指责为丑化贫下中农形象——此辈不可与论诗。"来归相怨怒,但坐观罗敷"二句,也有人说是庄稼汉因为耽误了生产而彼此抱怨,殊不得诗意——"观罗敷"得到了审美享受,应打入生产成本,有何可怨。准确的理解,应是庄稼汉回家对"黄脸婆"怨怒,不为别的,"但坐观罗敷",这就是对人性的揶揄。

二段写太守下乡。太守为罗敷美貌吸引,就此而言,他也不过是前边所写爷们的延伸。有一点不同,那就是由于地位特殊,他有行动——派出手下去和罗敷接触,谈条件,要罗敷上五马之车陪一陪,从而在事实上构成对罗敷的骚扰。诗中的这一情节,显然是从秋胡戏妻的故事演变而来的,只不过进行性骚扰的男子变成陌生的大官而已,它排除了偶然的巧合,更接近生活本身。以太守的级别,要找个美女相陪,本不是一件难办的事,万没想到罗敷的回答是这样富于原则性:"使君一何愚!使君自有妇,罗敷自有夫。"指出双方已婚事实,意即不赞成婚外恋。

第三段写罗敷夸夫。关于罗敷有没有这样一个丈夫,仁者见仁,智者见智,乃有人说"罗敷答词当作海市蜃楼观,不可泥定看杀"(萧涤非)。其实,纠缠这样的问题对于欣赏此诗意义不大。诗中罗敷自言有夫,读者当信其有,方见得使君是找错对象,自讨没趣。罗敷讲她的夫婿骑着白马,上千的随从都骑黑马,这当然是诗中的渲染。要之,此人地位优越,事业成功,资质出众,仪表堂堂,四十年纪——散发着成熟男人的魅力,从许多方面把使君比下去了。因为罗敷深爱她的夫婿,所以容不得第三者插足。诗中使君并非大恶,诗人让他碰一鼻子灰,小小地受一次教训,恰到好处,这也使得全诗气氛轻松,富于喜剧性。

有人将《陌上桑》与秋胡故事比较,指出本诗实是把秋胡一分为二,分别成为过路的太守和心爱的丈夫,颇中肯綮。诗还保留了秋胡故事的道德主题,却非抽象说教,而是运用风趣诙谐的手法,寓教于乐。坚贞,在本诗中并不是一个教条,而是同美满的爱情和家庭生活紧密联系在一起,所以高明。

东门行

　　出东门，不顾归；来入门，怅欲悲。盎中无斗米储，还视架上无悬衣。拔剑东门去，舍中儿母牵衣啼："他家但愿富贵，贱妾与君共铺糜。上用仓浪天故，下当用此黄口儿。今非！"咄！行！吾去为迟，白发时下难久居。

　　本诗讲述的是一贫民因家庭生活濒临绝境，决定铤而走险的故事。

　　诗前二句作绝决语，表示决心要反到底，说什么也不回头。紧接补叙出反的原因是无衣无食——"盎中无斗米储，还视架上无悬衣。"

　　以下写丈夫拔剑出门的当儿，妻子牵衣哭劝，使诗生出波澜。她说，别人想过好日子，我情愿和你喝稀饭，看在孩子分上，切莫要闯祸。这番话可谓字字血、声声泪，为丈夫的虽然心如刀绞，但他思想上已经反复考虑、斗争过了，与其守着一家饿死，不如拼个你死我活。正如陈涉、吴广共商举义时所说的——"今亡亦死，举大计亦死，等死，死国可乎！"所以诗中主人公最后还是硬着心肠别妇抛雏而去了。

　　此诗所写的夫妻生别离的情境是独到而富于戏剧性的。在对待无衣无食怎么办这个问题上，夫妻二人主张相左。妻子胆小怕事，宁肯死于贫困，不愿丈夫去冒险，属于不幸不争的类型；丈夫则认为与其饿死，不如豁出去，闯一条生路，属于反抗斗争的类型。两种类型都具有典型意义，集中表现在一对夫妻身上，又是通过一方苦苦挽留，而一方断然引去的离别情节来表现，意味就更加深长。

十五从军征

十五从军征，八十始得归。道逢乡里人："家中有阿谁?""遥望是君家，松柏冢累累。"兔从狗窦入，雉从梁上飞。中庭生旅谷，井上生旅葵。舂谷持作饭，采葵持作羹。羹饭一时熟，不知饴阿谁? 出门东向看，泪落沾我衣。

本篇写一个老兵十五岁跟随军队出征，八十岁才退伍回来，路遇家乡人打听家中情况，那人却指着一片坟地棺山道"那就是你的家"。兔、雉均属野物，而狗才是家畜，旅谷、旅葵即野谷、野葵，老兵回家看到的就是"兔从狗窦入，雉从梁上飞。中庭生旅谷，井上生旅葵"，一派荒凉。一无所有的他只能以野谷野菜为炊，做成后因为思念家人，就咽不下去，倚在门边张望，好像等待着亲人归来，下意识地盼望奇迹发生似的。

这首诗详于叙事而略于抒情，写得相当从容平淡，越是从容平淡，越使人感到深深的悲哀——诗中情事在当时恐怕是相当普遍罢。杜甫《无家别》全诗和《兵车行》"或从十五北防河，便至四十西营田。去时里正与裹头，归来头白还戍边"，"君不闻汉家山东二百州，千村万落生荆杞。纵有健妇把锄犁，禾生陇亩无东西"等，都有这首诗的影响。

上山采蘼芜

上山采蘼芜，下山逢故夫。长跪问故夫：新人复何如? 新人虽言好，未若故人姝。颜色类相似，手爪不相如。新人从门入，故人从阁去。新人工织缣，故人工织素。织缣日一匹，织素五丈余，将缣来比素，新人不如故。

本诗写弃妇与她的故夫偶然的一次重逢，一段简短的问答。从两人见面还有话可说及故夫对弃妇的夸赞、所表现出的一片旧情看，可知悲剧的原因不在男子自身。从文本看，这男子对前妻是很有感情的，如说新人从相貌、手工等来看都不比旧人强，等等。因而，造成这一对夫妻相离的悲剧的主要原因，恐怕和《孔雀东南飞》所反映的那样，是由于家长的专制一手造成的。

颜色不比新人差，而手工又比新人好，还是不免于被弃，这就可见女子的无辜和委屈。所以余冠英认为"新人从门入，故人从阁（小门）去"二句"必须作弃妇的话才有味，因为故夫说新不如故，是含有念旧的感情的，使她听了立刻觉得要诉诉当初的委屈，同时她不能即刻相信故夫的话是真话，她还要试探试探"，这两句等于说，为什么当初会弃故纳新，"你说新人不如故人，我还不信呢。这么一来就逼出男人说出一番具体比较"（《乐府诗选》）。故《文选》亦依此断句。

全诗充满对被弃女子的同情，写法也相当朴素，基本上是由几句对话构成，便能情景毕现。

长歌行

青青园中葵，朝露待日晞。阳春布德泽，万物生光辉。常恐秋节至，焜黄华叶衰。百川东到海，何时复西归！少壮不努力，老大徒伤悲！

诗劝人及时努力，在古诗中是不可多得的箴言诗。青青，从《诗经》始，就不只写颜色，而更多地用于形容植物少壮时茂盛的样子，在这个意义上同于"菁菁"。后来的"青年"、"青春"等词，就是由此衍生出来的。在此诗中，它与篇末"少壮"二字相呼应。

"朝露待日晞"，即晨露未晞，还处在朝气蓬勃的时刻。然而，晨露易晞，如乐府哀歌《薤露》所说的："薤上露，何易晞。露晞明朝更复落，人死一去何日归。""阳春"二句喻少壮时一切欣欣向荣；下二句则照应晨露易晞的意思，谓人生之易老。

"焜黄"一词，向来皆据《文选》注释为花色衰败的样子。然汉晋古书此词不曾二见，而常见"焜煌"一词，吴小如认为这实际是同一个词，不过"黄"、"皇（煌）"通用罢了，其义应指花色缤纷灿烂的样子，与前二"光辉"一词呼应，是说一旦秋天到来色泽鲜美的花叶恐怕也会衰败了。

末二句以百川东流入海为喻，言韶光一去不再复返，末二更因势利导，劝人及时努力，不可虚度青春。诗人并不因为生命短暂，而产生无所作为的结论，反而劝人及时建树，实现人生的价值，其主题严肃而健康，又毫无空洞说教的毛病。由于诗人以形象的比喻进行说服，言者循循善诱，闻者自易接受。

焦仲卿妻

汉末建安中，庐江府小吏焦仲卿妻为母所遣，自誓不嫁。其家逼之，乃投水而死。仲卿闻之，亦自缢于庭树。时人伤之，为诗云尔。

孔雀东南飞，五里一徘徊。"十三能织素，十四学裁衣。十五弹箜篌，十六诵诗书。十七为君妇，心中常苦悲。君既为府吏，守节情不移。鸡鸣入机织，夜夜不得息。三日断五匹，大人故嫌迟。非为织作迟，君家妇难为。妾不堪驱使，徒留无所施。便可白公姥，及时相遣归。"府吏得闻之，堂上启阿母："儿已薄禄相，幸复得此妇。结发同枕席，黄泉共为友。共事二三年，始尔未为久。女行无偏斜，何意致不厚？"阿母谓府吏："何乃太区区。此妇无礼节，举动自专由。吾意久怀忿，汝岂得自由？东家有贤女，自名秦罗敷。可怜体无比，阿母为汝求。便可速遣之，遣去慎莫留！"府吏长跪告："伏惟启阿母：今若遣此妇，终老不复取！"阿母得闻之，槌床便大怒："小子无所畏，何敢助妇语？吾已失恩义，会不相从许！"府吏默无声，再拜还入户。举言谓新妇，哽咽不能语："我自不驱卿，逼迫有阿母。卿但暂还家，吾今且报府。不久当归还，还必相迎取。以此下心意，慎勿违吾语。"新妇谓府吏："勿复重纷纭。往昔初阳岁，谢家来贵门。奉事循公姥，进止敢自专？昼夜勤作息，伶俜萦苦辛。谓言无罪过，供养卒大恩。仍更被驱遣，何言复来还！妾有绣腰襦，葳蕤自生光。红罗复斗帐，四角垂香囊。箱帘六七十，绿碧青丝绳。物物各自异，种种在其中。人贱物亦鄙，不足迎后人。留待作遗施，于今无会因。时时为安慰，久久莫相忘！"鸡鸣外欲曙，新妇起严妆。著我绣袷裙，事事四五通。足下蹑丝履，头上玳瑁光。腰若流纨素，耳著明月珰。指如削葱根，口如含朱丹。纤纤作细步，精妙世无双。上堂谢阿母，母听去不止。"昔作女儿时，生小出野里。本自无教训，兼愧贵家子。受母钱帛多，不堪母驱使。今日还家去，念母劳家里。"却与小姑别，泪落连珠子。"新妇初来时，小姑如我长。勤心养公姥，好自相扶将。初七及下九，嬉戏莫相忘。"出门登车去，涕落百馀行。府吏马在前，新妇车在后。隐隐何甸甸，俱会大道口。下马入车中，低头共耳语："誓不相隔卿。且暂还家去，吾今且赴府。不久当还归，誓天不相负！"新妇谓府吏："感君区区怀。君既若见录，不久望君来。君当作磐石，妾当作蒲苇。蒲苇纫如丝，磐石无转移。我有亲父兄，性行暴如雷。恐不任我意，逆以煎我怀。"举手长劳劳，二情同依依。入门上家堂，进退无颜仪。阿母大拊掌："不图子自归。十三教汝织，十四能裁衣。十五弹箜篌，十六知礼仪。十七遣汝嫁，谓言无誓违。汝今无罪过，不迎而自归。"兰芝惭阿母："儿实无罪过。"阿母大悲摧。还家十馀日，县令遣媒来。云"有第三郎，窈窕世无双。年始十八九，便言多令才"。阿母谓阿女："汝可去应之。"阿女衔泪答："兰芝初还时，府吏见丁宁，结誓不别离。今日违情义，恐此事非奇。自可断来信，徐徐更谓之。"阿母白媒人："贫贱有此女，始适还家门。不堪吏人妇，岂合令郎君？幸可广问讯，不得便相许。"媒人去数日，寻遣丞请还。谁"有兰家女，承籍有宦官"。云"有第五郎，娇逸未有婚。遣丞为媒人，主簿通语言"。直说"太守家，有此令郎君。既欲结大义，故遣来贵门"。阿母谢媒人："女子先有誓，老姥岂敢言？"阿兄得闻之，怅然心中烦。举言谓阿妹："作计何不量？先嫁得府吏，后嫁得郎君。否泰如天地，足以荣汝身。不嫁义郎体，其往欲何云？"兰芝仰头答："理实如兄言。谢家事夫婿，中道还兄门。处分适兄意，那得自任专。虽与府吏要，渠会永无缘。登即相许和，便可作婚姻。"媒人下床去，诺诺复尔尔。还部白府君："下官奉使命，言谈大有缘。"府君得闻之，心中大欢喜。视历复开书，便利此月内。六合正相应，良吉三十日。"今已二十七，卿可去成婚"。交语速装束，络绎如浮云。青雀白鹄舫，四角龙子幡。婀娜随风转，金车玉作轮。蹑蹑青骢马，流苏金镂鞍。赍钱三百万，皆用青丝穿。杂彩三百匹，交广市鲑珍。从人四五百，郁郁登郡门。阿母谓阿女："适得府君书，明日来迎汝。何不作衣裳，莫令事不举！"阿女默无声，手巾掩口啼，泪落便如泻。移我琉璃榻，出置前窗下。左手持刀尺，右手执绫罗。朝成绣袷裙，晚成单罗衫。晻晻日欲暝，愁思出门啼。府吏闻此变，因求假暂归。未至二三里，摧藏马悲哀。新妇识马声，蹑履相逢迎。怅然遥相望，知是故人来。举手拍马鞍，嗟叹使心伤。"自君别我后，人事不可量。果不如先愿，又非君所详。我有亲父母，逼迫兼弟兄。以我应他人，君还何所望？"府吏谓新妇："贺卿得高迁。磐石方且厚，可以卒千年。蒲苇一时纫，便作旦夕间。卿当日胜贵，吾独向黄泉！"新妇谓府吏："何意出此言？同是被逼迫，君尔妾亦然。黄泉下相见，勿违今日言！"执手分道去，各各还家门。生人作死别，恨恨那可论！念与世间辞，千万不复全。府吏还家去，上堂拜阿母："今日大风寒，寒风摧树木，严霜结庭兰。儿今日冥冥，令母在后单。故作不良计，勿复怨鬼神。命如南山石，四体康且直。"阿母得闻之，零泪应声落。"汝是大家子，仕宦于台阁。慎勿为妇死，贵贱情何薄。东家有贤女，窈窕艳城郭。阿母为汝求，便复在旦夕。"府吏再拜还，长叹空房中，作计乃尔立。转头向户里，渐见愁煎迫。其日牛马嘶，新妇入青庐。奄奄黄昏后，寂寂人定初。我命绝今日，魂去尸长留。揽裙脱丝履，举身赴清池。府吏闻此事，心知长别离。徘徊庭树下，自挂东南枝。两家求合葬，合葬华山傍。东西植松柏，左右

种梧桐。枝枝相覆盖，叶叶相交通。中有双飞鸟，自名为鸳
鸯。仰头相向鸣，夜夜达五更。行人驻足听，寡妇起傍徨。
多谢后世人，戒之慎勿忘。

中国古代叙事诗从总体上看，是不发达的。然而汉唐之际，却颇有
杰作。在"缘事而发"的汉乐府中，《孔雀东南飞》便是第一篇堪称伟大
的叙事诗。此诗首见于《玉台新咏》，题为《古诗为焦仲卿妻作》；《乐府
诗集》题为《焦仲卿妻》，称"古辞"。今人通常取此诗首句为题。据诗
前原序，当为汉末人作；但诗中羼入了汉以后风俗之描写，一般认为是
后人的增饰。不过，从全诗的意境经营和艺术水平看，应该主要成于一
人之手。这个伟大的无名氏，以其冷峻的生活观察力、深厚的同情心和
力透纸背的描写，为读者展现了一个感天动地的寻常夫妻生离死别的故
事，千古以下诵之，尚有不绝之余恨。

《孔雀东南飞》以写实见长，它以近两千字篇幅，演示了一出生活的
悲剧。其间十个人物，其主要角色皆不失为有眉有眼有血有肉的个性。
全诗情节的发展可以分为七大段，如仿传奇戏文给各段加上标题，依次
是：请归、被遣、盟誓、婚变、生诀、殉情、合葬。而每段之中，又有
波澜曲折的层次。

请归汉乐府中母题为夫妇离别之苦者，多以飞鸟失伴起兴。如《艳
歌何尝行》云："飞来双白鹄，乃从西北来。十五五，罗列成行。妻卒
被病，行不能相随。五里一反顾，六里一徘徊。吾欲衔汝去，口噤不能
开。吾欲负汝去，毛羽何摧颓。乐哉新相知，忧来生别离。踟蹰顾群侣，
泪下不自知。""孔雀东南飞，五里一徘徊"的开篇，也袭用了这一民歌
传统的手法。

在简短的兴语之后，全诗便开门见山直接进入情节，三个主要人物：
兰芝、仲卿和焦母全都出场，婆媳间不可调和的矛盾冲突在人物对话中

展开（许多题前之情事，如兰芝与焦母的积怨到矛盾激化和仲卿的还归，俱由对话见之）。这样简洁的开端，如快刀斩乱麻，非大手笔不办。这一段里，实际上应该发生在婆媳间的唇枪舌剑，并没有面对面进行。三个人被巧妙地安排在一种戏剧性的关系之中。即兰芝对婆婆的控诉（"大人故嫌迟"、"君家妇难为"），婆婆对兰芝的指责（"此妇无礼节，举动自专由"）以及下段兰芝的反驳（"奉事循公姥，进止敢自专"），都是以仲卿为中介，背靠背发生的。身兼孝子贤婿双重身份的仲卿处境狼狈，力图调停，难以两全。这里正见出一种世相："婆婆不是妈妈"。

问题很清楚，"鸡鸣入机织，夜夜不得息，三日断五匹"的媳妇本无可指责；只是老太太挑剔太甚，过手便酸，征色发声，已非一日。兰芝请归，亦出于不得已；仲卿的调停，必归于无效了。这一段由三个人的两场对话组成，一开始就表现出作者的"绝活"：善于描写人物语言，从中可以看到人物个性。兰芝对丈夫的一席倾诉，是出语直率的，表现出她性格刚烈的一面。以"年龄序数法"叙写的"十三能织素"等句，是老实不客气地表明自己所受的教养，以下更老实不客气地道出"非为织作迟，君家妇难为"的意见。凡是不能对婆婆发泄的话，对着丈夫都一股脑儿说出来。可见小两口一向无猜，而兰芝的确委屈已久。

仲卿堂上启母的一番话，则表现出他性格驯顺中有倔强。"儿已薄禄相，幸复得此妇"六句，恳切的话语中足见小夫妻平日的情笃和仲卿的志诚。"女行无偏斜，何意致不厚"，简直是以反问对母亲作顶撞了。焦母的话则见其专横，她对媳妇指责表现在主观武断，"无礼节"、"自专由"的大帽子，是"何患无辞"的加罪。她对儿子软硬兼施，一面发作道"吾意久怀忿，汝岂得自由"、"便可速遣之，遣去慎莫留"；另一面收买说"东家有贤女，阿母为汝求。"可就是不容其分辩。当仲卿以守为攻，再度顶撞道："今若遣此妇，终老不复取"时，老太太就勃然大怒，以家长的专制做了独裁（"吾已失恩义，会不相从许！"）。至此，三个人的性格都得到了初步的展露。

被遣调停失败后，万般无奈的仲卿最初想走一条委曲求全的路，即请兰芝还家暂避锋芒，再相机徐图迎归。这想法是非常符合于公于私均循规蹈矩（"守节情不移"）的忠厚府吏性格逻辑的。不过兰芝的头脑却要冷静得多，她不是不信任仲卿，而是多少了解世故，因而看到现实的种种冷酷，对将来不抱幻想。这大约是两个人潜在的区别。"勿复重纷纭"、"仍更被驱遣，何言复来还，"这些话说得何等绝望。面对"哽咽不语"的丈夫，她再一次对婆婆的发难做了自我辩护，语气已经没有前番那样的激烈，而流露出无限的委屈和悲哀，在她吩咐处置旧物和叮咛"久久莫相忘"的一番话中，读者又看到了一个分明温柔、善良、能体贴而重感情的"焦仲卿妻"。

以下有一段令人瞩目的外貌描写，即"鸡鸣外欲曙，新妇起严妆"等十二句。在此作者补足了对女主人公美丽相貌的交代，把它放在被遣早晨来写，尤觉楚楚动人。兰芝在此时此刻作此严妆，似乎下意识地掩饰着内心的空虚与慌乱，而这一动作正足以看出她秉性的要强。尽管她着意掩饰，却"每事四五遍，或是心烦意乱，一遍两遍不能妥帖"（余冠英）；同时也未尝没有"数数迟延，以捱晷刻"（李因笃）的潜在用心。凡此描写，皆臻墨妙。兰芝上堂辞别焦母的一番话，几乎与篇首的对白自相矛盾，明明是教养有素，偏说成"本自无教训"；明明是焦家之妇难为，偏说是"兼愧贵家子"；明明劳绩很多，偏说是"不堪母驱使"。与其说是反唇相讥，倒毋宁说是因人说话，由此我们又看到一个善于变通、曲尽人情的兰芝，这一点往后还将继续看到。"无礼节"的罪名，不攻自破！在焦母面前没落的泪，到小姑面前则如断线珍珠般洒了下来。对小姑的一番话，足见兰芝会体贴他人。她的确没有罪过，无怪委屈的眼泪控制不住了。

盟誓这一段文字不长，在全诗中却是至关紧要的部分。这里不仅对两个主人公的性格有进一步的刻画，而且于后文有多处伏笔。大路口的车中，仲卿把在闺房内已说过的一番话（"不久当还归，还必相迎取。以此下心意，慎勿违吾语")"重纷纭"了一遍："誓不相隔卿"、"誓天不相负"，言之再再，一何任真，"任真"二字正是仲卿性格中最重要的东西。这终于感动了兰芝，使她道出了"不久望君来"的期望和"卿当作磐石，妾当作蒲苇；蒲苇韧如丝，磐石无转移"的透骨情语。同时为后文仲卿夫妻重逢一场预留口实，有一石二鸟之妙。其实兰芝性格最固有的东西还是理智，这使她在盟誓时，仍不能不说两口话。而这另一口话，即"我有亲父兄，性行暴如雷。恐不任我意，逆以煎我怀"正为仲卿此时所忽略，而在故事的下文得到了印证。"举手长劳劳，二情同依依"的难分难舍，是何等意味深长啊。

婚变这一幕发生在刘家。写到兰芝还家后，来自县令、太守家的两次提亲；涉及两个次要人物和更多的过场人物，是全诗最长的段落。阿母、阿兄这两个次要人物依次在两番议婚中出场，各自都给读者留下深刻印象。县令家遣媒来时，刘母虽有欲许之意，却不强加于兰芝，而是迁就女儿，婉言谢绝了婚事。甚至太守家来人时，她还说"女子先有誓，老姥岂敢言？"正见慈母心肠。而刘兄的态度则判然有别。"怅然心中烦"一句，已见"性行暴如雷"之言不虚。"作计何不量！先嫁得府吏，后嫁得郎君，否泰如天地，足以荣汝身"等口吻，活画出一副势利小人嘴脸。在对这两次婚事的一推一就之中，读者再一次看到了世情的浇薄，兰芝处境的困难，她预言的准确及其挣扎与变通。

古今道德家读此诗一致认为，至此兰芝死志已决，故作坦然之语。然而作品本身只告诉我们，这时兰芝心情很矛盾、很痛苦。一方面与仲卿有割不尽的情根爱胎；另一方面又对亲母亲兄有很深的负罪感。"谢家事夫婿，中道还兄门"等语含有极真极深的自责，虽然实无罪过，毕竟事实上成了娘家的包袱，"自可断来信，徐徐更谓之"已经尽量婉曲，注意留有余地。"理实如兄言"、"处分随兄意，"更是屈心而抑志，"虽与府吏要，渠会永无缘"，则是绝望的认命。虽有情分，然无缘分。她生性要强，但也脆弱，一面以泪洗面，一面下意识服从："朝成绣袷裙，晚成单罗衫。"是死？是活？这是一个问题。诗人就这样写出了一个活人，一个女性，一个多重组合的性格。兰芝形象的成功和可爱，不在于她是个贞洁的女人，而在于她是个活生生的女人。

这一大段中有些过场人物，也给人以深刻印象，如只"下官奉使命，言谈大有缘"两句，郡丞邀功谄笑之态如见，人物语言运用之妙也。此处还有一段的夸张迎婚准备的铺排描写，这不仅是长篇叙事诗应有的闲中生色的文字，其目的在悬置紧张的戏剧性情节，作为再次提高读者情绪之前必要的松弛手段；而且也给人物、事件以"舞台"背景，增加了作品的时空感觉。

生诀这段文字中，夫妻的重逢和永诀很有戏剧性。从"府吏闻此变，因求假暂归。未至二三里，摧藏马悲哀。新妇闻马声，蹑履相逢迎"数句，足见二人的心心相印。常言道"不是冤家不聚头"，小夫妻一见面便发生了戏剧性的误会与冲突。当兰芝低回心伤中重提不幸而言中的旧话时，仲卿却不耐烦地以蒲苇磐石之誓作反唇相讥。这个向来表现温和的人此刻说出话来刀一样尖刻："贺卿得高迁！磐石方且厚，可以卒千年；蒲苇一时韧，便作旦夕间"，因为冲动，不免言重了，但也更清楚地表现出他的志诚与戆直。面对这样一往情深的指责，兰芝该哭耶？笑耶？悲耶？喜耶？兰芝从未像此刻这样深刻地了解仲卿。

这是伟大无名氏的绝妙好辞。没有这样一段文章就让兰芝去死，必然大大削减此诗的现实深度。事实上，如果没有仲卿的心心相印的一激，或者在此关键时刻仲卿表态漠然，我们实在难以断定兰芝将选择死，还是活——《上山采蘼芜》式的悲剧，在现实生活中还少么？那首诗中的女子与故夫，不是旧情甚笃么？被迫分手后双方不是活下来了么？这段"生诀"，与前番"盟誓"，有异同，有呼应，使全诗在结构上也显得丰满而匀称。"同是被逼迫，君尔妾亦然！"现在我们又看见了那个任情刚强的兰芝。又看见同样任情而倔强的仲卿。"黄泉下相见，无违今日言。"不见不散，二人死志，至此方定。"执手分道去，各各还家门"，壮颜毅色出现在他们脸上，与"举手长劳劳，二情同依依"的缠绵形成意味深长的对照。

殉情前有仲卿上堂拜母的一场，是又一段绝妙文章，它最终完成了仲卿性格的描写。这个外圆内方，骨子里非常倔强的人；他的语言多使气（如堂上启母的顶撞、重见兰芝的冷嘲），这和兰芝的语言多变通（即因人而异）适成有趣对照。他在寻死之前先告母亲，表面看似乎不改循规蹈矩的作风，其实"祝告"的话中，半含埋怨，半含报复，自己"故作不良计"，却祝母亲"命如南山石"，这不比诅咒还厉害么？仲卿形象之可爱，尤在于那是"痴心女子负心汉"比比皆是的旧时代，那是个"百行孝当先"的旧时代，他扮演了违抗亲命与笃于情爱的双重角色。面对这个"异化"了的儿子，焦母居然"零泪应声落"。但她至此仍然没有知非、悔恨的意思，还想软化儿子，把东家贤女的旧话重提，这老太太的固执也真是到家了。诗人就这样不吝笔墨通过人物语言完成了这两个典型性格的刻画。至于正面写殉情的文字，倒是非常简洁的。

合葬文化心理结构得于我们这个民族喜欢"团圆"的结局，这在民间传说中特多例证，如《搜神记》韩凭夫妇的故事、《太平广记》引《述异记》的"相思木"、"陆东美"等故事，均有夫妻死别化鸟双飞、化木连理的理想结局。梁祝化蝶也属于此类。本篇结尾也用了美丽的传说。但这并不改变全诗的悲剧性质，同时又与篇首以鸟起飞相关应。"多谢后世人，戒之慎勿忘"便是诗人向后世读者发出的多情而悲悯的告诫。

封建家长制是封建专制制度的基础。《礼记·内则》云："子甚宜其妻，父母不悦，出"，而男婚女嫁亦一依父母之命媒妁之言。《孔雀东南飞》就形象地揭露和鞭挞了这一制度的罪恶（诗中的焦母、刘兄便是其化身），同时也表现了男女青年对它的不满和抗争。诗中虽然写的是一个家庭悲剧，却反映了一个社会问题，其深层意蕴远远超出同情内容：这里家庭生活的不民主，正是封建专制独裁的缩影。诗人对后人的告诫，也远远超出他本来的用意，以至在高张科学、民主精神的五四运动中还引起当时青年巨大共鸣，《孔雀东南飞》一度改编上演，为反封建的运动吹出了一支号角。影响之大，在古代诗歌中实属罕见。

《孔雀东南飞》在艺术上也有后代难以企及的成就。从作品的结构看，它篇幅宏伟，情节曲折，有主干有插曲，波澜起伏；而又非常紧凑，工于剪裁，毫无拖沓之感。它从创作到被记录约三百年间不曾失传，就与其体制的优越分不开。诗中的主要人物形象的塑造，则表现出深刻的生活洞察力和高超的写实再现能力，其中男女主人公都可以称为典型环境中的典型性格，如前文所分析，他们的性格是复杂的、多层次的组合，是活生生的个性而不是概念化的产物。在汉乐府中，能达到如此高度的实在不多。

鲁迅曾经称赞《红楼梦》中的人物语言，是可以由其声而知为何人。而《孔雀东南飞》的人物语言，亦已接近这一水准，诗中"淋淋漓漓，反反复复，杂述十数人口中语，而各肖其声音面目，岂非化工之笔"（沈德潜《古诗源》）。这种个性化语言描写，在古代叙事诗事不仅空前，而且绝后。当然，《孔雀东南飞》是属于那种元气淋漓的巨制，而并非精雕细刻之作，人们不难指出它的某些地方还不够精巧：如"寻请丞请还"几句的苟简，"举动自专由"与"汝岂得自由"的韵脚重复等，但这毕竟是小疵，无伤大雅。

由于在思想和艺术两方面的划时代成就，《孔雀东南飞》遂成为古代叙事诗中丰碑式的杰作，而垂辉千春。

【古诗十九首】东汉文人抒情古诗共十九首，初见录于南朝梁昭明太子萧统《文选》。诗多反映汉末动乱时世中夫妇两地分居之苦及文人失落心态，而语言平易自然，如秀才对朋友说家常话，颇为后世称道。

行行重行行

　　行行重行行，与君生别离。相去万馀里，各在天一涯。
道路阻且长，会面安可知。胡马依北风，越鸟巢南枝。相去
日已远，衣带日已缓。浮云蔽白日，游子不顾反。思君令人
老，岁月忽已晚。弃捐勿复道，努力加餐饭！

　　这是一首思妇词。前六句追述离别，后十句申诉相思。

　　"行行重行行"，是叠词更迭，意即走啊走、走啊走。"生别离"，是
古代流行的成语，犹言永别离，如《九歌·少司命》"悲莫悲兮生别离"，
亦即《焦仲卿妻》所谓"生人作死别，恨恨那可论"。"道路阻且长"，出
自《秦风·兼葭》"溯回从之，道阻且长"，有暗示从之而不得的意思，
故下句以会面为难期。"胡马依北风，越鸟巢南枝"二句是古代歌谣中习
用的比喻，李善《文选注》引《韩诗外传》云："诗曰：'代马依北风，
飞鸟栖故巢'，皆不忘本之谓也"，用以比喻人的乡土室家的情感。可以
理解为思妇揣度对方的情况，照情理说，他是不会忘记家乡，忘记故乡
的亲人，有力地带动起下文"浮云蔽白日"一念。二句在引用这一联现
成比喻时，因为韵的关系，以"南枝"对"北风"，又相应地将马、鸟二
物分属胡、越，对仗极工。

　　"相去日已远，衣带日已缓"以两个"日已"作排句，"日已"即
"日以"（"去者日以疏，来者日以亲"），亦即"日益"（《吕氏春秋·观表》"魏日
以削，秦日益大"），也就是说相去日愈远，衣带日愈缓。不说人日渐消瘦，
而说衣带日渐宽松，久别与长期相思之苦都用暗示表达出来了。宋柳永
《凤栖梧》"衣带渐宽终不悔，为伊消得人憔悴"，即用此而增加了"终不

悔"的新意，同为脍炙人口的名句。"浮云蔽白日"，是古代最流行的比喻，一般用喻谗谀蔽贤，如《古杨柳行》："谗邪害公正，浮云蔽白日。"又因为在古代君臣关系和夫妇关系，在观念上是统一的。所以这两句是设想游子不思归当是有第三者插足，彼此关系出现了危机（或解作游子是受奸人迫害而外出不归，便有节外生枝的感觉）。这是思妇的揣测疑虑，不必是游子之实情。所以相思之情仍不断绝，"思君令人老"就是这种心情的写照。她尽力挣扎，想要摆脱这种令人食不甘味的苦恼的纠缠，"捐弃勿复道"即诗经《卫风·氓》所谓"反是不思，亦已焉哉"，"加餐饭"则是当时流行的慰问套话，犹言多多保重，用在这里是自我宽解的话。或解作对游子的劝慰。但思妇在怀疑丈夫另有新欢的同时还劝他加餐，未免矫情。

此诗善于运用优美而单纯的语言，通过回环复沓、反复咏叹的表现手法来制造气氛。如"相去万馀里"、"道路阻且长"、"相去日已远"，反复说一个相近似的意思来逐层加深其所表现的情感，这是从民歌叠句、叠章的形式中变化出来的。其次，是比兴手法的运用，即用客观习见事物来表现深刻而曲折的主观心情，这种手法在"十九首"中是普遍纯熟地运用着的。像本篇胡马、越鸟、白日、浮云的比喻，都精当绝伦。谢榛说"十九首""如秀才对朋友说家常话"：因为是"秀才"，所以有文化品位；因为是"家常话"，所以很生活；因为"对朋友"，所以亲切、真诚，富于人情味。"十九首"所以为高。

青青河畔草

青青河畔草，郁郁园中柳。盈盈楼上女。皎皎当窗牖。娥娥红粉妆，纤纤出素手。昔为倡家女，今为荡子妇。荡子行不归，空床难独守。

这是"十九首"中少有的用第三人称写的思妇诗。正是运用这种手法，诗的前六句连用六叠词句勾画出一幅精美的春色美人图。河边的草色是青青的，园中的柳条是郁郁的，在一派生意盎然的春光中，园林中心的楼头窗前，出现了一位皎皎颇为白皙的少妇，是风致盈盈的。她的脸儿搽得粉红粉红的，白净的手儿细长细长的。诗中连用这样六个连绵的形容词，难得如此浑然天成，从草写到柳，从柳写到楼，从楼写到人，从人写到衣袖，从衣袖写到素手，却不使人觉得呆板，那颜色是一步步由青而绿，而粉，而红，而终于又都停止在一点素净之上。六个叠字在音调上也富于变化，"青青"是平声，"郁郁"是仄声，"盈盈"又是平声，"皎皎"又是仄声，"娥娥""纤纤"虽同为平声，却是一清一浊。这样平仄相同，清浊映衬，利落错综，一片宫商，形成了自然而又丰满的音乐形象。这种用叠字注意平仄清浊的相辅相成，在"十九首"并非偶然，它如"青青陵上柏，磊磊涧中石"、"迢迢牵牛星，皎皎河汉女"、"盈盈一水间，脉脉不得语"，如果把这些叠字换成全平或全仄，读来一定会感到单调滞涩。当时还没有音韵学，全是诗人凭直觉把握，故不可及。

诗的前六句景美人美，一片和谐。后四句则写深藏在一片和谐中的寂寞。一个家里没有女人就不像一个家；只有女人，还是不成其为家。何况这个女人又是一个不甘寂寞的女人，一个歌女出身的女人，她渴望过正常人的生活，从良嫁人，希望的是夫妇唱随，双飞双宿。然而却落了个空房独守的结局。长年的从艺生涯，培养出来的善于幻想与多情，使她特别易于受阳春美景的撩拨，她艳妆浓抹，当窗守望，显然是有所期冀的。由于特定的身份，决定了此诗中人与诗经《卫风·伯兮》中人的表现有所不同。她守着空床，是以如火如荼的青春的寸寸消磨作为代价的，无怪她要在内心呐喊出"空床难独守"的强烈呼号。特定的环境、特殊的经历和特有的心情的统一，才使得诗中人发出放胆呼号，震撼人心。唐诗名篇李益《江南曲》的"早知潮有信，嫁与弄潮儿"与此诗末二句乃属同一声口，诗中人的身份亦应相同。

今日良宴会

今日良宴会，欢乐难具陈。弹筝奋逸响，新声妙入神。令德唱高言，识曲听其真。齐心同所愿，含意俱未伸。人生寄一世，奄忽若飙尘。何不策高足，先据要路津。无为守贫贱，坎坷长苦辛。

这诗的主题在后六句："人生寄一世，奄忽若飙尘。何不策高足，先据要路津。无为守贫贱，坎坷长苦辛。"人生苦短，"富贵应须致身早"，莫作固穷的君子。这使人想起苏秦的感喟："人生世上，势位富贵，盍可忽乎哉？"也是摘下面具说话。

这是一首宴会听歌述怀，酒后吐真言的诗。前四句写快乐的宴会，"难具陈"犹言妙不可言也。"逸响"谓不同寻常的飘逸的音乐，"新声"指时髦的音乐，"妙入神"即出神入化。

下四句写听歌会心。诗中歌手所唱歌词，不得其详，大概相当于浅薄而流行的歌词如"我拿青春赌明天，你用真情换一生"、"岁月不知人间多少的忧伤，何不潇洒走一回"之类罢。

有人不信其浅薄，遂曲为之说，如姚鼐说："此似劝实讽，所谓谬悠其辞也。"朱东润注云："感愤自嘲。"其实何尝不是"反语"。

"官本位"传统所来自远——"学而优则仕"，"书中自有黄金屋，书中自有千钟粟，书中自有颜如玉"。至今犹有"一等公民是公仆，全家老小都享福"的俏皮话。"官本位"社会又产生虚伪，"令德唱高言"，封建

172

统治者也欢迎人们不慕荣利、安贫乐道。此诗让人"识曲听其真",即干脆把窗户纸捅破,可谓不讽之讽。

西北有高楼

　　西北有高楼,上与浮云齐。交疏结绮窗,阿阁三重阶。上有弦歌声,音响一何悲。谁能为此曲,无乃杞梁妻。清商随风发,中曲正徘徊。一弹再三叹,慷慨有馀哀。不惜歌者苦,但伤知音稀。愿为双鸿鹄,奋翅起高飞。

　　听歌,引起诗人浮想联翩。诗的主题句是"但伤知音稀"。电影《知音》主题歌云:"山青青,水碧碧,高山流水韵依依。"又说:"千古知音最难觅"者,是也。

　　诗人风闻一座豪宅的楼上传来弦歌之声,其所弹唱,乃"孟姜女哭长城"("谁能为此曲,无乃杞梁妻。")主旋律之美,而且不断出现,每出现一遍都令人感慨万千。歌声又是那样的专注,那样的有磁性,诗人无法不驻足洗耳恭听。

　　他边听边想:"那歌女和她的歌声一样动人吧?"一会儿又想:"没有人比我更能赏识她的歌声了。"一会儿又想:"没有人比她更适合于我了。"

　　歌为媒,诗人找到了恋爱的感觉,在想入非非中,和歌女比翼齐飞了。这大概是《关雎》《汉广》以来,很好的一首恋歌了。

　　据说陆侃如青年时代参加论文答辩,提问:"孔雀何以东南飞?"应声答云:"西北有高楼,上与浮云齐。"其事可入语林。

涉江采芙蓉

涉江采芙蓉，兰泽多芳草。

采之欲遗谁，所思在远道。

还顾望旧乡，长路漫浩浩。

同心而离居，忧伤以终老。

　　人们自古就对自然有很深的爱好，而对自然的爱与对人的爱往往紧密地连在一起，所以送给最心爱人的礼物不一定是珠宝，也完全可能是一束花或是一棵草，这样的生活情调是简朴的，也是美好的。

　　此诗头两句倒置以协韵，诗中人为着要采荷花，不惜涉江之劳，兰泽虽多芳草，而涉江只采芙蓉也。芙蓉采到手，可是四顾周围，都是些陌生的、不关痛痒的人。"采之欲遗谁"的一问是突然的转折，是伤心失望，也是一声叹息。本来，"所思在远道"是她早就清楚的，如果放在开篇，诗就平板无味，而在第三句一转之后趁势托出，便有雷霆万钧之力。它一方面替上文的发展暂时作一结束，一方面为下文的发展作一伏线。

　　以下"还顾望旧乡"二句没有主语，但"旧乡"（故乡）与"远道"（异乡）在诗中是对立的，古代"在远道"、"望旧乡"的多是男子，所以这首诗的主人公当为女性。而"还顾望旧乡"云云，乃是女主人公推己及人的一种想象。"同心而离居"五字，说出了具有普遍性的人生憾事，后代许多诗词都为此五字所笼罩。

　　怀人之作古已有之，如《诗经·秦风·蒹葭》就写得很好，具有一种清超旷远之致。但《诗经》之作缺少芬芳悱恻之美，《涉江采芙蓉》则有之，而这种情韵是采自楚辞而融入诗作的。"涉江"本是《楚辞·九章》的篇名，"芙蓉"、"兰"草等亦是楚辞习见名物，运用入诗便能造成近似楚骚的芳悱气氛。所以此诗是继承楚辞传统而开创新境的。"十九首"中除此篇外，《庭中有奇树》一篇也有楚骚遗韵，可以参看。

明月皎夜光

明月皎夜光，促织鸣东壁。玉衡指孟冬，众星何历历。白露沾野草，时节忽复易。秋蝉鸣树间，玄鸟逝安适。昔我同门友，高举振六翮。不念携手好，弃我如遗迹。南箕北有斗，牵牛不负轭。良无盘石固，虚名复何益。

这是一首吟咏星空，同时抒发朋友相交不终及世态炎凉的诗。诗人显然受着诗经《小雅·大东》的影响，那首雅诗本来是针砭时弊的，面对严酷的政治现实，《大东》的作者无以自解，于是转而对着群星闪烁的夜空，指桑骂槐地嘲笑起天上的星座之徒有虚名来："歧彼织女。终日七襄。虽则七襄，不成报章。睕彼牵牛，不以服箱。""维南有箕，不可以簸扬。维北有斗，不可以挹酒浆。"与此诗在写法上属同一机杼。不同的是，本篇从咏星空始，初似写景，而以指星责人结，意归讽刺，诗情发展更见自然，篇法更为严谨。

读此诗的难点在于，诗前四句明说"孟冬"，而后又写及秋季物候，令人读之不得其解。李善注《文选》说，此处的"孟冬"是用汉历，相当于夏历七月；以下复言"秋蝉"，又是用夏历。一诗而用两正，前人已斥其非。近人则多认为"孟冬"非指十月，而是代表星空中的亥宫，"玉

175

衡"乃北斗第五星，代指斗柄。"玉衡指孟冬"是从星空的流转说明秋夜已深（金克木、马茂元等）。然而，参看另一首古诗开头为"孟冬寒气至，北风何惨粟。愁多知夜长，仰观众星列"，与此诗所写景极类，两诗"孟冬"当皆指十月无疑。

窃以为徐仁甫《古诗别解》所说最为通达。他说，首云"明月皎夜光"四句叙眼前实景也。下云"白露沾野草"四句，追忆过去也。此诗之向不得解，不在"玉衡指孟冬"一句，而在"白露沾野草"以下四句。而此四句之所以难解，又不在每句之字义，而在每句之为互文也。诗言"玉衡指孟冬"，则白露之时节已易矣，"白露沾野草"句意乃于下句见之。又"玉衡指孟冬"，则寒蝉不鸣，而玄鸟已逝矣。下句问昔日之"玄鸟逝安适"，则上句亦系问在昔鸣于树间之秋蝉今逝安适。盖诗句限于字数，非互文不足以达意。此三百篇之通例，亦古诗之通例也。要之，诗首写月夜，继而以"众星何历历"描绘星空。"白露沾野草"四句则以时过境迁之物候，兴起下文同门友之不念旧好，而高举弃"我"，以见世态炎凉与人情之反复。

盖人处社会，人际关系网络乃是一种无形资产。而在所有的人际关系中，同学关系相当重要。顾念故人者固有之，而一阔脸变者也不少。杜甫诗云"同学少年多不贱，五陵裘马自轻肥"，那个"自"字就是大有深意的。本篇中"昔我同门友"四句即大发感喟，诗中人显然是一介失意之士，在需要同学故人援引的时候，却悲哀地发现彼此地位和关系都发生了变化，隔了一层厚厚的障壁——过去有过"磐石无转移"或"苟富贵勿相忘"之类的誓言以朋友相称的人，现在得了健忘症，自己是高攀不上了。

作者之意如果直说，就质木无文。该诗妙在忽蒙上文众星历历，借星座之名不符实来骂人间的虚伪，较之诗经《大东》在篇法上更为圆紧了。

冉冉孤生竹

冉冉孤生竹，结根泰山阿。与君为新婚，菟丝附女萝。菟丝生有时，夫妇会有宜。千里远结婚，悠悠隔山陂。思君令人老，轩车来何迟！伤彼蕙兰花，含英扬光辉。过时而不采，将随秋草萋。亮君执高节，贱妾亦何为？

吴淇《选诗定论》认为此诗是"怨迟婚之作"，甚是。

全诗由两套比喻组成，构成全诗的形象整体。一是以孤竹结根大山，菟丝附生于女萝（同属藤蔓植物，菟丝有花，女萝无花），比喻女子对男子的依附关系。孤竹结根于山阿，即"菟丝非独生，愿托乔木"之意。"菟丝附女萝"又有以植物的相互缠绕比喻爱情之绸缪，如民歌："入山看见藤缠树，出山即见树缠藤。树死藤生缠到死，藤死树生死也缠。""菟丝生有时"承上比语，兴起"夫妇会有宜"之意，"会有宜"也就是"合有时"。

诗中第二套比喻，即以兰蕙芳草过时则衰自喻青春易逝。"女儿悲，青春已大守空闺"，没有雨露，鲜花也会如同秋草一样地枯萎。"过时而不采"云云，使人联想起唐诗"劝君莫惜金缕衣，劝君须惜少年时。花开堪折直须折，莫待无花空折枝"。

诗中人还有一种潜在的顾虑，那就是对方迟迟不归，未必不产生变数（参《西厢记》"若见那异乡花草，休要似此处栖迟"）；对方信息中断，是个不祥的预兆。所以诗的结尾说，君虽姗姗来迟，只要能给出一个肯定的信息（"执高节"即誓不变心），则诗中人便会立刻感觉踏实，坚持等下去。这话大有意味，从反面参悟，则新妇之怨，又不止于"青春已大守空闺"也。

庭中有奇树

庭中有奇树，绿叶发华滋。

攀条折其荣，将以遗所思。

馨香盈怀袖，路远莫致之。

此物何足贵，但感别经时。

本篇为思妇词，和《涉江采芙蓉》是"十九首"中最短的两首作品。《涉江采芙蓉》前四句写折芳寄远，路远莫致，后四句突然转入远人怀乡、百端交集的羁旅愁怀，较为曲折。本篇则似只就其前半的意思加以展开，以安详的步法，缓缓地由树到花，由花到人，顺序写来，最后才揭出幽闺怀人的主题。从明白浅显的风貌里表现了婉曲的思致，是"深衷浅貌，短语长情"的典型例子。

古代妇女禁锢深闺，与外界较少接触，只有庭中奇树（珍贵的树木）与之朝夕相对。她看到它的叶子渐渐变绿，看到它的花渐渐开繁，其间应有一个漫长的过程，心中想念的那人应是一天天越走越远了。在这花开堪折的时候，她不失其时地攀折，很想把它寄给远方的那人，以表达自己对他的情意。但这个想法不能实现，"路远莫致"语出诗经《卫风·竹竿》"岂不尔思，远莫致之"。尽管花儿芬芳馥郁，香满衣袖，但只让人感到遗憾，感到可惜。其实花也不是特别贵重的东西，也没有什么可惜，可惜的是时光一去不再回来了。"此物何足贵，但感别经时"，辞若无多遗憾，其实乃深憾之；辞若轻描淡写，其实令人深长思之。末句语淡情浓，所谓深衷浅貌，正要从这种口气细细体味。

通篇只就"奇树"一意写去，由奇树而绿叶，而发花，而折花，而献花，而惜花，而不惜，层层写来，于层出不穷之际，偏以"此物何足贵"一语反振出"但感别经时"，点到为止，不更赘一语，如山脉蜿蜒，到大江以峭壁截住，"看似寻常最奇崛"。换了稚嫩的作者，不再加上两句，是不会放心的。

迢迢牵牛星

迢迢牵牛星，皎皎河汉女。纤纤擢素手，札札弄机杼。

终日不成章，泣涕零如雨。河汉清且浅，相去复几许。盈盈

一水间，脉脉不得语。

此诗通首采用比体，借天上双星，写人间别离。在"十九首"的游子思妇一类作品中最有别趣。我们今天说夫妻两地分居，不是还常常借用"牛郎织女"的说法么。牛郎织女的故事是古老的爱情传说，表达了广大人民群众共同的情感、愿望和理想，极富人民性。本篇着重写两地分居的苦恼，且专从织女一方面着想。虽咏故事，仍有新意。

"迢迢牵牛星"和"皎皎河汉女"对举，好像是双管齐下，其实已有侧重，说牛牵星是迢迢的，就是立足于织女星而为之辞。接着八句只写织女，但细看来每句话里都有牛郎存在，"迢迢"两字实是全诗的脉络。后文明说"河汉清且浅，相去复几许"，意思是说牛郎本非迢迢，只是一水相隔而已，然而彼此却"脉脉（相视）不得语"，隔河千里，岂非迢迢？也就是《西厢记》"隔花阴人远天涯近"的意思。"盈盈一水间"的"盈盈"，并不是形容水的，《文选》注为"端丽貌"，下面"脉脉"，则是"相视貌"，都是形容织女的。"迢迢"二字总括织女想望牛郎的心境，所以"终日不成章，泣涕零如雨"也。织女如此，牛郎如何？从"脉脉不

179

得语"一句看，他也在隔河相望。"单相思"究竟还是两相思。

朱光潜说，这首诗和《涉江采芙蓉》在写法上有许多足资比较之点。彼诗是站在涉江的当事人的地位写的，是涉江人在自诉衷情；此诗却是站在旁观者的地位叙述的，即有第一人称与第三人称的分别。"泣涕零如雨"是在故事发展的顶点，"河汉清且浅"四句只是说明泣涕的原因，而全诗中最哀婉动人的正是这最后四句。它好像是诗人说的，又好像是织女自己说的。究竟是谁说的呢？就全诗结构说是诗人在间接叙述，就情致而言是织女自己在诉说心事。读者须体会到这两个观点的分别和统一，才能见出这四句的妙处。

回车驾言迈

回车驾言迈，悠悠涉长道。四顾何茫茫，东风摇百草。所遇无故物，焉得不速老。盛衰各有时，立身苦不早。人生非金石，岂能长寿考。奄忽随物化，荣名以为宝。

此诗主题词是篇末"荣名"二字。"荣名"一词，古籍屡见。如《战国策·齐策》："且吾闻效小节者不能行大威，恶小耻者不能立荣名。"《淮南子·修务训》："死有遗业，生有荣名。"

诗前四句以景物起兴：回车远行，长路漫漫，回望但见旷野茫茫，阵阵东风吹动百草。这情景使不知税驾何处的行役者思绪万千，这有力地带动以下八句的抒情。这四句中"迈"——"悠悠"——"茫茫"——"摇"等叠词与单字交互使用，声音历落有致，渲染出苍茫凄清的气氛；同时由"车"——"悠悠长道"——"四顾茫茫"，在视感上由点到线，由线到面，然后落到旷原野草，一个"摇"字，不仅再现了风

180

动百草之形，而且蕴含着"行迈靡靡，中心摇摇"（《王风·黍离》）的行人心态，是具有炼字的意味的。无怪前人评论这个字为"初见峥嵘"，唐释皎然《诗式》云："'十九首'辞情义炳，婉而成章，始见作用之功"，可称慧眼别具。

以下八句抒发人生感慨，二句一层，"所遇无故物"二句由景入情，是一篇枢纽。因见百草萋萋，遂感冬去春来，不见物是，更觉人非，此为一层。"盛衰各有时"二句由人生短促，想到应及时树立所谓"立身"，举凡生计、名位、道德、事业，一切所谓立身之本者，皆可包括在内。这是诗人进一步的思考。"人生非金石"二句是"苦不早"三字的生发，言人不能如金石之长存。最后归结为"荣名以为宝"，这是对"立身"之要的一个说明，是诗人对人生的反复思考后作出的答卷。

汉末社会的风风雨雨中，知识分子都不约而同地对生命的真谛进行思索。有的高唱"何不策高足，先据要路津。无为守贫贱，坎坷长苦辛"——表现出投入竞争的亢奋；有的低吟"服食求神仙，多为药所误。不如饮美酒，被服纨与素"——显示为及时行乐的颓唐；本篇则表现为对于留名不朽的追求，留名的前提当然是对社会有所贡献。所以这种人生价值观出自于人对生命短暂的不甘，出自于对永恒的向往和追求。也就是希望将有限的生命投入于无限的人类进步事业之中，不能完全以贪图虚名而轻易否定之。所以印度诗哲泰戈尔说："让死者有那不朽的名，让生者有那不朽的爱。"

去者日以疏

去者日以疏，来者日以亲。郭门直视，但见丘与坟。古墓犁为田，松柏摧为薪。白杨多悲风，萧萧愁杀人。思归故里闾，欲归道无因。

这是一篇力作，抒发的是一种天地茫茫、无家可归的歧路彷徨的失落感。

本诗一起即对人生做高度的概括、宏观的笼罩，大是名言。"去"、"来"二字包容极大，直囊括天地间一切的人、事、物，它们以时空的方式存在，都有一个来去的过程。所谓"亲"、"疏"，换言之即新与旧也。凡是新的，都将成为旧的；凡是旧的，也都曾经新过。这两组范畴是相辅相成的，或在一定条件下是相互转化的。没有什么人、事、物，能逃得出这宇宙人生的变化规律。这两句诗以其哲理性而耐人回味，启发唐代大诗人孟浩然写出精警的名句"人事有代谢，往来成古今"（《与诸子登岘山》）比王羲之《兰亭集序》中的"夫人之相与，俯仰一世。……情随事迁，感慨系之矣。向之所欣，俯仰之间，已为陈迹，犹不能不以之兴怀。况修短随化，终期于尽。古人云，'死生亦大矣'，岂不痛哉！""后之视今，亦犹今之视昔"等语，道得更早也更简括。

发毕感慨，再出情事。"出郭门直视，但见丘与坟"，丘坟所埋葬的，都属于"去者"的范畴。丘坟是一切人最终的归宿。令人惊心动魄的更在以下两句——"古墓犁为田，松柏摧为薪"，它表明，所谓"最终归宿"这种说法还不对，就连墓也有近与古之分，丘与坟也在发生着变化，有主的新坟垒得好好的，而无名的"古墓"情况就不妙了，难免被夷为耕地，墓木随之砍作柴火。新坟也总是要成为古墓的。这两句是由前两句向纵深推进，非此不能传"日以（日益）"两字所包含的变化不止的意味，即去者日疏，疏而又疏，以至无穷。

前两句的命题于此证足，以下则转出兴语，白杨树的树干挺拔多叶，故易招风，声令人生悲。"萧萧"这一象声词，古人多用于马声，或风声，"然唯坟墓之词，白杨悲风，尤为至切，所以为奇"（张戒《岁寒堂诗话》）。诗"说至此，已可搁笔"，然"末二句一掉，生出无限曲折来"（朱

182

筱《古诗十九首说》）。所谓一掉，是指"思归故里闾"二句乃抒生人之无家可归，似乎已游离于前文。然而，这一写却突现出抒情主人公的形象，原来他是一个在茫茫人世上有家难归或竟无家可归的人，唯有在这种处境中人，对生命代谢不居的现象最为敏感，最感焦灼，最觉困惑。他一方面在现实生活中找不到人生归宿，一方面从哲理思考中悟解到宇宙间根本就不存在最终的归宿，从而只能发出无奈的悲吟。

诗人虽然天才地道出了"去者日以疏，来者日以亲"这样的命题，但他真切感到和尽情发挥的却只是"去者日以疏"这一面，所以难免悲观；而"来者日以亲"这个方面，却因为缺乏生活实感，而忽略未申。这个令人欣慰的对立方面，后来在唐诗人张若虚的"人生代代无穷已，江月年年望相似"，宋词人晏殊的"无可奈何花落去，似曾相识燕归来"等名句中得到了完美表述。

孟冬寒气至

孟冬寒气至，北风何惨栗。愁多知夜长，仰观众星列。三五明月满，四五蟾兔缺。客从远方来，遗我一书札。上言长相思，下言久离别。置书怀袖中，三年字不灭。一心抱区区，惧君不识察。

这是一首思妇辞。前六句写十月天寒，愁多夜长，思妇不眠，星夜怅望的情事。"明月"、"蟾兔"互文，从三五（十五）到四五（二十），从月圆到月缺，代表夜夜皆愁多不眠也。后八句系追想三年前的往事，那时她曾收到丈夫托人从远方捎来的一封信，此后再无消息。"长相思"、"久离别"亦互文，"上"、"下"云云，通篇皆叙离别相思之情也。就这样一封信，就够她带在身边读三年！不知看了多少遍，但字迹还清晰着——"三岁字不灭"，可见她是何等爱护着这封信啊！末二句说，我心是这样专一诚恳，就怕你不知道呢。

诗中思妇的丈夫何以三年只寄一信，乱离人生的遭遇难测，其故亦难知。诗中人对丈夫没有半句怨言，只怕丈夫不能知道自己的忠爱之心，其情深挚感人。此诗写作上的特点，就是通过回忆旧事来写相思，即朱筠说："无聊中无端怀旧，亦欲借以排遣。"唐诗人元稹《六年春遣怀》："检得旧书三四纸，高低阔狭粗成行。自言并食寻常事，惟念山深驿路长。"亦此法。

客从远方来

> 客从远方来，遗我一端绮。相去万余里。故人心尚尔。
> 文彩双鸳鸯，裁为合欢被。著以长相思，缘以结不解。以胶
> 投漆中，谁能别离此？

这也是一首思妇辞。它似乎就是《孟冬寒气至》后半部分的一个变奏，抒写了一位思妇收到丈夫从远方捎来的礼物的兴奋与喜悦之情。

读这首诗要注意它的双关修辞。"客从远方来，遗我一端（即半匹亦即二丈）绮"，首先是叙述的一个事实。俗话说"千里送鹅毛，礼轻情意重"，何况还是二丈长的带有鸳鸯图纹的素缎呢，又是万里以外的丈夫捎来的，那意义真是不同寻常了。解此，方会得"相去万余里，故人心尚尔"所含的受宠若惊之语气。

其次，这里的"绮"，字形是奇丝，双关奇思也。而全诗即写思妇之奇思——她用这料子来做件什么东西呢？不是做上襦，不是做下裙，而

184

是"裁为合欢被",所谓合欢,也就是夜合花,又叫马樱花,羽状复叶,夜则对合,是夫妇好合的象征。奇思一也。

被的中间装绵,谓之"著";被子四边缀饰,谓之"缘"。"著以长相思",即著以绵也,以绵有丝（纤维）且长故云;"缘以结不解",缘边的丝缕打的是死结也。而字面双关的是相思绵长,缘结不解。奇思二也。

意犹未已,再出一喻:"以胶投漆中,谁能别离此",当时的生活经验,世上唯有胶漆的黏合力最强,一旦粘上,就难分难解。旧小说喻男女好合为如胶似漆,实本于此诗。奇思三也。

本诗尽洗相思离别愁苦黯淡之态而着色敷腴,情调欢快,这是与特定的时刻、具体的背景关联着的。诗中双关隐语的运用,工致贴切,精丽绝伦,已得六朝民歌风气之先。

【曹操】（155—220）字孟德,小字阿瞒,东汉沛国谯县（今安徽亳州）人。汉末举孝廉,任洛阳北部尉、顿丘令;后拜骑都尉,攻打黄巾军。初平元年（190）参与讨伐董卓之战,实力得以扩充。建安元年（196）奉迎汉献帝定都许昌,拜司空,封武平侯,次第击败袁绍等割据势力,统一北中国。失利于赤壁之战。三国鼎立时,进封魏王。后其子曹丕代汉称帝,追尊之为魏武帝。其诗慷慨悲凉,全用乐府诗体,对后世影响深远。有明辑本《魏武帝集》。

蒿里行

关东有义士,兴兵讨群凶。初期会盟津,乃心在咸阳。军合力不齐,踌躇而雁行。势利使人争,嗣还相自戕。淮南弟称号,刻玺于北方。铠甲生虮虱,万姓以死亡。白骨露于野,千里无鸡鸣。生民百遗一,念之断人肠。

《蒿里》和《薤露》都是送葬唱的挽歌，但后者哀挽的对象是王公贵人，而前者哀挽的对象则是士大夫庶人。本篇追记汉末史实，哀伤战乱中死亡的人民，题实司之。诗中所述史实是：初平元年（190）正月，关东各州郡十余路诸侯推渤海太守袁绍为盟主，兴兵讨伐董卓。董卓纵火焚烧洛阳，挟持献帝到长安。当时形势本来对义军有利，但由于袁绍等人各怀异心，观望不前，乃至相互攻袭，使联合军事行动流产，从此天下陷于军阀混战，血流成河，十室九空，灾难空前。本篇即以沉重的笔墨，回顾反思了这一段历史，谴责制造战乱的历史罪人，充满悲天悯人的情怀。

前四句用沉重的笔墨叙述起兵之初，讨卓联军最初是打着匡扶汉室的正义旗号吊民伐罪——相传武王伐纣时和诸侯会于盟津（河南孟津）、而刘项亡秦则以入咸阳定关中为目标，诗中合用这两个典故，以叙时事。就全诗来说是先扬后抑。因为这支联军中各路军阀，都想伺机扩充自己的力量，所以"军合——力不齐"。史载董卓在洛阳大焚宫室，自恃兵强，而袁绍等彼此列兵观望、莫肯先行——"踌躇而雁行"，意在保存各自的力量。

史载当时曹操对联军的驻兵不动十分不满，于是独自引领三千人马在荥阳迎战董卓部将徐荣，虽然失利，却表现了他的立场。不久，联军由于势利之争，酿成一场内讧，袁绍、韩馥、公孙瓒等，发动了汉末的军阀混战。袁绍与异母弟袁术公开分裂，建安二年（197），袁术在淮南僭称帝号；而早在初平元年（190）袁绍就与韩馥谋废献帝，立幽州牧刘虞为帝，当时曾向曹操出示过一枚金玺，已暴露其野心。前十句就用简洁的语言，将关东之师从聚合到离散的过程原原本本地写出来，成为历史的真实记录，可谓诗史。

军阀们制造战争，战争则制造饥荒、瘟疫和死亡。"铠甲生虮虱"是一个极其生动的细节，将战争的旷日持久、士卒们人不卸甲、马不解鞍、不堪其苦的状况，和盘托出。至于老百姓的处境，自然又在士卒之下。

"白骨露于野，千里无鸡鸣"是又一个令人触目心惊的细节。在古代农业社会，六畜之中，唯鸡与犬是最普遍的家畜，可作为"人家"的代名词（故有"鸡犬之声相闻"、"一人得道，鸡犬升天"等说法），"无鸡鸣"等于说无人烟。这几句写兵连祸结之下，生产破坏，民生凋敝，哀鸿遍野，堪称典型、深刻、有力，写出了一个人间地狱。

那是一个绝无温情的时代，是一个"使年老的失去仁慈，年幼的学会憎恨"的时代。诗的结尾却生出"生民百遗一，念之断人肠"的感喟，情不自禁，无一丝造作假借。前人评其诗说："此老诗歌中有霸气，而不必王；有菩萨气，而不必佛。""一味惨毒人，有能道此，声响中亦有热肠，吟者察之"（谭元春）。如此诗结句，一方面表现出大慈悲，一方面隐含方今天下舍我其谁的责任心。刘勰所谓"志深笔长"在此。

借古乐府写时事，是曹公的发明，遥启杜甫诗史。诗中从兴兵讨卓到军阀混战，展示了一个从义到不义的变化过程，也就是军阀野心逐渐暴露的过程。在描写这个过程时，诗人不一顺平放，而注意时时提笔换气，如首四句，写得堂堂正正，"军合力不齐"以下则每况愈下，最后点明军阀各有称帝野心，层层剥笋，步步深入，故饶有唱叹之音。诗的前半是历史事件纵的叙述，后半则是社会现象横的描绘，前半是因，后半是果，结构浑然天成。

苦寒行

北上太行山，艰哉何巍巍！羊肠坂诘屈，车轮为之摧。树木何萧瑟，北风声正悲。熊罴对我蹲，虎豹夹路啼。溪谷少人民，雪落何霏霏！延颈长叹息，远行多所怀。我心何怫郁，思欲一东归。水深桥梁绝，中路正徘徊。迷惑失故路，

薄暮无宿栖。行行日已远，人马同时饥。担囊行取薪，斧冰

持作糜。悲彼东山诗，悠悠令我哀。

建安十年（205）并州刺史高干叛乱——干乃袁绍之甥，初降曹操，复又叛之，"执上党太守，举兵守壶关口（山西长治东南）"。曹操即于次年春正月，从邺城（河北临漳县西）出兵北征高干。当大军翻越太行山时，写下了这首五言古诗。作为一个军事统帅，诗人并不强作英豪之态，而是老老实实写下了士卒的苦寒和他自己内心的波动，表现了对不得已而用兵的深沉感喟。全诗就以这种真诚的倾诉打动了千古读者的心弦，称得上是古直悲凉的典型之作。

太行山横亘于晋、冀、豫三省边境，形势极为险峻，古人即有"太行，牛之难也"（《尸子》）之叹。"北上太行山"四句，使人想到一队队荷戟行军的士卒，正翻越在盘曲入云的山坂，那嶙峋的山石，简直要把辚辚滚动的车轮颠散了架——这就是从沁阳通往晋城的那段令人谈之色变的"羊肠坂"。以下就用极为沉重的笔墨，勾勒太行山凛冽萧条的冬景和途中令人鼻酸的见闻，在天寒地冻之时，山中的野兽为饥饿所驱，居然夹路蹲伺行军的战士；而山中绝无人烟，"雪落在中国的土地上，寒冷封锁着中国啊"，字里行间流露出诗人对艰难时世人口锐减、民生凋敝这一严重社会问题的关注。

"延颈长叹息，远行多所怀"，浮想联翩中忽作归思，如箭在弦上，不得不发。四句立足士卒而为之辞，写出了曹公的平常心，与周公《东山》诗体恤部属有着同样的情怀。修辞立其诚，全是肺腑中流出的话，不是一个军阀附庸风雅之作，是人子之真诗。曹公早年并无争锋天下的野心，当初的愿望不过是"欲为一郡守，好作政教建立名誉"；即使在逐鹿中原之际，也时有回归乡里，"秋夏读书，冬春狩猎"念头（俱见《让县自明本志令》）。如今面对大雪弥漫的太行山区，这种怀思不知不觉又涌向心头，终于化为"我心何怫郁，思欲一东归"的深长叹息。

以下加快节奏，历历如画地展现军旅生活的各个侧面。"水深桥梁绝，中路正徘徊"二句写行军中意外受阻，少不得逢山开路，遇水搭桥；"迷惑失故路，薄暮无宿栖"二句写军行有时迷路，少不得要找老乡做向导，有时则找不到宿营之地，难免挨饿受冻；"行行日已（益）远"四句，写行军途中人困马乏，担囊取薪，斧冰化水，以举炊餐种种情事，非亲身经历闻见不能道此。这种写法，与诗经《豳风·东山》写艰苦行役生活相仿佛。《东山》诗相传为周公东征平武庚（商纣王之子）、管叔（武王之弟）叛乱归来时慰劳战士之作，"悲彼东山诗，悠悠令我哀"，句下也有隐以周公自命的壮怀。所谓古直悲凉在此，所谓气韵沉雄亦在此。

短歌行

　　对酒当歌，人生几何？譬如朝露，去日苦多。慨当以慷，忧思难忘。何以解忧？唯有杜康。青青子衿，悠悠我心。但为君故，沉吟至今。呦呦鹿鸣，食野之苹。我有嘉宾，鼓瑟吹笙。明明如月，何时可辍？忧从中来，不可断绝。越陌度阡，枉用相存。契阔谈宴，心念旧恩。月明星稀，乌鹊南飞。绕树三匝，何枝可依？山不厌高，水不厌深。周公吐哺，天下归心。

　　这是一首很有名的诗，苏东坡在《赤壁赋》中提到过它（"'月明星稀，乌鹊南飞'，此非曹孟德之诗乎？……方其破荆州、下江陵、顺流而东也，舳舻千里，旌旗蔽空，酾酒临江，横槊赋诗，固一世之雄也，而今安在哉！"），《三国演义》第四十八回据此敷衍为赤壁大战前曹操兀立船头横槊赋诗的情节。此诗题旨为何？唐代吴兢说是"言当及时为乐"（《乐府古题要解》），只读八句就下结论，实在也太粗心了。张玉谷说："此叹流光易逝，欲得贤才以早建王业之诗"（《古诗赏析》），陈沆更说："此诗即汉高《大风歌》思猛士之旨也"（《诗比兴笺》），这才搔到了痒处。

这首四言诗，其源出于《诗经·小雅》中宴飨宾客之作，诗即从眼前的"对酒当歌"说起，以八句抒发"人生易老天难老"的感慨，但值得注意的是，这种人生苦短的感慨在全诗中是和建功立业的抱负紧密结合在一起的，即有着"年光过尽，功名未立"的现实忧惧，也就是他本人在《秋胡行》中所说的"不戚年往，忧世不治"，本篇所谓"慨以当慷"的"幽思"非它，就是忧世不治的意思。所以此诗和古诗中的忧生之嗟既有联系（表现在对人生意义和价值的思索上），又有本质的区别。

历来开国雄主，大都知道知人善任和人心向背的利害关系，要得人才，要得人心。得人才即得有治国用兵之才，即是要拥有大批优秀干部；得人心首先是要得具有广泛社会影响的社会贤达或社会名流的支持，亦即要建立广泛的统一战线。所以开国君主大都具有礼贤下士、善交各方面的朋友的禀赋，曹操就是一个。他曾一反两汉以通经、仁孝取士的传统，提出"唯才是举"，要用"不仁不孝而有治国用兵之术"的人。《三国志·武帝纪》注引魏书说他"知人善察，难弦以伪，拔于禁、乐进于行阵之间，取张辽、徐晃于亡虏之内，皆佐命立功，列为名将"，同时又"昼携壮士破坚阵，夜接词人赋华屋"。陈琳早年曾为袁绍作檄文辱骂曹操为"赘阉遗丑"，后败被执，公谓曰："卿昔为本初移书，但可罪孤而已，恶恶止其身，何乃上及父祖耶？"左右皆曰可杀，而公爱其才而不咎既往，予以重用。其求贤若渴的心情可见一斑。

"青青子衿，悠悠我心"二句出自《郑风·子衿》，青青子衿是周代学子穿的衣服，诗写女子对恋人的思念，本是爱情之作，曹操赋诗言志，又自续"但为君故，沉吟至今"，就变为表现自己对贤才的思慕之情，"沉吟"二字妙，写出一副心事重重的样子。以下"呦呦鹿鸣"四句全用《诗·小雅·鹿鸣》成句，大意是：鹿子在原野上啃吃艾蒿，相呼撒欢；

我高兴地设宴款待朋友，奏起管弦。"明明如月"二句再兴幽思，"辍"字是了结的意思，"忧从中来，不可断绝"，与前文幽思难忘呼应。以下复承"我有嘉宾"，对远道来归的朋友表示由衷的感谢，这些人中有老朋友，见面就叙旧（"契阔谈宴，心念旧恩"），有新朋友——虽说是新朋友，必是心仪已久，相见不免客气几句（"枉用相存"）。

诗中"枉用相存"、"心念旧恩"一类话，多么家常，多么富于人情味，哪里有上司下级的区分，完全是平等相待，这正是古今大政治家接人待物的风度、气量，十分地令人感动。使人联想到柳亚子赠毛泽东的诗："得坐光风霁月中，矜平躁释百忧空。与君一席肺腑语，胜我十年萤雪功。"以下又回到明月的兴语上来，以"月明星稀，乌鹊南飞；绕树三匝，无枝可依"的兴象，隐喻当时还有大批贤士尚在歧路徘徊，无所因依，唯以妙写月夜之景，可见其兴会不浅。这些绕树三匝的乌鹊们，是在择木而栖吧？你们可要看准啊，这里是不分先后，一概加以欢迎的；这里要的是人，多多益善，只嫌其少，不嫌其多。

"山不厌高，海不厌深"两句出自《管子》："海不辞水，故能成其大；山不辞土石，故能成其高"，而紧跟其后的一句是"明主不厌人"。大政治家就是大政治家，大政治家不是白衣秀士，结尾用《韩诗外传》中周公的故事自譬，点醒题旨。周公为人，极为礼贤下士。当官的一般都讨厌在吃饭时会客，而周公不然，如果在吃饭时遇到客人来访，一定放下筷子，出面接待。所谓"吐哺"，即吐掉口中咀嚼的食物。像这样虚心纳士，尊重他人，怎能不使天下归心呢。曹操每以周公自比，是颇见其志的。周公本来是武王之弟，也是有资格继承王位的，但他并无野心，当时成王（武王之子）年幼，他以亲王身份摄政，平定武庚之乱，营建成周洛邑，订制礼乐制度，是奴隶制时代颇有建树的大政治家。则曹公之志，与"司马昭之心"实有上下床之分。

这首诗表现的胸襟广阔，志向高远，而同时又具有浓厚的悲凉情调。这又是什么原因呢？原来当时"世积乱离，风衰俗怨"，人们普遍地感到人生无常，触目堪悲，颓废的情绪在"十九首"已相当普遍，曹公也不能毫无所染。可贵的是，他没有陷入低沉的哀叹之中，而是几经反复，最终达到振作。

林庚谈此诗道：一方面是人生的无常，一方面是永恒的渴望；一方面是人生的忧患，一方面是人生的欢乐——这本来就是人生的全面，是人生态度应有的两个方面。难得它表现得如此自然，从"青青子衿"到"鼓瑟吹笙"两段连贯之妙，古今无二，你不晓得何以由哀怨这一端忽然会走到欢乐那一端去，转折得天衣无缝，仿佛本来就该是这么回事儿似的。从"明明如月"到"山不厌高"两段也是如此，将你从哀怨缠绵带到豁然开朗的境地。读者只觉得卷在悲哀与欢乐的旋涡中，不知道什么时候悲哀没有了，变成欢乐，也不知道什么时候欢乐没有了，又变成悲哀。全诗以兴会为宗，而不以说教为贵，乃是曹公诗人本色的表现。（《唐诗综论·谈诗稿》）

观沧海

　　东临碣石，以观沧海。水何澹澹，山岛竦峙。树木丛生，百草丰茂。秋风萧瑟，洪波涌起。日月之行，若出其中；星汉粲烂，若出其里。幸甚至哉，歌以咏志。

这是组诗《步出夏门（洛阳古城门之一）行》中的一首。《步出夏门行》又名《陇西行》，乐府古题。作于建安十二年（207）北征乌桓得胜回师的途中。组诗共四章，《观沧海》是第一章。诗中提到的碣石山，在今河北昌黎县。

现代作家冰心在一篇叫《往事》的文章里提到，海太大、太单调，叫人无从下笔。又说"中国的诗里咏海的真是不多。上下数千年，竟没

192

有一个海化的诗人"。说咏海的诗不多是真的，但她忽略了曹操《观沧海》就不对了。

"东临碣石，以观沧海。"是直叙其事，接下来就大笔涂抹，"水何澹澹，山岛竦峙。树木丛生，百草丰茂"。就像一个速写画家，几根线条先写一片汪洋，再点出中间的几个岛屿，涂上一点植被，然后就是留空白——而水在画处，亦在无画处。几乎不费吹灰之力，就把海之大、之单调，有力地表现出来了。

"秋风萧瑟，洪波涌起"，然后写风浪——这是大海最有特点、大海之所以为大海的东西。同时暗示出观海人心中之激动、之不平静，正是"心潮逐浪高"（毛泽东）。然后是想象飞动，使诗意得到升华："日月之行，若出其中；星汉粲烂，若出其里。"天上三光日、月、星，全和大海有关系，而且不是一般关系，好像都是出于大海。这四句是诗中金句，把诗情提到了前所未有的高度。这是对大海的礼赞——海是宇宙般地包容一切呀！站在大海边上，什么虚骄，什么烦恼，什么浮躁，统统都化为乌有。

有什么比大海更能教人虚心的呢？难怪作为胜利者的曹公，口气是这般平和。拙劣的诗人可能会联系一下现实，歌咏战争的胜利，以提高思想意义。而曹公不尔，在大海面前，人的战伐功业，实在不值一提，这才是大手笔。结尾的"幸甚至哉，歌以咏志"本来是乐府的套语，表现感恩，表现知足，也表现出作者的踌躇满志，自信乐观。用在这里，恰到好处。就像高手下棋，落子无悔。

《观沧海》是中国文学史上第一首完整的山水诗，而且一上来就是歌咏大海，作者又是雄才大略的曹操。虽然是秋兴，却写得沉雄健爽，气象壮阔。表现出一种积极用世的人生观，又是一首不折不扣的抒情诗。毛泽东云："往事越千年，魏武挥鞭，东临碣石有遗篇。萧瑟秋风今又是，换了人间。"（《浪淘沙·北戴河》）就是对曹操及《观沧海》的高度评价。

龟虽寿

神龟虽寿，犹有竟时。腾蛇乘雾，终为土灰。老骥伏枥，志在千里；烈士暮年，壮心不已。盈缩之期，不但在天；养怡之福，可得永年。幸甚至哉，歌以咏志。

本篇亦属《步出夏门行》组诗，原列第四。这首诗讲保养的秘诀，是一首益人心智的箴言诗。据《世说新语》记载：东晋时重兵在握的大将军王敦，酒后辄咏"老骥伏枥，志在千里。烈士暮年，壮心不已"，并以如意击打唾壶为节，壶口尽缺。

曹公平定乌桓归来这年五十三岁，叫作人过半百。古代医疗条件不好，人过半百就要想到生与死的问题。而人生态度中至关重要的，也就是对待生死的问题。西方哲学家说，生命的本质是面对死亡的生存。诗人简化为"向死而生"四字。有人问保养的秘诀，我有三句话，一句是视死如归，一句是置生死于度外，还有一句是时刻准备着。这都不是开玩笑的。我认为曹操是悟透了这一点的。

古人认为龟是一种长寿的动物，而腾蛇是一种本领很大的长虫。《庄子·秋水》云："吾闻楚有神龟，死已三千岁矣。"《韩非子·难势》云："飞龙乘云，腾蛇游雾，云罢雾霁，而龙蛇与蚓蚁同矣。"此诗开篇四句，是说再长寿、再不凡的生命，都有一个结束。这是自然规律，但不是所有的人都能正视，伟大如秦皇汉武，不免服食求仙，为人所愚，为药所误。即使认识了，又未必能正确对待，比如"十九首"作者，在承认"人寿非金石，岂能长寿考"时，没有说出的话是"生太可悲"。而曹公则跳过一层，直言人所歆羡的神物，也有化为土灰、归于竟时的一天。

没有说出的话，正是：视死如归，置生死于度外，时刻准备着。

但这并不是悲观，恰恰是积极对待人生的前提。即使明天死，今天也要好好地活。"老骥伏枥"四句，一反文人叹老嗟衰的习气，以老马为喻，抒发老当益壮、锐意进取的豪情。在古代，马与人特别是与战士的关系十分密切，以"老骥"譬老英雄，堪称恰切。对死亡的态度如何，是考验凡夫与壮士的试金石。面对这个问题，有的人感到无所作为，坐以待死；有的人及时行乐，醉生梦死。壮士不然，虽然到了垂暮之年，心中依然激荡着豪情，仍不肯守着老本，还想更立新功。这一层意思极为可贵，可以概括为"死而后已"——而及时建功立业，且不断建立新功，在某种意义上也就超越了死，所以其基调是积极、乐观的。

以下四句再进一层，是说"养生有道"——人生通过正确的方法，是可以健体强身，可以取得相对"永年"即长寿的。曹公不同于庄子，他是肯定寿命长短的差异的，长生是不可能，而长寿却是可能的，不但是可能的，而且是个体生命理当追求的。联系上文，可以领会，曹公所谓"养怡之福"，绝不是纯粹的运动锻炼和悉心静养，而首先是保持一种良好的精神状态，即要"壮心不已"——自强不息，焕发青春，思想愉快，自可延年。这种健身法，肯定了人在年命问题上的主观能动作用，是富于辩证与唯物精神的，因而也是得了养生之奥秘的。苏东坡就是一个著名的实践者。

此诗告诉人们，不必为寿命而烦恼，也不必因年暮而消沉，一个人的精神风貌对于身心健康是非常重要的。《龟虽寿》哲理意味很浓。由于运用比兴手法，而其哲理盖出生活实感，故能感情充沛，做到了情、理与形象的交融。这叫向死而生，活出生命的精彩。清人陈祚明说："名言激荡，千秋使人慷慨。"（《采菽堂古诗选》）

【曹丕】(187—226) 即魏文帝，字子桓，曹操次子。汉末建安中任五官中郎将、副丞相，后立为魏王太子。曹操卒，嗣为丞相、魏王。后代汉自立，国号魏，在位七年。有明辑本《魏文帝集》。

燕歌行

秋风萧瑟天气凉，草木摇落露为霜，群燕辞归雁南翔。念君客游思断肠，慊慊思归恋故乡，何为淹留寄他方？贱妾茕茕守空房，忧来思君不敢忘，不觉泪下沾衣裳。援琴鸣弦发清商，短歌微吟不能长，明月皎皎照我床。星汉西流夜未央，牵牛织女遥相望，尔独何辜限河梁？

《楚辞》中已有七言句式出现，但真正通首用七言的诗体，相传有汉武帝时的《柏梁台联句》东汉张衡《四愁诗》艺术较为成熟，且非一韵到底。往下就数曹丕的《燕歌行》二首，此其一。

《燕歌行》写思妇秋思，每句押韵，一韵到底。关于句群的划分，前人颇有异同。或以两句为一节，而最后剩三句，只好划为一节（黄节）；或以"贱妾茕茕守空房"三句为一节，而前后以两句为一节（余冠英）；或前半以三句为一节，后半以两句为一（朱东润）。但我同意吴小如的划分法，即通首均以三句为一节，这样划分不但节奏整齐，而且结构严密。诗中"床"字不是指眠床，而是指坐榻，从诗意看，这位女主人公一夜根本未睡。

"秋风萧瑟天气凉"三句，从客观环境写起，首句说天气说植物的枯败，三句说候鸟的南迁，为一解。"念君客游思断肠"三句，正写怀念远方游子，一句写思妇本人念远，一句泛写游子的乡思，三句写对游子不归的疑惑，为二解。"贱妾茕茕守空房"三句，先写独守空闺之凄凉，次写对远人思念中包含一种自律和自觉，这从"不敢忘"三字可以意会，三句进一步写相思的情不自禁，这从"不觉"二字可以意会，为三解。

196

"援琴鸣弦发清商"三句，写为了排遣忧思，午夜弹琴自娱，唱歌抒怨，为四解。"星汉西流夜未央"三句，承上写夜已过半，故银汉偏西，末二句写景抒情，意兼兴比，以牛郎织女为河梁所限来表现思妇的哀怨，意味深长，为五解。全诗笔致委婉，语言清丽，很能代表曹丕诗歌的一般风格。由于它是七言诗早期的成功之作，所以在文学史上有一定地位。

【曹植】（192－232）字子建，曹操子。汉末建安中封平原侯，徙封临菑侯，以才学为曹操所重，几欲立为太子。魏立，于文帝、明帝两朝备受猜忌，怀志难伸，郁郁而终。五言诗以笔力雄瞻，辞采华美见长。有宋辑本《曹子建集》，今有《曹植集校注》。

七步诗

煮豆持作羹，漉豉以为汁。
其在釜下燃，豆在釜中泣。
本自同根生，相煎何太急？

《世说新语·文学》记载：魏文帝曹丕因为忌恨弟弟曹植的才华，曾令其在七步以内作诗，不成行大法（处死）。于是曹植应声咏出了这首诗，令曹丕感到十分惭愧。这首诗用寓言手法，讲了一个豆子与豆秆的故事，影射骨肉相残。

豆亦称"菽"，属五谷之一。豆可以做豆汤（"煮豆持作羹"），也可以做豆浆、做豆浆则需过滤残渣（"漉豉以为汁"）。在豆浆的熬制过程中，可用豆秆充当燃料。作者用拟人法写道："其在釜下燃，豆在釜中泣"，比喻贴切、生动、形象，且由此产生出一个成语"萁豆相煎"，最后两句进而抒发感慨——太过分了！皖南事变发生时，周恩来曾书愤道："同室操戈，相煎何急！"出处就在《七步诗》。

这首诗在流传的过程中，被简为四句："煮豆燃豆萁，豆在釜中泣。本是同根生，相煎何太急！"清人毛先舒的评价是："词意简完，然不若六句之有态。"这首诗虽然并不见于曹植诗集，但经过千年流传，已深入人心，所以仍把它作为曹植的作品加以介绍。

白马篇

白马饰金羁，连翩西北驰。借问谁家子？幽并游侠儿。少小去乡邑，扬声沙漠垂。宿昔秉良弓，楛矢何参差。控弦破左的，右发摧月支。仰手接飞猱，俯身散马蹄。狡捷过猿猴，勇剽若豹螭。边城多警急，虏骑数迁移。羽檄从北来，厉马登高堤。右驱蹈匈奴，左顾陵鲜卑。寄身锋刃端，性命安可怀？父母且不顾，何言子与妻！名在壮士籍，不得中顾私。捐躯赴国难，视死忽如归。

这是一篇正面歌颂武艺超群而以身许国的英雄人物的诗。诗中的白马大侠并非现实生活中某个具体的豪侠人物，而是作者按其理想塑造的一个高大全形象。作者《求自试表》云："昔从武皇帝，南极赤岸，东临沧海，西望玉门，北出玄塞，伏见所以用兵之势可谓神妙。而志在擒权馘，虽身分蜀境，首悬吴阙，犹生之年。"可见在描写诗中人物身上，也寄托着作者的抱负，当然，诗中这个武艺高强到神妙的人物，又并不等于诗人自己。

一个电影片头式的描写——"白马饰金羁，连翩西北驰"，有点像

《佐罗》。前人说曹植极工起调，不假"借问谁家子"到"勇剽若豹螭"为二段，是插叙或补叙少年的经历身份——原来是一位久经沙场而武艺高强的英雄。这里问答式和上下左右的铺陈描写，自然是学习汉乐府民歌的表现方法。幽并二州古称多慷慨悲歌之士，这位"幽并游侠儿"的行侠仗义的品格也就是天生就有、"出乎其性"的了。古人比武最重要的一项是射箭，看他左右开弓，纷纷中的——这里"参差"，当训为纷纭。这段铺叙的必要性在于，突出为国效力亦当靠身手，不能仅有死国之志。

"边城多警急"到"左顾凌鲜卑"为第三段，上接篇首，说明白马大侠快马赴边所为何事。盖汉魏时期，北边的匈奴和鲜卑常为边患，诗中将两族同写可见并非实指某一具体的战争，而是泛泛虚拟。

"弃身锋刃端"到"视死忽如归"为最后一段，直抒以身许国的豪情，即郭茂倩总结的"言人当立功立事，尽力为国，不可念私也"(《乐府诗集》)，大义凛然，慷慨激昂之至。

思想内容无可挑剔，然而诗却并不以此为贵。就诗论诗，本篇或许并不算怎样了不起的杰作。但从边塞诗史上看，其地位就不容低估了。盛唐诗人笔下的游侠少年的勇武精神与形象，似皆脱胎于此，如王维"出身仕汉羽林郎，初随骠骑战渔阳。孰知不向边庭苦，纵死犹闻侠骨香"，"一身能擘两雕弧，虏骑千重只似无。偏坐雕鞍调白羽，纷纷射杀五单于"(《少年行》)，岑参"万里奉王事，一身无所求。也知塞垣苦，岂为妻子谋"(《初过陇山途中呈宇文判官》)，从形象到语言皆可见此诗影响。只不过在唐人，往往取生活感受最深的一点作为发抒，不必面面俱到，因而感兴和诗味也更浓罢了。

赠白马王彪

黄初四年五月，白马王、任城王与余俱朝京师，会节气。到洛阳。任

城王薨。至七月与白马王还国。后有司以二王归藩。道路宜异宿止。意毒
恨之。盖以大别在数日。是用自剖。与王辞焉。愤而成篇。

谒帝承明庐，逝将归旧疆。清晨发皇邑，日夕过首阳。
伊洛广且深，欲济川无梁。汎舟越洪涛，怨彼东路长。顾瞻
恋城阙，引领情内伤。太谷何寥廓，山树郁苍苍。霖雨泥我
途，流潦浩纵横。中逵绝无轨，改辙登高冈。修坂造云日，
我马玄以黄。

玄黄犹能进，我思郁以纡。郁纡将何念，亲爱在离居。
本图相与偕，中更不克俱。鸱枭鸣衡轭，豺狼当路衢。苍蝇
间白黑，谗巧令亲疏。欲还绝无蹊，揽辔止踟蹰。

踟蹰亦何留，相思无终极。秋风发微凉，寒蝉鸣我侧。
原野何萧条，白日忽西匿。归鸟赴乔林，翩翩厉羽翼。孤兽
走索群，衔草不遑食。感物伤我怀，抚心常太息。

太息将何为？天命与我违。奈何念同生，一往形不归。
孤魂翔故域，灵柩寄京师。存者忽复过，亡没身自衰。人生
处一世，去若朝露晞。年在桑榆间，影响不能追。自顾非金
石，咄唶令心悲。

心悲动我神，弃置莫复陈。丈夫志四海，万里犹比邻。
恩爱苟不亏，在远分日亲。何必同衾帱，然后展殷勤。忧思
成疾疢，无乃儿女仁。仓促骨肉情，能不怀苦辛。

苦辛何虑思，天命信可疑。虚无求列仙，松子久吾欺。
变故在斯须，百年谁能持。离别永无会，执手将何时。王其
爱玉体，俱享黄发期。收泪即长路，援笔从此辞。

这也是一首悲愤诗，所谓"尺布斗粟"之谣，可与"七步诗"并读。

写作背景具见诗序：魏文帝黄初四年（223）五月，曹植和胞兄任城王曹彰、异母弟白马王曹彪一起进京城洛阳参加"迎气"的例会。在京城期间，曹彰蹊跷地死了（据《世说新语》说是因为曹丕忌惮其骁勇而投毒的缘故）。七月朝会完毕，曹植本与白马王曹彪顺路同行，中途（李善注题一作《于圈城作》）命下，遂为监国使者灌均制止，曹植敢怒而不敢言，遂在分手时写了这首诗，与彪赠别。诗中抒发了身为亲王而实际遭受残酷的政治迫害，与兄弟死别生离的情况下的悲愤心情。

全诗大体章自为韵，逐章转意，章与章间以顶真的修辞蝉联，如此看来实为六章，除首章十八句，四章十四句，其余各章均为十二句。旧本均作七章，许是因为首章较长，被分作了两章吧——然两二章同韵，同写旅途跋涉，反不蝉联，殊乖义例；又一章十句，二章八句，句数更见参差。因此改作六章。

一章（"谒帝承明庐"）写离别洛阳时的依恋之情及旅途劳顿。"首阳"即首阳山，距洛阳区区二十里，却从清晨到日夕，整整走了一天，一路何得如此迁延？据《三国志·魏书·文帝纪》载"是月（六月）大雨，伊洛溢流，杀人民，坏庐宅"，知"伊洛广且深，欲济川无梁。泛舟越洪涛，怨彼东路长"，"霖雨泥我涂，流潦浩纵横"，皆纪实之笔。这样的天气行路，即非伤心之人，心情也会变坏，何况心绪本来就很坏呢。

二章（"玄黄犹能进"）写被迫将与白马王彪宿止异路的悲愤心情。清人吴淇说："先是二王初出都，未有异宿止之命。出都后群臣希旨云云，中途命下，而灌均第始不许二人同路"（《六朝选诗定论》）——故诗中说"本图相与偕，中更不克俱"，又以不详的鸱枭、凶残的豺狼和龌龊的苍蝇来比喻魏文帝周围的一群小人，骂他们"谗巧令亲疏"。然而"灌均等之不许同路，实出文帝意旨"（吴淇）。

三章（"踟蹰亦何留"）写初秋原野萧条，触景伤心。音响凄切的寒蝉、气息奄奄的落日、振羽投林的飞鸟、衔草索群的孤兽，组成一幅交织着哀愁、凄厉、孤独、寂寞气氛的图景，达到了融情入景的境地。清人陈

201

祚明说："此首景中有情甚佳，凡言情至者须入景，方得动宕。若一于言情，但觉絮絮，反无味矣。"（《采菽堂古诗选》）

四章（"太息将何为"）写由任城王彰的暴死而引起的人生恐惧。"存者忽复过，亡没身自衰"二句，刘履认为句中"存者"与"亡没"应互掉，谓死者复过而存者亦衰，言之成理。

五章（"心悲动我神"）强作宽解之词，并安慰白马王彪。先作豪言壮语，正所谓强颜欢笑，并不能一破愁城。但它表现出诗人情感的挣扎和挣扎的无益，所以末了仍忍不住说"仓卒骨肉情，能不怀苦辛"（这里"丈夫志四海，万里犹比邻"、"忧思成疾疢，无乃儿女仁"等语，为唐初王勃《送杜少府之任蜀州》所祖），予夺之间有唱叹之妙。

六章（"苦辛何虑思"）进而怀疑神仙天命，归结到珍慎自保作结。一股抑郁不平之气，回肠荡气，经久不息。

权力是个奇妙的东西，它可以维持社会的秩序，造福于人。然而不加制约，权力就会异化，就会变成专制和腐败。权力异化的一个极端的表现，就是导致骨肉相残，越是靠近权力的人，就越先尝到苦果。自汉文帝致死淮南王，民间歌云："一尺布，尚可缝，一斗粟，尚可舂，兄弟二人不能相容。"不知有多少帝王家事，落在这首歌讽刺的范围内。曹植为曹丕猜忌，即有七步之诗。《旧唐书·太宗纪》论玄武门之变："方惧毁巢之祸，宁虞尺布之谣？"李白《上留田行》云："高风绵邈，颓波激清，尺布之谣，塞耳不能听。"本篇则是当事人自抒苦懑的长篇，更有认识意义。

本篇篇幅宏肆，笔力非凡，直开杜甫《咏怀》《北征》以及联章体五古（如前后《出塞》）之先河。方东树曰："此诗气体高峻雄深，直书见事，直书目前，直书胸臆，沉郁顿挫，淋漓悲壮，遂开杜公之家。"（《昭昧詹言》）细味全诗六章，本可相树独立成诗，诗人巧妙地用辘轳体的形式把它们组织起来，以前章的结尾做起下章的开头，这个唱叹式的开头，就取消了章的独立性，而使全诗合成一个有机的整体，而又极饶唱叹之音。同时这种章法和句法也具有浓郁的民歌风味。其次是虚实相间，情景交融。诗中叙事、写景、抒情相互穿插辉映，借景抒情，取得了兴发感动的艺术效果。再就是运用多种修辞手法如比喻、烘托、陪衬等手法，使全诗具有鲜明的形象性。全诗感情悲怆而笔力刚劲，颇具时代特色，称得上是建安诗中划时代的丰碑。

野田黄雀行

　　高树多悲风，海水扬其波。利剑不在掌，结友何须多。
不见篱间雀，见鹞自投罗。罗家得雀喜，少年见雀悲。拔剑
捎罗网，黄雀得飞飞。飞飞摩苍天，来下谢少年。

　　这是一篇寓言诗。首二句以兴起，"高树多悲风，海水扬其波"是一种虚拟的景物描写，因为全诗内容与大海实无联系。既然是兴起，多少就有些象征的意义。前人以为"树高多风"（树大招风），"海大扬波"（张玉谷《古诗赏析》），"风波以喻险恶"（朱乾《乐府正义》），是有一定道理的，两句渲染出悲凉的气氛，构成全诗的基调。
　　"利剑不在掌，结友何须多"为全篇主旨所在。它表明作者的现实处境不妙，而诗的作意与结友有关。陈祚明所谓"此应自比黄雀，望救于人，语悲而调爽；或亦有感于亲友之蒙难，心伤莫救"（《采菽堂古诗选》）。作为贵胄公子，曹植是十分喜好交游的，如其知交丁仪兄弟一度甚得曹操信任，然而曹操病故后，曹丕继位魏王，为了剪除曹植羽翼，立即就把丁氏兄弟杀了。丁氏兄弟曾多方求救，无济于事。曹植本人自身难保，也就只能眼睁睁看着他们延颈就戮。"利剑不在掌，结友何须多"，正是这种现实处境和心情的真切反映。
　　"不见篱间雀"到篇末八句，以"不见"二字一气贯注，以象喻意，

拟物于人，讲述了一个关于迫害和反迫害的寓言故事。其中角色有四：一为雀——喻受害者；一为鹞，一为罗家——喻加害者；一为少年——喻路见不平，拔刀相助，为人排难解纷者。"罗家得雀喜，少年见雀悲"二语，绘声绘色以做对比，于平叙中自然转折，改变了雀的命运，因势一结——"拔剑捎罗网，黄雀得飞飞。飞飞摩苍天，下来谢少年"，这天真有味的一结化沉重为轻快，悠然如春风之微歇。但故事中的少年这一角色，乃出于虚构，"现实中没有，就造一个"（乔治·桑语），此之谓浪漫手法。唯其出于，所以全诗仍以悲凉为基调。

这首诗的特色表现在以动物故事作寓言，曹植有一系列以动物为题的诗赋，如《蝙蝠赋》《神龟赋》《鹦鹉赋》《白鹤赋》《鹞雀赋》等，《鹞雀赋》写鹞欲取雀，雀向鹞求饶而不得，结果依一枣树得以幸免，即与本篇寓意近似。这种手法本出《诗经》，但汉魏诗中已经少见，曹植这类作品也就引人注目。

此诗运用汉乐府民歌常见的手法，如反诘——"不见篱间雀，见鹞自投罗"，如接字即顶真——"见鹞自投罗——罗家得雀喜"，"黄雀得飞飞——飞飞摩苍天"，全诗语言平易，节奏明快，也就更接近民歌了。

此诗还工于起调，即起句即能创造出奇警雄浑的境界，开始就能产生一种涤荡心脾的感受。王夫之《古诗评选》对曹植的四十余篇乐府诗评价不高，独于此诗十分欣赏，不为无因。

送应氏

步登北邙坂，遥望洛阳山。洛阳何寂寞，宫室尽烧焚。垣墙皆顿擗，荆棘上参天。不见旧耆老，但睹新少年。侧足无行径，荒畴不复田。游子久不归，不识陌与阡。中野何萧条，千里无人烟。念我平常居，气结不得言。

本篇是建安十六年（211）曹植随父西征马超，路过洛阳，适逢应玚、应璩兄弟将有北方之行，此为送行之作。原两首，本篇写洛阳遭董卓之乱后的残破景象，其二才抒惜别之情。

中平六年（189）灵帝死，大将军何进和袁绍、袁术等密召董卓带兵来京城洛阳剪除宦官，卓兵未至，何进因谋泄被诛。董卓进京后立陈留王为献帝，控制中央政权。初平元年（190）关东州郡结成联盟，起兵讨伐董卓，董卓遂焚掠洛阳，迁都长安。时隔20年后曹植来到洛阳，洛阳还处在一片废墟之中，本篇真实反映了董卓之乱造成的灾难，抒发了作者伤时念乱之情。

北邙山本是汉代公卿贵族死后的埋骨之地，常常引起人们的感伤情绪，何况遥望昔日繁花似锦的故都，如今已化为灰烬，更增感伤。"不见"二句写物换人移，有不胜今昔之慨。"侧足"句以下，复从久别回乡的洛阳游子的角度，将上述悲慨引向深入。无论就对洛阳的感情和熟悉程度而言，外人都不如洛阳人感受深切。有这一段抒写，本篇才不同于《芜城赋》，才不同于一般的怀古幽情，而是深切的现实的感伤。因为应氏曾家洛阳，故一般认为诗中所谓"游子"，系代应氏立言。

本篇重点放在描写遥望洛阳的荒芜残破，纯出白描手法；最后带出游子，归结到题面上来。全诗自然流走，一气直下，没有起承转合的章法，于不经意中表现出亲身的感受和忧国忧民的情怀，汉魏诗所以为高。

【王粲】（177—217）字仲宣，东汉山阳高平（今山东金乡）人。建安七子之一。汉末避乱往依荆州刘表。后归曹操，辟丞相掾，迁军师祭酒。魏立，拜侍中。有明辑本《王侍中集》。

七哀诗

　　西京乱无象，豺虎方遘患。复弃中国去，委身适荆蛮。亲戚对我悲，朋友相追攀。出门无所见，白骨蔽平原。路有饥妇人，抱子弃草间。顾闻号泣声，挥涕独不还。"未知身死处，何能两相完？"驱马弃之去，不忍听此言。南登霸陵岸，回首望长安。悟彼下泉人，喟然伤心肝。

　　这是一首写奔走避乱途中见闻的诗。反映了初平三年（192）董卓部将李傕、郭汜在长安作乱的时候，人民流离失所的情景。"无象"即无道。

　　王粲原居洛阳，因董卓之乱迁居长安，这时又离开长安向南方的荆州跑，所以是"复弃中国去，委身适荆蛮"。然后写亲友送行的悲伤和出门看到的尸横遍野的惨状——"出门无所见，白骨蔽平原"，这和曹操《蒿里行》"白骨露于野，千里无鸡鸣"所写情景相同。

　　诗中最深刻的一笔，是写途中亲眼看到母亲遗弃孩子的事件。在杂草丛生的路上，一位饥妇把骨瘦如柴的孩子丢弃在草间，任其啼哭，头也不回地挥泪而去。过客行色匆匆，摇一摇头，装着不见，各走各的路——这是一幅何等真切的乱世的世态人情画。母爱是出于人之天性的，而饥妇居然抱幼子而弃之。这使人想到艾青的诗句："饥饿是可怕的，它使年老的失去仁慈，年幼的学会憎恨"（《乞丐》）。诗人抓住这样典型的素材来写战乱时世，力透纸背，即此一端，就揭露出战争的残酷是何等的灭绝人性了。

登楼赋

　　登兹楼以四望兮，聊暇日以销忧。览斯宇之所处兮，实显敞而寡仇。挟清漳之通浦兮，临曲沮之长洲。背坟衍之广陆兮，临皋隰之沃流。北弥陶牧，西接昭丘，华实蔽野，黍稷盈畴。虽信美而非吾土兮，曾何足以少留！遭纷浊而迁逝兮，漫逾纪以迄今。情眷眷而怀归兮，孰忧思之可任？凭轩槛以遥望兮，向北风而开襟。平原远而极目兮，蔽荆山之高岑。路逶迤而修迥兮，川既漾而济深。悲旧乡之壅隔兮，涕横坠而弗禁。昔尼父之在陈兮，有归欤之叹音。钟仪幽而楚奏兮，庄舄显而越吟。人情同于怀土兮，岂穷达而异心！惟日月之逾迈兮，俟河清其未极。冀王道之一平兮，假高衢而骋力。惧匏瓜之徒悬兮，畏井渫之莫食。步栖迟以徙倚兮，白日忽其将匿。风萧瑟而并兴兮，天惨惨而无色。兽狂顾以求群兮，鸟相鸣而举翼。原野阒其无人兮，征夫行而未息。心凄怆以感发兮，意忉怛而惨恻。循阶除而下降兮，气交愤于胸臆。夜参半而不寐兮，怅盘桓以反侧。

　　"王粲依刘"是文学史上著名的典故，《登楼赋》则是一篇因政治失意而怀念故乡的抒情之作。元人郑光祖据此编了一出杂剧《王粲登楼》，可见它对后世的影响。

　　全篇逐韵分段。一段写登览。首登楼缘起乃是为了"销忧"。"览斯宇（此楼）之所处兮"以下十句写楼头所见的景物，同时交代了楼的地点方位——处在荆州漳、沮二水之侧，靠近范蠡之坟（陶牧）、楚昭王之墓

207

（昭丘）。从望中所见"华实蔽野，黍稷盈畴"看，是秋成的季节，故有"信美"之叹。末句点明欲销之忧乃故乡之思。

二段写归思。首二先回顾作者经历——适逢董卓之乱（纷浊）避至荆州，迄今已逾十二年。"情眷眷而怀归兮"以下写远望当归而荆山障目，从而宣泄因旧乡壅隔而不能北归的悲思。接着用孔子困于陈时曾叹息"归欤，归欤"（《论语·公冶长》），楚人钟仪被因于晋而操南音，越人庄舄在楚任职显要而喜越声等故实，引出末二穷达迹异而思乡情同的感叹，进一步衬托自己对故土的强烈的思念。

三段伤不遇。首先提出自己的期待——盼天下大治早些到来，希冀王道普施，自己才可以乘时（假高衢）以施展抱负才能，改变如徒悬的匏瓜和无人取饮的枯井那样长期被弃置埋没的处境。看到日落时分原野之上孤兽索群、归鸟相呼、征夫未息的情景，更引起何处是归程的感慨。因而登楼后不但未能"销忧"，内心反而更不平静。

赋中写的不单纯是兵戈阻绝，有家难回的哀思，而最后归结到不遇的感慨上来的。按王粲出身名门，其祖王畅、曾祖王龚都曾位列三公，在汉末极重门第的风气中，他自少即出入洛阳、长安，很得势要者赏识。他初访蔡邕，邕即倒屣以迎，而以"此王公孙也"相介绍，便使在场众宾肃然起敬。因此王粲对功名一向怀有很强的信心。他到荆州依刘表，是怀着很大政治热情的。然而刘表其人外貌儒雅，心多疑忌，又以貌取人。随着岁月的迁延，一个政治上不甘寂寞的人，就有备受冷落之感。所以"虽信美而非吾土兮，曾何足以少留"，这话有一半是从政治处境上讲的。赋中还说"惧匏瓜之徒悬兮，畏井渫之莫食"，深望"假高衢而骋力"，都包含着由功名不遂而生的怀才不遇的思想内容。正因为如此，当曹操挟战胜之威，长驱直入占领荆州，辟王粲为丞相掾，赐爵关内侯，满足了他的功名心后，他就不再思乡，而愁云一扫了。

两汉大赋，对景物环境的描写讲究夸张扬厉，面面俱到。《登楼赋》完全舍弃了那种传统，多胸臆语而适当描绘景物，虽名为赋体，实近于楚辞而远于汉赋。如"览斯宇之所处兮"十句固然"局面阔大"（姚范）而且形象清新，却不专事铺采文，这里有北而略南，取东而舍西，看似不够全面对称，实际上是以必要为限度，删繁就简，清新可喜。《登楼赋》成功地表明，一旦辞赋摆脱臃肿的辞藻和呆板的程式，犹如甩掉了因袭的包袱，将会变得多么地富于抒情性和艺术的魅力。

从王粲《登楼赋》到陶渊明《归去来兮辞》，标志着辞赋在魏、晋时代发展的新的里程。赋中表现的思想感情有三个层次，而其中的景物描写也表现出不同的色调和风貌。一段如实写登览所见江山信美，所以有通浦长洲、广陆沃流、华实蔽野、黍稷盈畴之景；二段引起怀乡之思，配合写景为平原无际、高岑障目、路迥川深，等等；三段写政治上的失意，配合写景为日薄西山、北风萧瑟、鸟兽狂顾、征夫行色匆匆，等等。这种紧密配合感情发展的、有层次的景物描写，表现出高超的技巧。

关于此赋，晋人即有"《登楼》名高，恐未可越尔"（陆云《与兄平原书》）的赞语。梁代刘勰论魏晋赋也以此居第一，宋代朱熹亦认为此赋"犹过曹植、潘岳、陆机愁咏、闲居、怀旧众作，盖魏之赋极此矣。"

【陈琳】（？—217）字孔璋，东汉广陵射阳（今江苏淮安南）人。建安七子之一。灵帝时任大将军何进主簿。后投袁绍为掌文书。后归曹操，为司空军师祭酒、管记室，迁门下督。有明辑本《陈记室集》。

饮马长城窟行

饮马长城窟，水寒伤马骨。往谓长城吏：慎莫稽留太原卒。官作自有程，举筑谐汝声。男儿宁当格斗死，何能怫郁筑长城？长城何连连，连连三千里。边城多健少，内舍多寡妇。作书与内舍：便嫁莫留住。善侍新姑嫜，时时念我故夫子。报书往边地：君今出语一何鄙？身在祸难中，何为稽留他家子？生男慎莫举，生女哺用脯。君独不见长城下，死人骸骨相撑拄？结发行事君，慊慊心意关。明知边地苦，贱妾何能久自全？

本诗取秦筑长城的旧史实，却注入了现实生活的新感受。

从"饮马长城窟"到"内舍多寡妇"为一段，通过与长城吏的问答，写役夫的痛苦与无奈。关于长城窟，北魏郦道元《水经注》中有一段形象的描写——沿着古长城的城根疏密相间地排列着一串土窟窿，大的如缸，小的如盆，窟壁湿漉漉的，水珠不断地从窟壁渗漏出来，一点一滴地积聚窟底——这就是秦时筑城人马与共的饮用水，"水寒伤马骨"，人何以堪！

接着引入人物对话，"往谓"者乃太原卒，即故乡在太原的一位役夫，他以委婉恳切的语气请求不要一再延长服役的期限。受话者"长城吏"只是官方的监工，根本无法做主，所以他的回答是冷冰冰的——闲话少说，春杵莫停。张玉谷分析道："往谓六句，先设为卒往告吏求归，吏惟怵卒急筑，卒再与吏析辩，三层往复之辞，第一层用明点（即有往谓二字提顿），下二层皆用暗递，为久筑难归立案，文势一顿。长城四句振笔重复提起，言如此工程，宁有尽日，将来夫妻团聚真绝望矣，引起下文两次作书回绝来。""长城何连连，连连三千里"以接字作唱叹，是承上。"边城多健少，内舍多寡妇"以对仗引起下文，是启下。

从"作书与内舍"到篇末，通过役夫与妻子一再书信往返，写役夫室家的痛苦与无奈。役夫因为归期无望，从而想到不要牵累家中妻子，于是劝其改嫁，"时时念我故夫子"一句又分明是说勿忘我；而妻子的复信则抗议提议，"君今出语一何鄙"表明她没考虑也不考虑这个问题，此外，可能还提到了孩子快要出生的事；于是又引起役夫的自我辩白及对生男生女的态度——封建时代一向重男轻女，然而役夫却告诫妻子"生男慎莫举"，诗人通过正常人情的扭曲，对社会做出了愤怒的控诉；最后是妻子再度复信，张玉谷分析道："答辞四句，表白己之亦当从死，而彼死终不忍言，只以苦字代之。"这种理解是有道理的。

要之，这一段不但对社会的控诉十分有力，而且也富于人情味，表现了底层人民淳朴的感情——虽然他们像蚂蚁一样遭践踏，但他们却不是蚂蚁，而是人。这首诗可贵之处，也在于这种渗透在骨子里的人道主义精神，在建安诗歌中具有很强的代表性。

诗主要是对话组成——即由役夫与关吏的直接对话和役夫与妻子的间接对话（即书信往返）组成，中间穿插了一点叙述和描写，笔墨经济而层次井然，对答往复泯然无迹，只从声腔语气中见出人物。明人谭元春说："问答时藏时露，渡关不觉为妙"（《古诗归》），清人沈德潜说："无问答之痕而神理井然"（《古诗源》）。诗歌语言质朴自然，通俗活泼，大类民歌，"生男慎莫举"四句原是五言的古代长城歌谣，信手拈来，略作变动，既切题又合体。

全诗采用差参错综的句式，而又与汉乐府杂言诗不同，盖所用皆属五七言，且隔句用韵，音节较汉乐府为整饬、和谐，接近后出的长短句歌行，对于七言诗的发展也有筚路蓝缕之绩。杜甫的《兵车行》从内容到形式上都可见此诗的影响。

【刘桢】（186—217）字公干，东汉东平国（今山东东平）人。建安七子之一。汉末为曹操丞相掾属，以不敬获罪，刑竟署为吏。有明辑本《刘公干集》

211

赠从弟（录一）

亭亭山上松，瑟瑟谷中风。

风声一何盛，松枝一何劲。

冰霜正惨凄，终岁常端正。

岂不罹凝寒，松柏有本性。

　　刘桢为人有傲骨，据《典略》载，一次曹丕宴请诸文士，席间命夫人甄氏出拜，座中众人皆伏，独桢平视，恼了作阿翁的曹操，差点砍他的头。《赠从弟》三首，分别用萍藻、松柏、凤凰比喻坚贞高洁的品格，是对从弟高风亮节的赞美，也是诗人的自我写照。"亭亭山上松"是组诗第二首，也是三首诗中最好的一首。

　　松柏以其耐寒而长青，从古以来为人称颂，作为秉性坚贞、不畏艰险的象征。孔子当年就曾满怀敬意地赞美它——"岁寒然后知松柏之后凋也。"

　　读这首诗要注意它前半的唱叹，一句只说了个"松"，二句只说了个"风"字。三句再说风声，是多么的盛；四句再说松枝，是多么的劲挺。境界立见。松——风——风——松，这种回文似的咏叹，形象地写出了"道高一尺，魔高一丈"式的较量，非常有味，为下文进而说理做好准备。"冰雪正惨凄，终岁常端正"，是三四句的强调和推广，即松不但战胜寒风，也战胜冰雪。末二句再以"岂不罹凝寒"一问提唱，以引出"松柏有本性"——即全诗结穴。

　　诗以咏物的形式，而归结局于人品"端正"，"其在人也，如松柏之有心也，故贯四时不改柯易叶"（《礼记》）。所谓本性，其于人也，就是要有所持守，贫贱不移也。钟嵘在《诗品》中称赞刘桢诗"真骨凌霜，高风跨俗"，风格正来自人格也。

【蔡琰】生卒年不详，字文姬，东汉陈留圉（今河南杞县）人。蔡邕女。自幼博学，妙于音律。嫁河东卫仲道，夫亡无子，归宁母家。汉末董卓之乱中，被掠入南匈奴十二年，生二子。建安十二年（207）被曹操遣使赎回，嫁屯田都尉董祀。今存诗及断句三首，另有《胡笳十八拍》，或以为伪作。

悲愤诗

　　汉季失权柄，董卓乱天常。志欲图篡弑，先害诸贤良。逼迫迁旧邦，拥主以自强。海内兴义师，欲共讨不祥。卓众来东下，金甲耀日光。平土人脆弱，来兵皆胡羌。猎野围城邑，所向悉破亡。斩截无孑遗，尸骸相撑拒。马边悬男头，马后载妇女。长驱西入关，迥路险且阻。还顾邈冥冥，肝脾为烂腐。所略有万计，不得令屯聚。或有骨肉俱，欲言不敢语。失意几微间，辄言毙降虏。要当以亭刃，我曹不活汝！岂复惜性命，不堪其詈骂。或便加棰杖，毒痛参并下。旦则号泣行，夜则悲吟坐。欲死不能得，欲生无一可。彼苍者何辜？乃遭此厄祸！边荒与华异，人俗少义理。处所多霜雪，胡风春夏起。翩翩吹我衣，肃肃入我耳。感时念父母，哀叹无穷已。有客从外来，闻之常欢喜。迎问其消息，辄复非乡里。邂逅徼时愿，骨肉来迎己。己得自解免，当复弃儿子。天属缀人心，念别无会期。存亡永乖隔，不忍与之辞。儿前抱我颈，问母欲何之。人言母当去，岂复有还时。阿母常仁

恻，今何更不慈？我尚未成人，奈何不顾思。见此崩五内，
恍惚生狂痴。号泣手抚摩，当发复回疑。兼有同时辈，相送
告离别。慕我独得归，哀叫声摧裂。马为立踟蹰，车为不转
辙。观者皆歔欷，行路亦呜咽。去去割情恋，遄征日遐迈。
悠悠三千里，何时复交会？念我出腹子，胸臆为摧败。既至
家人尽，又复无中外。城郭为山林，庭宇生荆艾。白骨不知
谁，纵横莫覆盖。出门无人声，豺狼号且吠。茕茕对孤景，
怛咤糜肝肺。登高远眺望，魂神忽飞逝。奄若寿命尽，旁人
相宽大。为复强视息，虽生何聊赖？托命于新人，竭心自勖
厉。流离成鄙贱，常恐复捐废。人生几何时，怀忧终年岁。

这是蔡文姬的自传诗，也是杜甫以前第一篇文人自传体长篇叙事诗，
共540字。它真实生动地记录了在汉末大动乱中诗人独特的悲惨遭遇，也写
出了人民，特别是在战争中饱经蹂躏的女性共同的苦难，具有史诗的性质。

全诗分三大段。从"汉季失权柄"到"乃遭此厄祸"四十句为一大
段，写诗人在汉末兵乱中的亲身经历。前十四句（篇首至"所向悉破亡"），
写董卓之乱，它概括了中平六年（189）到初平三年（192）三四年间的动
乱情况，诗中所写，均有史可证，亦可与曹操《蒿里行》相参看。"斩截
无孑遗"以下八句，写卓众对人民进行野蛮屠杀与疯狂掠夺的罪行，据
《三国志·董卓传》载："（卓）尝遣军到阳城，时适二月社，民各在其社
下，悉就断其男子头，驾其车牛，载其妇女财物，以所断头系车辕轴，
连轸而还洛，云攻城大获，称万岁。入开阳城门焚烧其头，以妇女与甲
兵为婢妾。"与此诗所写"斩截无孑遗，尸骸相撑拒（堆积）；马边悬男
头，马后载妇女"同属这场浩劫之实录。"平土人脆弱"的"脆弱"二字
准确地写出手无寸铁的平民在乱兵面前、特别是在剽悍的胡兵面前无助
的处境，于是男子成了屈死鬼，女子沦为性奴隶。初平三年春，董卓部

214

将李傕、郭汜军大掠陈留、颍川诸县，其部队中杂有羌胡兵（"来兵皆胡羌"），蔡琰即于是时被掳。"马边悬男头，马后载妇女"云云，实已超越个人悲惨遭遇，而着眼于当时民众共同遭遇的苦难。以下十六句述在集中营的生活，诗言所掠万计，不令屯聚。"或有骨肉俱，欲言不敢语"，以纪实的细节十分逼真地再现了集中营灭绝人性的管制和恐怖的气氛。还有乱兵辱骂俘虏的冷血冷面与穷凶极恶，活灵活现，绘声绘色，"要当以亭刃，我曹不活汝"等于说"给你龟孙子一刀，老子要你的命"。

从"边荒与华异"到"行路亦呜咽"亦四十句，为二大段，写流落异域思念故土之情及得归故乡时的抛子之痛。这是《悲愤诗》中最重要的一段，写出了诗人独具的、千古不能有二的命运"奇冤"，那就是作为被掠夺的妇女，不得已在匈奴婚配生子，于是，故国老亲之思和膝下幼子之爱，对于诗人同等揪心的感情，现在奇怪地变成了不容兼得的熊鱼，一旦要她自己做出选择，就等于是让她自己把心剖成两半（故曰"割情恋"）。这就是蔡文姬的悲剧！先是流落天涯见不到故乡热土和白头老亲的赤子悲剧——"边荒与华异"等十二句所写即此，"少义理"三字以少总多，写出了流落边荒，因文化的排异而不能适应的心理感觉，概括了被侮辱被蹂躏的许多难堪；又由霜雪胡风，引出对父母的思念；以下写有客来访，以为是乡亲，一问却差得远，凡此都深刻写出她希望归根的故国之思。天从人愿，曹公遣使来迎，归国几乎是不容考虑的选择时，却又导致了慈母与幼子诀别的悲剧——"邂逅徼时愿"以下写此。像这样并不直接或不完全属于人为的悲剧，人们往往只能归之于命运，用俗话来说，蔡文姬的命实在太苦了。诗人给我们刻画了如此真实而催人泪下的场面：一方面是天真无邪的孩子，根本不相信母亲即将扔下他们远走高飞的"流言"，要母亲来加以证实，几句质问使为母亲的五内俱焚，恍惚若痴，唯有号泣着抚摩孩子，陷入深深矛盾痛苦之中。即将归国、绝处逢生的意外欢喜，已不成其为欢喜。另一方面是同时被掠，流落南匈奴看不到生还希望的女性难友，对文姬归汉的幸运羡慕死了，竟情不自禁地号啕大哭。"马为立踟蹰"四句营造气氛,更加强了悲剧意味。如此力透纸背的描写,非亲身经历者难道其只字的。

从"去去割情恋"到篇末二十八句为三大段,写诗人回到家乡的情况。诗中人感情不像离别时那样激动,但更深沉,更悲凉。使得诗人强忍着极大痛苦归国的是什么呢?无非是对山河的思念,对故国乔木的思念,对父母的思念,对亲故的思念,对自己打小熟悉的一切事物的思念。然而回到家乡全然不是那么回事——家人没有了、亲戚没有了、城市毁坏了,熟悉的一切都荡然无存,留下的是战争的创伤,诗人压根儿就是在寻一场梦,但这场梦早已烟消云散。诗人悲伤极了,"旁人相宽大",可这种悲伤是无法安慰的。"托命于新人"以下,写想要努力重建生活,然而谈何容易。首先是丧失了生活乐趣;其次是经过一番流离,精神创伤无法平复,姑不论别人怎么想,首先是自己就摆不脱自卑心理,总是担心别人的轻贱。诗人的笔力之深刻,还在于它如此真实地反映了时代、命运加在妇女身上的沉重精神枷锁,这也是制造女性悲剧的一大原因。

《悲愤诗》有的地方是大处着笔,如开篇写董卓之乱,几笔就交代出时代背景,二段开头"边荒与华异,人俗少义理"更是高度概括,一笔带过。这些交代都有必要,它们使全诗具有很强的时代气氛和立体纵深之感。有的地方进行细节描写,极为生动,如集中营里的情景,和归汉时别子的情景。这种细节描写,使全诗具有浓厚的生活气氛,具有史诗的规模。虽然是一首叙事之作,但全诗情系乎辞。全诗叙事以时间先后为序,以个人遭遇为主线,言情以悲愤为旨归。所谓悲愤非它,乃是对战祸造成对妇女人权的践踏和伤害的控诉,诗人以受害者的特殊身份道来,自然惊心动魄。蔡琰给千古读者展示的是一颗被损害的妇女的心,尤其是一颗破碎的母亲的心——作者为突出这一点,用了回环往复的手法,前后有三四次关于念子之痛描写,先写"感时念父母,已为念子作影"(张玉谷),然后正面描写别子,归途又翻出"念我出腹子,胸臆为摧败",至"登高远眺望,神魂忽飞逝"又暗收念子。诗人情感这一方面挖

216

掘最深，此外如在集中营里遭受奴役时的压抑心理，和归国后不能平复的心灵创伤的刻画，也是十分深刻的。全诗的语言浑朴，明白晓畅，无雕琢斧凿的痕迹。同时间有人物对话描写逼真传神，与人物身份吻合，如集中营里乱兵辱骂俘虏的几句恶言，酷肖声口；又如归汉时儿子抱颈所说的几句话，绝类儿语，洋溢着天真。这种对话描写的水平与《焦仲卿妻》是可以比美的。

《悲愤诗》无论在思想内容还是在艺术形式上都有独到之处，它与《焦仲卿妻》堪称汉末叙事诗中的双璧。蔡文姬也因此成为中国诗史上第一位卓越的叙事诗人。后来杜甫的《咏怀五百字》和《北征》等五言长篇叙事杰作，都有得力于《悲愤诗》处。

与《悲愤诗》内容相同，还有一首《胡笳十八拍》，最早见于朱熹《楚辞集注·后语》，相传为蔡琰所作。论者悉以为伪作，郭沫若多方考证，反复辩难，先后撰写六文，认为蔡文姬《胡笳十八拍》非伪作。然此诗诗体接近后世的弹词，与东汉末年的诗有相当距离，内容与蔡琰生平事迹也有抵触。故郭氏之说未得到学术界一致的赞同，成为文学史研究上一段公案，可参中华书局《胡笳十八拍讨论集》。不过，此诗名声很大，明陆时雍说："东京风格颓下，蔡文姬才气英英，读《胡笳吟》，可令惊蓬坐振，沙砾自飞，直是激烈人怀抱。"（《诗镜总论》）

附：胡笳十八拍

我生之初尚无为，我生之后汉祚衰。天不仁兮降乱离，地不仁兮使我逢此时。干戈日寻兮道路危，民卒流亡兮共哀悲。烟尘蔽野兮胡虏盛，志意乖兮节义亏。对殊俗兮非我宜，遭恶辱兮当告谁？笳一会兮琴一拍，心愤怨兮无人知。

戎羯逼我兮为室家，将我行兮向天涯。云山万重兮归路遐，疾风千里兮扬尘沙。人多暴猛兮如虺蛇，控弦被甲兮为骄奢。两拍张弦兮弦欲绝，志摧心折兮自悲嗟。

越汉国兮入胡城，亡家失身兮不如无生。毡裘为裳兮骨肉震惊，羯膻为味兮枉遏我情。鼙鼓喧兮从夜达明，胡风浩浩兮暗塞营。伤今感昔兮三拍成，衔悲畜恨兮何

217

时平。

无日无夜兮不思我乡土，禀气含生兮莫过我最苦。天灾国乱兮人无主，唯我薄命兮没戎虏。殊俗心异兮身难处，嗜欲不同兮谁可与语！寻思涉历兮多艰阻，四拍成兮益凄楚。

雁南征兮欲寄边声，雁北归兮为得汉音。雁飞高兮邈难寻，空断肠兮思愔愔。攒眉向月兮抚雅琴，五拍泠泠兮意弥深。

冰雪凛凛兮身苦难，饥对肉酪兮不能餐。夜闻陇水兮声呜咽，朝见长城兮路杳漫。追思往日兮行李难，六拍悲来兮欲罢弹。

日暮风悲兮边声四起，不知愁心兮说向谁是？原野萧条兮烽戍万里，俗贱老弱兮少壮为美。逐有水草兮安家葺垒，牛羊满野兮聚如蜂蚁。草尽水竭兮羊马皆徙，七拍流恨兮恶居于此。

为天有眼兮何不见我独漂流？为神有灵兮何事处我天南海北头？我不负天兮天何配我殊匹？我不负神兮神何殛我越荒州？制兹八拍兮拟排忧，何知曲成兮心转愁。

天无涯兮地无边，我心愁兮亦复然。人生倏忽兮如白驹之过隙，然不得欢乐兮当我之盛年。怨兮问苍天，天苍苍兮上无缘。举头仰望兮空云烟，九拍怀情兮谁与传？

城头烽火不曾灭，疆场征战何时歇？杀气朝朝冲塞门，胡风夜夜吹边月。故乡隔兮音尘绝，哭无声兮气将咽。一生辛苦兮缘别离，十拍悲深兮泪成血。

我非贪生而恶死，不能捐身兮心有以。生仍冀得兮归桑梓，死当埋骨兮长已矣。日居月诸兮在戎垒，胡人宠我兮有二子。鞠之育之兮不羞耻，愍之念之兮生长边鄙。十有一拍兮因兹起，哀响缠绵兮彻心髓。

东风应律兮暖气多，知是汉家天子兮布阳和。羌胡蹈舞兮共讴歌，两国交欢兮罢兵戈。忽遇汉使兮称近诏，遗千金兮赎妾身。喜得生还兮逢圣君，嗟别稚子兮会无因。十有二拍兮哀乐均，去住两情兮难具陈。

不谓残生兮却得旋归，抚抱胡儿兮泣下沾衣。汉使迎我兮四牡骓骓，胡儿号兮谁得知？与我生死兮逢此时，愁为子兮日无光辉，焉得羽翼兮将汝归。一步一远兮足难移，魂消影绝兮恩爱遗。十有三拍兮弦急调悲，肝肠搅刺兮人莫我知。

身归国兮儿莫之随，心悬悬兮长如饥。四时万物兮有盛衰，唯我愁苦兮不暂移。山高地阔兮见汝无期，更深夜阑兮梦汝来斯。梦中执手兮一喜一悲，觉后痛吾心兮无休歇时。十有四拍兮涕泪交垂，河水东流兮心是思。

218

十五拍兮节调促，气填胸兮谁识曲？处穷庐兮偶殊俗，愿得归来兮天从欲，再还汉国兮欢心足。心有怀兮愁转深，日月无私兮曾不照临。子母分离兮意难任，同天隔越兮如商参，生死不相知兮何处寻！

十六拍兮思茫茫，我与儿兮各一方。日东月西兮徒相望，不得相随兮空断肠。对萱草兮忧不忘，弹鸣琴兮情何伤！今别子兮归故乡，旧怨平兮新怨长！泣血仰头兮诉苍苍，胡为生兮独罹此殃！

十七拍兮心鼻酸，关山阻修兮行路难。去时怀土兮心无绪，来时别儿兮思漫漫。塞上黄蒿兮枝枯叶干，沙场白骨兮刀痕箭瘢。风霜凛凛兮春夏寒，人马饥豗兮筋力单。岂知重得兮入长安，叹息欲绝兮泪阑干。

胡笳本自出胡中，缘琴翻出音律同。十八拍兮曲虽终，响有余兮思无穷。是知丝竹微妙兮均造化之功，哀乐各随人心兮有变则通。胡与汉兮异域殊风，天与地隔兮子西母东。苦我怨气兮浩于长空，六合虽广兮受之应不容。

【阮籍】（210—263）字嗣宗，三国陈留尉氏（今河南开封）人。阮瑀子，竹林七贤之一。初为吏，又为尚书郎，均因病免官。司马懿引为从事中郎，官终步兵校尉。有明辑本《阮步兵集》。

咏怀诗（录七）

其一

夜中不能寐，起坐弹鸣琴。
薄帷鉴明月，清风吹我衿。
孤鸿号外野，翔鸟鸣北林。
徘徊将何见？忧思独伤心。

阮籍《咏怀诗》非一时之作，也不是有计划的组诗，但统摄在"咏怀"这个大的题目之下，个人抒情诗性质是一致的。"夜中不能寐"原列第一，清人方东树说："此是八十一首发端，不过总言所以咏怀，不能已于言之故。"（《昭昧詹言》）有一定道理，这首诗不一定写作最早，只是因为它特别空灵，编排者觉得放在第一较为恰当罢了。

初读此诗，会感到它非常空灵，除了寒秋月夜的情景，寂寞伤心的情绪，没有稍微质实的内容。如若将它与曹植《杂诗》"高台多悲风"相比勘，就会发现它们的相似之处。诗云："高台多悲风，朝日照北林。之子在万里，江湖迥且深。方舟安可极，离思故难任。孤雁飞南游，过庭长哀吟。翘思慕远人，愿欲托遗音。形影忽不见，翩翩伤我心。"此诗见近代国学家古直先生所编的《曹子建诗笺定本》，是为怀念其弟即时为吴王的曹彪而作，"之子在万里"是全诗的关键句。

阮籍此诗中，时间是午夜，地点在室内，抒情主人公是自己。由于夜不成寐，而起坐弹琴。薄薄的帘幕，既挡不住月光，也隔不断清风。见于曹诗的"孤鸿"（即孤雁）、"北林"、"伤心"这些关键字面，在阮诗中同样出现了。《诗·秦风·晨风》云："鴥彼晨风，郁彼北林。未见君子，忧心钦钦。""北林"乃女子思其丈夫之处，可以延伸到思念骨肉友朋，所以曹诗借以兴起"之子在万里，江湖迥且深"。古人以雁行喻兄弟，又有鸿雁传书的传说，所以曹诗欲托书于雁，然而"孤雁"全不理会，翩然而逝，故令诗人伤心。曹诗在前，阮籍应当读过。在阮籍此诗中，"孤鸿"、"北林"、"伤心"的同时出现，不会与曹诗全不相关，它们构成了一个现成的思路，与曹诗应有相同寄意。

当然，"孤鸿号外野，翔鸟鸣北林"同时又是景语：明月清风之夜，野外失群的孤鸿的哀啼，林间无巢的鸟儿的悲鸣，隐隐约约暗示着那伤心来自寂寞，来自失意。不过，阮籍并没有挑明他思念的人到底是谁，是同气连枝的兄弟？族兄弟？朋友？已不得而知。

此诗妙于运用营造气氛，来抒发难以明言，也无须明言的抑郁，"以浅求之，若一无所怀，而字后言前，眉端吻外，有无尽藏之怀，令人循声测影而得之"（王夫之《古诗评选》），此即所谓空灵。知人论世，固能得阮籍之伤心；意逆，则无妨浇自家块垒也。

其二

嘉树下成蹊，东园桃与李。秋风吹飞藿，零落从此始。繁华有憔悴，堂上生荆杞。驱马舍之去，去上西山趾。一身不自保，何况恋妻子！凝霜被野草，岁暮亦云已。

此诗原列第三。生在黑暗时代，既不愿与统治者合作，又不知道生命的价值是什么——全诗表现了诗人找不到人生出路的焦灼与悲观。

《史记·李将军列传》引谚云："桃李不言，下自成蹊"，诗一起本此言像桃李这样的嘉树，诚然有繁盛的时候。以下一转云，然而，一旦秋风吹得豆叶在空中飘零的时候，桃李也开始凋零了。由此诗人悟到一个真理：有盛必有衰，有繁华必有憔悴；今日的高堂，总有一天也会生长荆杞。既然如此，功名富贵有什么值得留恋的呢？还是驱马舍弃这个名利场吧，到西山追随伯夷、叔齐的遗踪隐居去吧。这样做虽然要抛妻别子，但在这个世界上我连自身都保不住，又何必对妻子恋恋不舍呢？这好像是一条出路，然而，最后两句又轻易地加以否定：从名利场到西山，好比舍桃李而就野草罢了，但到了年终严霜覆盖时，野草不一样玩儿完？

这首诗似乎否定一切，觉得人生完全没意思。被传统观念所肯定的一切神圣事物，对阮籍来说都失去了神圣性，在他看来，个人生命远比这些东西重要，而个人生命却又如此短促、如此脆弱，所以他只能陷于无法摆脱的深重的悲哀之中，最后只能逃匿于酒了。所以这样的诗给人的感觉是太悲哀、太伤感了。

其三

湛湛长江水，上有枫树林。皋兰被径路，青骊逝骎骎。远望令人悲，春气感我心。三楚多秀士，朝云进荒淫。朱华振芬芳，高蔡相追寻。一为黄雀哀，涕下谁能禁。

此诗原列十一。其借歌咏楚国的史事，以寄托对时事的讽刺和感伤，主要化用楚辞《招魂》乱辞中的名句，及关于楚顷襄王的两个典故（《高唐赋》宋玉对楚襄王说神女事，及《战国策·楚策》庄辛说楚襄王事）成篇，是典型的借古讽今。

关于《招魂》的作者和作意，向来众说纷纭，主要的两说：一是屈原招楚怀王的亡灵，一是宋玉招屈原的生魂。招魂本为中国古代的一种礼俗——人新死，魂魄离散，速招回其魂魄以复其本躯，或冀可救。先秦典籍所载悉为死招，而非生招。生招见于唐以后诗（杜甫《彭衙行》"暖汤濯我足，剪纸招我魂"，《梦李白》"魂来枫林青，魂返关塞黑"，苏轼《澄迈驿通潮阁》"余生欲老海南村，帝遣巫阳招我魂"），其俗后起。证以典籍和阮籍此诗，似以屈原招怀王之亡灵之说为宜。《招魂》的本事是：楚怀王受骗入秦，遭扣留而死，顷襄王三年，其灵柩归楚，举国上下震悼，屈原乃仿照楚国民间巫觋招魂的旧俗，杂糅中原周礼，为招怀王亡魂归来作此辞。

《招魂》的乱辞想象楚王于云梦射猎的情景，有"青骊结驷兮齐千乘"之句；最后复写巫阳奉上帝之命招魂的话"皋兰被径兮斯路渐"是说江南的道路已经为水所淹；"湛湛江水兮上有枫"是说幽深的江上有一片枫林——按《山海经·大荒南经》说枫树是蚩尤抛弃的桎梏所化，作为诗中意象的青枫与白杨一样是与凄凉萧瑟联系在一起的；最后两句是"极目千里兮伤春心；魂兮归来哀江南"。阮籍此诗的前六句云："湛湛长江水，上有枫树林。皋兰被径路，青骊逝骎骎。远望令人悲，春气感我心。"就化用上述辞句，以写怀王身死，亡魂待招的凄凉情景。

怀王死后，继承楚国王位的是顷襄王，较之其父更等而下之，对秦完全持妥协投降的态度。宋玉《高唐赋》说，楚襄王尝与之共游云梦之台，望高唐之观，其上有云气变化无穷，襄王问其何气，宋玉答道：昔怀王曾游云梦泽，梦见一美女自称巫山神女，与之欢洽，去而辞曰"妾在巫山之阳，高丘之阻，且为朝云，暮为行雨，朝朝暮暮，阳台之下"，后即在山下建立高唐观。是夜襄王寝，亦梦与神女遇。阮籍诗中的"三楚多秀士，朝云进荒淫"说的就是此事，秀士指宋玉，"进荒淫"即诲淫。

又《战国策·楚策》载庄辛层层设譬以谏楚襄王勿宠幸小人、荒淫奢侈。其譬之一云，黄雀毫无防患未然的观念，遂坠于挟弹公子之手，所谓昼游乎茂树，夕调乎酸咸；另一云，蔡圣侯好佚游，拥抱幼妾嬖女，与之驰骋乎高蔡（楚地）之中，而不以国家为事，而为楚国所虏；然后就直接批评楚襄王的荒淫误国。后来刘向《说苑》中将这个寓言发展为"螳螂捕蝉，黄雀在后"故事，尤为著名。阮籍诗中"朱华振芬芳"四句，是说楚襄王正当春荣时盛之际，不思励精图治，反而像蔡灵侯在高蔡那样游冶，是难免遭到黄雀那样悲哀结局的。

这首诗所讽刺的对象，当然不是什么楚襄王，而是现实中像楚襄王一样执迷不悟的魏齐王曹芳。芳为明帝睿之养子，公元240年继位，改元正始，公元254年为司马师逼迫退位。太后废帝令曰："皇帝芳春秋已长，不亲万机，耽淫内宠，沉漫女德，日延倡优，纵其丑谑，迎六宫家人留止内房，毁人伦之叙，乱男女之节，恭孝日亏，悖傲滋甚……"等等，虽曰何患无辞，其言必有根据。唯秀士进荒淫之事实，今已不可得而详，然阮嗣宗之殷忧，必出耳闻目睹。故作此诗，以为曹魏王朝春荣将歇，魏王曹芳迷魂难返的哀歌。

其四

独坐空堂上，谁可与欢者？出门临永路，不见行车马。

登高望九州，悠悠分旷野。孤鸟西北飞，离兽东南下。日暮

223

思亲友，晤言用自写。

　　此诗原列十七。这是一首孤独者的歌。它给读者最强烈的印象是：世界上似乎只有一个人。他在家里是"独坐空堂上"，出门望长路竟然看不到车马，登高远瞻九州则只看到无边无际的原野和一些离群的鸟兽——显然，这里所写的并非事实，而只是一种心境，一种感觉——由内心深沉的孤独感所派生的感觉。

　　进而读者可以理解"谁可与欢者"一句的真实含义，知道作者之所以独坐空堂，乃是因为没有志趣相投的人，也可以说乃是他不愿意和那些他不喜欢的人交往的缘故，是因为他的不合群。同样，他之所以感到路上没有载人的车马，而九州只有旷野，同样是基于他的傲岸——即白眼看人的缘故。所以诗中的孤鸟、畜兽，也是他自己的写照。

　　然而无论如何，人总是社会的人，即使是如此高傲的孤独者，到了某个特定的时刻——如诗中所说的黄昏时分——他还是渴望和知己者交谈，渴望对人青眼相加。然而在现实中他感到找不到这样的人，只能在心里描摹描摹那种投机的晤谈的情况罢了。"晤言用自写"的"写"字，可以作描摹讲。

　　总之，这首诗刻画了一个高傲而痛苦的孤独者的心灵。如果我们将它与陶渊明的《移居》"闻多素心人，乐与数晨夕"，"邻曲时来，抗言谈在昔。奇文共欣赏，疑义相与析"对读，就更容易看出这魏晋间的两大诗人在性情、处境和境界上的区别，陶渊明找到人生的意义和心理的平衡，关键就在于他从自然、田园和农人处找到共同语言。

其五

　　驾言发魏都，南向望吹台。箫管有遗音，梁王安在哉。战士食糟糠，贤者处蒿莱。歌舞未终曲，秦兵已复来。夹林非我有，朱宫生尘埃。军败华阳下，身竟为土灰。

此诗原列三十一。这是一首以怀古讽今的诗篇。诗中梁王即战国时的魏王，因当时魏都大梁（河南开封）。吹台一名繁台，在开封东南，为魏王所筑。诗一起四句似发怀古之幽情，而归结局于当代。吹台是能让人联想到铜雀台——曹操死前遗令"于台堂上安六尺床，施穗帐……月旦十五日，自朝至午，辄向帐中作伎乐"，后来文帝曹丕、明帝曹睿都爱好音乐歌舞，明帝尤甚，此非"箫管有遗音"乎？

曹魏制度，兵士之家世代当兵，待遇较低，很受歧视；又实行九品中正制——选举只讲出身，不论才能，出生寒门的贤士多不得重用。"战士食糟糠，贤者处蒿莱"二句，完全是现实政治状况的写照。

"夹林"本是战国时魏王游乐之地，公元前 273 年秦将白起大破魏军于华阳，前 225 年魏灭于秦。"歌舞曲未终"到篇末，承上"箫管有遗音"，写魏王荒淫失政，而导致丧地亡国，直是迅疾。作者看到当代曹魏统治者将蹈战国时魏王前车之覆辙，这与其说是警告，毋宁说是哀婉了。

唐诗人陈子昂《蓟丘览古（燕昭王）》诗云："南登碣石馆，遥望黄金台。丘陵尽乔木，昭王安在哉。霸图今已矣，驱马复归来。"即用此诗的韵调，不过写的具体内容不甚相同罢了。

其六

一日复一夕，一夕复一朝。颜色改平常，精神自损消。
胸中怀汤火，变化故相招。万事无穷极，知谋苦不饶。但恐
须臾间，魂气随风飘。终身履薄冰，谁知我心焦。

此诗原列三十三。感慨人生活得太累，所谓"机关算尽太聪明，反误了卿卿性命"。诗的前六句说，由于太在乎，招致颜色、精神的变化，以至日渐衰老。下四句说由于应付人间万事，生怕智谋不足，但恐转瞬

百年耳。活得太累了——主要是心累，终日战战兢兢，如临深渊，如履薄冰，谁知这是怎么回事儿呢？

其七

洪生资制度，被服正有常。尊卑设次序，事物齐纪纲。
容饰整颜色，磬折执圭璋。堂上置玄酒，室中盛稻粱。外厉
贞素谈，户内灭芬芳。放口从衷出，复说道义方。委曲周旋
仪，姿态愁我肠。

此诗原列六十七。是一首嘲讽礼法之士虚伪的诗。洪生就是鸿儒，此指世俗礼法之士，制度即礼制。诗的前八句写洪生的道貌岸然：其穿戴合于规定，严格遵守等级制度，接人待物也很得体，在祭祀场合容饰整洁，手执圭璋，行礼如仪——以玄酒、稻粱作祭品。总之是无可挑剔。

紧接四句写洪生具有两重人格，在行为上的表里不一，在言谈上的自相矛盾：在外满口仁义道德，私下一肚子男盗女娼；有时随口吐出一点真情，马上又恢复一本正经的说教。最后两句从而议论：看到他们那种委曲周旋，许多假处，实在令我心中作三日恶。

这首诗平铺直叙，放言观感，憎爱分明，在《咏怀诗》中是很特别的，开创了一种讽刺的题材。后来李白《嘲鲁儒》"鲁叟谈五经，白发死章句。问以经济策，茫如坠烟雾"云云，即受此诗的影响。

【张华】（232—300）字茂先，西晋范阳方城（今河北固安）人。魏时为太常博士、佐著作郎、长史兼中书郎。晋立，为中书令，封广武侯。后进位司空，领著作。为赵王伦所害。有明辑本《张司空集》，另有《博物志》传世。

情诗

　　游目四野外，逍遥独延伫。兰蕙缘清渠，繁华阴绿渚。
佳人不在兹，取此欲谁与？巢居知风寒，穴处识阴雨。不曾
远别离，安知慕俦侣？

　　《情诗》五首都是写夫妇赠答之词，这是其中较为著名的一首，表现游子对妻子的思念之情。

　　诗的前六句平平叙起，似曾相识，使人联想到古诗人吟咏过的"涉江采芙蓉，兰泽多芳草。采之欲遗谁？所思在远道"。诗的精彩处在后面四句，"巢居知风寒，穴处识阴雨"是说巢居的鸟最易感受风寒，穴处的虫子能够预知阴雨，这两句诗是运用汉魏时的熟语（《汉书·翼奉传》："犹巢居知风，穴处知雨，亦不足多，适所习耳"），来比喻生活在特定环境中人对某些况味感受真切，不同寻常。

　　结尾两句通过反诘的语气，托出正意："不曾远别离，安知慕俦侣？"未曾亲身经历远别离的人，怎能知道孤独者思念伴侣的那种如饥似渴的滋味呢？这句话道出了作者渴念妻子的心情，含有深切的人生体验，因而也道出了许多"离人"的共感。

　　宋词人小晏《生查子》道："关山梦魂长，鱼雁音尘少。两鬓可怜青，只为相思老。归梦碧纱窗，说与人人道：真个别离难，不似相逢好。"最后两句的"真个"云云，是耐人寻味的，可见未曾经过别离的人，只有在他身经别离之后，才"真个"知道那滋味到底有多难受。张华《情诗》先道出这一点，所以"油然入人"（沈德潜语）。

【潘岳】(247—300) 字安仁，西晋荥阳中牟（今河南中牟）人。幼号奇童，为司空、太尉掾。出任河阳令、怀令，有政绩。后为长安令，迁著作郎，转给事黄门侍郎，依附外戚贾谧，为"二十四友"之首。贾谧见诛于赵王伦，因谋复仇事泄，为伦所害。有明辑本《潘黄门集》。

悼亡诗

荏苒冬春谢，寒暑忽流易。之子归穷泉，重壤永幽隔。私怀谁克从，淹留亦何益？黾勉恭朝命，回心反初役。望庐思其人，入室想所历。帏屏无仿佛，翰墨有余迹。流芳未及歇，遗挂犹在壁。怅恍如或存，周遑忡惊惕。如彼翰林鸟，双栖一朝只。如彼游川鱼，比目中路析。春风缘隙来，晨霤承檐滴。寝息何时忘，沉忧日盈积。庶几有时衰，庄缶犹可击。

在浩若烟海的旧体诗词中，"悼亡"（悼念亡妻）是一个专题，一个类型。说起这个专题，就想起吾师宛老的几首诗词："叶落萧萧夜梦惊，对床不复听鼾声。同甘共苦寻常事，死别生离万古情。""鹤话尧年讶苦寒，小春未尽雪漫漫。妥灵祭罢儿孙哭，从此人间一见难。""见难恒别伤鸿燕，燕鸿伤别恒难见。风雨泣山空，空山泣雨风。梦余悲老凤，凤老悲余梦。肠断话西窗，窗西话断肠。"

潘岳此作（原三首）是文学史上最早的悼亡诗。杨氏与诗人共同生活了二十四个年头，卒于晋惠帝元康八年（298）。本篇作于安葬亡妻之后。从篇首到"回心反初役"共八句，写诗人安葬亡妻于归途中寻寻觅觅、惨惨戚戚的思想活动。"荏苒冬春谢，寒暑忽流易"，是说妻子在冬天去世，春初下葬，不觉寒暑易节，令人神伤；"之子归穷泉，重壤永幽隔"

写下葬，同时也是痛定思痛，越发神伤；"私怀谁克从，淹留亦何益"是说想要继续留在家中，既不能，又无益；"黾勉恭朝命，回心返初役"是说还是回到公务之中，努力工作，来冲淡个人的忧伤吧——这是极其无可奈何的话。几句只就眼前景，心中事，平平叙起，话语沉痛，写得情境俱出。

从"望庐思其人"到"比目中路析"写诗人回到家中，觉人去室空，不觉又生出一番感伤。这一段触物兴叹，若不胜情，是向来为人所称道的。"望庐思其人，入室想所历"两句互文，为以下六句之纲领。"翰墨"、"流芳"和"遗挂"，或以为分别指遗墨、化妆品、衣物三事而言，而余冠英则认为"流芳"、"遗挂"都承翰墨而言，言亡妻笔墨遗迹，挂在墙上，还有余芳。按杨氏出生在一个书法世家，其父戴侯杨肇与其兄康侯杨潭都是擅长草书和隶书的书家，得益于耳濡目染，杨氏之爱好书法，当无问题。作为一种精神载体，书法作品最能反映作者的性情，就是其生命形象。对此物在，使人竟不信人亡——"怅恍如或存"的感觉是十分真实的，然而人亡毕竟是一个事实。

"周遑忡惊惕"一句，前人如陈祚明、沈德潜等多谓不通，而吴淇独以为"五字似复，而实一字有一字之情。(上句)'怅恍'者，见其所历而犹为未亡；'周遑忡惊惕'，想其所历而已知其亡，七字总以描写室中人新亡，单剩孤孤一身在室内，其心中忐忐忑忑光景如画"(《六朝选诗定论》)。剖析入微，颇有道理。以下以鱼鸟设喻写丧偶之痛。"翰林鸟"指双飞于林中之鸟，所谓"夫妻本是同林鸟，大限来时各自飞"；比目鱼，古人认为是"不比不行"(《尔雅·释地》)即游必成双的鱼，因为这种鱼身体很扁，目生一侧，故传说须雄雌并游，始能兼顾左右，故古人常用比喻夫妻好合。

从"春风缘隙来"至篇末六句，写诗人的丧偶积痛难消，从而希望自己能像庄子那样通达，从忧伤中得到解脱。先写春风和煦，屋檐滴水是冰柱的消融，也是时光的流逝，而诗人心中的积郁，却不能涣然冰释，与时消没，反有与日俱增之感——"寝息何时忘？沉忧日盈积"。于是他想到了《庄子·至乐》中妻死鼓盆而歌的故事，和庄周所说的人本无生无形、从无到有、又从有到无，有如四季循环，又何必悲伤的话，希望从中得到感悟和解脱。话虽如此，诗人潘岳毕竟不是哲学家庄周，所以这个结尾让人感到的仍是悲哀与无奈。

全诗没有叙述多少夫妻生活的事实，而是紧紧围绕诗人在送葬归来后乱糟糟的内心活动、意识之流加以描写，如怨如慕，如泣如诉，以真情动人。诗人的悲痛虽然深广，在表现上却无意强调夸张，只是浅斟低唱、一味白描，写一些眼前景，说了些心中事，用了些通俗喻，将悼亡的深情婉转流动于清浅的字句之间，从而取得一种娓娓动听、扣人心弦的艺术效果。

【陆机】（247—300）字士衡，西晋吴郡吴（今江苏苏州）人。三国吴丞相陆逊之孙，大司马陆抗之子。吴时任牙门将，吴亡，回乡闭门读书。晋时任国子祭酒，累官殿中郎。"二十四友"之一。赵王伦篡位，任中书郎。伦败，为成都王司马颖所救，引为大将军参军，表为平原内史。后为颖统兵讨长沙王司马乂，后败被诬而死。有明辑本《陆平原集》。

赴洛道中作

总辔登长路，呜咽辞密亲。借问子何之？世网婴我身。永叹遵北渚，遗思结南津。行行遂已远，野途旷无人。山泽纷纡馀，林薄杳阡眠。虎啸深谷底，鸡鸣高树巅。哀风中夜流，孤兽更我前。悲情触物感，沉思郁缠绵。伫立望故乡，顾影凄自怜。

230

陆机是太康时代声誉最著名的文学家。吴亡后，尝与其弟陆云退居旧里，闭门勤读。太康十年（289）赴洛阳拜访太常张华，大得器重，延誉京都，时有"二陆入洛，三张减价"之说。陆诗的主要特点是讲求诗歌的华美整饬，以其深厚的学力、繁复的辞藻、纯熟的技巧表现一种雍容华贵之美。传世之作有以赋体创作的文论《文赋》，这篇《文赋》触及文学理论上许多重要问题，对文学构思的过程描写得特别透彻。陆诗的杰作不多，本篇是写得较好的作品。

三国归晋虽是大势所趋，但无论就家庭背景，还是故土之情而言，东吴的灭亡，无疑会在文学青年陆机的心灵上留下创伤。陆机入洛不必为人所强，亦是形势所迫、生计所迫（"世网婴我身"），所以在辞亲远游之际不免生出许多去国怀乡之思，后来南朝大辞赋家庾信就把陆机入洛与王粲依刘并论："雪暗如沙，冰横似岸；逢赴洛之陆机，见离家之王粲；莫不闻陇水而掩泣，望关山而长叹。"

赴洛对于陆机来说，不仅意味着告别故乡热土，走向异国他乡，而且意味着即将割断与故国故家传统的联系，因此上有着双重的痛苦——诗中明写赴洛与恋乡的内心冲突，实际上潜伏着更深一层的内心矛盾。这种冲突在诗中分两步写出，从"总辔登长路"到"遗思结南津"六句，写辞亲远游（"遵北渚"而"登长路"），事出于不得已，故临路未发之际，有十二分的不情愿（先自"呜咽"继而"永叹"）。这是第一番内心冲突。

从"行行遂已远，野途旷无人"到篇末"伫立望故乡，顾影凄自怜"十二句，写赴洛途中历经艰险，更加引起诗人对家乡的怀念。这一段描写，使人想起曹植《赠白马王彪》和王粲《登楼赋》相类似的描写："秋风发微凉，寒蝉鸣我侧。原野何萧条，白日忽西匿。归鸟赴乔林，翩翩厉羽翼。孤兽走索群，衔草不遑食。感物伤我怀，抚心常太息。""风萧瑟而并兴兮，天惨惨而无色，兽狂顾以求群兮，鸟相鸣而举翼。原野阒其无人兮，征夫行而未息。"既是移情于景（因为心绪不佳，所以感觉一路景物也令人发愁），也是触景生情（因为山野景物荒凉，更增行旅心绪的不快）。由此写出第二番内心的冲突。

诗虽然无多创新，却道出了几分真实的生活感受，非但工于藻绘与排偶而已。

【左思】(250？—305？) 字太冲，西晋齐国临淄（今山东淄博）人。以妹棻入宫，移家洛阳，官秘书郎。曾为秘书监贾谧讲《汉书》，为"二十四友"之一。惠帝永康元年（300），贾谧见诛于赵王伦，遂不复仕。太安二年（302），因洛阳兵乱，迁居冀州数年而卒。有近人辑本《左太冲集》。

咏史八首（录七）

其一

　　弱冠弄柔翰，卓荦观群书。著论准过秦，作赋拟子虚。边城苦鸣镝，羽檄飞京都。虽非甲胄士，畴昔览穰苴。长啸激清风，志若无东吴。铅刀贵一割，梦想骋良图。左眄澄江湘，右盼定羌胡。功成不受爵，长揖归田庐。

咏史八首，此为序诗，止云"卓荦观群书"，而无具体咏史内容，完全是一首咏怀述志之作。

首四句自述少年即博学能文，志在政治与文学。志准贾生，文拟相如，皆取法乎上，口气是十分自负的。自负的人较之常人自有更多的牢骚——杜甫《奉赠韦左丞丈二十二韵》即申此意而发为狂吟："纨绔不饿死，儒冠多误身。丈人试静听，贱子请具陈。甫昔少年日，早充观国宾。读书破万卷，下笔如有神。赋料扬雄敌，诗看子建亲。李邕求识面，王翰愿卜邻。自谓颇挺出，立登要路津。致君尧舜上，再使风俗淳。此意竟萧条，行歌非隐沦。"左思生平也有类似牢骚。

"边城苦鸣镝"到"右盼定羌胡"共十句，写时当国家用兵之际，自己渴望投笔从戎，建功立业的心情。这是全诗的主干，情感豪迈，意气昂扬，大类曹子建《白马篇》。"虽非甲胄士，畴昔览穰苴"两句是退一步的说法，不说一向就想立功名于马上，而说国难当头，自己尚有赖以投军的本领，其投笔从戎完全是服从国家需要。"铅刀贵一割，梦想骋良图"亦是名句，表现了用世的渴望，即王粲《登楼赋》"惧匏瓜之徒悬兮，畏井渫之莫食"的心情的正面描述。诗云"长啸激清风，志若无东吴"，"左眄澄江湘，右盼定羌胡"，可见诗的写作当在晋武帝咸宁五年（279）大举伐吴之前。

末二句"功成不受爵，长揖归田庐"是曲终奏雅，表现一种很高的思想境界，即作者的志向在为国立功，而不在个人功名。这一点显然受到了一些具有高风亮节的历史人物（如咏史诗中赞扬的鲁仲连等）之精神感召，是孔孟所表扬的人格美的继续和发扬，也是华夏民族共同的一种精神财富。张玉谷说"止咏己意，而史事暗合"就是针对这种情况而言的。这一政治思想，可以概括为"功成身退"，这四个字是衡量古今真假志士的试金石。

1904年，浙江革命团体光复会公然将"以身许国，功成身退"八字写进誓辞，令人读之感喟。王维《不遇咏》结尾云："济人然后拂衣去，肯作徒尔一男儿"，李白《代寿山答孟少府移文书》云："事君之道成，荣亲之义毕，然后与陶朱、留侯，浮五湖，戏沧洲，不足为难矣。"都闪烁着同样的理想光辉，读之可浮一大白。

其二

　　郁郁涧底松，离离山上苗。以彼径寸茎，荫此百尺条。

世胄蹑高位，英俊沉下僚。地势使之然，由来非一朝。金张
籍旧业，七叶珥汉貂。冯公岂不伟，白首不见招。

这首诗对门阀制度下位不称的现象予以抨击，乃"先述己意，而以
史事证之"。前四句以比兴为唱叹，引起贤者反卑而不肖反尊（"世胄蹑高
位，英俊沉下僚"）的本意。《韩非子·功名》云："夫有材而无势，虽贤不
能制不肖。故立尺材于高山之上，而临千仞之谿，材非长也，位高也。"
为本篇出语所本。

"以彼径寸茎，荫此百尺条"，乍听荒谬，接上二句，竟真有其事。
"地势使之然，由来非一朝"，由个别到一般，使诗句具有很大的涵盖面，
概括极有力度。就当时来说，曹魏推行"九品中正"的门阀制度，在西
晋则有进一步的加强，《晋书·段灼传》："今台阁选举，涂塞耳目；九品
访人，唯问中正，故居上品者，非公侯之子孙，即当涂之昆弟也，二者
苟然，则荜门蓬户之俊，安得不有陆沉者哉！"《晋书·刘毅传》则概括
为"上品无寒门，下品无势族""世胄蹑高位，英俊沉下僚"，确为现实
的写照。人与人不同，首先从家庭出身就表现出来，生于官宦之家者与
生于平民之家者、生于大款之家者与生于苦寒之家者、生于大城市者与
生于边远山区者，在生存竞争中就不是处在同一起跑线上的，"世胄蹑高
位，英俊沉下僚"的现象真是何代无之。"由来非一朝"五字，包含有多
么深沉的感叹，代代沉沦下僚的英才都能体味到。

于是借古人酒杯浇自己块垒。这里涉及三个古人：金日磾其人本为
匈奴王太子，武帝时归汉为内侍，赐姓金，以笃实忠诚为武帝亲信，后
与霍光同受遗诏辅政，《汉书》传赞谓其"七世内侍，何其盛也"；张汤
为武帝时酷吏，戴逵《释疑论》谓"张汤酷吏，七世珥貂（汉内侍以武弁、
貂尾为服饰）"，《汉书》本传谓"功臣之世唯金氏、张氏亲近宠贵，比于外
戚"。这是"世胄蹑高位"的著例。冯唐是汉文帝时人，曾当面批评文帝
有颇牧之才而不能用，从而使被贬云中太守的魏尚官复原职，但他自己

234

到老还屈居微官，荀悦《汉纪》为之不平道："冯唐白首，屈于郎署。"是"英俊沉下僚"的著例。诗人大声疾呼道："冯公岂不伟！"这既是为古人鸣不平，也是借以发泄个人的牢骚。

小篇幅，大感慨，一首短诗，一篇宏论。它以涵盖古今的笔力写出，特有钦奇磊落之气；复能一唱而三叹，固为咏史之佳构，述怀之名作也。

其三

吾希段干木，偃息藩魏君。吾慕鲁仲连，谈笑却秦军。当世贵不羁，遭难能解纷。功成耻受赏，高节卓不群。临组不肯绁，对珪宁肯分？连玺耀前庭，比之犹浮云。

诗歌咏两位古人有功于国而轻视禄位的高风亮节，与第一首相映带。段干木是战国时魏国隐者，魏文侯尝师事之。秦欲攻魏，以文侯尚贤，畏而罢兵，事见《吕氏春秋·期贤》。鲁仲连是战国时齐国高士，秦围赵都邯郸时仲连适在围城中，他说服了魏使臣——劝赵尊秦为帝者辛垣衍，使秦军退兵五十里，事见《战国策·赵策》。此两人同以其声望却敌，但段干木于无意得之，而鲁仲连则有意为之，故亦有区别。赵国围解之后，赵相平原君欲以千金酬谢鲁仲连，仲连曰："所贵于天下士者，为人排患释难解纷乱而无所取也"，诗以"吾希"、"吾慕"并赞两人，"当世贵不羁"以二人皆有事功复能不为声名所累一收，以下至篇终则单表鲁仲连。此即双起单承，于详略互见的同时亦有所择重，诗笔妙于用简。

李白《古风》有云："齐有倜傥生，鲁连特高妙。明月出海底，一朝开光曜。却秦振英声，后世仰末照。意轻千金赠，顾向平原笑。吾亦澹荡人，拂衣可同调。"借歌咏古人抒写自己功成不居的理想，其诗深受左思本篇的影响。而"吾亦澹荡人，拂衣可同调"，也正是左思本篇未曾明挑的意思。

其四

济济京城内，赫赫王侯居。冠盖荫四术，朱轮竟长衢。朝集金张馆，暮宿许史庐。南邻击钟磬，北里吹笙竽。寂寂扬子宅，门无卿相舆。寥寥空宇中，所讲在玄虚。言论准宣尼，辞赋拟相如。悠悠百世后，英名擅八区。

这首诗咏汉事以抒今情，以长安权贵的豪华生活与著书人扬雄的清苦生活作对比，并对后者加以肯定，表明了作者本人的价值观念。

前八句写汉代京城长安权贵争竞豪奢的热闹场景，金、张代指宠臣，许、史分别为汉宣帝皇后许氏及汉宣帝外祖母史良娣的娘家，代指外戚。

后八句写西汉著名学者、辞赋家、哲学家扬雄穷愁著书的寂寞生活，及作者对其人的评价。扬雄曾仿《论语》作《法言》，仿《周易》作《太玄》（"言论准宣尼"指此），仿《子虚》《上林》作《长杨》《甘泉》《羽猎》等赋（"辞赋拟相如"指此），又著有《方言》等，他历成、哀、平三世不徙官，职务一直很低微，王莽时校书于天禄阁，受他人牵累将被捕，跳楼自杀未死，生平颇具悲剧性。

诗人预言扬雄流芳百世（"悠悠百世后，英名擅八区"）的同时，也是宣布自己的不同流俗的价值观；对权贵们呢，则不著一辞，而尔曹身名俱灭之意可知——李白后来在《江上吟》中写道："屈平辞赋悬日月，楚王台榭空山丘。""功名富贵若长在，汉水也应西北流。"与此同意。

初唐四杰之卢照邻所作托古意以抒今情的帝京诗《长安古意》，将左思本诗做了最为淋漓尽致的发挥。

其五

皓天舒白日，灵景照神州。列宅紫宫里，飞宇若云浮。峨峨高门内，蔼蔼皆王侯。自非攀龙客，何为欻来游？被褐出阊阖，高步追许由。振衣千仞岗，濯足万里流。

这是一篇与长安和上层社会告别的决心书。诗的前半写帝京洛阳宫室的壮丽，后半表示自己摒弃荣华富贵，志在隐居高蹈。中间"自非攀龙客，何为欻来游"是主题句。据《晋书》本传载，诗人"会妹芬入宫，移家居京师"，左芬是泰始八年（272）入宫拜修仪的，诗当写于此后不久。

这首诗表现了对门阀社会的失望和鄙弃，诗中涉及的古人是《高士传》记载不接受帝尧禅让天下的洗耳翁许由，古代著名的高蹈派人物。诗人决心追随他去，"振衣千仞岗，濯足万里流"二句，音情高亢，令人振奋，故沈德潜谓为"俯视千古"（《古诗源》）。这样的诗在任何时代，对不肯与统治者合作的人、不肯同流合污的人、不肯趋时的人来说，都是一种鼓舞。

其六

荆轲饮燕市，酒酣气益震。哀歌和渐离，谓若傍无人。
虽无壮士节，与世亦殊伦。高眄邈四海，豪右何足陈？贵者
虽自贵，视之若埃尘。贱者虽自贱，重之若千钧。

诗通过对古代卑贱之士的赞扬，表现对权贵的蔑视，展示了布衣之士的一种崭新的价值观。写法是先述史事，再断以己意。

前四句进叙荆轲、高渐离饮酣高歌于燕市故事，见于《史记·刺客列传》："荆轲既至燕，爱燕之狗屠及善击筑者高渐离。荆轲嗜酒，日与狗屠及高渐离饮于燕市，酒酣以往，高渐离击筑，荆轲和而歌于市中，相乐也，已而相泣，旁若无人者。"诗人专取荆轲、高渐离为世所重之前与狗屠来往，高兴饮就饮、高兴唱就唱、高兴哭就哭，"旁若无人"的事

237

实，突出的是人物小、眼光高。

"虽无壮士节，与世亦殊伦"，是说尽管其壮士之节未显，已经与众不同；"高眄邈四海，豪右何足陈"，就是说其眼光甚高，鄙视豪右。这其实也是左思自己的意思，这种蔑视权贵的诗句在左思诗中不一而足，已启李白先声。

后四句是诗人斩钉截铁地宣布与时俗迥异的价值观："贵者虽自贵，视之若埃尘；贱者虽自贱，重之若千钧。"二句语出《庄子·山木》："其美者自美，吾不知其美也；其恶者自恶，吾不知其恶也。"其意略同毛泽东所谓："卑贱者最聪明，高贵者最愚蠢。"

其七

　　主父宦不达，骨肉还相薄。买臣困樵采，伉俪不安宅。陈平无产业，归来翳负郭。长卿还成都，壁立何寥廓？四贤岂不伟，遗烈光篇籍。当其未遇时，忧在填沟壑。英雄有迍邅，由来自古昔。何世无奇才？遗之在草泽。

本篇通过古时贤才多遭困厄的追叙，对社会对人才的埋没提出抗议。诗亦先述史事，再以己意断之。

主父偃是汉武帝时人，《史记》本传载其尝自云："臣结发游学四十余年，身不得遂。亲不以为子，昆弟不收，宾客弃我，我厄日久矣。"朱买臣也是汉武帝时人，《汉书》本传载其"家贫，好读书，不治产业"，其妻羞而求去，买臣劝以富贵，妻怒曰："如公等终饿死沟中耳，可能富贵！"竟不能留。陈平是汉高祖功臣，《史记》世家载其少时家贫，居负郭（靠城墙借为一壁）穷巷，以弊席为门，有富人孙女五嫁克夫，人莫敢娶，而平欲得之。司马相如字长卿，当其与文君私奔同归成都时，家居徒四壁立，得不到卓王孙的接济。此四子者皆著于丹青，赫赫有名，正是"贱时岂殊众，贵来方悟稀"；当其贱时，不但受到一般人的轻视，而且大多数遭到骨肉或亲戚的冷眼，此一节最见世态之炎凉，思之令人齿寒。

末四句断以己意，"英雄有迍邅，由来自古昔"一收，然后推出一篇的主题句："何世无奇才，遗之在草泽！"诗人痛惜的被埋没的人才，遂不限于汉代的"四贤"，而有更大的囊括。而且是"远在天边，近在眼前"，包括了诗人自己。

娇女诗

吾家有娇女，皎皎颇白皙。小字为纨素，口齿自清历。鬓发覆广额，双耳似连璧。明朝弄梳台，黛眉类扫迹。浓朱衍丹唇，黄吻澜漫赤。娇语若连琐，忿速乃明娴。握笔利彤管，篆刻未期益。执书爱绨素，诵习矜所获。其姊字惠芳，面目粲如画。轻妆喜楼边，临镜忘纺绩。举觯拟京兆，立的成复易。玩弄眉颊间，剧兼机杼役。从容好赵舞，延袖像飞翮。上下弦柱际，文史辄卷襞。顾眄屏风画，如见已指摘。丹青日尘暗，明义为隐赜。驰骛翔园林，果下皆生摘。红葩缀紫蒂，萍实骤抵掷。贪华风雨中，倏忽数百适。务蹑霜雪戏，重綦常累积。并心注肴馔，端坐理盘核。翰墨戢函案，相与数离逖。动为垆钲屈，屣履任之适。止为荼荈据，吹吁对鼎䰞。脂腻漫白袖，烟薰染阿锡。衣被皆重地，难与沉水碧。任其孺子意，羞受长者责。瞥闻当与杖，掩泪俱向壁。

本篇是中国最早的儿童文学作品，诗中写作者两个女儿的故事。根

239

据所写的情况推测，当时作者的大女儿惠芳大约十岁上下，小女儿纨素不过六七岁光景。

从篇首到"诵习矜所获"共十六句写小女纨素。先一般性地夸说她眉清目秀，伶牙俐齿，然后着重写她的淘气——大清早就学着大人的样子画妆，结果画了两道扫帚眉，一张血盆口；她平时话多得很，撒起娇来固然说个不停，发起气来更不得了，那声音是又急又尖；她爱弄笔，但爱的是彤管的颜色，至于练字则长进不大；她翻书卷，只是因为喜欢素帛的质地，略约认识几个字，便到处卖弄，考别人认得认不得（鲁迅书信曾提到海婴刚认得二百字，就很神气地对父亲说："你如果字写不出来了，只要问我就是"，可为"矜所获"的注脚）。经过几个细节描写，小姑娘纨素就神气活现于纸上了。

从"其姊字惠芳"到"明义为隐赜"亦十六句写大女惠芳。惠芳大几岁，和妹妹就有些不同。"面目粲如画"便有美丽的感觉，不那么幼稚了。她虽然也图好玩，却不是乱画一气，而是更懂得如何把自己打扮得漂亮一些。看她手执铜镜，斜倚楼边，借着明亮的光线把镜中影像照得更清楚一些，那个认真劲儿，把母亲要她学纺绩的事全忘了；当其操笔画眉时，简直和汉京兆尹张敞为夫人画眉一样的专注——这是做父亲的打趣女儿的话；"的"是女子用朱丹点面的一种装饰，其修饰效用与"美人痣"类似，要求点得大小适度而浑圆，很不容易，弄得惠芳点了又点，不断重来，"玩弄眉颊间，剧兼机杼役"二句，映带前文"临镜忘纺绩"是说惠芳对镜忙个不停，比学织布还要来劲；惠芳爱好舞蹈，也学文史，当其随音乐上下起舞时，文史书籍就卷起来搁到一边去了。惠芳也有神气的时候，作者举了个她批评屏画的例子，"丹青日尘暗，明义为隐赜"是批评的具体内容，与"如见"相承，是说屏画太旧，该换新的了，殊不知父亲还有点儿恋恋不舍呢。她看来比妹妹是显得老练一些，虽然也有些"假老练"。

从"驰骛翔园林"到篇终共二十四句合写两位娇女。主要是写这一大一小两位女孩都还贪玩好耍，有时可爱，有时可恼。她们在园林里随意奔跑，任意攀折花朵，互相掷打闹着玩；风雨也无法减低她们的兴致，在风雨里跑来跑去，折花玩闹；凝霜积雪的天气，踩着积雪更好玩，为了不使鞋子陷进深雪里，不惜缚上一条条带子。这两孩子安静的片刻是上菜开饭的时候，竟也能端端正正坐着，帮大人摆一摆盘子；可是，叫她们去读书写字，对不起，那是坐不住的；为什么坐不住呢？"垆钲"响了，那是卖小食者为招徕顾客而敲击的乐器，所以她们连鞋也顾不上穿好就往外跑；看完热闹回来，又到厨房里瞎忙活，对着灶孔吹火，搞得衣袖油污烟染，根本洗不干净——遇到这种情况，大人能不气恼？因而一转写二女受责罚的情态——她们的自尊心还满强的，只要听到大人责骂，或瞥见大人在拿篾片子，便先自抹开了眼泪，背过脸儿朝墙站着，一副受了委屈的样子，只是不肯讨饶。这个结尾既写出了姐妹两个十足的娇气，又活画出父亲板起面孔、故作严厉的神态，此时此刻，娇女的"悲"和慈父的"狠"，其实都不那么严重，只不过做得凶罢了。它不但不破坏全诗轻松活泼的气氛，反倒增添了些幽默与风趣。

魏晋时代常被称为文学自觉的时代，表现之一就是，文学创作逐渐摆脱作为政治与伦理的载体的地位，题材不断扩大，反映个人情怀、日常生活的作品不断增多，越来越倾向于表现普通人日常的喜怒哀乐，倾向于更丰富更真实地反映人类生活。左思的《娇女诗》就是这种自觉的产物，它第一次以童真为对象，表现了对人性天真之美的赞颂与回味。人为了长大，付出的高昂代价之一，就是天真的丧失。儿童文学的价值就在于它能帮助人们找回失去的童真。本诗是通过日常生活细节塑造形象，作者并不直接说女儿的娇，而是通过具体细节——诸如学妆、握笔、执书、谈吐、理盘核、吹茶灶，等等，写出她们是怎样的娇，"字字是女，字字是娇女，尽情尽理尽态"(谭元春《古诗归》)。

从结构上看，这首诗写的是两个女儿，无所偏重，所以采用先分后合的写法，分则见二女之个性，合则见二女之共性，这样两个女孩子的形象都十分鲜明；诗自然入题，在富于戏剧性的一个情节上定格，非常洗练省净的。在语言上，此诗有时故意用些俚语来增强诗歌的诙谐气氛（如形容说话的"连诼"、"明姵"，指称事物的"栌荭"、"荼蕦"、"鼎鬲"，等等），但更注意语言的准确性、形象性，如"明朝弄妆台"的"弄"字写好玩的样子，"浓朱衍丹唇"的"衍"字写口红涂出界，"立的成复易"的"立"写动作之快，后三字写认真劲儿等等，都很传神。

左思《娇女诗》开拓了一片新的诗歌领域，此后写小儿女的诗篇逐渐多起来，如陶渊明语言朴素幽默的《责子》诗、李商隐绘声绘色的《骄儿诗》，还有杜甫《北征》中那段令人解颐的穿插"瘦妻面复光，痴女头自栉。学母无不为，晓妆随手抹。移时施朱铅，狼藉画眉阔"，等等。宋代杨万里更由此推广到一般地描写儿童，都能把人带回天真无邪的童年时代，得到真与美的感受。

【刘琨】（271—318）字越石，西晋中山魏昌（今河北无极东北）人。初任司隶从事，为"二十四友"之一。累官司徒左长史，封广武侯。晋怀帝立，出任并州刺史，与匈奴刘渊、羯人石勒等抗争数年。晋愍帝立，拜大将军。后败于石勒，为鲜卑人段匹磾所害。有明辑本《刘越石集》。

扶风歌

朝发广莫门，莫宿丹水山。左手弯繁弱，右手挥龙渊。顾瞻望宫阙，俯仰御飞轩。据鞍长叹息，泪下如流泉。系马长松下，发鞍高岳头。烈烈悲风起，泠泠涧水流。挥手长相谢，哽咽不能言。浮云为我结，归鸟为我旋。去家日已远，安知存与亡？慷慨穷林中，抱膝独摧藏。麋鹿游我前，猿猴戏我侧。资粮既乏尽，薇蕨安可食？揽辔命徒侣，吟啸绝岩中。君子道微矣，夫子故有穷。惟昔李骞期，寄在匈奴庭。忠信反获罪，汉武不见明。我欲竟此曲，此曲悲且长。弃置勿重陈，重陈令心伤。

本篇作于晋怀帝永嘉元年（307），时作者受任并州刺史，九月末自京城洛阳前往并州治所晋阳（山西太原西南）。据《晋书》本传刘琨自叙九月底出发，道险山峻，胡寇塞路，人民困乏，流移四散，十不存二；一路招募流亡，以少击众，冒险而进，转斗至晋阳。诗即述途中所见所感和对时局的忧危忠愤的心情。

"扶风"郡名，治所在今陕西泾阳县，《扶风歌》属乐府杂歌谣辞。《文选》李善注"集云：《扶风歌》九首，然以两韵为一首"，《乐府诗集》亦云。说九首并不确切，实际上是九解，两韵为一解。

一解写登程。"广莫门"为洛城北门，盖并州在北边故出此门；"丹水山"是丹水发源处，已入并州之境。诗中的"朝发""暮宿"，系袭用"朝发轫于苍梧兮，夕余至乎县圃"《离骚》句式，亦同后来《木兰辞》"旦辞爷娘去，暮宿黄河边"、"旦辞黄河去，暮至黑山头"，均不可泥解为一日行程，乃是诗歌叙写行程的一种程式，兼有行色匆匆之意。途中一手弯弓，一手挥剑，表现胡寇塞路，一路披荆斩棘的情形。

二解写恋阙。作者曾经过西晋初期的安定时代，并在洛阳有一段诗酒从容的优游生活的。然而自从乱起，国将不国，此时任重道远，而前景不容乐观，思前想后，且恋恋，且怅怅，情不自禁，至于涕零。

三解、四解写小憩。诗人系马解鞍在荒寂的高山头，入耳是萧萧的松风和泠泠的涧水，再一次想起辞别亲故的场面，泣不成声，浮云为之凝定不流，飞鸟为之回旋不去，如助人之悲哀——读者须体会诗中两个"为我"表达的强烈主观感受。

五解写恋家。去家日远，存亡未卜；荒山老林，倍感孤独。按当时刘琨虽以少击众，却并非孤身一人以行，但当时朝廷软弱无力，琨部难得后援，这里的抱膝孤独形象，为孤臣独木难支的心情传神写照。

六解写困厄。由于粮草乏绝，马饥人困，诗人一行陷在荒山老林中，山中麋鹿、猿猴以野草山果为食，何等自在悠游，相形之下，做人又有什么好处（薇蕨安可食）？此处又用了两个"我"字，强调的是人不如兽，与四解两言"为我"映带，亦是直抒胸臆之语。

七解写排解。"命徒侣"三字点明了统兵的身份，出现了集体的形象。作为带兵者，诗人不敢用自己的消沉去加重部下悲观的情绪，只能想尽办法调动他们的积极性。所以指挥部从登程，在山道上拉歌以振奋情绪，歌声使人想起孔子的精神，《论语·卫灵公》载，孔子"在陈绝粮，从者病，莫能兴。子路愠见曰：'君子亦有穷乎？'孔子曰：'君子固穷（安于贫困），小人穷斯滥矣。'"

八解写隐忧。诗情再转低沉。盖诗人当时系与匈奴人周旋，处境又相当困窘，只有许国之决心，却没有必胜之信念。这种处境心情使他对汉代的李陵产生同情，据《史记·李将军列传》附李陵传载，李陵当日以五千人对匈奴八万之众，被困乏绝而救兵不到，被迫投降，本来忠信，却反而获罪。汉武帝不但不给以原谅，反而杀了他的全家。"骞期"即"愆期"，指李陵出征匈奴逾期未归。诗人言下之意，盖恐旷日持久，讨贼不效，区区孤忠，反不见谅于朝廷，故深怀后顾之忧。

九解是尾声。相当于楚辞的乱辞，也是乐府常见的结束形式。两用接字即顶真的修辞，一曰忧从中来，情不可尽；二曰感伤太甚，不宜重陈，故以不尽尽之。

这是一首以天下为己任、持危扶颠的壮士之诗，本来也可以写得豪情满纸、激昂慷慨，然而诗人却采取了一种低调的写法，突出的行军中种种凄凉感伤而忧惧的心情，展示的是普通的人情，大约诗人本来就不是为了写给别人看的，所以诗中没有半点客气假象，有的是一片赤子之真诚，与曹公《苦寒行》十分地相近。

"唯大英雄能本色"，诗就好在写出了英雄本色的一面。不唱高调，反能感人至深。此诗略于叙事而详于抒情，抒情采用的是纯意识流的写法，即将沿途复杂的思想感情，择要一一写来，叙事看似拉杂，抒情实有脉络。沈德潜说："越石英雄失路，万绪悲凉，故其诗随笔倾吐，哀音无次，读者乌得于语句间求之。"（《古诗源》）

全诗九解蝉联而下，逐解换韵，采用复叠、接字等手法，造成既一气贯注又千回百折的，回肠荡气的感觉，是这首抒情诗激动人心的又一原因。

重赠卢谌

握中有悬璧，本自荆山璆。惟彼太公望，昔在渭滨叟。邓生何感激，千里来相求。白登幸曲逆，鸿门赖留侯。重耳任五贤，小白相射钩。苟能隆二伯，安问党与仇？中夜抚枕叹，想与数子游。吾衰久矣夫，何其不梦周？谁云圣达节，知命故不忧？宣尼悲获麟，西狩涕孔丘。功业未及建，夕阳忽西流。时哉不我与，去乎若云浮。朱实陨劲风，繁英落素秋。狭路倾华盖，骇驷摧双辀。何意百炼刚，化为绕指柔！

卢谌是作者的姨甥，又曾任其僚属；作者先有诗《答卢谌》，故此诗曰"重赠"。此诗的写作背景：愍帝建兴四年（316）冬，作者败于羯族的前赵石勒，晋阳沦失，遂投奔幽州刺史段匹磾，为段疑忌，系身囹圄，自认必死，诗即作于狱中。诗题为赠，乃对亲知者畅抒幽愤之作。

从篇首至"想与数子游"共十四句为咏史寄意——即以古人君臣遇合反形己之不遇于时，略同左思咏史先述史事的做法。关于此节，向有误解，应予澄清。一是张玉谷谓首二"即以悬璧比卢才质之美"，今人多用其说，颇觉牵强。按"握中有悬璧，本自荆山璆"二句，与紧接的"惟彼太公望，昔在渭滨叟"对举成文，实以和氏璧故事隐喻国士亦有待于发现也，从而兴起姜子牙遇周文王事（典出《史记·齐太公世家》）。以下"邓生何感激"二句，咏邓禹追随汉光武帝事，据《东观汉纪》邓是从南阳北渡黄河到邺城，不远千里投奔汉光武帝刘秀，此言国士亦须择主而事，故有千里相投之举。

"白登幸曲逆"二句，咏陈平（后封曲逆侯）、张良助刘邦脱险的故事：刘邦被匈奴围于白登山，赖陈平奇计得脱，事见《史记·陈丞相世家》；张良曾助刘邦在鸿门宴上转危为安，事见《史记·项羽本纪》。此言国士在关键时刻发挥作用，即疾风知劲草也。

"重耳任五贤"二句，言明君唯才是举，无论亲疏；按狐偃、赵衰等五人先从晋文公重耳流亡，复佐其成霸业，事见《左传·晋公子重耳之亡》及《史记·晋世家》；管仲先事公子纠以箭射伤公子小白，后小白即位即齐桓公，不记射钩之仇，任其为相，终成霸业，事见《史记·齐太公世家》。以上姜太公等人事迹虽有不同，但共同的地方是都能遇到明主，都曾发挥作用，故令作者思之羡煞，愿从其游。而《晋书》本传谓"琨诗托意非常，摅畅幽愤，远想张、陈，感鸿门、白登之事，用以激谌"，说诗人自比当时处境如刘邦之在鸿门与白登，而以张良、陈平望卢谌，是何断章取义，又何不近情理；如当时事尚可为，如此曲为之喻，又无乃太迂！

从"吾衰久矣夫"到"去乎若云浮"十句，以孔子的话来浇自己心中块垒。《论语·述而》载孔子曾叹息自己年老力衰，不能成就功业，"子曰：'甚矣吾衰也，久矣，吾不复梦见周公。'""圣达节"是《左传》成语谓圣人安分（原文为"圣达节，次守节，下失节"），"知命故不忧"语出《周易·系辞》（原文为"乐天知命故不忧"）。据《春秋》载鲁哀公十四年西狩获麟，孔子叹曰"吾道穷矣"，遂绝笔。诗人从小熟读经史，这些早就知道的故事，从没有像今天这样感受深刻。因为他对功业未就，时不我待的悲痛有了切身的体会。

从"朱实陨劲风"到篇末六句以博喻抒发命运遭到颠覆的悲痛。一是说自己像繁花和果实遭受秋天的劲风打击摧残，二是说自己好像在狭路上翻了车，受惊的马把车辕折断，三是说自己英雄失路好像经过百炼的金属（应劭《汉官仪》"金取坚刚，百炼不耗"），居然软得可以绕指如同面条一般，好不令人气短！

诗前半迭咏史事，用古人君臣遇合故事反形己之不遇；接着就以孔子之叹息正面托出己意；后几句再迭用比兴作渲染，集中抒发胸中积郁。由咏史到抒怀，过渡十分自然，将英雄气短之慨以抒得淋漓尽致。较左思咏史，虽属同一路数，却别具情态。

【陶渊明】（365—427）一名潜，字元亮，晋宋间浔阳柴桑（今江西九江）人。东晋名臣陶侃曾孙，一生三仕三隐，于彭泽令任内弃官归里，隐居田园，遂不复仕。于宋文帝时卒，友人私谥曰靖节先生。有《陶渊明集》。

桃花源诗并记

晋太元中，武陵人捕鱼为业，缘溪行，忘路之远近。忽逢桃花林，夹岸数百步，中无杂树，芳草鲜美，落英缤纷；渔人甚异之。复前行，欲穷其林。林尽水源，便得一山。山有小口，仿佛若有光；便舍船从口入。初极狭，才通人；复行数十步，豁然开朗。土地平旷，屋舍俨然，有良田美池桑竹之属；阡陌交通，鸡犬相闻。其中往来种作，男女衣着，悉如外人；黄发垂髫，并怡然自乐。见渔人，乃大惊；问所从来，具答之。便邀还家，设酒杀鸡作食。村中闻有此人，咸来问讯。自云先世避秦时乱，率妻子邑人来此绝境，不复出焉；遂与外人间隔。问今是何世，仍不知有汉，无论魏晋。此人一一为具言所闻，皆叹惋。余人各复延至其家，皆出酒食。停数日，辞去。此中人语云："不足为外人道也。"既出，得其船，便扶向路，处处志之。及郡下，诣太守说如此。太守即遣人随其往，寻向所志，遂迷不复得路。南阳刘子骥，高尚士也；闻之，欣然规往。未果，寻病终。后遂无问津者。

嬴氏乱天纪，贤者避其世。黄绮之商山，伊人亦云逝。往迹浸复湮，来径遂芜废。相命肆农耕，日入从所憩。桑竹垂余荫，菽稷随时艺。春蚕收长丝，秋熟靡王税。荒路暧交通，鸡犬互鸣吠。俎豆犹古法，衣裳无新制。童孺纵行歌，斑白欢游诣。草荣识节和，木衰知风厉。虽无纪历志，四时自成岁。怡然有余乐，于何劳智慧。奇踪隐五百，一朝敞神界。淳薄既异源，旋复还幽蔽。借问游方士，焉测尘嚣外。愿言蹑清风，高举寻吾契。

这是陶渊明晚年的代表作，亦是流传千古之作。桃花源的故事有它的历史的现实背景，也有文化传统的背景。盖自汉末以来，国内屡经战乱，人民往往自动起来归附于某一有威望的大姓，筑坞壁以自保，此即所谓坞堡。晋宋时代的江南也有类似事件发生，《宋书·夷蛮传》谓刘宋时民有逃入夷蛮以避征徭的事。桃花源可能就是这种现实加以理想化构想而成的。而传统儒家经典《礼记·礼运》关于大同世界的描绘，道家经典《老子》中小国寡民的思想，以及由此发展而成的魏晋时嵇、阮、鲍敬言等人的无君论，则给这一构想提供了理论依据。然而，本篇中具有浓厚生活气氛的农村情景及桃源中人纯朴的精神世界，则是源于陶渊明本人田园生活的体验。

本篇由记与诗两部分组成，记写关于桃花源的发现和迷失的传奇故事，诗则发为吟咏。

记分三段，从"晋太元中"到"豁然开朗"为引子，叙述桃花源的发现。作者将故事发生的时间假定在东晋孝武帝太元中，发现桃源的则是一个捕鱼为业的武陵人，便使之带有传说色彩；"忘路之远近"、"忽逢桃花林"、"仿佛若有光"、"豁然开朗"等语所著副词，尤能状出奇异之感；写桃花林"夹岸数百步，中无杂树，芳草鲜美，落英缤纷"，景物之美引人入胜。从"土地平旷"到"不足为外人道也"是中心段落，写渔人在桃源的所见所闻。"土地平旷，屋舍俨然，有良田美池桑竹之属，阡陌交通，鸡犬相闻"，显示着桃源世界的人间性，即不同于传说中不食人间烟火的仙境；另一方面，联及后文"其中往来种作，男女衣着，悉如外人，黄发垂髫，并怡然自乐"，又显示着桃源的世外性，即不同于世间满目疮痍的民生凋敝的景象。"便要还家，设酒杀鸡作食"，"余人各复延至其家，皆出酒食"，则意味着桃源中人之富于人情味。"自云先世避秦时乱，率妻子邑人来此绝境，不复出焉，遂与外人间隔"及"此中人语云，不足为外人道也"，更表现了桃源中人对自由的热爱，对传统的忠诚。"问今是何世，乃不知有汉，无论魏晋"最为妙语，暗示了桃源与世间在文化上的隔膜。从"既出"到"后遂无问津者"是尾声，桃源的不可再寻，愈增记文扑朔迷离的传奇色彩，也暗示了桃源是一个憧憬。总之，这篇记文具有丰富的诗意和想象力，它既有传奇的色彩和魅力，又具有浓郁的农村生活实感，叙述语言极其准确洗练，达到了思想性与艺术性的统一。

诗亦分三段，从"嬴氏乱天纪"到"来径遂芜废"六句，追溯桃源来历。所谓"天纪"，就是人道，这是先秦儒道两家共同的思想；"贤者避世"是孔子的话（《论语•宪问》），也是儒道相通的思想。"黄绮"指夏黄公、绮里季等四皓，是避秦时乱的代表性人物，而桃源先民与他们就是同时代人了。记文是从空间（溪行穷源）引入桃源，诗则从历史引入，但都表明桃源世界的人间性。从"相命肆农耕"到"于何劳智慧"十八句，展示桃源世界及其文化特质。"相命"二句暗用《击壤歌》"日出而作，日入而息，凿井而饮，耕田而食，帝力于我何有哉"之意。"桑竹"四句，写农桑而着重在"靡王税"三字，揭示了桃源社会政治经济的特质，耕者有其田，而没有不劳而获的剥削压迫现象（王安石《桃源行》"虽有父子无君臣"一言道破这个社会的特点），古人"五亩之宅，树之以桑，五十者可以衣帛矣"，"不违农时，谷不可胜食也"（《孟子》）的理想，在这里得到了实现。"荒路"二句，说明桃源虽对外关闭，但内部则彼此往来和睦相处。"俎豆犹古法，衣裳无新制（上下装样式保持老式）"二句揭示了桃源民俗文化的特质，意味着古老美德的保持。"童孺纵行歌，斑白欢游诣"，这就不止是"斑白者不负载于道路矣"，敬老爱幼的理想，在这里得到了全部的落实，最能表现桃源道德文化的特质。"草荣"以下六句，表明桃源人崇尚自然古朴，对科学技术物质文明不感兴趣（对历史知识则当别论），甚至连一本反映自然季节变化的历书也没有，但他们并不因此感到不便。从"奇踪隐五百（载）"以下，概言桃源消息披露之始末，及作者对桃源的向往。这里点明桃源再度迷失的原因，盖在它与世间文化上"淳薄而异源"，道不同不相为谋，"薄"（即浇薄）字是对现实社会的根本批判。

要之，《桃花源诗并记》展示的桃源社会，其主要特点，在于人人劳动，自食其力，没有剥削，没有压迫，自由和平（只差进步，几乎就是一个完美的理想社会）。这是对充满动乱、篡夺、杀戮，民不聊生的现实社会的根本否定。这个理想社会的人间性，则是对当时盛行的佛教思想的根本否定（当时庐山是佛教一大中心，402 年名士刘遗民等百余人与庐山僧人慧远在佛像前建斋立誓，期其西方，影响极大，见《高僧传·慧远传》）。作为一种文化理想，桃源模式对传统文化思想有所继承，也有所扬弃，它吸取了《礼记·礼运》大同社会"天下为公"，"人不独亲其亲，不独子其子，使老有所终，壮有所用，幼有所长"等思想，而扬弃了其"选贤举能"的成分；吸取了《老子》"小国寡民，虽有什伯之器而不用"，"甘其食，美其服，安其居，乐其俗"等思想，而扬弃了其"民至老死不相往来"及"绝仁弃义（指古礼）"的成分，因而在思想上是推陈出新的。本篇由记与诗组成，它们在同一个题目下自成起讫，读起来毫无重复感。记是散文，以渔人经历为线索，有曲折新奇的故事情节，有人物，有对话，也可以归属于短篇小说；诗则用概括性的叙述，由诗人撮述桃源社会梗概，着重在制度的交代，从而赞美之。故两者珠联璧合，相互补充，为一整体。后来唐代举子投卷及元白叙事诗，文备众体，既见诗笔，议论，又见史才，其体制亦可肇源于此。

归去来兮辞并序

余家贫，耕植不足以自给。幼稚盈室，瓶无储粟，生生所资，未见其术。亲故多劝余为长吏，脱然有怀，求之靡途。会有四方之事，诸侯以惠爱为德，家叔以余贫苦，遂见用于小邑。于时风波未静，心惮远役。彭泽去家百里，公田之利，足以为酒，故便求之。及少日，眷然有归欤之情。何则？质性自然，非娇厉所得。饥冻虽切，违己交病。尝从人事，皆口腹自役；于是怅然慷慨，深愧平生之志。犹望一稔，当敛裳宵逝。寻程氏妹丧于武昌，情在骏奔，自免去职。仲秋至冬，在官八十余日。因事顺心，命篇曰归去来兮。乙巳岁十一月也。

归去来兮，田园将芜胡不归！既自以心为形役，奚惆怅而独悲？悟已往之不谏，知来者之可追。实迷途其未远，觉今是而昨非。舟摇摇以轻飏，风飘飘而吹衣。问征夫以前路，恨晨光之熹微。乃瞻衡宇，载欣载奔。僮仆欢迎，稚子候门。三径就荒，松菊犹存。携幼入室，有酒盈樽。引壶觞以自酌，眄庭柯以怡颜。倚南窗以寄傲，审容膝之易安。园日涉以成趣，门虽设而常关。策扶老以流憩，时矫首而遐观。云无心以出岫，鸟倦飞而知还。景翳翳以将入，抚孤松而盘桓。归去来兮，请息交以绝游。世与我而相违，复驾言兮焉求！悦亲戚之情话，乐琴书以消忧。农人告余以春及。将有事于西畴。或命巾车，或棹孤舟。既窈窕以寻壑，亦崎岖而经丘。木欣欣以向荣，泉涓涓而始流。善万物之得时，感吾生之行休。已矣乎，寓形宇内复几时！曷不委心任去留，胡为乎遑遑欲何之？富贵非吾愿，帝乡不可期。怀良辰以孤往，或植杖而耘耔。登东皋以舒啸，临清流而赋诗。聊乘化以归尽，乐夫天命复奚疑！

本篇是作者与官场和旧我诀别的宣言书，也是陶渊明人生境界的写照，作于义熙元年（405）。

辞前有序，是一篇优美的小品文。大致分为四层，从"余家贫"到"求之靡途"，叙家贫思仕，然求官无门。从"会有四方之事"（或谓指刘裕讨伐桓玄的战争，或谓指义熙元年为刘敬宣参军时奉命出使京都建康之事）到"故便求之"，叙家叔陶夔代为谋求到彭泽令的职务。从"及少日"到"敛裳宵逝"，写到官不久即有怀归之情，而准备忍耐到年底。从"寻程氏妹丧于武昌"以下，叙提前弃官的经过。"乙巳岁十一月"即东晋安帝义熙元年旧历十一月。

辞分四段。从开篇到"恨晨光之熹微"写启程归庄及一路心情。前八句写对以往的反思。"归去来兮"二句以呼告起，表现了对人生的彻悟。在作者的潜意识中，田园与自然具有同一性，"质性自然"与耽爱田园也是互为表里的，"田园将芜"就意味着本性的失落、自由的丧失，怪谁——除了怪自己？"悟已往之不谏"二句骈偶，一笔挽上，一笔起下。"知来者之可追"——与其沉湎于悔恨，不如告别过去，一切重新开始。

两句偏重否定过去，为了表达对新生活的信心，进而对今日采取的行动做出明确的肯定："实迷途其未远，觉今是而昨非！"以"今是"对"昨非"，实际上也是悟往知来的反复。以上八句先作棒喝，再作沉痛反思，继而否定已往作决绝语，最后肯定今是以断案，极有思致有韵味。这里的一悟、一知、一觉，表明弃官归隐决非一时感情冲动，而是经过认真反思之后对生活道路的理性抉择。写归途情事仅四句：一路先登水程，再走陆路，舟之轻扬，风之吹衣，表现出弃官如释重负；向征夫问路，恨天亮得太迟，则流露出归心似箭的迫切心情。本段描写详于心理而略于情事，着墨不多，已见满心欢喜。

从"乃瞻衡宇"到"抚孤松而盘桓"写归庄之喜及家居生活的愉悦。前八句，写到家的场面。一见家门，兴奋得奔跑起来，仿佛找回了失去的天真，接着又写家人尤其是孩子们的快乐，着墨不多，但极富生活气息。"三径就荒"可慨田园将芜，"松菊犹存"可喜迷途未远，是写景，也是关合前文。后十二句，写闲适的乐趣。人不过七尺躯，一张嘴，"鼹鼠饮河，不过满腹；鹪鹩栖树，不过一枝"，"千年田换八百主，一人口插几张匙？"（辛弃疾），不必食禄千钟，也不必阅尽人间春色。只要壶中长满（"有酒盈樽"、"引壶觞以自酌"），只要有一个生存空间（"审容膝之易安"），只要一个好的环境（"眄庭柯以怡颜"），只要不面对上司，还我做人的尊严（"倚南窗以寄傲"）。作者的心灵与生活，已对世俗关闭，而向着自然开放——"园日涉以成趣，门虽设而常关。策扶老以流憩，时矫首而暇观"，实在是太好了。说到观景，作者描绘了夕阳西下、白云出山、宿鸟归飞的景色，一个有意味的景色，两个优美的骈句！在这"景翳翳而将入"的时刻，手抚孤松，心里充满感喟，诗人面对晚霞与归鸟，既有得其所哉的愉悦，又有时序流逝的感喟。

从"归去来兮"到"感吾生之行休"，着重写徜徉于田园山水，回归自然的乐趣。在读者感到美不胜收，而作者意犹未尽的当儿，重复一下开篇的呼告，换一换气，稍事休息，以迎接新的印象，很有必要。"请息交以绝游"重复了"门虽设而常关",无意中流露出弃官归田的另一潜在原因,那就是"世与我而相违"。陶渊明也曾有过兼济之志,可惜生不逢辰,"归去来"是件没商量的事儿。"悦亲戚之情话,乐琴书以消忧"是又一组优美的骈句,这一悦一乐,在天伦、在人文,在自然外,又在自然内。"农人告余以春及"八句点出农事,写田园风光之美,这里有对自然本身的赞美,有对开发自然的农业劳动的赞美,有对滋生万物的春天的赞美。"农人告余以春及,将有事于西畴",表明作者与农人的声息相通,下段中"怀良辰以孤往,或植杖而耘耔"二句,更直接写下地劳动,乃是渊明归耕生活相当值得重视的一个内容。此外,还有探幽访胜之喜,看他穿行于崎岖、窈窕的丘壑中,心中是多等的喜悦。"木欣欣以向荣,泉涓涓而始流"是又一组优美的骈句,春天是多么富于生机啊!"欣欣向荣"一语将愉悦之情推向了高潮。前两段一样,仍然以感喟作结:"善万物之得时,感吾生之行休。"朱光潜说得好:"《时运》诗序中的最后一句话是'欣慨交心',这句话可以总结他(陶渊明)的精神生活。他有感慨,也有欣喜。唯其有感慨,那种欣喜是由冲突调和而彻悟人生世相的欣喜,不是浅薄的嬉笑;唯其有欣喜,那感慨有适当的调剂,不是奋激佯狂,或是神经质的感伤。他对于人生悲喜剧两个方面都能领悟。"本篇每一段的抒情,实际上都"欣慨交心",内涵丰富,耐人回味。

从"已矣乎"到篇终,有感于人生短暂而强调顺应自然。前四句从上段的结句说起,照应篇首,谓去日苦多,"心为形役"的状况不能继续下去,总是"今是昨非"之感,一篇之中,不惜三致意焉。"富贵非吾愿,帝乡不可期"二句,既否定了世俗的功名富贵,又否定了宗教的彼岸世界,这在士风忙宦、佛老盛行的东晋时代,境界不可谓不高。陶渊明的人生态度是任真的、实际的,他要通过劳动和咏吟,用双手和心灵,求得人生的意义,实现生命的价值。农闲可以出游,农忙则悉心耕作,丘壑万象,奔赴眼底,皆为诗材。下地能劳动,登高能赋诗。自然——劳动——艺术,构成陶渊明全幅充实的人生。"乘化归尽"即顺应自然潇洒过一生，是陶渊明人生哲学的概括。

全辞四段基本上合于起、承、转、合的节奏。艺术表现上颇具特色，概括起来有以下几点：抒情的欣慨交心；形象的疏朗饱满（自然的和人事的）；结体的反复唱叹（欣与慨的内容于一篇中皆三致意）；行文的骈散有致（骈偶处多为佳句）；语言的平易流畅；风格的自然妍美。它为后世所重是理所当然的。欧阳修谓"晋无文章，唯陶渊明《归去来辞》而已"，《容斋随笔》载："建中靖国间，东坡和《归去来》，初至京师，其门下宾客从而和者数人，皆自谓得意也。陶渊明纷然一日满人目前矣。"

归园田居六首（录三）

其一

少无适俗韵，性本爱丘山。误落尘网中，一去三十年。羁鸟恋旧林，池鱼思故渊。开荒南野际，守拙归园田。方宅十余亩，草屋八九间。榆柳荫后檐，桃李罗堂前。暧暧远人村，依依墟里烟。狗吠深巷中，鸡鸣桑树巅。户庭无尘杂，虚室有余闲。久在樊笼里，复得返自然。

陶渊明在辞去彭泽令后的次年，写下了《归园田居》五首，与《归去来兮辞》一样，它们是诗人辞旧我的别词，迎新生的颂歌。五首诗分别从辞官、居闲、农事、访旧、夜饮几个侧面描绘诗人归隐后的生活情趣，合起来是整体，分开来则具有相对的独立性。

第一首写辞官归来如释重负的愉快心情。诗一起即从少年时代养成个性说起，"韵"、"性"即气质禀性，"性本爱丘山"也就是"质性自然"（《归去来兮辞序》）的意思。然而渊明一生有三仕的经历，自觉在较长时间内失落了自我（或谓渊明为江州祭酒至彭泽弃官共十二年，到作诗时正好十三年，所以"三十"应作"十三"），成了"羁鸟"、"池鱼"。唯其是羁鸟，才深知恋旧林的滋味；唯其是池鱼，才深知离故渊的苦恼。这里"羁鸟"、"池鱼"的设喻，妙在"羁"、"池"两个定语，前应"尘网"的那个"网"，后起篇末"樊笼"二字，从而形成贯穿首尾的系列比喻，是此诗在写作上的一个特点。

紧接写归田。"守拙"是一个关键词。"拙"，相对于"巧"字而言。所谓"巧"，也就是官场中的权术、机巧，也就是"机关算尽太聪明"（《红楼梦》）所谓的"机关"。曾有诗人借七夕之题发挥道："年年乞与人间巧，不道人间巧已多！"讲机巧讲权术，就讲不得原则，讲不得持守。回到农村，参加劳动，本本分分做人，老老实实做事，机巧就派不上用场，这就是所谓的"守拙"。

以下是一段田园风光的描绘，其中包含诸多的信息：久经战乱，地广人稀，农舍虽多草屋，宅地却也宽敞；只要投入劳动，就可再造生活，种下的榆柳在檐后形成绿荫，桃李在堂前织成绚烂，心里多么快活；村落相隔较远，人口密度不大，竹树掩映着几许田舍，天空中袅袅着几缕炊烟；鸡犬之声相闻，象征着和平与安宁——这里信手拈来汉乐府《鸡鸣》中"鸡鸣高树巅，狗吠深宫中"，点化入"桑"、"巷"二字，即成田园风光；这里没有污染（"户庭无尘杂"），不像陆机所叹的"京洛多风尘，素衣化为缁"；这里有的是自由支配的时间（"虚室有余闲"），可以从事自己的爱好。"余闲"也是一个关键词，使今人想起马克思所说的"自由支配的时间"，自由支配的时间就是财富，自由支配的时间也标志着人的解放程度。

正因为如此，所以诗人感到脱离官场，复返自然，实现了本性的复归，心情自然轻松舒畅。"从出世后归田，与烟霞泉石人不同。譬如潜渊脱网，无二鱼也，其游泳闲促，自露惊喜。"（蒋薰）

诗人生在动乱时乱，对现实政治不抱任何幻想。难能可贵的是他不

256

悲观，也不疯狂，魏晋几代人中，只有他从与社会对立的自然，与城市对立的农村，与破坏对立的生产中看到希望，只有他奇迹般创造了一个桃花源，教人们无须绝望。他固然不是诗圣，没有杜甫那种悲天悯人的写实；然而他参透生活的哲理，教人在事不可为时怎样进行自我完善和维持心态的平衡。他用冲淡的五言诗，以平和从容的语调，叙述着他的愉悦和发现，他的诗有着强大的感染力，使人向真向善向美。《归园田居》的价值或许就在这里，方东树谓其"衣被后来，各大家无不受其孕育，当与《三百篇》同为经。岂徒诗人云耳哉"！

其二

　　野外罕人事，穷巷寡轮鞅。白日掩荆扉，虚室绝尘想。
时复墟曲中，披草共来往。相见无杂言，但道桑麻长。桑麻
日已长，我土日已广。常恐霜霰至，零落同草莽。

　　此诗写乡居生活的艰辛一面，也可见陶渊明并非整日价的飘飘然。亦在必选。

　　前四句写脱离官场后难得的清静。极少世俗的交际应酬，极少车马贵客造访，躲进柴门里边那幽静的居室，把一切俗念都抛到九霄云外去了。"野外"、"穷巷"、"荆扉"、"虚室"等意象，反复强调着乡居的清贫，及诗人固穷守拙的决心。

　　这样的生活是否太寂寞了呢？不，以下四句表明，村居的柴门也有敞开之时，诗人也不时从野草丛生中寻路（"披草"）与乡野之人来往，彼此有共同关心的话题，有共同的语言，经常一起谈论桑麻生长的情况，而没有讨厌的废话（"杂言"）。很平常的交往，但和官场中的应酬一比较，就太可人意了。

　　田园生活有欣有慨、有喜有惧。庄稼一天天长高，开荒种地越来越

多，这都是令人高兴的事情（"桑麻日已长，我土日已广"）；但古代农业社会一半是靠天吃饭，最怕的就是自然灾害，特别是严重的自然灾害造成颗粒无收，致使辛勤劳动的成果毁于一旦（"常恐霜霰至，零落同草莽"）。在这里，诗人的思想感情，通过劳动的洗涤净化，是非常地接近劳动人民了。诗取乡居生活的日常片断，表现了与农人息息相通的淳朴思想感情，而语言也相应地质朴无华。

其三

种豆南山下，草盛豆苗稀。

晨兴理荒秽，带月荷锄归。

道狭草木长，夕露沾我衣。

衣沾不足惜，但使愿勿违。

陶渊明是晋宋时代很率真的一个人，一生有三隐三仕的经历。大抵生活困难了，他会选择做官；做官不在状态了，他会选择弃官归隐。还说过"吾不能为五斗米折腰，拳拳事乡里小人"这样的话（《晋书·陶潜传》）。这首诗是他归隐田园后，所写《归园田居》组诗五首中的一首。

"种豆南山下，草盛豆苗稀。"很多人都认为陶渊明老老实实承认自己不会种庄稼——这两句就表明他不会种庄稼。但是，种豆不是一个技术性很强的农活。而且这两句话还有一个出处，那就是汉人杨恽（司马迁的外甥）得罪罢官发牢骚的一首诗："田彼南山，芜秽不治。种一顷豆，落而为萁。人生行乐耳，须富贵何时！"《汉书》颜师古注引张晏说，芜秽不治言朝政荒乱，豆实零落，喻己见放弃。陶渊明用这首诗，固然可以有自嘲之意，但他沿用了杨诗"田彼南山，芜秽不治"的喻意，说明生当浊世、乱世，洁身自好，躬耕田园，不失为一种人生选择。"理荒秽"三字，以重笔写除草。表明在作者看来，社会的混乱，是由于人们放弃了农业这个根本，而无休止地进行战争，自耕自食、回归自然的生活方式，则是治疗社会的"荒秽"的一贴良药。有道是：种豆得豆，种瓜得瓜。

如果仅限于说理，此诗就不会如此有味。诗中包含有真实的劳动生活感受，《归园田居》其一有"开荒南野际"之句，可见南山下的土地是新开垦的，不适合种其他庄稼，只好种较耐贫瘠、容易生长的豆类。如果不考虑用典的因素，读此诗前半就如听老农话桑麻，十分亲切实在。"带月荷锄归"一句，表明忙活了一天，收工时的心情是轻松愉快的。注意"带月"，不是披星戴月，说人在月光下走；而是说"月亮走，我也走"，人带着月亮一同走，更有意境，更富情趣。

后半紧承"归"字，写诗人乘着月光，走在野草丛生的乡间小路上，夜露打湿了他的衣裳。然而他乘着劳动归来的愉快，欣慰地想："衣沾不足惜，但使愿无违。"最后一句是全诗的结穴所在，也是陶渊明处世为人的根本原则之所在。这里的"衣沾"既是事实，又是弃官归耕必然也会遇到一定困难的象征。

是事实，所以亲切；是象征，所以耐味。唐代诗人张旭《山中留客》云："山光物态弄春晖，莫为轻阴便拟归。纵使晴明无雨色，入云深处亦沾衣。"结尾的"沾衣"，就来自此诗，而具有相同的象征意义。

乞食

饥来驱我去，不知竟何之。行行至斯里，叩门拙言辞。主人解余意，遗赠岂虚来。谈谐终日夕，觞至辄倾杯。情欣新知欢，言咏遂赋诗。感子漂母意，愧我非韩才。衔戢知何谢，冥报以相贻。

古人以乞食命题的诗，除陶渊明似乎没有第二个人。关于陶渊明是否真有乞食之事，古人是有不同意见的。黄廷鹄评注《诗冶》、陶必铨《萸江诗话》就以为是设言而已，真不知他何以见得。陶诗如"弱年逢家乏，老至更长饥"（《有会而作》），"既抱固穷节，饥寒饱所更"（《饮酒》）等诗句，皆不讳言贫。故温汝能《陶诗汇评》谓"因饥求食是贫士所有之事，特渊明胸怀视之旷如，固不必讳言之耳"，沈德潜《古诗源》认为"不必看作设言愈妙"。

前四句写诗人为饥饿所迫，出门贷食时的光景。乞食不是很有面子的事，所以这里如实着重写那份窘态。先是不知何往，一个"竟"字写出反复忖度之态，一方面固然见得当时农村凋敝，有粮之家太少，告贷几乎无门；另一方面也见出诗人对于所求之人，也是有所选择的。"行行"二字，状出目的不甚明确的、无可奈何的行程，"尔时光景可想"（康发祥《伯山诗话》）。三是终于拿定主意，敲开了门，却不好开口，这是极生活化亦极戏剧性的情节，读者可以想见诗人有口难开，顾左右而言他，口讷辞拙的情态。这种笔墨，全以自然入妙。

中六句写乞贷如愿，主客杯酒闲聊，一破困窘的场面。"开门拙言辞"写到卡壳的尴尬，多亏主人的善解人意，一见诗人此时的饥色和窘态，不消他启齿，立刻拿出粮食："这些米你先拿回去吃吧。"诗人顺着梯子下了台，心想真是不虚此行了。不仅如此，主人对渊明倾慕已久，一定要留他下来聊聊，同时也请他先吃一顿。这正中诗人下怀——对于请吃，渊明是从不推辞的。谈得投机，于是即席赋诗，这一来，诗人言笑举止都自如了，全不像初来时那尴尬的模样。

后四句正面表达感激之情。活用《史记·淮阴侯列传》韩信于饥贫中受惠于漂母，得食数十日，后封楚王，回赐漂母千金的故事。是说主人恩深似漂母，而自惭不是韩信，这份情谊只能牢记心中，今生无从报答，只有死后在冥冥中再行图报罢——古人相信"冥报"，如衔环结草的说法。冥报是否可能是一回事，而作为感激的一种表达方式，却合情合理。

这首诗毫无警策之句可摘，也无波澜起伏可言，似乎平平无奇。然而从诗中可看到两个真真实实的、值得尊敬的人：一个是豁达慷慨而且善解人意的主人，他不但乐于助人，还能尊重别人、给人以面子，这和世上为富不仁的阔佬和虚伪的慈善家形成鲜明对照；另一个是脱离污浊官场而生活困窘的诗人，但他宁可乞贷于人，也决不走回头路，齐白石有一幅小品画题词为："宰相归田，囊中无钱；宁可为盗，不肯伤廉"，赞扬的正是同样的气节。所以鲁迅说陶渊明："他尽管非常之穷，但心里很平静，这样的自然状态，很不容易模仿"，非有人生持守者，不能到此境界。

移居二首

其一

昔欲居南村，非为卜其宅。闻多素心人，乐与数晨夕。怀此颇有年，今日从兹役。弊庐何必广，取足蔽床席。邻曲时时来，抗言谈在昔。奇文共欣赏，疑义相与析。

本篇作于义熙六年（410）。前年六月旧宅失火，陶家人暂时以船为家，两年后移居浔阳南村（江西九江城外），诗即为此而作。其一写移居求友的初衷和移居后与友朋过从谈论的快乐。

前四句写夙愿。古代迷信，移居选宅须看风水，宅地吉利才能移居。然古谚也有"非宅是卜，唯邻是卜"（《左传·昭公三年》），即重视邻里之善恶，甚于宅地的吉凶，诗人用其意，表明移居南村的愿望与求友有关。"素心人"指心地善良或自甘淡泊的人，旧说指殷景仁、颜延之等人。陶渊明生活在"真风告逝，大伪斯兴，闾阎懈廉退之节，市朝驱易进之心"（《感士不遇赋》）的时代，个人无力拨乱反正，故归隐田园，择邻卜居，正表明诗人的人生价值取向。

中四句写移居。愿望早就有，现在才实现（"怀此颇有年，今日从兹役"），欣喜之情溢于言表。最大的要求满足了，别的都好说，诗以退步的口气说："弊庐何必广，取足蔽床席。"对居住条件不予苟求，是古往今来不少有识之士所持的态度，表现出高远的精神境界，如孔子打算到东夷地区居住，有人对他说那地方太简陋，孔子答曰"君子居之，何陋之有"（《论语·子罕》），刘禹锡因而作《陋室铭》，其间陶渊明更在诗文中屡屡表示出同样的情操，此即一例。"何必"二字，对世俗普遍的势利追求大不以为然。

末四句写得所。义熙七年（411）所作《与殷晋安别》云："去年家南里，薄作少时邻"，殷景仁（曾为晋安南府长史掾，当时亦隐居浔阳，后来做了刘裕的参军）当时系诗人过从较密的朋友之一。陶渊明是性极随和的人，他归田后的交往既有田父野叟，彼此是"相见无杂言，但道桑麻长"；也有读书人，大家见面即以侃为乐，说古道今，气氛热烈，谈诗论文，兴复不浅——本来奇文自赏，疑义自析亦无不可，然而何如同好之间交流心得，互相启发之有收获，有乐趣呢。这里再一次表明陶渊明的读书态度，他不是求甚解的考据家流，而是主张会心的赏析派。"奇文共欣赏，疑义相与析"约而言之即赏奇析疑，即赏析。陶渊明可以说是赏析派的祖师。

诗人创作《移居》时正值四十六七岁的中年。中年是人生在各方面均臻成熟的时期。中年的妙趣和魅力，在于相当地认识人生，认识自己，从而做自己力所能及的事，享受自己应该享受的那一分生活，对于陶渊明来说，那就是享受自然、友情和艺文，从中找到生活的快乐，生命的归宿。移居本是一件平常的生活事件，但由于融入了诗人对人生的彻悟，所以读来句句有不平常的意思，都使人感到亲切有味。

其二

春秋多佳日，登高赋新诗。过门更相呼，有酒斟酌之。

农务各自归，闲暇辄相思。相思辄披衣，言笑无厌时。此理
将不胜？无为忽去兹。衣食当须纪，力耕不吾欺。

这一首继续写移居后于农务之余诗酒流连之乐，及由此悟出的人生
道理。

前四句概写移居生活中的良辰美景与赏心乐事。因为春秋二季天气
清和，是宜于登高赏景的日子，每值这样的日子，不可无友，不可无酒，
不可无诗，一一写到，可谓四美俱全。"春秋多佳日，登高赋新诗"二句
不但妙于发端，而且暗承上首末二句赏析诗文而来，篇断意连，交接十
分自然。"过门更相呼，有酒斟酌之"与上二句似不连属，若作樽酒品诗
解会，则又可以承接。过门招饮，大呼小叫，态度不免村野，却更见来
往的随便和情意的真率。

中四句补出农务，更见闲暇的快乐。"农务各自归"，本言农忙时各
自在家耕作，但与上句饮酒之事在句意上相连属，给人以酒阑人散、自
忙农务的印象。言罢农忙散去，再说农闲相思，相思复又聚首，仿佛又
回到过门更相呼的情景，形成一个回环往复；在句法上则相应采用顶真
的辞格，强调这一重复，从而在音情上妙合无垠。这一诗情的回环不是
简单的重复，而是诗意的不断深化——过门招饮，已见情意的真率；闲
时相思，更见友情的深挚；披衣而起，则见招之即来；言笑不厌，是必
后会有期。

末四句由肯定此次移居，进而肯定选择躬耕自资的生活道路正确无
误。"此理将不胜，无为忽去兹"二句紧扣移居题目，写出在此久居的愿
望——这种乐趣不比什么都美吗，切莫匆匆离开此地！不言"此乐"而
言"此理"，意味着诗人从任情适意的生活乐趣中悟出了一个道理，这个
道理有点近乎王羲之《兰亭集序》所说的："夫人之相与，俯仰一世，或
取诸怀抱，晤言一室之内；或因寄所托，放浪形骸之外。虽趣舍万殊，
静躁不同，当其欣于所遇，暂得于己，快然自足，曾不知老之将至。"但

是陶渊明欣于所遇、顺应自然的人生观，与东晋一般贵族士大夫的玄学自然观的根本不同之处，就在于它不是无所事事、自命风雅的寄生哲学，而是从劳动生活实践中悟出的人生真谛。结尾二句承上段带出的"农务"二字，点明自然之乐的根源在于勤力耕作，这是陶渊明自然观的核心。诗人认为人生只有以生产劳动、自营衣食为根本，才能欣赏恬静的自然风光，享受纯真的人间情谊，并从中领悟最高的玄理——自然之道。它以"自然有为"的观点与士族玄学"自然无为"的观点针锋相对，是陶渊明用小生产者朴素唯物的世界观批判改造士族玄学的产物。

晋宋之际，玄风大炽，一般诗人都能谈理，玄言诗于是乎兴。而从玄言诗脱胎的山水诗，也多以自然证理，带上一个玄言的尾巴，以理赘于辞为后人所诟病。而陶渊明诗亦谈理，却能做到情中化理，以理入情。如此诗以自在之笔写自得之乐，将日常生活中邻里过从的琐碎情事织成一片行云流水，使人切实感到勤劳者得此余闲所特有的一种快乐，不待末二句明点此理，自有理趣先行于字里行间，而末二句只是画龙点睛，水到渠成，殊非蛇足。

癸卯岁始春怀古田舍 (录一)

先师有遗训，忧道不忧贫。瞻望邈难逮，转欲志长勤。秉耒欢时务，解颜劝农人。平畴交远风，良苗亦怀新。虽未量岁功，即事多所欣。耕种有时息，行者无问津。日入相与归，壶浆劳近邻。长吟掩柴门，聊为陇亩民。

因孔子问道于沮溺之事 (见《论语·微子》) 有感而作，原诗共二首。"怀古田舍"，即田舍怀古。"癸卯岁"是元兴二年 (403)，时渊明丁忧家居，开始参加农业劳动。

《论语·卫灵公》："子曰：'君子谋道不谋食。耕也，馁在其中矣；学也，禄在其中矣。君子忧道不忧贫。'"所谓的道，指治世之道。"瞻望邈难逮"表明诗人也曾向往过儒家治国平天下的理想，无奈世道太坏，道行不通，反让人觉得孔子之道太高，难于达到，所以诗人决心舍却道的追求，转而从事力耕。

中国士大夫传统的文化心理结构是儒道互补，陶渊明是一个较早的典型。他自幼爱好六经，敬仰孔子。孔子教导士人以天下为己任，积极入世，而渊明却最终选择了沮溺式人生道路。他的人生哲学吸收了孔子实践理性的一面，而扬弃了他将耕读分离，轻视体力劳动的观点；吸收了老庄自然摄生的一面，而扬弃了其无所作为的观点。"长勤"二字很关键，令人想起荷蓧丈人对孔子"四体不勤，五谷不分"的批评，以勤对不勤，可以是陶渊明用行动对孔子对劳动人民的轻视作委婉批评。正是"吾爱吾师，吾犹爱真理"。

"秉耒欢时务"两句，上承"志长勤"写参加劳动的愉快，下启对田园风光的描绘。中间四句写田园即目所见，令人心旷神怡的景色。平原上的麦苗因远风起舞，而平原的远风因麦苗而赋形，是何等两得益彰，何等生气远出！农人快乐，绝不只是丰收的快乐，而他们的快乐更多地包含在耕耘之中，包含在劳动之中，包含在与大自然的亲和之中。诗夹叙议以起，不知不觉又把读者带入情景之中，这情景来自诗人的亲身体验，富于生活气息，"非古之耦耕植杖者不能道此语，非世之老农不能识此语之妙"（《东坡题跋》）。

"耕种有时息，行者无问津"二句是承上启下之句，上承农作之意，下句再点题旨。长沮、桀溺是古代的两个隐士，常在一起耦耕，有一次孔子派子路问路，他们不但不给子路指路，反而借题发挥地奚落孔子——"那不是鲁国孔丘吗，他还会迷路吗？"诗人以沮溺自比，而又说"行者无问津"，可见世无孔子之徒。"聊为陇亩民"等于说且做农民，可见渊明的归耕也是一种不得已而为之的选择。

本篇既不否定孔子忧无天下思想的崇高，又对耕不免馁、学优登仕的思想不以为然，对农业充满信心，这表明诗人在弃官归隐前，已初步建立了以躬耕自资、半耕半读作为自己人生落脚点的思想。作为诗，中间四句的加入，以劳动生活体验和田野即目美景，对上述思想的可行性作了形象的演示，是画境也是化境。

庚戌岁九月中于西田获早稻

人生归有道，衣食固其端。孰是都不营，而以求自安？开春理常业，岁功聊可观。晨出肆微勤，日入负耒还。山中饶霜露，风气亦先寒。田家岂不苦，弗获辞此难。四体诚乃疲，庶无异患干。盥濯息檐下，斗酒散襟颜。遥遥沮溺心，千载乃相关。但愿长如此，躬耕非所叹。

庚戌岁是义熙六年（410），本年与写作前诗的癸卯岁，已相距七年，此时陶渊明已进入弃官归隐第六个年头，其躬耕自资思想经历了岁月的考验，得以巩固。此诗可视为前诗的续作。"西田"即《归去来兮辞》所谓西畴，以其相对于住宅的方位而称。

此诗与前诗中可以找到一些相似的句子，如前诗说"秉耒欢时务"、"日入相与归"，此诗说"晨出肆微勤，日入负耒还"，前诗用沮溺事，此诗亦云"遥遥沮溺心，千载乃相关"。然而两诗更多地表现出对生活体验有深浅的不同：前诗写初涉足于田园，所见风拂春苗，止云"虽未量岁功，即事多所欣"比较表面，而此诗写的是秋成，诗云"开春理常业，岁功聊可观"，直接涉及丰收的快乐，更实际也更深入。前诗写欣而未及

266

慨，此诗则"欣慨交心"，如云"田家岂不苦，弗获辞此难"、"四体诚乃疲，庶无异患（指飞来的横祸）干"，经过三个六月四个夏的锻炼和考验，经过汗水的洗涤，诗人对农村生活的体验无疑更加实在、更加深刻，而躬耕自资的生活信念于是更加坚定，这一点在诗的起结中表现得极为明确。

"人生归有道，衣食固其端。孰是都不营，而以求自安？"这里诗人不仅明确将温饱问题放到国计民生治平之道的首位，而且对不劳而获的社会现象提出怀疑，实际上也是对孔孟"劳心者治人，劳力者治于人；治于人者食人，治人者食于人"那一套从来被视为天经地义的道理的否定，这是陶渊明归耕的最大收获。此诗写到农家苦乐，故较前诗深入。

无论写乐，还是写苦，又都能不动声色，都能持一分平常心。明明是丰收，止云"聊可观"，而喜悦之情见于言外。明明农作辛苦，止说"肆微勤"，而劳作之态已具行间。"山中饶霜露，风气亦先寒"，止写冒严寒，而酷暑可知，"弗获辞此难"似言无奈，"庶无异患干"聊可慰情，于欣慨之间，觅取绝妙平衡。这种既无大喜，也无大悲，喜愠不形于色的情态，有如万顷湖面，微风乍起，虽时有波澜，终归圆融平静，是一种哲人的风度，也是陶诗的魅力所在。

饮酒二十首（录一）

　　　结庐在人境，而无车马喧。问君何能尔，心远地自偏。
采菊东篱下，悠然见南山。山气日夕佳，飞鸟相与还。此中
有真意，欲辨已忘言。

萧统云："有疑陶渊明之诗，篇篇有酒，吾观其意不在酒，亦寄酒为

迹也。"(《陶渊明集序》)北宋文豪欧阳修《醉翁亭记》有"醉翁之意不在酒，在乎山水之间也"的名言，即此意也。《饮酒》组诗二十首中最为脍炙人口者，当推本篇，原列第五。约作于义熙十三年（417）。

陶渊明一生主张复返自然，第一步是在思想上排斥世俗的价值观，做到心静，心静则境静。此诗前四句讲的就是这个道理，虽然结庐世上，却听不到车马的喧闹——这里的"车马喧"，固可实指上层人士间的交往，也可以象征世俗的争竞，此中关键，在于"心远"二字。"远"是玄学的基本概念之一，指超脱于世俗利害的、淡然自足的精神状态。

"心远地自偏"是一篇之要言，中含妙道。陶渊明的崇拜者、大书家颜真卿"心正则笔正"，唐诗人李颀"为政心闲物自闲"，北宋文豪苏东坡"此身安处是吾乡"等名言，即出于此。这四句平易中见行水流水之妙，一句平平叙起，二句即转折，三四句因而作为问答，何等意味深长，无怪王安石叹服道："自有诗人以来无此四句。"

紧接四句便从偶然目击的自然景物，写随缘自适的生活乐趣。前两句或作"采菊东篱下，悠然望南山"，苏东坡指出，"望"与"见"一字之差，境界大不相同，成为陶诗一段著名公案。盖"望"字是有意识的注视，"见"则是无意中的相逢，后者才能传达"悠然"（即不期然而然）的神韵。以下用顶真格起，即写南山日夕的景色。

"山气"即远山景色，"气"字似着眼于暮霭。"日夕"偏义于夕，夕阳下山，暮霭迷离，景色特佳，这是来自生活观察的见道之言，而宿鸟归飞的正是此时山色的一个生动的点缀。泰戈尔《吉檀迦利》结云："像一群思乡的鸟儿日夕飞向它们的山巢，在我向你合十膜拜之中，让我全部的生命，启程回到它永久的家乡。"在诗人心中，归山之鸟和归根之叶一样，总是意味无穷的象征。而就在这妙不可言的景色中，诗人体会到妙不可言的哲理。

末二句的总结：诗人已领悟到生命的真谛，正要把它说出来，却找不到合适的语言了。这话虽来自《庄子·齐物论》的"大辩不言"，却已深契禅机——禅宗认为真谛乃是一种活泼的感受,逻辑语言不足以体现它的微妙,它可以凭根性直觉顿悟,却无法用语言来表达。二句至关紧要,它提示了全诗的形象所要表达的深层意义,同时让读者的思路返引回形象,自去咀嚼、自去玩味。

最后一个问题,"此中"是甚中?一般注释为"大自然中",固然不错;但联系题面,是否还有"饮中"的意思呢?鲁迅说,当陶渊明高吟"饥来驱我去"的当儿,或者偏见很有几分酒意,否则他就不会"悠然见南山"而将"愕然见南山"了。这话虽属调侃,也符合陶诗给人的印象与感觉。当然,要是直接点明"酒中",那又未免大煞风景。唯其"此中"含义不定,才耐含咏。

杂诗十二首(录一)

白日沦西阿,素月出东岭。遥遥万里辉,荡荡空中景。风来入房户,夜中枕席冷。气变悟时易,不眠知夕永。欲言无予和,挥杯劝孤影。日月掷人去,有志不获骋。念此怀悲凄,终晓不能静。

"杂诗"十二首是陶渊明后期作品,本篇原列第二,"日月掷人去,有志不获骋"二句是全篇的主题句,它反映了诗人思想中非静穆、不平衡的一面。对于认识诗人全貌很有帮助。

前四句写月照中天的澄明之景,而寓有日月跳丸、光阴脱兔之慨。言"西阿"不言西山,言"素月"不言明月,取其古朴素淡也。中四句写半夜退凉,本自好睡,忽悟夏秋之交替,感时序之流逝,反不成眠。"不眠知夕永"即愁人知夜长意。"欲言"两句极写处境寂寞,揽入孤影,正见无人可劝，益形其独，创意独到，为太白所宗。同题其五云"忆我少壮时，无乐自欣豫。猛志逸四海，骞翮思远翥"，可知渊明素志，本在兼济，无奈晋宋乱篡时代，非英雄用武之时，所谓生不逢辰，归园田居，实不得已。良辰美景，或念及此，未尝不黯然神伤也。

全诗将素月分辉、秋气微凉之清景，与岁月抛人、有志未骋之悲慨，打成一片，展示了陶渊明人生境界复杂的一面，对唐诗影响极大，如孟浩然《夏夕南亭怀辛大》"山光忽西落，池月渐东上。散发乘夕凉，开轩卧闲敞。荷风送香气，竹露滴清响。欲取鸣琴弹，恨无知音赏"，李白《月下独酌》"花间一壶酒，独酌无相亲。举杯邀明月，对影成三人"，皆得力于此诗，而妙在能化。

读山海经十三首（录一）

> 孟夏草木长，绕屋树扶疏。众鸟欣有托，吾亦爱吾庐。既耕亦已种，时还读我书。穷巷隔深辙，颇回故人车。欢然酌春酒，摘我园中蔬。微雨从东来，好风与之俱。泛览周王传，流观山海图。俯仰终宇宙，不乐复何如！

《山海经》十八卷，多述古代海内外山川异物和神话传说，晋郭璞为之注并题图赞。渊明诗中谓之"山海图"，可见他读的就是这种有图有赞的《山海经》。诗凡十三首，此为第一，写诗人幽居耕读的生活乐趣。

前四句从良辰好景叙起，归结到得其所哉之乐。"暮春三月，江南草长，杂花生树，群莺乱飞"（丘迟），而孟夏四月，紧接暮春时序，树上杂花虽然没了，但草木却更加茂密，蔚为绿荫。"扶疏"便是树木枝叶纷披的样子，陶氏山居就笼在一片树荫之中，这是何等幽绝的环境！良禽择木以栖，"众鸟欣有托"是赋象，而联系下文"吾亦爱吾庐"，又是兴象。"欣托"二字，便是"吾亦爱吾庐"的深刻原因。"谁不想要家，可是就有人没有它。"欣托之乐，是有一个家的快乐，也是找到人生归宿的快乐，得其所哉的快乐。

"既耕"四句述说幽居耕读生活之梗概。里面值得玩味的，首先是由"既已""时还"等勾勒字面反映的，陶渊明如何处理耕种和读书之关系，如何摆放二者之位置。他是耕种第一，读书第二。这表现了诗人淳真朴质而富于人民性的人生观。到孟夏，耕种既毕，收获尚早，正值农闲，他可以愉快地读书了。当然还不是把所有的时间用之于读书，这从"时还"二字可以体会。然而正是这样的偷闲读书，最有兴味。

陶渊明是否接待客人？答案是肯定的。他耐得寂寞，却生性乐群。"穷巷隔深辙，颇回故人车"，是信笔拈来好句，却无意留下难题，使后世注家有完全对立的两种理解。一种认为两句一意，即居于僻巷，与世人很少往来；一种认为两句各为一意，说僻巷不通大车，然而颇回（召致）故人之驾。无论从哪一说，都无伤诗意。但比较而言，后说有颜延之"林间时宴开，颇回故人车"为证，也比较符合陶渊明的实际生活情况。

如从此说，则"欢言"四句就写田园以时鲜待客，共乐清景。农村仲冬时酿酒，经春始成，称为春酒，见于诗经。初夏时节正好开瓮取饮。举酒属客，不可无肴，而四月正是蔬菜旺季，从地中旋摘菜蔬，是何等惬意的事，主人的一片殷勤亦洋溢笔端。"微雨从东来，好风与之俱"乃即景佳句，"好""微"互文，和风细雨，吹面不寒，润衣不湿，且俱能助友人对酌之兴致。雨从东来而风与之俱，适见神情萧散，兴会绝佳，安顿亦好——如放在"吾亦爱吾庐"后，则前景后事，分作两搭，觉局量狭小；如此景事相间，便见得尺幅平远，包容较大。

末四句复回到"时还读我书"，即"读山海经"的题面上来。"泛览周王传，流观山海图"虽只点到为止，却大有可以发挥的奥义。盖读书有两种完全不同的方式，一种是功利型苏秦式的苦读，一种是审美型陶

271

潜式的乐读。渊明"少年罕人事，游好在六经"时已有"乐读"的倾向，这从"游好"二字可以会意。而在归园田居后又大有发展。读书面更为广泛，这里便不是圣经贤传，而是《山海经》《穆天子传》(周王传)，二者都属神话传说。有很强的文艺性和可读性。

毛姆说："没有人必须为义务去读诗、小说或其他可以归入纯文学之类的各种文学作品。他只能为乐趣而读。"陶潜早就深得个中三昧。你看他不是刻苦用功，不是把读书当敲门砖，只是流观泛览，读得那样开心，读得欣然忘食——"连饭都不想吃"(贾宝玉读西厢语)，从而有很多的审美愉悦，同时又有那样一个自己经营的美妙的读书环境，笼在夏日绿荫中的庐室，清风从这里悠悠通过，小鸟在这里营巢欢唱，当然宜于开卷，尚友古人。

陶渊明把读书安排在农余，生活上已无后顾之忧。要是终日展卷，没有体力劳动相调剂，又总会有昏昏然看满页字作蚂蚁爬的时候。而参加过劳动的感觉就是不同，这时肢体稍觉疲劳，头脑却十分好用，坐下来就是一种享受，何况手头还有一两本毫不乏味、可以当冰激凌消夏的好书呢？再就是读到心领神会处，是需要有个人来谈上一阵子的，而故人回车相顾，正好奇文共欣赏，疑义相与析呢。

"俯仰终宇宙，不乐复何如"二句是全诗的总结。它直接地是承上泛览流观奇书而来，古人所谓"宇宙"是时空双重的概念(《淮南子·齐俗》"往古来今谓之宙，四方上下谓之宇")俯仰五字之妙，首先在于它道出了读《山海经》的感觉，虽然足不出户，由于专注凝神，诗人顷刻之间已随书中人物出入往古、周游世界，这是何等快乐；其次，陶渊明泛神论的人生观，即人本来就是自然的一部分，精神上自能物我俱化、古今不分，此种境界只赖读书以导入，这是更深层的快乐。

从全诗看，这两句所包含的快乐已不限于读书，而已推广到人生之乐，陶渊明是悟性极高的人，他读书也是阅世，而人生也是一本书。读书可乐，生活可乐。这种人生观，是陶渊明皈依自然，并从中得到慰藉和启示，树立了一种乐观的人生态度的缘故；在传统上则是继承了孔子之徒曾点的春服浴沂的理想，在实践上则是参加劳动亲近农人的结果。是一份值得重视的精神遗产。

【谢灵运】(385—433) 小名客儿，刘宋陈郡阳夏（今河南太康）人。东晋名将谢玄孙。生于会稽始宁（浙江上虞），寄养钱塘（浙江杭州）。晋末袭封康乐公，曾入刘裕等幕府，转中书侍郎、中军谘议、黄门侍郎。宋立，降为侯爵，复起为散骑常侍，转太子左卫率。宋少帝时，出为永嘉太守。宋文帝时，起为秘书监，又曾为临川内史，后被杀。有明辑本《谢康乐集》。

登池上楼

潜虬媚幽姿，飞鸿响远音。薄霄愧云浮，栖川怍渊沉。进德智所拙，退耕力不任。徇禄反穷海，卧疴对空林。衾枕昧节候，褰开暂窥临。倾耳聆波澜，举目眺岖嵚。初景革绪风，新阳改故阴。池塘生春草，园柳变鸣禽。祁祁伤豳歌，萋萋感楚吟。索居易永久，离群难处心。持操岂独古，无闷征在今。

宋武帝刘裕去世后，长子刘义符即位，史称少帝，大臣徐羡之等人把持朝政，谢灵运批评时政引起执政大臣不满，永初三年（422）被逐出京都，迁为永嘉太守，在政治上受到一次沉重打击。他到永嘉的第一个冬天就病倒在床，来春始愈，登楼观景，写下这一名篇。

前八句发官场失意卧病永嘉的牢骚。诗以比兴开篇，潜龙与飞鸿在《易经》中分别用来象征隐栖与仕宦，皆属喻象。诗人被外放永嘉做官，心里充满怅恨，生了一场大病，所以自谓"徇禄（求官）反穷海（永嘉近海），卧疴对空林"；他的思想一度处在仕与隐的矛盾之中，心中得失交战着，感到进退两难，"进德智所拙，退耕力不任"。他感到仰愧飞鸿，俯怍潜虬。他病了，而且病得不轻。

中八句写病起看到的满园春色。"衾枕昧节候，褰开暂窥临"二句虽非写景，却是交代观景的特殊处境。由于长时间卧床休息，对于冬去春来的时序流逝几乎是无所知觉的，他是扶病强起，只想用活动调剂一下病榻的单调，所以下面写到的景色都是意想不到的发现。"初景（新春的太阳）革绪风（残冬的余风），新阳（春）改故阴（冬）"，这是对时序变化总体的感受，"倾耳"、"举目"二句则写出心情的喜悦和感觉的新鲜。

"池塘生春草，园柳变鸣禽"进入具体景物的描写。还有什么比野草更能先得春意的呢，特别是池塘边的幽草，其生长之迅猛，其草色之滋润，有些不同寻常；同时变绿的还有近水的杨柳，由于枝叶渐渐茂密，也就召来了春鸟，要注意句中的"变"字所传达的新奇感，即陶渊明所谓"时鸟变声"——鸟儿变换了种类，总之是令人感到新奇的。这里的景色确实很平常，但也确实清新可喜，特别是在久病初愈的人闻见之中，真有说不完的生趣。两句自然生动，不假雕琢，为后人赞赏不置。元好问《论诗绝句》道："池塘春草谢家春，万古千秋五字新"，吴可《学诗诗》道："春草池塘一句子，惊天动地至今传"。钟嵘《诗品》引《谢氏家录》云："康乐每对惠连，辄得佳语。后在永嘉西堂，思诗竟日不就，寤寐是忽见惠连，即成'池塘生春草'。故尝云'此语有神助，非我语也'"，说明这两句诗是怎样为人津津乐道。后世选家取此诗，皆是为了这两句的缘故，陆机所谓"立片言以据要，乃一篇之警策"也。

末六句写触情感怀，决计归隐。诗人眼看池边春草，耳听园中鸣禽，忽然间想起风骚名句，一是《豳风·七月》的"春日迟迟，采蘩祁祁"，一是《楚辞·招隐士》的"王孙游兮不归，春草生兮萋萋"。古诗人描写春色的佳句不少，为什么忽然想起这两句诗来呢？原来按照如《毛诗序》

等传统的说法，《七月》是周公在遭受流言，出居东都以避谗害时所作，而《招隐士》则是一首念及环境险恶，从而召唤隐士归来的诗。谢灵运想起这些诗句，当然是感于所遇的缘故。《礼记·檀弓》载"子夏曰：'吾离群索居，亦已久矣'"，"索居"二句即用其语，言"遁世无闷"（《周易》）的境界一般人是很难做到的，唯古之有节操的君子能之，诗人自己也打定了这个主意，所以末二句云"持操岂独古，无闷征（证）在今"。就在大约半年之后，谢灵运终于称疾辞职，归隐于始宁的祖居。

石壁精舍还湖中作

> 昏旦变气候，山水含清晖。清晖能娱人，游子憺忘归。出谷日尚早，入舟阳已微。林壑敛暝色，云霞收夕霏。芰荷迭映蔚，蒲稗相因依。披拂趋南径，愉悦偃东扉。虑澹物自轻，意惬理无违。寄言摄生客，试用此道推。

本篇作于元嘉元年（424）至三年间。其时谢灵运托病辞官，寓居故乡会稽始宁（浙江上虞）祖上留下的庄园。庄园包括南北二山，中隔巫湖，旧宅在南山。谢灵运回乡后又在北山别营居宅。精舍在后世一般用来称佛舍，此指作者在北山营造的一座书斋。此诗当是由北山精舍返回巫湖所作。

前六句交代由精舍还湖中当日概况。诗人出谷的时候天色尚早，而到湖上船时，已是夕阳西下，山行几乎整整一天（"出谷日尚早，入舟阳已微"）。"昏旦变气候，山水含清晖"二句从大处落笔，不但写出山间早晚气候、温差变化之大，而且写出山间一日之中气象万千，所谓"若夫日出而林霏开，云归而岩穴暝，晦明变化者，山间之朝暮也"（欧阳修）。四句之妙，尤在中间顶真重复的"清晖"一词，清者清新，辉者明媚，清新者林中之空气也，明媚者山间之日色也，而以形容字代之。再就是应注意那个"含"字，可与陶诗"中夏贮清阴"的"贮"字比美，它写出山光于物态的孕大含深，所以难于穷尽，也正因为"清辉能娱人"到这种地步，游子才憺而忘归。也就是说，本来路程不远，却因为一路流连光景，所以到湖较晚。

中六句承"入舟阳已微"描写黄昏到湖后看到的景色和归来愉快的感觉。四句先写望中林峦沟壑到天边云霞景色的变化，然后具体入微地描写于湖上看到的景色，"芰荷迭映蔚，蒲稗相因依"，在反照之下湖上的荷花显得特别美丽，而蒲苇和野草在微风中摇摆，渐渐变成一幅剪影。诗人像一个高明的摄影师，看准镜头，迅速按下快门，如此平常的景色，就凝固成一幅动人的图画。后二句写其舍舟陆行，拨开路边草木寻路，走向南山居所，然后愉快地偃息于东轩之下，还沉浸在莫名的愉悦之中。

末四句写归来后所领悟到的玄理。那就是：一个人只要心境淡泊，寄情于自然，那么对于名利得失和一切身外之物就会看得很轻；只要自己常常感觉良好，也就无悖于天道物理，换言之，这才是根本的养生之道。所以结句说，"寄言摄生客，试用此道推"。

此诗紧扣题中"还"字，写一天的行踪：石壁—湖中—家中，次第井然；其中工笔重点描画的是傍晚湖景，将自然景物写得极富生意；结尾的说理也是来自当日流连光景的实际感受，所以没有生硬的毛病，是谢灵运山水诗中的佳作。李白《酬殷明佐见赠五云裘歌》云："故人赠我我不违，著令山水含清辉。顿惊谢康乐，诗兴生我衣。襟前林壑敛暝色，袖上云霞收夕霏"，大量运用了此诗中写山水的诗句来描绘服装上的图纹，可见他对这首诗的熟悉和喜爱。

【鲍照】(414？—466) 字明远，刘宋东海（今山东郯城）人。出身贫贱，宋文帝元嘉中，任临川王、始兴王王国侍郎。孝武帝时，任海虞令、太学博士兼中书舍人、秣陵令、永嘉令。后入临海王刘子顼幕府，为前军刑狱参军，掌书记。宋明帝立，子顼反，兵败，照为乱军所杀。有《鲍参军集》。

拟行路难十八首（录五）

其一

奉君金卮之美酒，玳瑁玉匣之雕琴。七彩芙蓉之羽帐，九华蒲萄之锦衾。红颜零落岁将暮，寒光宛转时欲沉。愿君裁悲且减思，听我抵节行路吟。不见柏梁铜雀上，宁闻古时清吹音。

鲍照乐府诗今存八十余首，最具艺术独创性的要算《拟行路难》十八首。顾名思义，《拟行路难》当为乐府古题《行路难》的拟作，后者本属汉代民歌，古辞已佚，据《乐府解题》载其大旨为"备言世路艰难及离别悲伤之意"。这十余首诗涉及不同的题材内容，体式、风格不尽一致，并非一时一地之作。但都是对人生苦闷的吟唱，都是七言歌行。

本篇为开宗明义第一章，感年光易逝，空悲无益，不如排忧行乐，带有序曲的性质。诗共十句，而直抒胸臆的是后六句，尤其是"愿君裁悲且减思"一句，它表明这组诗的创作目的是用来排遣悲思的。什么悲思？就是上二句说的韶华不再、时序流逝（"红颜零落岁将暮，寒光宛转时欲沉"），透过一层，则是志士年光过尽、功名未立的悲哀。如何排遣？行乐和放歌。

关于行乐，诗人用倒折之笔，将这意思用四个排句置于全诗的开头："奉君金卮之美酒，玳瑁玉匣之雕琴，七彩芙蓉之羽帐，九华蒲萄之锦衾"——盛以金杯的美酒，包装华丽的古琴，彩绣芙蓉的羽帐，葡萄图案的锦被，要之，美食、美听、美丽的陈设，这总可以忘忧了吧！然而不然，所以要说放歌——"听我抵节行路吟"！即不必把悲思压抑在心底，要让它释放，痛痛快快地释放。君不见曾是歌舞胜地的汉武帝柏梁台、魏武帝铜雀台，而今皆归沉寂，哪里还有清歌妙舞呢？我的歌声也不会比它们更持久，我要抓紧唱，诸君就抓紧听吧！

这支序曲写得不坏。首先用四个充斥精美名物、色彩缤纷的排句轰炸，造成—种富丽堂皇的假象，再推出"红颜零落"等句，以见追求享乐并不能裁减岁月虚度的悲哀，最后归到"听我抵节行路吟"的主意上来。立意单纯，却表明了诗歌具有一种重要功能，那就是在释放积郁的同时，产生出审美愉悦的功能，令人想到《毛诗序》名言："诗者，志之所之也……在心为志，发言为诗……言之不足，故嗟叹之；嗟叹之不足，故咏歌之；咏歌之不足，故不知手之舞之，足之蹈之"，古今中外，概莫能外，难怪乌克兰诗人谢甫琴柯一往情深地叹道"我的歌啊，我的歌"。

诗系齐言，采用了赋体铺排的手法，又运用了散文化的语助词"之"，连贯而下，一气鼓荡，淋漓豪放，"如五丁凿山，开人世所未有。后太白往往效之"（沈德潜）。

其二

洛阳名工铸为金博山，千斫复万镂，上刻秦女携手仙。
承君清夜之欢娱，列置帏里明烛前。外发龙鳞之丹彩，内含
麝芬之紫烟。如今君心一朝异，对此长叹终百年。

此诗原列第二。是咏叹因男方变心导致爱情不终的代言体诗歌。所谓代言体，就是以诗中主人公（多为女性）为第一人称的口气写的诗歌。

诗中主要的意象，亦即用作触媒以兴起诗情的"道具"，是一个古人日常生活用品——香炉。博山是传说中的仙山，工匠将香炉的铜盖设计

278

为山形，即名"博山炉"。葛洪《西京杂记》谈道："长安巧工丁缓作博山香炉，镂以奇禽怪兽，皆自然能动。"

诗中的博山炉盖上镂刻却是一个古代著名的爱情故事：秦穆公小女弄玉，嫁给了善吹横笛的才子箫史，后相携骑凤升仙而去。这样一个细节表明，此铜质香炉乃是一个爱情信物，曾和花烛一起放置在床帏之间，陪伴这对男女共度过良宵；女主人公还清楚地记得那铜盖灿如龙鳞的光彩和通过孔穴散出的缕缕紫烟，曾何等令人销魂。

总之，这个香炉是昨天的见证。之所以说是昨天，是因为诗末二句突然奏出与前面极不和谐的变徵之声，推出一个悲剧性结局："如今君心一朝异，对此长叹终百年。"这里"此"即指"金博山"，"百年"指余生。

全诗以博山炉为中心展开抒情，意象集中，构思巧妙。后来李白《杨叛儿》写道："乌啼隐杨花，君醉留妾家；博山炉中沉香火，双烟一气凌紫霞。"以香炉作爱情喻象，不能说没有此诗的影响。在古人的观念中，男女关系和君臣关系是相通的，所以这首诗表面写男方薄情，导致欢爱不终，是完全可以用来影射统治者对臣下的寡恩的。

其三

> 璇闺玉墀上椒阁，文窗绣户垂罗幕。中有一人字金兰，
> 被服纤罗采芳藿。春燕差池风散梅，开帏对景弄禽雀。含歌
> 揽涕恒抱愁，人生几时得为乐？宁作野中之双兔，不愿云间
> 之别鹤。

此诗原列第三，也是爱情题材代言之作。诗中女主人公是一个独守空闺的贵家少妇，取名"金兰"，是本《周易》"二人同心，其利断金；同心之言，其臭如兰"（"金兰"遂成为"同心"的代名词），这暗示出女主人

公是属于性情中人。但这位钟情的人儿却遭到命运不公平的待遇，她独守空闺，饱受寂寞之煎熬。

诗通过居处的华丽堂皇的大肆渲染（"璇闺玉墀上椒阁，文窗绣户垂罗幕"），与主人公内心的孤独凄清适成对照，用热烈的环境色反衬凄凉的主体形象，增强了表现效果，这种反形的手法开启了唐人闺怨无限法门，只要读一读沈佺期、王昌龄同类诗作即知。

"春燕差池风散梅，开帏对景弄禽雀"二句，可用"落花人独立，微雨燕双飞"为其注脚。女主人公所弄的禽雀，想必是笼中之鸟吧，它是女主人公自身的影子，又是自由的春燕的对比之物。所以有人认为诗中金兰子，是一个被豪贵之家当笼鸟养着的女子，或者本是小家碧玉，嫁在富贵之家，还念念不忘旧日的情人呢。

结尾直白道："宁作野中之双凫，不愿云间之别鹤。"这令人想到当时民歌所谓"乌鹊双飞，不思凤凰"，凤凰尚且不思，何况云间的孤鹤呢！

这样地文采繁富而又真情炽烈，只有七言诗才能胜任，回首向来五言之作，得未曾有。

其四

泻水置平地，各自东西南北流。人生亦有命，安能行叹复坐愁？酌酒以自宽，举杯断绝歌路难。心非木石岂无感？吞声踯躅不敢言。

此诗原列第四。着重表现诗人在门阀制度压抑下怀才不遇的愤懑与不平。

《世说新语·文学》记载："殷中军问：'自然无心于禀受，何以正善人少恶人多？'诸人莫有言者。刘尹答曰：'譬如泻水著地，正自纵横流漫，略无正方圆者。'一时叹绝，以为名通。"本篇一开始也用泻水于平地，而水的流向不一，来兴起人生命运穷通遭遇的各不相同。人之苦恼往往并不生于穷，而生于差别与攀比；心情抑郁时，会不由自主地唉声叹气。诗人大声疾呼"安能行叹复坐愁"，似乎已经认命，其实反映出他在感情上的苦苦挣扎。不然还写什么《行路难》，还发什么牢骚。发牢骚有什么用呢，也许还有不测。他又想以酒自宽，举杯消愁，不再奏苦声。然而这样一来却更苦了，"人非木石岂无感，吞声踯躅不敢言"，骨鲠在喉，不吐出来，还不把人憋死吗？

这首诗用长短不齐的句式，写磊落不平的情思，读罢有不知如何是好的感觉，充分表现了人才受到社会压抑的苦闷。其笔墨之挥斥奔放，亦属创格。

其五

对案不能食，拔剑击柱长叹息。丈夫生世会几时，安能蹀躞垂羽翼？弃置罢官去，还家自休息。朝出与亲辞，暮还在亲侧。弄儿床前戏，看妇机中织。自古圣贤尽贫贱，何况我辈孤且直！

此诗原列第六，抒写急于用世而走投无路焦灼心情。然而它更多地通过人物外形动作——瞬息万虑不安的情态来协助抒情。使读者仿佛看到诗人停杯投箸，推案而起，继而若有所思地拔剑相看（这个动作的意蕴是英雄无用武之地），却又怅然若失地以剑击柱（这个动作的意蕴是对象转嫁以发泄苦闷），仰天长叹。"拔剑—击柱—长叹息"三个连贯一气的动作，胜过万语千言。使人想到诗人本是个才高气盛的人，年轻时曾大言："千载上有英才异士，沉没而不闻者，安可数哉！大丈夫岂可遂蕴智能，使兰艾不辨，终日碌碌与燕雀相随乎！"然而不幸的是生在孤门细族，得不到社会承认和重视。所以他痛感人生几何、去日苦多，既不能建树功名，又岂可甘居人下——"丈夫处世能几时，安能蹀躞垂羽翼？"

于是脱离官场的决心下定。"弃置罢官去"六句，便写放弃功名追求，转而寻求安慰于家庭与天伦之乐，孝敬老亲，带带孩子，陪陪老婆，多么快活。可是陶渊明那样的平和是不容易做到的，特别像鲍照这样多血质易于冲动的诗人，内心是怎样也无法坦然的。一句话，想不通！想不通才会老想，末二句就是一种自我排遣："古来圣贤尽贫贱，何况我辈孤且直！"这话将个人失意扩大到整个历史进程——怀才不遇不是一时的、个别的现象，而是古已有之，连大圣大贤都在所难免。诗人好像是认输了。然而，这不更说明社会存在本身的不合理吗？

李白《行路难》云："金樽清酒斗十千，玉盘珍羞值万钱。停杯投箸不能食，拔剑四顾心茫然"，陆游《金错刀行》："黄金错刀白玉装，夜穿窗扉出光芒。丈夫五十功未立，提刀独立顾八荒"，辛弃疾《水龙吟·登建康赏心亭》："落日楼头，断鸿声里，江南游子。把吴钩看了，栏杆拍遍，无人会、登临意"，《破阵子·为陈同甫赋壮语以寄》："醉里挑灯看剑，梦回吹角连营"，等等，这些唐宋诗词名篇中以拔剑看刀来寄寓壮志未酬情怀，皆与此诗有关。

又，李白《将进酒》云："钟鼓馔玉不足贵，但愿长醉不复醒；古来圣贤皆寂寞，唯有饮者留其名"，杜甫《醉时歌》云："儒术于我何有哉，孔丘盗跖俱尘埃"，韩愈《进学解》云："昔者孟轲好辩，孔道以明，辙环天下，卒老于行；荀卿守正，大论是宏，逃谗于楚，废死兰陵。是二儒者，吐辞为经，举足为法，绝类离伦，优入圣域，其遇于世何如也？"李贺《致酒行》云："吾闻马周昔作新丰客，天荒地老无人识。空将笺上两行书，直犯龙颜请恩泽"，等等，皆借古之圣贤之不遇来浇自己块垒，与此诗末二句略同。

梅花落

中庭杂树多，偏为梅咨嗟。问君何独然，念其霜中能作花，露中能作实。摇荡春风媚春日，念尔零落逐寒风，徒有霜花无霜质。

作者为人位卑人微，才高气盛，尝大言"千载上有英才异士，沉没而不闻者，安可数哉！大丈夫岂可遂蕴智能，使兰艾不辨，终日碌碌与燕雀相随乎？"话中自比为兰，而比庸人为艾，有助于理解这首托咏梅而言志的诗。

这首诗在写法上最显著的特色一是拟人，二是反衬，三是设为问答，四是杂言。题面是咏梅，而以杂树为反衬，而梅和杂树都被人格化了。问答的双方则是诗人和杂树。问答起因，是园树虽多而诗人独叹赏梅花，从而引起杂树的质问，共三句。以下五句则是诗人的回答，赞梅花而贬杂树，歌颂了梅花不惧苦寒，华实并茂的高尚品格。诗用杂言，句有奇偶，韵调别具错综之美。

"摇荡春风媚春日"句，或按韵脚属上，然而用来形容梅花，与上文"霜中能作花，露中能作实"，总觉格格不入。所以此按意属下，标为逗号。

芜城赋

灂 mǐ 迤 yǐ 平原，南驰苍梧涨海，北走紫塞雁门。柂以

283

漕渠，轴以昆岗。重关复江之奥，四会五达之庄。当昔全盛之时，车挂辖 wèi，人驾肩；廛闬 hàn 扑地，歌吹沸天。孳货盐田，铲利铜山，才力雄富，士马精妍。故能侈秦法，佚周令，划崇墉，刳浚洫 xù，图修世以休命。是以板筑雉堞之殷，井幹 hán 烽橹之勤，格高五岳，袤广三坟，崒 cuì 若断岸，虆似长云。制磁石以御冲，糊赪 shēng 壤以飞文。观基扃之固护，将万祀而一君。出入三代，五百余载，竟瓜剖而豆分。

泽葵依井，荒葛胃涂。坛罗虺蜮，阶斗麏鼯。木魅山鬼，野鼠城狐，风嗥雨啸，昏见晨趋。饥鹰厉吻，寒鸱吓雏。伏暴藏虎，乳血飡肤。崩榛塞路，峥嵘古馗。白杨早落，塞草前衰。棱棱霜气，蔌蔌风威。孤蓬自振，惊沙坐飞。灌莽杳而无际，丛薄纷其相依。通池既已夷，峻隅又已颓。直视千里外，唯见起黄埃。凝思寂听，心伤已摧。

若夫藻扃黼帐，歌堂舞阁之基，璇渊碧树，弋林钓渚之馆，吴蔡齐秦之声，鱼龙雀马之玩，皆薰歇烬灭，光沉响绝。东都妙姬，南国佳人，蕙心纨质，玉貌绛唇，莫不埋魂幽石，委骨穷尘，岂忆同舆之愉乐，离宫之苦辛哉！天道如何？吞恨者多。抽琴命操，为芜城之歌。歌曰：边风急兮城上寒，井径灭兮丘陇残。千龄兮万代，共尽兮何言！

宋文帝元嘉二十七年（405）冬十二月，北魏太武帝南犯，兵至瓜步（江苏六合），广陵（扬州）太守刘怀之烧城，帅兵渡江，广陵遭到一次破坏。事隔不到十年，竟陵王刘诞于大明三年（459）四月据广陵谋反，同年七月沈庆之平叛，入城后大肆屠杀，广陵又遭到一次浩劫，几乎变成一片废墟。不久，鲍照游访了这座废都，感而作赋。

赋分三段。从篇首到"竟瓜剖而豆分"为一段,写广陵的形胜和昔日的繁华。赋的开始写到一片平原,南北延伸的广阔大地,广陵居于中央,它高据昆冈之上,成为一个轴心,运河朝它汇集,道路由此向八方辐射,使这里成为吸引财富的中心。城的全盛之时,指它作为西汉吴王刘濞的都城的时代,人口增长,城市繁荣,盐田铜山之利得到开发,经济实力的雄厚,致使城市规模与建制,超过了历史上周秦时代有关律令的限制。当时执政者的主观愿望又何尝不是长治久安。为了巩固城防,执政者也费尽了心机,图的是传子传孙,万世为君。殊不知历经汉魏晋三代才五百年,就土崩瓦解了。

　　从"泽葵依井"到"心伤已衰"为一段,描写形容广陵眼下的萧条。放眼望去,是挫败叛乱后留下的满目荒凉。城市从平原上拔地而起,现在又夷为平地,沟壑遍地,树倒屋塌,狐兔纵横,鬼气阴森:"泽葵依井,荒葛罥途;坛罗虺蜮,阶斗麏鼯。木魅山鬼,野鼠城狐,风嗥雨啸,昏见晨趋。饥鹰厉吻,寒鸱吓雏。伏暴藏虎,乳血飧肤。"城池成为废墟,野生植物任意生长,到处荆榛塞路,林莽丛生,地平线上,尘土飞扬。于是作者沉浸在莫名的悲伤之中,回不过神。

　　从"若夫藻扃黼帐"到篇末为一段,专写繁华盛事与明星人物的消亡并结以悲歌。作者开出了一张清单,那样多的文艺场所和娱乐设施,居然可以消失得无影无踪。还有"东都妙姬,南国佳人,蕙心纨质,玉貌绛唇,莫不埋魂幽石,委骨穷尘",这是另一张清单——消逝了的人。她们并非时代的杰出人物,却是都城不可或缺的点缀,人见人爱,好比商业社会中的明星。"明星是晴空万里的产物,当社会动荡,满天乱云,风暴来临的时候,首先刮落的就是这些明星。"(叶延滨)都城没有妙姬、佳人,就像商业社会没有明星一样没劲,然而这些天生丽质的人儿,也天生娇弱。废都之下的累累白骨,她们是最可怜的。轮到发感慨,作者却只提了个"天道如何"的悬而未决的问题供人思考;然后弹琴作芜城之歌,要发的感慨终于未能发出,却更

285

耐人寻味。

　　本来广陵的兴废自身包含有历史的教训，那就是人的贪婪、僭越和残暴导致了城的衰亡。然而鲍照并不热衷于道德训诫，他几乎采取了纯客观的态度，将广陵昔盛与今衰进行对比描写，始终未对导致盛衰的原因明白地说出。对于这个原因，可以有两种解释，一是归结到具体历史人物的罪恶和荒淫，一是归结为事物发展必然律。欧洲古人的观念里，神的意志允许与人的正义发生冲突，同样的题材通常会被处理为历史的必然性战胜美德和善政，从而成为悲剧。而中国古人的观念中，则是天道与人道合一，因此通常倾向于给衰亡一个道德上的解释。不过有的更倾向于人为原因，如杜牧《阿房宫赋》；有的更强调必然性的力量，如李后主词。本篇则在两种解释中举棋不定，它似乎是对桀骜不驯、犯上作乱的警告，又分明充满对荣枯盛衰相转化的必然律的无可奈何的哀伤。两种相互矛盾的道德情感使得作品富于迷人的魔力：它既向往昔日引人入胜的繁华，又感觉到这种繁华本身孕育着自己的对立物——罪与罚。《芜城赋》有太多沧桑，故许梿云："收局感慨淋漓，每读一过，令人辄唤奈何。"（《六朝文絜》）

　　无论写昔盛还是今衰，作者都用夸张的手法，开头从盛时极力说入，总为"芜"字张本，这叫蓄势，尔后"驱豪迈苍劲之气，惊心动魄之辞"（姚鼐），烘托出悲怆的抒情气氛，增加了今昔对比的强度，收到惊心动魄的艺术效果。

　　作为骈赋，以四六对句为多，但此赋笔力纵横，毫不呆板，在段与段间往往用一两句话大跨度地兜转，如一段末的"出入三代，五百余载，竟瓜剖而豆分"，三段的"皆薰歇尽灭，光沉响绝"，极有波澜，非常遒劲。要之，本篇在汉代的京都赋基础上另辟蹊径，既保留了大赋的声势，又兼有抒情小赋的情韵，对唐代的帝京诗有很大影响。例如卢照邻《长安古意》，就是处在它的延长线上的杰作。

月赋

陈王初丧应、刘，端忧多暇。绿苔生阁，芳尘凝榭。悄焉疚怀，不怡中夜。乃清兰路，肃桂苑；腾吹寒山，弭盖秋阪。临浚壑而怨遥，登崇岫而伤远。于时斜汉左界，北陆南躔；白露暖空，素月流天。沉吟齐章，殷勤陈篇。抽毫进牍，以命仲宣。

仲宣跪而称曰："臣东鄙幽介，长自丘樊，味道懵学，孤奉明恩。臣闻沉潜既义，高明既经；日以阳德，月以阴灵。擅扶光于东沼，嗣若英于西冥。引玄兔于帝台，集素娥于后庭。朒 nǜ 朓 tiǎo 警阙，朏 fěi 魄示冲。顺辰通烛，从星泽风。增华台室，扬采轩宫。委照而吴业昌，沦精而汉道融。

"若夫气霁地表，云敛天末；洞庭始波，木叶微脱。菊散芳于山椒，雁流哀于江濑。升清质之悠悠，降澄辉之蔼蔼。列宿掩缛，长河韬映；柔祇雪凝，圆灵水镜；连观霜缟，周除冰净。君王乃厌晨欢，乐宵宴；收妙舞，弛清县；去烛房，即月殿；芳酒登，鸣琴荐。

"若乃凉夜自凄，风篁成韵。亲懿莫从，羁孤递进。聆皋禽之夕闻，听朔管之秋引。于是丝桐练响，音容选和；徘徊《房露》，惆怅《阳阿》。声林虚籁，沦池灭波。情纡轸其何托？愬皓月而长歌。

"歌曰:'美人迈兮音尘阙,隔千里兮共明月。临风叹兮
将焉歇?川路长兮不可越。'歌响未终,余景就毕;满堂变
容,回遑如失。又称歌曰:'月既没兮露欲晞,岁方晏兮无
与归;佳期可以还,微霜沾人衣。'"

陈王曰:"善。"乃命执事,献寿羞璧。"敬佩玉音,复
之无斁。"

月与中国文学有不解之缘,月在古代诗文中是长盛不衰的意象。本
篇是第一篇专门写月的骈赋,与谢惠连《雪赋》为联璧之作。或许是因
为西汉梁园文士与建安时代的邺下文士,是赋史上重要的作家群体,《雪
赋》便借梁园主客置酒赏雪为叙事外壳,《月赋》则借曹植、王粲赏月吟
诗的活动为叙事外壳。将人物安排在伤逝的氛围中,有利于表现月夜凄
清的意境,是作者的一个创意。

本篇的一个写作特点,是不直接描绘对象,而更多地采用了侧面烘
托的手法。作者托王粲以赋月,前一段文字多穿插神话、典故及历史传
说,较为质实,其作用在于深化月的历史背景,展示其文化意味;后两
段文字多着眼于景物,表现月的影响与神韵,以及人的情思,较前段空
灵得多,也重要得多。清人许梿谓"无一字说月,却无一字非月,清空
澈骨,穆然可怀"(《六朝文絜》),就是针对这两段而言的。

不过,使这篇赋得以传世不朽,还是滥觞自《楚辞》乱辞的系
歌——歌分作两首,合为一诗,"美人迈兮音尘阙,隔千里兮共明月"两
句,尤为脍炙人口,为历代文士所通赏,所共羡;"佳期可以还,微霜沾
人衣"的结尾,亦余音袅袅,启人遐思。从张若虚《春江花月夜》的
"此时相望不相闻,愿逐月华流照君"、"不知乘月几人归,落月摇情满江
树",到苏轼《水调歌头》"但愿人长久,千里共婵娟",不知激发过多少
诗人词客的灵感与共鸣。

关于月的几个僻字：夏历月初月亮在东方出现称"朒"，月底月亮在西方出现称"朓"，新月的光亮称"朏"。

【孔稚珪】(447—501) 字德璋，会稽山阴（今浙江绍兴）人。少好学，举秀才。仕宋为尚书殿中郎。入齐官至太子詹事，加散骑常侍。博学能文。有辑本《孔詹事集》。

北山移文

钟山之英，草堂之灵，驰烟驿路，勒移山庭。夫以耿介拔俗之标，潇洒出尘之想，度白雪以方洁，干青云而直上，吾方知之矣。若其亭亭物表，皎皎霞外，芥千金而不眄，屣万乘其如脱，闻凤吹于洛浦，值薪歌于延濑，固亦有焉。岂期终始参差，苍黄翻覆。泪翟子之悲，恸朱公之哭。乍回迹以心染，或先贞而后黩。何其谬哉！呜呼！尚生不存，仲氏既往。山阿寂寥，千载谁赏！

世有周子，隽俗之士。既文既博，亦玄亦史。然而学遁东鲁，习隐南郭。偶吹草堂，滥巾北岳。诱我松桂，欺我云壑。虽假容于江皋，乃缨情于好爵。其始至也，将欲排巢父，拉许由，傲百氏，蔑王侯，风情张日，霜气横秋。或叹幽人长往，或怨王孙不游。谈空空于释部，核玄玄于道流。务光何足比，涓子不能俦。及其鸣驺入谷，鹤书赴陇，形驰魄散，志变神动。尔乃眉轩席次，袂耸筵上，焚芰制而裂荷衣，抗尘容而走俗状。风云凄其带愤，石泉咽而下怆。望林峦而有失，顾草木其如丧。

至其纽金章，绾墨绶。跨属城之雄，冠百里之首。张英风于海甸，驰妙誉于浙右。道帙长殡，法筵久埋。敲扑喧嚣犯其虑，牒诉倥偬装其怀。琴歌既断，酒赋无续。常绸缪于结课，每纷纶于折狱。笼张、赵于往图，架卓、鲁于前箓。希踪三辅豪，驰声九州牧。

　　使我高霞孤映，明月独举，青松落阴，白云谁侣？涧户摧绝无与归，石迳荒凉徒延伫。至于还飙入幕，写雾出楹，蕙帐空兮夜鹄怨，山人去兮晓猿惊。昔闻投簪逸海岸，今见解兰缚尘缨。于是南岳献嘲，北垄腾笑，列壑争讥，攒峰竦诮。慨游子之我欺，悲无人以赴吊。故其林惭无尽，涧愧不歇，秋桂遗风，春萝罢月。骋西山之逸议，驰东皋之素谒。

　　今又促装下邑，浪拽上京，虽情投于魏阙，或假步于山扃。岂可使芳杜厚颜，薜荔无耻，碧岭再辱，丹崖重滓。尘游躅于蕙路，污渌池以洗耳。宜扃岫幌，掩云关，敛轻雾，藏鸣湍，截来辕于谷口，杜妄辔于郊端。于是丛条瞋胆，叠颖怒魄，或飞柯以折轮，乍低枝而扫迹。请回俗士驾，为君谢逋客！

　　本篇假借钟山（北山）山神的口气，和移文（古代文告）的形式，所作的一篇游戏文字。《文选》五臣注，谓名士周颙初隐钟山，"后应诏出为海盐县令，欲却过此山"，即是本文讽刺的对象。然相关事实与《南齐书·周颙传》所载不符，而周颙在钟山所立隐舍，乃其任职朝廷时公余休憩之所。但本篇既是游戏文字，也就不必过于求实。

　　首段对比真假隐士。据说真的隐士有耿直脱俗的外表，潇洒出世的思想，纯洁可比美于白雪，高尚超出于青云，如巢父、许由、务光、涓子之类。然而表面上志趣高远，鄙视富贵，与仙人樵夫往来的人也有，只不过他们有始无终，行为反复不定，令贤者痛心，山神感喟。

以下写周子先隐后仕的经过。先称其隽俗博学，再作但书，以"偶"、"滥"、"诱"、"欺"等字，揭露其学遁习隐的虚伪，"虽假容于江皋，乃缨情于好爵"。当其初来钟山，简直要盖过巢父、许由、务光、涓子等人。然而，皇帝征诏一到，立刻露出马脚，"形驰魄散"数句状其受宠若惊，却使得风云、石泉、林峦、草木为之失色。

接着写周子爱做官，会做官，而且一出山就做大官，简直天生是个做官的材料。一旦做了官，过去的一切如道帙、法筵、琴歌、酒赋，都抛到九霄云外去了。这使得山中云霞、明月、青松、白云、涧户、石径、蕙帐、夜鹄、晓猿受到冷落，蒙受了欺骗。又使得钟山蒙羞，遭到其他名山的嘲笑。

最后落到移文事由上来，原来周子正打算从县城上京师，要从钟山经过。于是山神郑重宣布周生为不受欢迎的客人，表示一定挡驾，请其绕道而行。

其实在中国古代士大夫眼中，仕与隐从不矛盾，有先仕后隐（如张良），有先隐后仕（如诸葛亮），有为仕而隐（如李白），所谓"达则兼济天下，穷则独善其身"，只是不必作秀。先秦、唐宋古文，多载道之文。独六朝文学中有较多游戏的成分，这也是文学自觉的一种表现，作家们已更多地注意到文学的娱乐功能。

本篇以严肃的文体作戏谑，谑而不虐，亦谐亦庄，颇具创意。它藻绘较多，对偶工整，音韵和谐，善用典故，在六朝骈赋中堪称佳构。

【沈约】(441—513) 字休文，梁吴兴武康（今浙江湖州）人。少孤贫好学，历仕宋、齐、梁三代。齐时竟陵王萧子良开西邸招士，约为"西邸八友"之一。梁时任尚书仆射，封建昌侯，官至尚书令、太子少傅，卒谥曰隐。为诗讲究声律，首创四声八病之说，为齐永明诗体代表人物之一。有明辑本《沈隐侯集》。

别范安成

生平少年日，分手易前期。

及尔同衰暮，非复别离时。

勿言一樽酒，明日难重持。

梦中不识路，何以慰相思。

沈约与范岫（字安成）同以文才事齐文惠太子，系老交情。

前二句先写少年离别。因各富年华，后会有期，不把离别当回事。眼前年纪老大，深感来日无多，便有不胜离别之感。同时暗示出不得不离别的意思。四句浅语深衷，包含着真切的人生感受。

更有意味的是五六句，一跳写到饯宴，通过送行一方对将别一方的敬酒辞表现了深厚的情谊："勿言一樽酒，明日难重持。"别小看这杯酒，别易会难，今后聚饮的机会很难有呢。这个劝酒的场面和劝酒辞，直接启发唐人王维，使他写出了"劝君更尽一杯酒，西出阳关无故人"的千古名句。最后二句暗用了《韩非子》中的典故：张敏与高惠为友，每相思不能得见，便于梦中往寻，皆于中道迷路而不得见。用典令人不觉，为全诗留下袅袅不尽的回音。

这首诗如果出现在唐代，是不会引人注目的，然而在六朝却难得。它纯用情语，语浅情深，洗练而浑成。更重要的是音韵的和谐，全诗八句四联，一韵到底，偶句末字押平声韵，奇句末字仄收，句子的声音配合既有规律又有变化，不少句子尤其是偶句，竟已是定型的律句——如"分手易前期""及尔同衰暮"、"明日难重持"、"梦中不识路，何以慰相思"等皆标准的律句，就声律而言已是标准的五言律诗。

石塘濑听猿

嗷嗷夜猿鸣，溶溶晨雾合。

不知声远近，惟见山重沓。

既欢东岭唱，复伫西岩答。

诗为即景之作，但不是写观赏之趣，而是写听觉之美。

诗仅六句，然而在造境方面，却有多层刻画。诗中将"听猿"的时间，安排在昼夜之交（既称"夜猿"，又有"晨雾"），这是在山中寂静一夜之后，随着朝暾将启，万物皆从睡梦中醒来，群动伊始，这山中之猿声，犹如村野之鸡鸣，便是清晨来临的信息。而昼夜交替，景色朦胧，又是听觉最敏锐的时候。这时节的声声猿鸣，该是多么的清亮！

这时还看不清更多的景物，只见屏障般重沓的群山之轮廓，山峰之间又弥漫着雾气，空气清澈极了。在这种景色中，于猿只闻其声，不见其形，令人心旷神怡。

山中的猴子是群居的动物，清晨醒来，开始一天的活动，猴群遍布诸峰，东岭有唱，西岩必答，组成一部交响乐，几令人耳不暇接。有一层诗人未显言，而读者可悟会的，那便是山中回声的奇趣。近处的猿声，远处的回声，交织一片，响彻山间，令人莫测其虚实真幻，极有深趣。

最后是诗人写出了自己听猿的独特感受，那是通过"欢"、"伫（听）"二字显示出来的。在古代诗文中，猿声总是与"哀"字结缘的，最有代表性的是郦道元《水经注》中的著名文字："每至晴初霜旦，林寒涧肃，常有高猿长啸，属引凄异，空谷传响，哀转久绝。故渔者歌曰：'巴东三峡巫峡长，猿鸣三声泪沾裳'。"而此诗中的群猿唱答，却给人一种生气勃勃，欢快愉悦之感。

【谢朓】（464—499）字玄晖，南齐陈郡阳夏（今河南太康）人。少有美名，为竟陵王萧子良“西邸八友”之一。初为太尉行参军，又为卫军将军东阁祭酒、太子舍人。萧鸾（即齐明帝）辅政，任骠骑谘议，领记室。明帝时出为南东海太守、行南徐州事，迁尚书吏部郎。转中书郎，出任宣城太守，复还任中书郎。齐废帝即位，因不愿参与始安王萧遥光篡位之谋，被诬下狱死。为永明体代表人物之一。有明辑本《谢宣城集》。

玉阶怨

夕殿下珠帘，流萤飞复息。
长夜缝罗衣，思君此何极。

这是一首较早的以宫怨为题材的绝句。宫怨诗源于晋时陆机《婕妤怨》，咏班婕妤见弃于汉成帝事，有“寄情在玉阶，托意唯团扇”之句。此诗题为《玉阶怨》，当即本此。

本诗与陆诗从“婕妤去辞宠，淹留终不见”到“黄昏履棋绝，愁来空雨面”，一路叙来不同，而妙于用短，只撷取深宫夜里的一个生活断面，令人从画面中体味抒情主人公的命运和愁思，便觉得兴象玲珑，意致深婉。

“夕殿下珠帘”，意味的是君王当夜不会幸临，中唐诗人刘长卿《长门怨》：“何事长门闭，珠帘只自垂”可为注脚；“流萤飞复息”，是点染宫中凄凉的气氛，因为飞萤往往聚集于无人之处，李白《长门怨》“金屋无人萤火流”是其注脚；就在这个失意的“长夜”，诗中女主人公还在精心“缝罗衣”，意在邀欢，将希望寄托在明天，故末言“思君此何极”。

诗不受故实局限，于团扇见弃之外别出新意，以缝制罗衣暗示宫嫔对渺茫的幸福寄予希望，表现了宫中女性共同的悲哀，这样的手法是具有创造性的。全诗不出现一个"怨"字，而字里行间无不流露出怨意，所以读之"渊然冷然，觉笔墨之中，笔墨之外，别有一段深情妙理"（沈德潜《古诗源》）。

此诗对唐人五绝体宫怨诗颇具影响，李白《玉阶怨》云："玉阶生白露，夜久侵罗袜。却下水晶帘，玲珑望秋月"，其意境之空灵透明，音韵之悠扬婉转；崔国辅《怨词》："妾有罗衣裳，秦王在时作。为舞春风多，秋来不堪著"，其手法之侧面微挑，含蓄深婉，都可谓深得此诗三昧。

王孙游

绿草蔓如丝，杂树红英发。
无论君不归，君归芳已歇。

魏晋以来文人创作乐府诗，多从古辞中寻找母题，此诗直接上溯《楚辞》寻找母题，表现的是思妇对游子的思念。诗题出自《楚辞·招隐士》："王孙游兮不归，春草生兮萋萋"，首句"绿草蔓如丝"即出自上文后一句，"杂树红英发"则是诗人补写的对句，可见春深将夏了，为后二句张本。

此诗之妙在于后二句翻进一层，放下《楚辞》的"不归"无论，却说君归又该如何。盖春深游子尚无消息，即使归来，亦错过一春。何况"君不归"呢！这样说就比原辞深入一层，或者说翻过原句，出了新意。

"君归芳已歇"所说的芳歇，着眼春光，骨子里却兼带了少妇的青春，这一层是读者可以联想到的。

之宣城郡出新林浦向板桥

  江路西南永，归流东北骛。天际识归舟，云中辨江树。
旅思倦摇摇，孤游昔已屡。既欢怀禄情，复协沧洲趣。嚣尘
自兹隔，赏心于此遇。虽无玄豹姿，终隐南山雾。

  此诗为羁旅行役写景之作。齐明帝建武二年（495）春天，谢朓出任
宣城太守，从金陵出发，逆大江西行，途经新林浦、三山、板桥浦等地，
写下本篇及《晚登三山还望京邑》。

  此诗以抒写旅途的感想为主，写景的句子不多，用字相当的精审。
诗人此行是逆水行舟，故云"江路西南永，归流东北骛"，"永"、"骛"
二字不但精确地判出方向相反的船速和水速的区别，而且微妙地融进作
者的感情色彩：行程刚刚开始，觉得前路漫长，而归思已随流水不停地
奔向远方。然后推出诗中警句——"天际识归舟，云中辨江树"，"识"、
"辨"二字写出了景中人的情态，那是诗人极目回顾的专注的神情。

  王夫之透辟地指出："语有全不及情而情自无限者，心目为政，不恃
外物故也。'天际识归舟，云中辨江树'，隐然一含情临眺之人，呼之欲
出。从此写景，乃为活景。故人胸中无丘壑，眼底无性情，虽读尽天下
书，不能道一句。"（《古诗评选》卷五）实开由景见情一种境界，为唐代山
水行役诗将景中情、情中景融为一体（如孟浩然《早寒江上有怀》："乡泪客中
尽，孤帆天际看。迷津欲有问，平海夕漫漫。"），提供了成功的艺术经验。

  作者在这次出守宣城之前，曾目睹南齐皇帝走马灯似地变换，不能
不心有余悸。所以当他出牧宣城时，既对京邑有所留恋，又庆幸自己能
避开政治斗争的漩涡。后面八句就表现这种复杂的情绪。"旅思倦摇摇，

孤游昔已屡"，既包含眷恋故乡的惆怅，又用过去的经历来做自我排遣，越是强自宽解，越见途中的孤独。"既欢怀禄情，复协沧洲趣"道出了诗人安于荣仕和畏祸全身两种思想的矛盾。

盖魏晋以后，朝隐之风逐渐兴盛，调和仕隐的理论在士大夫中也很流行，至有"小隐隐林薮，大隐隐朝市"之说。据《列女传·陶答子妻》载，答子治理陶国三年，名誉不兴，家富三倍，其妻预感不祥，谓其母云："妾闻南山有玄豹，雾雨七日而不下食者，何也？欲以泽其毛而成文章也，故藏而远害。"诗的结尾既用此典，并与首二句照应，令人掩卷之后，仿佛看到诗人乘舟向着西南漫漫的江路缓缓前行，渐渐隐没在云遮雾障的远山深处。

此诗通常被认为是谢朓山水诗代表作，其实它写景的句子不多，更着意于旅途感受和况味的抒写，然思致含蓄，结构完整，语言淡永，情味深长。两百年后李白经过诗中所写之地，还不胜神往地写道："明发新林浦，空吟谢公诗"（《新林浦阻风寄友人》）。诗中仕与隐的矛盾心情，该引起了这位异代知音的共鸣罢。

晚登三山还望京邑

灞涘望长安，河阳视京县。白日丽飞甍，参差皆可见。余霞散成绮，澄江静如练。喧鸟覆春洲，杂英满芳甸。去矣方滞淫，怀哉罢欢宴。佳期怅何许，泪下如流霰。有情知望乡，谁能鬒 zhēn 不变？

本篇与前首写于同一旅途，三山也是从京城建康到宣城的必经之地，离建康不远，相当于灞桥到长安的距离，故诗开头借用王粲《七哀诗》

"南登霸陵岸，回首望长安"，下句则借用潘岳《河阳诗》"引领望京室"，其意若云：昔读这两位古人之诗，而今日始深有同感也。以下六句写景。因为登高望远，所以皇宫和贵族宅第的飞檐高高低低，在日光照射下清晰可见，"白日丽飞甍，参差皆可见"二句写尽满城的繁华景象和京都的壮丽气派。既然全城飞甍历历可见，那么从中辨认自己的旧宅当也是人之常情吧。

接着写白日西沉时的江景，"余霞散成绮，澄江静如练"——灿烂的晚霞铺满天空，犹如一匹散开的锦缎，清澄的大江伸向远方仿佛一条明净的白绸，此二喻象不仅有动态与静态、绚丽与素静的对比，而且都给人以柔软的感觉，与黄昏时平静柔和的情调十分和谐。云霞是瞬息变幻着的，用光彩闪烁不定的锦缎来比喻十分恰切；而大江远看给人宁静的感觉，用白练来比喻最适宜不过（唐人徐凝后用白练比喻瀑布"千古长如白练飞"，为王世贞所讥，就在于白练不宜喻飞动之水）。

如果说前两句是大笔晕染江天的景色，那么"喧鸟覆春洲，杂英满芳甸"则是细笔点染江洲的佳趣——众鸟的喧声越发衬出傍晚江面的宁静，遍地繁花则与满天彩霞争美斗艳；黄昏的鸟儿皆知寻找自己的归宿，而故乡春色美丽如画，无怪诗人要发出叹息了。"去矣方滞淫，怀哉罢欢宴"六句抒情，"去矣"、"怀哉"以虚词对仗，造成散文式的感叹语气，增强了声情摇曳的节奏感，以下由乡思引起感伤作结。

全诗基本上沿袭谢灵运山水诗前半篇写景，后半篇抒情的程式，精彩在前半，表现出作者在景物剪裁方面的功力，和铸造警句的本领，以及诗风的清丽和情韵的自然，标志着山水诗在艺术上的成熟。李白于小谢诗特熟，曾云："解道澄江静如练，令人长忆谢玄晖"，表现了他对诗中警句的欣赏。惜乎诗的后半抒情稍弱，未能脱俗，反映了作者思想境界志趣方面的局限，钟嵘所谓"篇末多踬"，即此类也。

【江淹】(444—505) 字文通，济阳考城（今河南民权）人。少有才思，举秀才，对策上第。历仕宋、齐、梁三代，梁时官至金紫光禄大夫。早年即以文章著名，晚年诗文不进，时谓江郎才尽。有辑本《江文通集》。

别赋

黯然销魂者，唯别而已矣！况秦吴兮绝国，复燕宋兮千里；或春苔兮始生，乍秋风兮暂起。是以行子肠断，百感凄恻。风萧萧而异响，云漫漫而奇色。舟凝滞于水滨，车逶迟于山侧。棹容与而讵前，马寒鸣而不息。掩金觞而谁御，横玉柱而沾轼。居人愁卧，怳若有亡。日下壁而沈彩，月上轩而飞光。见红兰之受露，望青楸之离霜。巡层楹而空掩，抚锦幕而虚凉。知离梦之踯躅，意别魂之飞扬。

故别虽一绪，事乃万族：至若龙马银鞍，朱轩绣轴，帐饮东都，送客金谷。琴羽张兮箫鼓陈，燕赵歌兮伤美人；珠与玉兮艳暮秋，罗与绮兮娇上春。惊驷马之仰秣，耸渊鱼之赤鳞。造分手而衔涕，感寂寞而伤神。

乃有剑客惭恩，少年报士，韩国赵厕，吴宫燕市，割慈忍爱，离邦去里，沥泣共诀，抆血相视。驱征马而不顾，见行尘之时起。方衔感于一剑，非买价于泉里。金石震而色变，骨肉悲而心死。

或乃边郡未和，负羽从军。辽水无极，雁山参云。闺中风暖，陌上草薰。日出天而耀景，露下地而腾文，镜朱尘之照烂，袭青气之氤氲。攀桃李兮不忍别，送爱子兮沾罗裙。

至如一赴绝国，讵相见期。视乔木兮故里，诀北梁兮永辞。左右兮魂动，亲宾兮泪滋。可班荆兮赠恨，惟樽酒兮叙悲。值秋雁兮飞日，当白露兮下时。怨复怨兮远山曲，去复去兮长河湄。

又若君居淄右，妾家河阳。同琼佩之晨照，共金炉之夕香，君结绶兮千里，惜瑶草之徒芳。暂幽闺之琴瑟，晦高台之流黄。春宫闭此青苔色，秋帐含兹明月光，夏簟清兮昼不暮，冬釭凝兮夜河长！织锦曲兮泣已尽，回文诗兮影独伤。

傥有华阴上士，服食还山。术既妙而犹学，道已寂而未传。守丹灶而不顾，炼金鼎而方坚。驾鹤上汉，骖鸾腾天。暂游万里，少别千年。惟世间兮重别，谢主人兮依然。

下有芍药之诗，佳人之歌。桑中卫女，上宫陈娥。春草碧色，春水绿波，送君南浦，伤如之何！至乃秋露如珠，秋月如圭，明月白露。光阴往来，与子之别，思心徘徊。

是以别方不定，别理千名。有别必怨，有怨必盈，使人意夺神骇，心折骨惊。虽渊云之墨妙，严乐之笔精，金闺之诸彦，兰台之群英，赋有凌云之称，辩有雕龙之声，谁能摹暂离之状，写永诀之情者乎！

赋之为体，以展开铺叙见长。一般地说，即景、即事抒怀，较宜入诗；而综合性地抒写某一主题，则宜作赋。不为一人一时一事而发，非写某一次具体的离别情事，而要综合性地穷尽一切人间离愁别恨，正是赋家的拿手好戏。

《别赋》段落虽多，大致可分三部分。

从篇首到"意别魂之飞扬"为第一部分，总写别绪的难堪。开篇两句以感叹作大的笼罩，以高度概括性和强烈的抒情性抓住读者的心："黯然销魂者，唯别而已矣！"紧接着点出别离乃从空间和时间上活生生拉开亲情间的距离："况秦吴兮绝国，复燕宋兮千里"——各自西东、天南地北，"或春苔兮始生，乍秋风兮暂起"——不得相见、动辄经年；然后说到离愁别恨的承受者，总不出两类角色，行者和居人，以下话分两路，"是以行子肠断"十句以移情之笔，写行者（**男性角色**）临行时百感凄恻、风云为之色变的种种情态；"居人愁卧"十句更多从主观感受方面，写居人（**女性角色**）别后独处一室时，凄凉寂寞的种种情态。将汉诗以来游子思妇相思之意作了一个概括，所谓"别虽一绪"，以下则铺陈描写各种类型人物的离别感受，所谓"事乃万族"。

从"故别虽一绪"到"思心徘徊"为第二部分共七段，分类刻画形形色色人物的黯然销魂的离别。首写富贵者的生离，"帐饮东都，送客金谷"用《汉书》疏广由太子太傅年老乞归，公卿大夫于长安东都门处设宴送别，及晋代富豪石崇在《金谷诗序》中记其为征西将军王诩送行的故实，概言富贵者之别。尽管送别的筵宴十分盛大，歌舞分外动人（**连马、鱼也为之感动**），但一到分手时刻，总不免流泪伤心。

次写侠义者的死别，音情转为悲壮慷慨。古代的侠义之士，在忠孝不能两全的情况下，为着感恩报主，本着"士为知己者死"人生信条，不得已而扔下老亲和妻儿，慷慨赴死。"割慈忍爱，离邦去里；沥泣共诀，扠血相视"，几笔勾勒，就将义士赴死时硬着心肠忍情割爱而义无反顾的复杂心情刻画得入木三分。在铸辞造句上多用《史记·刺客列传》，"韩国"出聂政为报严仲子而刺杀韩相侠累事，"赵厕"出豫让为智伯血恨不惜扮着奴隶入宫涂厕以谋刺赵襄子事，"吴宫"出专诸为吴公子光刺杀王僚即鱼腹藏剑事，"燕市"即荆轲为燕太子丹刺秦王事。"金石震而色变"出秦庭鼓钟并发时秦舞阳失色事，"骨肉悲而心死"出聂政之姊聂嫈于韩市认尸为弟扬名事。

三写从军赴边者的离别，他们要离别春光旖旎的江南，到冰天雪地的塞北，抛下了闺中的娇妻，远离年老的父母，是多么的难堪。"闺中风暖，陌上草薰"、"攀桃李兮不忍别，送爱子兮沾罗裙"，写景中饱含情

301

事，而送别的场景安排在春天是别有意味的。

四写远赴绝国者的别离，出使者、宦游者、流浪汉即属此类，古有"班荆（布荆草以席地而坐）道故"的成语，此以写饯宴，场景安排在秋天。

五写闺中对远人的相思，丈夫在外结绶为官，少妇自叹青春独处，"织锦""回文"用前秦秦州刺史窦韬被徙沙漠，其妻苏蕙织锦为回文诗以寄赠的故事。

六写学道成仙者的别离，本来学道之人是看破红尘，遁入深山，"守丹灶而不顾，炼金鼎而方坚"的，然而当其升仙之时，在云端与家人拱手言别，竟也不能无动于衷。据《神仙传》载，魏人修芊于华阴山下石室中食黄精，后不知所往；《列仙传》载，王子晋成仙三十余年后约家人在猴（读勾）氏山头，晋乘鹤举手谢世人，数日后离去，为赋所本。

七写恋人之别，这一段中熔铸了《诗经》《楚辞》胜语而成文，"芍药之诗"是用《诗经·溱洧》，"桑中卫女"是用《诗经·桑中》，"春草碧色，春水绿波，送君南浦，伤如之何"是用《九歌·河伯》"子交手兮东行，送美人兮南浦"，用得很自然，又很含蓄，有一种渊涵不尽之致。

从"是以别方不定"到篇末是第三部分，是全赋的总结归纳。"是以别方不定"几句，将形形色色的离别归结起来，回应篇首的"黯然销魂者，唯别而已矣"。"虽渊云之墨妙"几句，极言摹写离愁别恨之难，表面上像是不了了之，给人意犹未尽之感，却正好收到了言有尽而意无穷的效果。所以这一结尾之笔显得万毫齐力，与开篇大的笼罩笔力相称。这里"渊"指王褒（子渊），"云"指扬雄（子云），"严""乐"指汉代著名文人严安、徐乐，"金闺"即金马门为汉官署，为学士待诏之处，"兰台"为汉宫中藏书之地，"凌云"为武帝对司马相如《大人赋》的赞语，"雕龙"为齐人对驺奭雄辩文章的赞语。

《别赋》在遣词造句、语言风格上并用风骚，在格局上仿效《七发》，叙写的对象虽然是一般性的别离，但它取材于社会现实，内容丰富多彩，并在分门别类的描写中写出了一般中的特殊，极富个性化色彩，其中不少内容具有那个乱离时代的特征，反映了人们普遍渴望安定、热爱人生的美好愿望和情感。

江淹本人历仕三代，有过下狱、贬官、流徙的经历，赋中也包含着他对人生的真切体验，所以才具有如此兴发感动的力量。全赋辞章富丽高华，而文笔极为流畅。前者见其学富，后者方见其积累之有素与才思之敏捷。尤为可贵的是，作者在用典和藻饰的同时，间有富于诗意的白描，并把民歌的代言融入辞，故文气贯通，有云行水流之致，既华丽好看抑扬动听，又有自然清新之感。

恨赋

试望平原，蔓草萦骨，拱木敛魂。人生到此，天道宁论。于是仆本恨人，心惊不已，直念古者，伏恨而死。

至如秦帝按剑，诸侯西驰，削平天下，同文共规。华山为城，紫渊为池。雄图既溢，武力未毕。方驾鼋鼍以为梁，巡海右以送日。一旦魂断，宫车晚出。

若乃赵王既虏，迁于房陵。薄暮心动，昧旦神兴。别艳姬与美女，丧金舆及玉乘。置酒欲饮，悲来填膺，千秋万岁，为怨难胜。

至如李陵降北，名辱身冤，拔剑击柱，吊影惭愧。情往上郡，心留雁门。裂帛系书，誓还汉恩。朝露溘至，握手何言。

若夫明妃去时，仰天太息。紫台稍远，关山无极。摇风忽起，白日西匿。陇雁少飞，代云寡色。望君王兮何期，终芜绝兮异域。

至乃敬通见抵，罢归田里。闭关却扫，塞门不仕。左对
孺人，顾弄稚子。脱略公卿，跌宕文史。赍志没地，长怀
无已。

及夫中散下狱，神气激扬。浊醪夕引，素琴晨张。秋日
萧索，浮云无光。郁青霞之奇意，入修夜之不旸。

或有孤臣危涕，孽子坠心。迁客海上，流戍陇阴。此人
但闻悲风汩起，血下沾衿；亦复含酸茹叹，销落湮沉。

若乃骑叠迹，车屯轨；黄尘匝地，歌吹四起。无不烟断
火绝，闭骨泉里。

已矣哉！春草暮兮秋风惊，秋风罢兮春草生。绮罗毕兮
池馆尽，琴瑟灭兮丘垄平。自古皆有死，莫不饮恨而吞声。

《恨赋》《别赋》实为姊妹篇，彼此在内容上有区别也有关联。"别"
又何尝不是"恨"，"恨"也往往涉及"别"。尤其伤痛的是：大限到来的
别，赍志以没的恨。

与《别赋》一样，本篇亦排比故实成文：一段写秦皇访求神仙希图
长生不遂之恨。一段写赵王迁流放于房陵的失国之恨，一段写李陵降北
有国难投之恨，一段写昭君出塞离乡背井之恨，一段写东汉冯衍（敬通）
遭受排挤壮志难酬之恨，一段写嵇康遭遇迫害延颈就戮之恨。此外，还
有数不完道不尽的孤臣、孽子、迁客、流戍，以及那些忙忙碌碌，在奔
波中度过一生的达官显宦，也不免"终须一个土馒头"之恨。

司马迁说："人固有一死，或重于泰山，或轻于鸿毛。"（《报任安书》）
乃仁义之言。陶渊明说："有生必有死，早终非命促。"（《拟挽歌诗》）"余
今斯化，可以无恨。"（《自祭文》）乃通达之言。庾信说："春秋迭代，必有
去故之悲。"（《哀江南赋序》）乃沉痛之言。小红说："俗话说的：'千里搭
长棚，没有个不散的筵席'，谁守一辈子呢。"（《红楼梦》26 回）乃负气之

言。不同的环境，不同的人，谈生死、论聚散，态度大相径庭，

江淹可不是司马迁，可不是陶渊明，在时代和认识上，他似乎更加接近于庾信。他得出的结论是："自古皆有死，莫不饮恨而吞声。"太悲观了！而且以偏概全。

然而，人生谁无憧憬？到头谁能实现？《红楼梦》林林总总几百号人，除了一个贾母临死，能够心满意足道："我到你们家已经六十多年了，从年轻的时候到老来，福也享尽了。"（110 回）堪称功德圆满外，还有哪一个能如此死而无恨？

人生不免有恨，有恨就得释放，释放就有《恨赋》，有《恨赋》就有共鸣，共鸣就是承认，得到承认，就是成功的作品，就算它以偏概全了，又有什么关系呢？

【陶弘景】(452—536) 字通明，自号华阳隐居，丹阳秣陵（今江苏南京）人。仕齐拜左卫殿中将军。后隐居茅山。搜集整理道经，创茅山派。入梁，武帝礼聘不出，但朝廷大事辄就咨询，时称山中宰相。有《本草经集注》《真诰》等。

诏问山中何所有赋诗以答

山中何所有，岭上多白云。
只可自怡悦，不堪持赠君。

本篇乃作者答梁武帝诏问，口占之作。一说乃答齐高帝诏。

"山中何所有"是诏问的内容。山中之物多矣，偏偏只拈出白云，便有意思。云是傍山而生的自然现象，古人却赋它文化内涵。同是云，称"青云"，含义就迥乎不同。白云在山，青云在天，白云象征山中，青云

却象征朝廷。故仕途通达，谓之"青云直上"。而陶渊明"云无心以出岫，鸟倦飞而知还"（《归去来兮辞》）的"云"，定是白云。

"白云"为物，实乃水蒸气之聚合。远看成云，近成雾，"白云回望合，青霭入看无"（王维《终南山》）。君问"山中何所有？"本当立即来事，把本地特产包装送去。然而这特产是"白云"，叫我如何奉送？"只可自怡悦，不堪持赠君"，是俏皮话。"君"字用得好，特指帝王，泛指即第二人称。人不求人一样大，我是山人我怕谁。

再说，梁武之问，就是带头说俏皮话。其言外之意，是山中并无所有，入朝一切便有。陶弘景的回答，自然包含委婉拒聘之意，拒聘而不惹对方生气，是俏皮的好处。这叫以俏皮制俏皮，你俏皮我更俏皮。史载，梁武欲致陶出山，陶画一牛放蹄悠游于水草之间，一牛被穿了鼻孔为人所执。梁武见画，笑道："此人无所不作，欲敩曳尾之龟，岂有可致之理。"

梁武到底还算半个解人，故不妨对他作俏皮诗、俏皮画。如其不然，最好赶紧闭上嘴巴，往深山逃得远远，找一处溪流洗耳去罢。

答谢中书书

> 山川之美，古来共谈。高峰入云，清流见底。两岸石壁，五色交辉。青林翠竹，四时俱备。晓雾将歇，猿鸟乱鸣。夕日欲颓，沈鳞竞跃。实是欲界之仙都。自康乐以来，未复有能与其奇者。

与山水诗的兴盛相先后，山水记也逐渐发展起来。

晋穆帝永和九年（353）的上巳，当时名流谢安、孙绰、支遁等四十一人，在会稽郡山阴（浙江绍兴）兰亭集会，宴乐赋诗，王羲之作序，并亲笔书成人尽皆知的《兰亭集序》帖。此文实开山水记的先河，文中曰：
"此地有崇山峻岭，茂林修竹，又有清流激湍，映带左右，引以为流觞曲水。列坐其次，虽无丝竹管弦之盛，一觞一咏，亦足以畅叙幽情。是日也，天朗气清，惠风和畅。仰观宇宙之大，俯察品类之盛，所以游目骋怀，足以极视听之娱，信可乐也。"其后文人出游，多在书信中与亲友谈论山水。

刘宋鲍照《登大雷岸与妹书》以形式精美的骈体在书信中高谈阔论山水胜景，首开风气。书中满怀兴致，用瑰丽奇崛的笔调摹写了九江、庐山一带烟云变幻、气象万千的景物："南则积山万状，负气争高，含霞饮景，参差代雄。凌跨长陇，前后相属，带天有匝，横地无穷。"又写道："夕景欲沉，晓雾将合，孤鹤寒啸，游鸿远吟，樵苏一叹，舟子再泣。诚足悲忧，不可说也。"萧梁时代的陶弘景、吴均则在鲍照的基础上约为短篇，更见精粹，而为人传诵。

山水文学可称绿色文学，山水话题可称绿色话题，"山水之美"，虽说"古来共谈"，但将它引入文学创作，却是六朝为盛。山水山水，有山有水。山是水之骨，水是山之魂。写山则状其高："高峰入云"，写水则显其清："清流见底"。山水石壁，色调之富，以绿色为主："两岸石壁，五色交辉。青林翠竹，四时俱备"。山中朝晖夕阴，气象万千，人境之外，乃有动物世界，动物给山水带来声音和生机："晓雾将歇，猿鸟乱鸣。夕日欲颓，沈鳞竞跃。"总结："实是欲界之仙都"。好个"欲界仙都"，可以现成地书刻在石壁上，给山水打上文化的印记。

短短一封书信，就这样尽收山水之奇，行文既很随意，对仗亦复工整。要言不烦，点到为止，正是文贵精、不贵多。作者当然有资格说："自康乐以来，未复有能与其奇者。"言下，他本人就是能复与其奇者。

【吴均】(467—519) 字叔庠。吴兴故鄣（今浙江安吉）人。官待诏著作，奉朝请。

307

其文工于写景，尤以小品书札见长，时称吴均体。有《续齐谐记》《吴朝请集》等。

与宋元思书

　　风烟俱净，天山共色，从流飘荡，任意东西。自富阳至桐庐一百许里，奇山异水，天下独绝。水皆缥碧，千丈见底；游鱼细石，直视无碍。急湍甚箭，猛浪若奔。夹岸高山，皆生寒树。负势竞上，互相轩邈，争高直指，千百成峰。泉水激石，泠泠作响；好鸟相鸣，嘤嘤成韵。蝉则千转不穷，猿则百叫无绝。鸢飞戾天者，望峰息心；经纶世务者，窥谷忘反。横柯上蔽，在昼犹昏；疏条交映，有时见日。

　　本篇堪称"富春江第一漂"。它描写了作者从富阳到桐庐，一百余里的长途漂流中，所见及所闻的江上胜景。

　　与陶弘景前文相比，吴均此文略有展开，从中添了一个"从流飘荡"着的人，是其新处。此文开篇即佳，水天一色乃人所共知，谁也没想出这个"天山共色"。"自富阳至桐庐，一百许里，奇山异水，天下独绝"是一个总括。

　　总括之后，即写水流，水流有缓有急，妙有节奏。缓流处，"水皆缥碧，千丈见底。游鱼细石，直视无碍"。下滩时，"急湍甚箭，猛浪若奔"，漂流中人最爱的就是这个速度，好刺激！水急的地方，江面较窄，形成峡谷，因而所见是"夹岸高山，皆生寒树，负势竞上，互相轩邈，争高直指，千百成峰"。写山妙在化静为动，状出动势、动态。然后写听觉感受：泉水激石的声音，好鸟相鸣的声音，千转不穷的蝉的声音，百叫无绝的猿的声音，组成一部交响乐。由于自然的启迪，音乐的抚慰，使浮躁的心情重归宁静，使失调的内分泌重归平衡。这里，"鸢飞戾天"既是景色，又是比喻，由声音过渡到感想，转折自然。

无独有偶，北朝的郦道元，与作者年相仿也，地不同也，著《水经注》，对前代地理书《水经》作注释，补充了不少材料。《水经注·三峡》中关于三峡水流的一段文字："夏水襄陵，沿溯阻绝。或王命急宣，有时朝发白帝，暮到江陵，其间千二百里，虽乘奔御风，不以疾也。春冬之时，则素湍绿潭，回清倒影。绝巘多生怪柏，悬泉瀑布，飞漱其间，清荣峻茂，良多趣味。每至晴初霜旦，林寒涧肃，常有高猿长啸，属引凄异，空谷传响，哀转久绝。故渔者歌曰：'巴东三峡巫峡长，猿鸣三声泪沾裳。'"这里写水的先急后缓，夹岸高山的趣味，以及山谷中的声音，而最后落到山水对人产生的影响。对读之下，你会惊异于二人发现的相似，而文章却不雷同。浙江是浙江，三峡是三峡。

说到山水对人产生的影响，本来也就结了。吴均却余兴未已，还要为他对山水补上一笔光线的描写："横柯上蔽，在昼犹昏；疏条交映，有时见日。"一般情况下，峡谷中行舟，常处幽暗，但有时可以见到太阳。什么时候？中午。于是恰到好处。骈体美文的形式，与其所表达的内容，结合得天衣无缝；对仗虽工，由于没有用典，读起来更觉清新流利。

与顾章书

仆去月谢病，还觅薜萝。梅溪之西，有石门山者，森壁争霞，孤峰限日，幽岫含云，深溪蓄翠；蝉吟鹤唳，水响猿啼，英英相杂，绵绵成韵。既素重幽居，遂葺宇其上。幸富菊花，偏饶竹实。山谷所资，于斯已办。仁智所乐，岂徒语哉！

前面两篇美妙的山水小牍，从书信的角度看，都是掐头去尾，自成文章。

本篇则更多保留了书信原有面目，"仆于去月谢病"，以第一人称叙事，间接地有第二人称的存在。信的核心内容仍属说山道水，点出"梅溪"、"石门山"具体的地名，是为山水之个性定位。中间描写山水的文字，"森壁争霞，孤峰限日，幽岫含云，深溪蓄翠；蝉吟鹤唳，水响猿啼，英英相杂，绵绵成韵"，几乎包括了山水记所有重要的元素：山、水、声、色、动、静，等等，不过较前文为省净。却注入更多生活的内容："既素重幽居，遂葺宇其上。幸富菊花，偏饶竹实。山谷所资，于斯已办。"说怎样安家，怎样度日。"山谷所资，于斯已办"，简直就是"靠山吃山，靠水吃水"的意思，这是本文的特殊趣味。

结处的"仁智所乐"，概括特好。子曰："智者乐水，仁者乐山。"（《论语·雍也》）原是极富哲理意味的话，约为四言，便成品题，可以大笔书之，临水勒石。

【庾信】(513—581) 字子山，北周南阳新野（今河南新野）人。庾肩吾子。梁时任湘东王萧绎（即梁元帝）国常侍、安南参军，迁尚书度支郎中、通直正员郎，出为郢州别驾。出使东魏还朝，任东宫学士，领建康令。侯景攻建康，兵败，出奔江陵。萧绎称帝，任右卫将军，封武康县侯，加散骑常侍，出使西魏。值西魏攻陷江陵，杀梁元帝，因羁留长安，被迫历仕西魏、北周。北周时曾迁骠骑大将军、开府仪同三司、司宪中大夫，进封义城县侯。北周末因病去职，卒于隋初。有明辑本《庾开府集》。

寄王琳

玉关道路远，金陵信使疏。

独下千行泪，开君万里书。

庾信本为梁侍臣，出使西魏，值西魏攻陷江陵，杀梁元帝，信因而留长安，被迫仕西魏。王琳为梁室忠臣，后死于难。此诗当是诗人在长安收到王琳寄书后作。

前二句以"玉关"和"金陵"（梁旧都建业）对仗，分别代指西魏和梁朝，以"玉关"代指长安，暗用班超久在异域"但愿生入玉门关"的语意，以表作者的故国之思；"道路远"而"信使疏"，不仅表现了诗人对故国的翘首和怀念，以及对故国政局动荡的不安和忧虑，而且是对远方来信的珍贵先作铺垫。后二句专写收信展读时百端交集的心情，"千行泪"对"万里书"，极见来信的不易和收信时心情的激动，诗人抑制不住"千行泪"，是对自己屈仕敌国而痛心疾首？是勾起国破家亡的哀痛？还是因为老友仍然顾念失节的旧人？三字中的思想感情相当复杂。大大增加了这首绝句的感情容量。

五言绝句在当时是一种新兴的诗体，而庾信则是继谢朓之后的一位高手。全诗言简意长而对仗工稳，由于感情相当充沛，将琢句的痕迹冲刷干净，读之只觉真切动人。

重别周尚书

阳关万里道，不见一人归。
唯有河边雁，秋来南向飞。

周弘正于梁元帝时为左户尚书，后仕陈朝，奉使长安（时西魏已入北周），陈文帝天嘉三年（562）南还，庾信先已有诗相赠，此诗为续作，故题"重别"。以在梁的旧职称周"尚书"，不仅是表示恋旧之情，而且无视陈朝禅梁的事实，即不承认其合法性。

前二句叙事，形象地概括周陈通好之前，南北隔绝的政治态势。以"阳关"代指北周，犹上诗以"玉关"指西魏一样，表达了诗人身在长安，有如汉人身在塞外的感觉。由于南北对立，由南入北的人，没有一个能够回去。由此可见周弘正的返陈，在当时是怎样重大的一条新闻。后二句写景，简笔勾勒出万里长空雁南飞的河上寥廓秋景，而以"唯有"二字点意，对上文"不见一人归"是一个有力的反衬，可见人不如雁，慨何如之？其次，大雁南飞，对于周尚书的南归又是一个形象的隐喻，寄托着诗人的羡慕之情。最后，在万里阳关大道的背景衬托下，远飞的大雁，又成为自由的一个象征。反映了历史上南北分裂时期人民渴望打破信息阻绝、交通阻绝现状的心情。

以小见大，以少总多，是绝句艺术奥秘所在。庾信的这两首五绝在艺术上非常成熟，开了唐人五绝艺术的先河。

春赋

宜春苑中春已归，披香殿里作春衣。新年乌声千种啭，二月杨花满路飞。河阳一县并是花，金谷从来满园树。一丛香草足碍人，数尺游丝即横路。开上林而竞入，拥河桥而争渡。

出丽华之金屋，下飞燕之兰宫。钗朵多而讶重，髻鬟高而畏风。眉将柳而争绿，面共桃而竞红。影来池里，花落衫中。

苔始绿而藏鱼，麦才青而覆雉。吹箫弄玉之台，鸣佩凌波之水。移戚里而家富，入新丰而酒美。石榴聊泛，蒲桃酦 pō 醅 pēi。芙蓉玉碗，莲子金杯。新芽竹笋，细核杨梅。

312

绿珠捧琴至，文君送酒来。

玉管初调，鸣弦暂抚，《阳春》《渌水》之曲，对凤回鸾之舞。更炙笙簧，还移筝柱。月入歌扇，花承节鼓。协律都尉，射雉中郎。停车小苑，连骑长杨。金鞍始被，柘弓新张。拂尘看马埒 liè，分朋入射堂。马是天池之龙种，带乃荆山之玉梁。艳锦安天鹿，新绫织凤凰。

三日曲水向河津，日晚河边多解神。树下流杯客，沙头渡水人。镂薄窄衫袖，穿珠帖领巾。百丈山头日欲斜，三晡未醉莫还家。池中水影悬胜镜，屋里衣香不如花。

篇名《春赋》，实是一篇"游春赋"，游春的主体乃贵人。赋中交织着青春气息和贵族气息，或谓此乃作者早年的得意之作，当无问题。

开篇即用恣肆的笔墨展示春之魅力。"宜春苑"、"披香殿"、"丽华之金屋"、"飞燕之兰宫"等秦汉宫室的名称，和鸟声、杨花、香草、游丝等意象排列，突现的是帝京的豪华，装点的是春色的繁富。还用了河阳一县花，潘岳的典故；金谷满园树，石崇的典故。可以说，唐人卢照邻《长安古意》的开篇，即从中获得不少灵感。赏月固宜人少，踏春不怕人多。正因为春之特征是浓郁、繁富、璀璨，所以无怪乎上层社会的男男女女，倾巢出动，迫不及待地"开上林而竞入，拥河桥而争渡"。

青春的靓女永远处于游人视野的中心，她们是青春世界的灵魂。赋中因此给她们以中心的位置。围绕着她们的，还有同样妩媚的歌儿侍女（绿珠代歌女，文君代卖酒女郎）、春风得意的倜傥名流（协律都尉指汉代李延年、射雉中郎指晋代潘岳，潘曾任虎贲中郎，作《射雉赋》），或歌舞，或酣饮，或射猎，或游戏。作者通过视觉、听觉、味觉等不同感觉，写出春天作用于人的心理、生理而产生的影响。

赋的末段写到上巳曲水流觞的风俗，是春游的尾声：人们在河边引

313

水环曲为渠，顺流放杯行酒，祓除不详。时近黄昏（"三晡"），一些人已上渡船，过河回家，可见春游的高潮已过，热闹将迅速趋于宁静。一些人还怅怅恋恋，乐不思归。你看那些春服轻薄的靓女们在缓缓归去时，还不禁回眸将目光投向池水与花树，一时芳心难收。

结尾的两句，"池中水影悬胜镜，屋里衣香不如花"，与前文"影来池里，花落衫中"相关合，简直是神来之笔。它间接涉及到一个大的话题，即人对生存空间的需求问题。作者将封闭式人居与开放式自然作了一个细节上的对比：室内妆镜照影固然清楚，哪及室外池水照影那样动荡摇曳，不可思议（"悬胜镜"乃"胜悬镜"的倒装）；室内衣香熏制而成，哪及室外春花散发的天然芬芳，令人陶醉。字里行间，流露了常在深闺中人，对于开放空间的渴求。而产生这种渴求，又完全是因为春之诱惑！

结尾和开篇一样，均用七言韵语，使得此赋于音情、画意外，富有更多的诗味。

哀江南赋（节）并序

粤以戊辰之年，建亥之月，大盗移国，金陵瓦解。余乃窜身荒谷，公私涂炭；华阳奔命，有去无归。中兴道销，穷于甲戌。三日哭于都亭，三年囚于别馆。天道周星，物极不反。傅燮之但悲身世，无处求生；袁安之每念王室，自然流涕。昔桓君山之志士，杜元凯之平生，并有著书，咸能自序。潘岳之文采，始述家风；陆机之辞赋，先陈世德。信年始二毛，既逢丧乱；藐是流离，至于暮齿。《燕歌》远别，悲不自胜；楚老相逢，泣将何及！畏南山之雨，忽践秦庭；让东海之滨，遂餐周粟。下亭漂泊，高桥羁旅。楚歌非取乐之方，鲁酒无忘忧之用。追为此赋，聊以记言。不无危苦之词，唯以悲哀为主。

日暮途远，人间何世！将军一去，大树飘零；壮士不还，寒风萧瑟。

荆璧睨柱，受连城而见欺；载书横阶，捧珠盘而不定。钟仪君子，入就南冠之囚；季孙行人，留守西河之馆。申包胥之顿地，碎之以首；蔡威公之泪尽，加之以血。钓台移柳，非玉关之可望；华亭鹤唳，岂河桥之可闻！

孙策以天下为三分，众才一旅；项籍用江东之子弟，人唯八千。遂乃分裂山河，宰割天下。岂有百万义师，一朝卷甲；芟夷斩伐，如草木焉！江淮无涯岸之阻，亭壁无藩篱之固。头会箕敛者，合从缔交；锄耰棘矜者，因利乘便。将非江表王气，终于三百年乎？是知并吞六合，不免轵道之灾；混一车书，无救平阳之祸。呜呼！山岳崩颓，既履危亡之运；春秋迭代，必有去故之悲；天意人事，可以凄怆伤心者矣！况复舟楫路穷，星汉非乘槎可上；风飙道阻，蓬莱无可到之期。穷者欲达其言，劳者须歌其事。陆士衡闻而抚掌，是所甘心；张平子见而陋之，固其宜矣！

水毒秦泾，山高赵陉 xíng。十里五里，长亭短亭。饥随蛰燕，暗逐流萤。秦中水黑，关上泥青。于时瓦解冰泮 pàn，风飞电散。浑然千里，淄 zǐ 渑 shēng 一乱。雪暗如沙，冰横似岸。逢赴洛之陆机，见离家之王粲。莫不闻陇水而掩泣，向关山而长叹。况复君在交河，妾在清波。石望夫而逾远，山望子而逾多。才人之忆代郡，公主之去清河。栩阳亭有离别之赋，临江王有愁思之歌。别有飘摇武威，羁旅金微。班超生而望返，温序死而思归。李陵之双凫永去，苏武之一雁空飞。

庚信的突出成就尤在辞赋创作，他是历代共推首屈一指的骈体的作者。由于骈体的创作好比"戴着脚镣跳舞"，远非所有作家都能运用自如，而庚信却是达到炉火纯青境界的一人。

把现实的重大主题引入赋体创作，《哀江南赋》堪称有梁一代盛衰兴亡的史诗，赋题语出《楚辞·招魂》"魂兮归来哀江南"。赋约作于北周武帝宣政元年（578），作者时年 66 岁，为暮年之作。全文 3376 字，另加 528 字的序文，构成骈体的鸿篇巨制，其结构不以时间先后为序，而是多侧面、多层次地进行追叙，所写事件纵横交错，回环往复，组成波澜壮阔的历史画卷，有力地表现了作者的主题。

南朝梁代土地辽阔，物产丰富，建国后一度呈现繁荣的局面。然因武帝佞佛怠政，官僚士大夫阶级亦"以干戈为儿戏，以清谈为庙略"。太清二年（548）的侯景之乱，就是朝政腐败的必然结果。由于统治集团内部各怀异心，相互倾轧，致使台城陷落，武、简文二帝蒙难。宗室子弟，兄弟阋墙。元帝偏安江陵，生性猜忌，以剪除异己为务。赋中反映的另一次战乱，是承圣三年（554）的江陵之乱，也就是梁朝亡国惨祸。西魏统治者攻陷江陵，大肆屠杀，并将十万臣民俘至长安。此赋所反映的梁朝兴亡过程，比史籍所载更真实、更具体、更生动，也很典型，足资史鉴。

《哀江南赋》又是一部自传体赋，它几乎概括了作者一生的坎坷经历。赋中自始至终贯串着乡关之思，如此生动而真实地描写重大政治事件，而又饱含故国之思及对乱世民众深切同情的作品，在内容上将汉魏六朝文学的忧患意识（包括伤时、念乱、忧生及乡关之思）发展到极致。它上承蔡琰《悲愤诗》，下启杜甫《北征》，可谓继往开来。

《哀江南赋》序的作用在于概括作品主题，阐明创作动机，它本身就是一篇优美的骈文。"穷者欲达其言，劳者须歌其事"、"不无危苦之辞，唯以悲哀为主"这几句话可视为作者的创作纲领。

序的开篇到"自然流涕"一段，略叙国家丧乱及自己出使和仕周的过程。武帝太清二年（548）戊辰十月，侯景篡国，金陵沦陷，公室私门如陷泥途炭火之中。元帝承圣三年（554）甲戌，庾信奉命从江陵（处华山之阳，故称华阳）出使西魏，这年十一月，西魏攻陷江陵，元帝被杀，庾信羁留长安（西魏都城）未归，既悲无处求生，又痛国家覆亡。文中用了《晋书》载蜀亡后永安守罗宪率部三日哭于郡亭事，《后汉书》载汉阳太守傅燮受乱军围攻临阵战死事以及袁安因皇帝幼弱、外戚擅权每痛哭流涕事，自概遭际。

从"昔桓君山之志事"到"唯以悲哀为主"一段，表明作赋的动机在于效仿古人，记叙自己不幸的遭遇。文中历举桓谭、杜预、潘岳、陆机等前贤，因有著作流传，或可概见平生，或可扬其祖德。"信年始二毛"以下追叙个人遭逢丧乱，怀亡国之痛，蒙贰臣之愧，因作此赋，虽然也有叙述个人危苦之辞，但以悲哀国事为主。

庾信在用典技巧上的一个重要法门，那就是一方面几乎句句有出处，另一方面则有虚用和实用的区别。多用语用事的最大好处在容易缔构对仗，文字典丽好看，但如果全都实用典故，则不免捉襟见肘，以辞害义，所以庾信经常用其语而遗其事，也就是虚用。通常明点古人姓字者属于实用，而只采其现成词语者，往往可作代词解会，不必泥定出典看去，如"燕歌"代离别相思之歌，"楚老"代家乡父老，"下亭"、"高桥"用代漂泊他乡所经之地，"楚歌"代家乡歌曲，"鲁酒"代薄酒，等等，虽俱有出处，非实用其事，如处处牵合故事解会，必多有附会牵强，反而辜负作者用心。只有懂得用典虚实显隐之妙，才能准确破译某些看起来扑朔迷离的句子，如"畏南山之雨，忽践秦庭"用《列女传》陶答子妻语和《淮南子》申包胥哭秦庭事，是说自己不能急流勇退，遂有出使西魏之行；"让东海之滨，遂餐周粟"反用《史记》义能让国的伯夷、叔齐不食周粟之事，是说自己本是仰慕夷齐的人，居然弄到转而仕魏、再转而仕周的地步。

孙犁在一封书信上说："明末清初，的确是一个大动乱的时代，知识分子很难应付得当，非死即降。像钱谦益、吴伟业这些人，是很狼狈的，而顾炎武和归庄却能活下来，是各有各的特殊能力和办法，实在不容易想象了。"庾信也正是属于钱、吴这一类活得很是狼狈的人，此序的价值之一，也在于它生动地反映了大动乱中的知识分子苟免于死而又别有失落的心态。

从"日暮途远"到"岂河桥之可离"一段，回忆奉使被留的经过，并抒发对故国的怀念之情。"日暮途远"数句用《后汉书·冯异传》及《史记·刺客列传》字面,感叹自己的一去不归。"荆璧睨柱"数句反用《史记》中蔺相如不辱使命和毛遂助成平原君与楚定合纵之盟事,恨自己出使西魏未能完成定盟存梁的使命。"钟仪君子"数句用《左传》钟仪沦为楚囚及鲁相季孙参与诸侯之会为盟主晋侯所执事,言自己出使而被羁留于魏、周,近于被囚。"申包胥之顿地"数句用《左传》申包胥哭秦庭及《说苑》蔡威公惧国亡事,喻言自己出使西魏之艰难之尽心及见到梁亡的悲痛。"钧台移柳"数句,用《晋书·陶侃传》及《世说新语·尤悔》陆机临刑之语意,抒写从此见不到故国乔木和故乡风物的悲痛。

"申包胥之顿地,碎之以首"两句,王若虚《滹南遗老集·文辨》斥为"堆垛故实以寓时事"、"尤不成文",今人亦多以为"因用事排偶、敷藻调声以致害意,是骈文的通病,庾信亦不免此"。其实,声律文学的特点之一,就是违背散文语法常规,读者可以通过比勘上下句而会意。杜甫《秋兴》"香稻啄馀鹦鹉粒,碧梧栖老凤凰枝"之句,亦曾同样遭遇诟病,其实亦无伤大体。

从"孙策以天下为三分"到篇末为一段,以孙策、项羽之雄才大略与梁朝的软弱无能相对照,痛惜国亡无依。《南史·侯景传》载,景反,梁诸将非降即走,援兵号称百万,后亦溃退。景破一地即屠城以树威名,故赋云"百万义师,一朝卷甲;芟夷斩伐,如草木焉"。"江淮无涯岸之阻"六句,言江淮起不到天堑的作用,军营还不如藩篱坚固,致使像陈高祖(霸先)那样出身低贱的人纷纷起事,成为乱世英雄。难道江表从孙策算起三百年的王气,就要终于萧梁一代么;由此可以知道像秦那样大一统的国家,也难免有子婴降于轵道旁的一幕,西晋末的怀愍二帝竟先后被害于平阳,又是怎样无可奈何了。从"呜呼"到"可以凄怆伤心者矣"数句感叹道:一个王朝的覆灭,必然引起辞旧去故的悲痛,无论天意所致、还是人事造成,都一样是令人凄怆伤心的呀。

以下谈谈节录在下面的一段正文。

318

赋、序俱属骈体，不同之处，赋乃韵语，颇近于诗。节录的选段写承圣三年 (554) 魏兵攻破江陵，梁朝亡国后军民在被俘北上的路上所受之苦，及其对家乡的怀念；以及作者本人被羁留西魏，无家可归的绝望心情。

"水毒秦泾"十句一韵，写江陵人被驱往长安一路上挨饿受冻，历尽长途跋涉的艰辛。《左传》载晋诸侯伐秦，秦人在泾水上投毒，晋兵多被毒死，首句用指途中经历的穷山恶水，夹有被掠者的感情色彩。赵陉即井陉，山势险峻，本在赵境，这里仅取字面的对称。"饥随蛰燕"各本注为以蛰燕充饥，恐非事实，当是说如同蛰燕一样挨饿，下句说黑夜借萤光行路。甘肃境内有黑水，陕西蓝田县境内有青泥城，亦取字面之对，并倒押韵，又借黑青黯淡色彩以渲染行人之心情。

"于时瓦解冰泮"十句一韵，谓国破家亡，迅速崩溃，普天之下，不分贵贱贤愚，一同遭殃，作者在长安见了些南方人士，莫不深怀乡关之痛。淄、渑是齐国的两条水名，水味不同，"淄渑一乱"犹言泾渭不分。末二句语本《陇头歌》："陇头流水，鸣声幽咽；遥望秦川，肝肠断绝。"

"况复君在交河"八句一韵，写当时许多人家骨肉离散，或夫妻生别，或母子离散，贵族妇女亦不免于难，人间不知有多少可歌可泣的故事。交河、青波皆古地名，一在今新疆，一在今河南；古代某些地方有以望夫山、望子陵作地名者，其中包含着相关的民间传说；秦末楚汉相争时，赵王武臣曾把代郡（曾为赵都）宫女配有功之卒，晋惠帝之女清河公主遭乱时曾为人掠卖，此借指落难之贵族女子；《汉书·艺文志》著录有《别栩阳（亭侯）赋》及《临江王及愁思节士歌诗》今失传，此用来借代当时贵人的哀歌。

以上三韵都是写被掠北上长安的人。"别有飘摇武威"六句则写此外还有像作者自己这样因故寄居异乡的人，无法生还故乡。武威（今属甘肃）地处河西走廊，又称凉州；金微山在漠北；班超投笔从戎久在西域，年老思乡，上疏请还中土，疏云："臣不敢望到酒泉郡，但愿生入玉门关"；温序是东汉初年将领，战败被擒自杀，葬洛阳城外，托梦给儿子，始得归葬故里；旧传苏李诗有"双凫俱北飞，一凫独南翔"之句，《后汉书·苏武传》载汉使赚单于道，天子射上林中得雁，足有系帛书，言武等在某泽中。作者奉使西魏被留，北周篡魏，后周陈通好时，一般文人得准南归，独信以才累被留不放，赋中因以班超、李陵、苏武等远使匈奴而羁留不归的人自比。

全赋用典甚密，几乎一句一典，把一个个互不联系的典故连成完整的意象，以服务于作品的思想内容。《哀江南赋序》概括了赋的主要内容，文字高度凝练。尽管用典很多，贵在恰切，兼之行文富于感情，语语出于肺腑，发自胸臆，在骈句为主的体式中间有散行之句，和一二领字，故读来仍有疏宕之气，感人至深，而不觉刻琢。正如杜甫所说："庾信文章老更成，凌云健笔意纵横。"（《戏为六绝句》）以上从赋中节录的文字，虽不及全赋之什一，然尝脔知鼎，窥斑见豹，也足以体会《哀江南赋》是怎样的情至文生、富于韵味了。

【南朝乐府】东晋以来，长江流域商业发达，城市繁荣。南朝乐府机关采集的民歌，以五言四句体为主，绝大多数是情歌，文人加工的痕迹较为明显。

子夜歌四十二首（录四）

其一

宿昔不梳头，丝发被两肩。

婉伸郎膝上，何处不可怜。

《子夜歌》是东晋城市流行歌曲，《乐府诗集》存四十二首。多写妓情。

敢于不梳头而蓄披肩发的，是妙龄少女，绝非半老徐娘。"何处不可怜"不仅是男方的感觉，更是少女得宠时，良好的自我感觉："得宠的感觉真好。"十二生肖无猫，或言少女属猫，此诗就将女性的媚态美，表达得入木三分。

其二

始欲识郎时，两心望如一。

理丝入残机，何悟不成匹。

诗中人一边织布，一边想着心事：当初相识的时候，他不是这样子的呀，两个人像是一条心呀。怎么说变就变了呢。人正在心烦意乱时候，该死的破机子偏和人捣乱，光断线，看来织不成布匹了——这里"匹"字双关匹配的意思，谐音双关是南朝民歌常用的手法。

其三

今夕已欢别，合会在何时？

明灯照空局，悠然未有期。

诗写别情，关键在第二句的一问。回答本是"君问归期未有期"，诗中人却绕了个弯子，三四句既是歇后，也是双关，明灯照着个空棋局，不是油燃未有棋（悠然未有期）吗？仍是谐音双关，民间喜闻乐见的一种表达方式。也可以假定，这对人儿过去是常对坐围棋的，对方走了，棋兴顿减，当然也就有明灯照空局的情形。

其四

夜长不得眠，明月何灼灼。

想闻散唤声，虚应空中诺。

诗中人因想入了迷，竟产生听的幻觉，情不自禁地答应出声，事实上没人喊她。痴迷情态如见。

子夜四时歌七十五首（录五）

其一

春林花多媚，春鸟意多哀。

春风复多情，吹我罗裳开。

这是一首妙龄女子怀春的心曲。王国维《人间词话》有一段人们熟悉的言论："有有我之境，有无我之境。……有我之境，以我观物，故物皆著我之色彩。无我之境，以物观物，故不知何者为我，何者为物。"这首小诗看来是属于"有我之境"了，因为在诗中描绘的各色春景，莫不沾上一个情窦初开的少女的性爱的色彩。

"春林花多媚"，看来只说了一个事实，春花当然是美丽的。然而在这里，"春花"又非"以物观物"的春花，它还含有爱情勃发的喻意（"多媚"即性感），是性爱的象征物。诗中少女本能地感悟到春花的"多媚"，与自身的成熟有着某种微妙的同构之关系。所以她在赞美春花多媚的同时，毋宁是在高声赞美着初长成人的自己。

"春鸟意多哀"，似乎有点违反人们普遍的感受，倒是陶渊明的"敛翮闲止，好声相和"、"晨风清兴，好音时交"更近于春鸟给人的通常感觉。可见这里是"以我观物，故物皆著我之色彩"了。女子深闭幽阁，春来不免有兰闺寂寞之感，恰如杜丽娘面对春景感伤的："良辰美景奈何天，赏心乐事谁家院"，当其听到"生生燕语明如剪，呖呖莺歌溜的圆"，不由得越发悲哀，转而又移情于物，连鸟语也似乎为之不欢了。

最妙还是关于"春风"的两句。在六朝乐府中,"春风"一词多积淀有恋爱的意味,或象征撩人的春情,如"是时君不归,春风徒笑妾"(鲍令晖《寄行人》);或直接象征所爱,如"春风难期信,托情明月光"(《读曲歌》)。此诗则偏重后一意。"春风复多情,吹我罗裳开",春风吹动人的衣襟,本来是游赏活动中的极其偶然的、极其平常的事体,而怀春的少女却把它看作一个好的兆头。

大抵痴心的人总是有些儿迷信的,如果"幽人将遽眠,解带翻成结"(韦应物诗),那预兆显然对相思人不利的。而"春风复多情,吹我罗裳开",则似乎是一个将有好合的预兆。在这里,少女在她的白日梦中,分明将"春风"想象成一位真实的爱人,一位多情的翩翩少年,在温柔地抚爱她,而她亦将"感郎不羞郎,回身就郎抱"(《碧玉歌》)了。在这里,诗人已给我们活脱脱画出一个妙龄而痴心的少女的形象,宛如看见她那娇媚而迷惘的神情。二十字能有如此出神入化的描写,而且是运用着最自然的口语,不能不令人叫绝。

在同一时期产生的《读曲歌》中还有一诗与此构思相同:"花钗芙蓉髻,双鬓如浮云。春风不知著,好来动罗裙。"但在语言音情上则较此诗逊色。此诗在句式上的特点是前三句同纽(即"春林"、"春鸟"、"春风"首字同),末句宕开,在重复中有推进,自然中见意匠。我们千万不要小看了这个"春"字在诗的句首反复运用。虽然迄今难以确知是谁第一个将春色来比芳年,从而使后人将春情作为性觉醒(或性爱)的代名词,然而我们仍可以指出其中一些特出的成功的范例,子夜"春歌"便是这样的一首。

此诗反复地、有变化地通过春花的媚(象征少女的媚)、春鸟的哀(象征少女的"哀")、春风的多情(象征少女的多情),总之是一连串的春意,三个"多"字,有力地突出了青春少女性的觉醒,爱的萌芽。这样集中,又这样繁复,随着诗人的生花妙笔,读者分明感到少女的内心世界的向外扩散,她那强烈的主观感觉已充塞天地,拥抱了整个春天。诗中之情可谓痴率天真，艳而不"色"。

郑振铎赞赏道："在山明水秀的江南，产生这样漂亮情歌并不足惊奇。所可惊奇的是只有深情绮腻，而没有一点粗犷之气：只有绮思柔语，没有一句下流卑污的话。不像《山歌》《挂枝儿》等，有的地方赤裸裸的描写性欲。这里只有温柔而没有挑拨，只有羞怯与怀念而没有过分大胆的沉醉。故她们和后来的许多民歌不同，她们是绮靡而不淫荡的。她们是少妇而不是荡妇。"（《中国俗文学史》）这首春歌便着重灵的抒写，没有多少肉感成分，具有一种沁人心脾的清新纯真的美感。

其二

春风动春心，流目瞩山林。

山林多奇采，阳鸟吐清音。

这首春歌前二与后二用接字手法连缀。乍看好像是写春游山林，看花听鸟，心旷而神怡的感觉。然而阳鸟所吐之清音，无非关关悦偶之声也，山林之奇彩，无非青春之气息也。否则与人"动春心"何干？

其三

青荷盖渌水，芙蓉葩红鲜。

郎见欲采我，我心欲怀莲。

这首诗写男有心，更是写女有意。好花一般比女色，但大胆的南朝女子却敢于用比男色，"芙蓉"的谐音不正是夫容吗？《神弦歌·白石郎歌》就放胆地唱道："积石如玉，列松如翠；郎艳独绝，世无其二。"诗云郎要采我，正中下怀呢。民歌好就好在怎么想怎么说，绝不忸怩作态。四川清音有一段绝妙的唱词："男有心，女有意，哪怕那山高水又深。那山高也有人行走，水深自有渡船人。三十五里桃花店，四十五里杏花村。杏花村里出美酒，桃花店里出美人。好酒越吃越不醉，好花越看越爱人。"亦有同妙。

其四

秋风入窗里，罗帐起飘飏。

仰头看明月，寄情千里光。

读这首民歌，绝大多数读者都会联想起大诗人李白那首脍炙人口的《静夜思》来，无论构思、造境、取象、用语，乃至五绝体制，都有传承的关系。但两首诗并不能互相取代。因为这一首写的是夫妇之间的相思，而非一般游子之情，诗中罗帐这一意象就与夫妇爱情生活密切相关。李白另有一首《独漉篇》其中写道："罗帷舒卷，似有人开，明月直入，无心可猜。"也是对此诗意的发挥，"似"字入妙，过去是两心无猜，而今无心可猜，以写寂寞之情妙极。

其五

渊冰厚三尺，素雪覆千里。

我心如松柏，君情复何似？

冰厚三尺，雪覆千里，为江南不易见之景，诗中人借冰雪中挺立的松柏自喻坚贞，目的是要逼着对方鲜明表态，虽是冬歌，仍以其水一般的曲折而有异于北歌的质直。

大子夜歌二首

其一

歌谣数百种，子夜最可怜。

慷慨吐清音，明转出天然。

其二

丝竹发歌响，假器扬清音。

不知歌谣妙，声势出口心。

　　《大子夜歌》是《子夜歌》的变曲，这两首歌辞大约是当时文士写来赞颂《子夜》诸歌的。如果不将诗体局限于七言范围，可以说这两首诗才是最早的论诗绝句。所论的对象虽然直接是《子夜歌》，但六朝民歌之妙亦尽于其中。

　　郑振铎先生说："六朝文学的最大光荣者乃是'新乐府辞'。'新乐府辞'确便是'儿女情多'的产物。便是'风花雪月'的结晶。这正是六朝文学所以为'六朝文学'的最大的特色。这正是六朝文学最足以傲视建安、正始，踢倒两汉文章，且也有殊于盛唐诸诗人的所在。"（《插图本中国文学史》）而六朝新乐府中最美妙的莫过于《子夜歌》系列。

　　"歌曲数百种，子夜最可怜"二句，谓《子夜歌》之可爱，百里挑一。"人类情思的寄托不一端，而少年儿女们口里所发生的恋歌，却永远是最深挚的情绪的表现。若百灵鸟的歌啭，晴天无涯，唯闻清唱，像在前，又像在后。若夜溪奔流，在深林红墙里闻之，仿佛是万马嘶鸣，又仿佛是松风在响，时似喧扰，而一引耳静听，便又清音远转。他们轻喟，轻得像金铃子的幽吟，但不是听不见。他们深叹，深重得像饿狮的夜吼，但并不足怖厉"（同前）这大概是"慷慨吐清音，明转出天然"的最生动的注脚，是"不知歌谣妙，声势出口心"的最形象的描述。

南朝民歌是清新顽健、坦率大胆地吐露着青年男女的欢乐、忧伤、情爱的，所以它既是慷慨的，又是天然的。《大子夜歌》的妙义，就在于它的确抓住了民歌最本质的特色，正因为是言为心声（"声势出口心"），故明畅、天然、清越、慷慨。其中"慷慨"、"天然"这两个概念，是最能概括民歌神韵的。所以元好问后来在他的《论诗》中赞美《敕勒歌》："慷慨歌谣绝不传，穹庐一曲本天然"，其语即本《大子夜歌》。可见遗山论诗绝句不只从杜甫《戏为六绝句》得到启发。

《大子夜歌》对《子夜歌》的赞美，还包含对曲调的赞美，准确地说是对声乐的赞美。本来器乐有器乐之妙，声乐有声乐之妙，皆由人掌握，皆能发抒微妙的感情。但诗作者为了赞美清唱的《子夜歌》，采取了"丝不如竹，竹不如肉"那种强此弱彼的说法，贬抑器乐说："丝竹发歌响，假器扬清音。"目的在于更高地评价声乐："不知歌谣妙，声势出口心。"而歌辞，正是声乐的有机组成部分。它和曲调都有"声势出口心"之妙。

就这两首歌本身而言，抒发了作者的艺术直感，丝毫没有假借。其语言明白如话，措语精当，声音响亮，也有"慷慨吐清音，明转出天然"之妙。可以说是民歌体的现身说法吧。

懊侬歌

江陵去扬州，三千三百里。
已行一千三，所有二千在。

"懊侬"即懊恼之意，始辞为晋石崇妾绿珠所作，诗中主人公例为女性。

初读此诗，大都不免失笑。歌辞极为浅显，不过是水程中人计算已走多少、还剩多少行程而已。抒写相思，用的却是一道简单的减法题。

然而，就诗人情思而言，却颇微妙。江陵是荆州的治所，扬州指扬州治所建业，两座城市一在长江中上游，一在长江中下游。诗中女子是从下游的建业往上游的江陵，千里迢迢，溯洄从之，船行很慢而她的心很急，所以还不到半途就在开始计算路程；而且觉得走一千剩两千亦可引以为慰，"不怕慢，只怕站"也。如在常人，须得行程过了大半，才会算一算路程的。而女子这种超常心理近于痴，却形象地说明着她是如何急于投入情郎的怀抱，诗所以有味也。

王士禛《分甘余话》云："乐府'江陵去扬州'一首，愈俚愈妙，然读之未有不失笑者。余因忆再使西蜀时，北归次新都，夜宿闻诸仆偶语曰：'今日归家，所余道里无几矣，当酤酒相贺也。'一人问：'所余几何？'答曰：'已行四十里，所余不过五千九百六十里耳。'余不觉失笑，而复怅然有越乡之悲。此语虽谑，乃得乐府之意。"

清朝诗人黄景仁《新安滩》云："一滩复一滩，一滩高十丈。三百六十滩，新安在天上。"亦以浅显语作算术，末句不求乘积，作夸张语更有味。可以参读。

读曲歌

打杀长鸣鸡，弹去乌臼鸟。

愿得连冥不复曙，一年都一晓。

本篇写蜜月中夫妇欢娱嫌夜短的心理。乌臼鸟又名黎雀、鸦舅，天将明即啼叫，是先于司晨之鸡的一种鸟儿。但不管是雄鸡还是乌臼鸟，它们只是报晓而已，是黎明的使者而非黎明的主宰，将它们打杀、弹去就能阻止黎明的到来么？诗中人迁怒禽鸟的无赖，及"一年都一晓"着想的天真，都表现了其情痴。而诗味也正在于此。

西洲曲

　　忆梅下西洲，折梅寄江北。单衫杏子红，双鬓鸦雏色。西洲在何处。两桨桥头渡。日暮伯劳飞，风吹乌臼树。树下即门前，门中露翠钿。开门郎不至，出门采红莲。采莲南塘秋，莲花过人头。低头弄莲子，莲子青如水。置莲怀袖中，莲心彻底红。忆郎郎不至，仰首望飞鸿。鸿飞满西洲，望郎上青楼。楼高望不见，尽日栏杆头。栏杆十二曲，垂手明如玉。卷帘天自高，海水摇空绿。海水梦悠悠，君愁我亦愁。南风知我意，吹梦到西洲。

　　本篇写采莲季节水乡男女相思之情，是南朝乐府最成熟、精致的作品。全诗四句换韵，八句一段。古人赞为声情摇曳。然其意脉似断非断、似续非续，诗中地点的确定，语气的归属及季节为何，颇有朦胧之处。这里只提供一种解读。

　　一段八句写男思女。首句"忆梅"是以梅代指所爱，"下西洲"三字连文，据温庭筠同题诗："悠悠复悠悠，昨日下西洲"，当是到西洲去的意思。亦如当时民歌"下扬州"的说法一样。"折梅"字面与前文映带，而另有出典，即"折梅逢驿使，寄与陇头人"（陆凯《赠范晔》），当是寄书（到江北）的意思。"江北"则是"西洲"的一转语，表明西洲所处，在长江之北，据前面提到的温庭筠诗说"西洲风色好，遥见武昌楼"，则西洲当在武昌一带。

"单衫杏子红，双鬓鸦雏色"是男子记忆中的女方印象，不必泥定当前季节（就像晏几道《临江仙》"记得小蘋初见，两重心字罗衣"）。从诗意可以会出：女方家在西洲，离桥头和渡口很近，家居有楼，门边有乌臼树，门外有一片莲塘通于长江。诗中男子"下西洲"，还捎了信，为的是与女方约会，但当他到达女方门前，只见"日暮伯劳飞，风吹乌臼树"。这手法使人联想到《楚辞·湘君》："朝骋骛兮江皋，夕弭节兮北渚，鸟次兮屋上，水周兮堂下"，鸟还停在屋上，水流在堂下，人呢？没有会到。

二段"树下即门前"八句写女思男。紧接上文，以"门中露翠钿"句暗示女方曾如约等过男方，但男方错过了约定时间，因此她不得已出工"采红莲"去了——这种因不守时而导致阴差阳错的，在恋爱中人是常有的事，何况那时代青年男女还不那么自由。诗中情事实际发生的季节是在江南可采莲的季节，也就是吴歌所谓"乘月种芙蓉，夜夜得莲子"的青年男女恋爱的季节。约会的失败，导致双方都有一番失望和心神不定。诗中"莲"字意带双关，"低头弄莲子，莲子清如水"也就是想到对方的志诚和清白，不知道到底什么事拖住了他。

三段续写女思男。"置莲怀袖中，莲心彻底红"，想到对方的热情，坚信对方不会变心，其实也是作自我表态。这一错过，只好日日盼对方来信，给个说法。"飞鸿"在古诗中可作信使的代称。心中丢不下，总以为对方还要来，所以登楼眺望，一直未来就一直盼着，所以"尽日栏杆头"，实在是苦。

四段写男女两地相思。前四句继续写女方登楼远望。这里的"海"非大海，而是地方话中对大片水域的称呼，如广东人称珠江为珠海，彭州人称银厂沟为海子。女方在江北遥望上游的江南，所见自是大片水域而已。末四句写梦，"君愁我亦愁"语妙，作女方口气读固无不可（"吹梦到西洲"就是请对方托梦于我），作男方语气与首段呼应语气更顺（"吹梦到西洲"就是请风把梦吹向对方），无论如何，"君"、"我"二字写出男女的心心

330

相印，可以合唱，即前人所谓"摇曳无穷，情味愈出"（沈德潜）。

《西洲曲》写的是江南水乡青年在采莲季节的恋爱情思，男女双方彼此互爱，一往情深，因为带有自由恋爱性质，所以可贵。诗中把双方挚爱的情思，通过一次错过的约会来写，这种戏剧性情节，有利于深入表现双方情爱的执着和缠绵，也就容易出戏。

诗中以长江中游明丽的自然风光，如西洲、渡口、桥头、南塘、乌臼、红莲等场景风物，衬托水乡男女在采莲季节的生活和情思，做到情、景、事三者的高度协调，生动地再现了水乡风情，意境极美。

诗人在古体诗中运用了新体的声律，如"树下即门前"一联、"忆郎郎不至"一联、"海水梦悠悠"一联，都是合律的句子；全诗四句或两句一换韵，韵随意转，声情密切配合，直接影响到初唐四杰体七言古诗句调的形成；诗中多用联珠或顶真的句法，上下勾联，回环宛转，摇曳生姿，富于暗示性的诗句和欲断还连的诗节，恰到好处地表现了诗中人绵绵不断的情思。

【北朝乐府】北朝民歌多半是北魏以后的作品，陆续传到南方，由梁代的乐府机关保存。与南朝乐府相比，北朝民歌口头创作居多，以谣体为主，数量较南朝民歌为少，而内容较为开阔，艺术表现则较为质朴刚健。

企喻歌辞四首（录二）

其一

男儿欲作健，结伴不须多。

鹞子经天飞，群雀两向波。

这是一首勇士之歌。大意是：真正的男子汉，应该冲锋在前，所向披靡，就像鹞入雀阵。如《史记》中的项王，《三国演义》中的张飞。诗篇歌颂的是一种尚武精神。先出本意，结以比兴，所以别致。

其二

> 男儿可怜虫，出门怀死忧。
> 尸丧狭谷口，白骨无人收。

一般认为是写征夫内心的苦闷和战争造成的社会苦难，末句使人想起曹操《蒿里行》"白骨露于野"和王粲《七哀诗》"白骨蔽平原"一类描写。

另一种解释认为此诗仍然表现出一种尚武精神，前二系倒装，意谓男子汉出门而贪生怕死者，适足为可怜虫而已；后二是以司空见惯的口吻说战争本来就是残酷的，战士何妨弃尸荒谷。然而通过牺牲的惨烈，客观上仍表现了战争的残酷。

琅琊王歌辞

> 新买五尺刀，悬着中梁柱。
> 一日三摩挲，剧于十五女。

记得上小学念过一篇课文："工人爱机器，农民爱土地，战士爱枪又爱炮，学生要爱书和笔"，语极通俗，读后令人深长思之。说穿了，是各爱各的命根子。

这首诗写勇士爱刀，写得很有意思。令人想起《水浒》中的林冲，他买来宝刀，先"把这刀翻来覆去看了一回"，"当晚不落手看了一晚，夜间挂在壁上，未等天明又去看刀"，可知是如何的爱刀了。此诗主人公将新买的宝刀悬之中梁，一日三番把玩，一似林冲。

此诗之妙，还在写到"一日三摩挲"后，一下从"五尺刀"联想到"十五女"，居然说玩刀之乐胜于泡妞，真是敢想敢说了。歌咏尚武任侠的精神，却用情爱作陪衬，这是北歌的做派。不过，诗中也捎带一点英雄爱美之意。难怪王士禛评道："是快语，语有令人骨腾肉飞者，此类是也。"骨腾肉飞，煽情之谓也。

地驱歌乐辞

驱羊入谷，白羊在前。
老女不嫁，蹋地唤天。

民间以婚嫁为大事，而古代有早婚习俗，故民歌多以女大当嫁为辞。前诗写老女未嫁、怕没人要的悲苦，因为这个悲苦在爹娘跟前说不出口，所以踏地唤天也。诗以赶羊为兴语，谓之牧羊女思嫁之歌也宜。诗中白羊，应是头羊，自该走在羊群之前。以此类推，则"嫁女出门，老女在前"，故此诗可能是咏大姊后嫁，心头焦急。

折杨柳枝歌

门前一树枣，岁岁不知老。
阿婆不嫁女，那得孙儿抱。

333

兴语以枣子双关"早子"，与后文抱孙之说关合得妙。不说自己苦恼，反说是为阿婆作想，自然诙谐。

捉搦歌

黄桑柘屐蒲子履，中央有系两头系。
小时怜母大怜婿，何不早嫁论家计。

《捉搦歌》是北方的儿歌，也是说女大当嫁。"捉搦"即捉拿，或曰捉弄也，歌为男女相戏调情之辞。笔者揣测"捉搦"或是捉拿，当指藏猫猫一类游戏。此诗与前两诗当是北方儿童游戏时所唱的儿歌。

"黄桑柘屐"是木鞋，"蒲子履"是草鞋，无论木鞋和草鞋都是成双成对的，故以兴起男女匹配之意。"中央有系两头系"，就是千里红绳一线牵的意思，喻两姓联姻也。第三句最有意思，"小时怜母大怜婿"（对于男子，则是"小时候是妈的儿，长大了是婆姨的儿"），这也无可奈何。末句说不如顺水推舟，成全了她罢。

地驱乐歌

月明光光星欲堕，欲来不来早语我！

诗仅两句，可以叫爱情的"最后通牒"。前句以夜深景象写候盼之久之苦，妙在下句"欲来不来早语我"，意即你不来也无甚关系，只要把话挑明，莫要吊人胃口，莫使曲在我也。与《诗经·郑风·涉溱》："子惠

334

我思，褰裳涉溱。子不我思，岂无他人。"同一机杼。只不说自己想对方之意，怨言中带几分要强语气，曲尽人情。妙在通牒式语言，实在乎而出以不在乎也。

折杨柳歌辞五首（录二）

其一

遥望孟津河，杨柳郁婆娑。

我是虏家儿，不解汉儿歌。

此诗原列第四，当是一首汉译的北歌。诗最有意味的是后面的两句，"我是虏家儿，不解汉儿歌"，似是强调胡汉语言的隔膜。然而稍为细心点就会发现，所谓"不解"，是仅就歌辞而言，而音乐，是天国的语言，真正的"世界语"。诗人是说：看啦，孟津河边杨柳绿了，汉儿们又在折柳送别，他们唱的歌词，我们胡人不懂，但他们吹奏的笛曲，蛮够意思哩。

其二

健儿须快马，快马须健儿。

跸跋黄尘下，然后别雄雌。

此诗原列第五。起两句是回环赞语，写骏马与健儿的相得益彰。然赞马终是赞人，骏马崇拜结穴在英雄崇拜也。后二句以挑战口吻，说要在沙场或赛场一见高低，充满英风豪气。诗中表现了北人剽悍的个性和尚武的精神，令人耳目一新。这样的作品在当时南朝乐府和文人诗中是

335

见不到的，直到唐代边塞诗兴起，这样的快语豪情才屡见于诗。所以"河朔之气"应是唐代边塞诗的发脉之一。

幽州马客吟歌

快马常苦瘦，剿儿常苦贫。

黄禾起羸马，有钱始作人。

"马客"一转语就是"牛仔"，"幽州马客"指北方以猎牧为生的骑手。骑手最疼马。而世间"鞭打快马"，快马"食不饱，力不足，欲与常马等不可得"（韩愈）的现象，任何时候都是存在的。一句落脚在下一句"剿儿常苦贫"。"剿儿"，马客自谓也。三四分承一二：马瘦得要死，有一把谷草就能救它的命，结穴依然在下句——"有钱始作人！"此愤语，看似无理——没钱连人都不作吗？正因为悖乎常理，才发人深省，那个社会原来是不把穷人当人的呀！控诉有力。

陇头歌辞三首

其一

陇头流水，流离山下。念吾一身，飘然旷野。

其二

朝发欣城，暮宿陇头。寒不能语，舌卷入喉。

其三

陇头流水，鸣声幽咽。遥望秦川，心肝断绝。

陇头即陇山，在今陕西陇县西北，古时为出征士卒经行之地。《三秦记》曰："其坂九回（曲折），不知高几许，欲上者七日乃越。高处可容百余家，清水四注下。"《乐府诗集》中凡以"陇头"、"陇上"、"陇西"为题者，皆写征战、征夫情事。故此三诗当是度陇赴边的征夫吟唱的歌谣。

第一首以"陇头流水"兴起，陇头流水的形态据《三秦记》说是由泉水溢出，无固定沟壑，故四面淋漓而下，没有一定的归向。诗以水流的无定，引起流浪人漂泊天涯之感。此诗重在视觉形象联想。

第二首"朝发""暮宿"概言经过，然后形容陇头严寒，突发奇语，所谓舌卷入喉，也就是说话舌头不灵活、搅不转的意思，诗人有《陇头水》道"雪冻弓弦断"，也算善于形容，然未如此语及切肤之痛，非亲历身受而善于形容者不能道。此诗重在自体感觉的表述。

第三首以隆冬流不畅的水声像人的哭声，语语沉痛。此诗重在听觉形象的联想。三诗各极其妙，第二首尤具艺术张力。

敕勒歌

敕勒川，阴山下；天似穹庐，笼盖四野。天苍苍，野茫茫，风吹草低见牛羊。

这是敕勒人的草原赞歌。敕勒是古代中国北部的少数民族部落，它的后裔融入了今天的维吾尔族。但北朝时敕勒人活动的地域不在新疆，而在内蒙古大草原上。这首诗是当时敕勒人所唱的牧歌。

"敕勒川"不知是指当时哪条河？或者只是泛指敕勒人聚居地区的河川吧。阴山，又名大青山，坐落在内蒙古高原上，西起河套，东接内兴安岭，绵亘千里。歌唱敕勒川，以这样一座气势磅礴的大山为背景，一起就具有开阔气象。大草原的自然景观是单纯的，不似江南山水的细腻和曲折，一抬头就看见天边，一开口就是粗豪的调子，其间充满自豪感——游牧民族没有土地私有的观念，哪里有水草，哪里就是家。敕勒人共同拥有茫茫无际的草原，而辽阔的天宇恰似一个奇大无比的蒙古包，圆圆地从四方八面笼罩下来，这就是敕勒人引为骄傲的家乡。

在现代歌曲中，与此诗情调最为接近的是《蓝蓝的天上白云飘》："蓝蓝的天上白云飘，白云下面马儿跑。挥动鞭儿响四方，百鸟齐飞翔。要是有人来问我，这是什么地方？我就骄傲地告诉他，这是我们的家乡。"

"天苍苍，野茫茫"是紧承"天似穹庐，笼盖四野"，对"天"、"野"的烘托，这无意于工、自然天成的骈语，是必要的点染，先画远景，以便后画近景。"风吹草低见牛羊"是画龙点睛，画面开阔无比，而又充满动感，弥漫着活力。不直接写满地牛羊，而让人于"风吹草低"处见之，则水草丰茂处该隐藏着多少牛羊，令人无限神往，这就是所谓"景愈藏，境愈大"——这是对草原自然环境的赞美，也是对勤劳勇敢的敕勒人的赞美。"见"，人多读作"现"，其实两读皆可。不过，读作"见"，乃有我之境；读作"现"，乃无我之境。按王国维《人间词话》的意见，作无我之境更佳。

在文明发展的过程中，人不断得到新的东西，也不断失去原有的东西。就像成年人经常回顾童年的欢乐，生活在发达的文明中的人们，常常也会羡慕原始文明和异国情调。《敕勒歌》正好唤起我们对遥远的过去、陌生地域的神往。

据史书记载，此歌辞是由鲜卑语译成汉语的。公元546年，东、西魏两个政权之间爆发一场大战，东魏丧师数万，军心涣散，主帅高欢为了安定军心，在宴会上命大将斛律金唱此歌。而斛律金就是敕勒人，他也许就是《敕勒歌》的鲜卑语译者。这首歌辞是经过了两重的翻译，而在事实上成为了一首汉语诗歌的上乘之作。原文不传，恐怕也算不得怎样的遗憾吧。元好问《论诗绝句》写道："慷慨歌谣绝不传，穹庐一曲本天然；中州万古英雄气，也到阴山敕勒川。"所谓"中州万古英雄气"，即指中原汉诗中充实质朴、豪迈刚健的诗风，向来只知建安有此，左思有此，何意北歌有此。

木兰诗

唧唧复唧唧，木兰当户织。不闻机杼声，唯闻女叹息。问女何所思，问女何所忆？女亦无所思，女亦无所忆。昨夜见军帖，可汗大点兵。军书十二卷，卷卷有爷名。阿爷无大儿，木兰无长兄。愿为市鞍马，从此替爷征。东市买骏马，西市买鞍鞯。南市买辔头，北市买长鞭。旦辞爷娘去，暮宿黄河边。不闻爷娘唤女声，但闻黄河流水鸣溅溅。旦辞黄河去，暮至黑山头。不闻爷娘唤女声，但闻燕山胡骑鸣啾啾。万里赴戎机，关山度若飞。朔气传金柝，寒光照铁衣。将军百战死，壮士十年归。归来见天子，天子坐明堂。策勋十二转，赏赐百千强。可汗问所欲，"木兰不用尚书郎。愿借明驼千里足，送儿还故乡"。爷娘闻女来，出郭相扶将。阿姊闻妹来，当户理红妆。小弟闻姊来，磨刀霍霍向猪羊。开我东阁门，坐我西阁床。脱我战时袍，著我旧时裳。当窗理云鬓，对镜贴花黄。出门看伙伴，伙伴皆惊忙："同行十二年，不知木兰是女郎。"雄兔脚扑朔，雌兔眼迷离。双兔傍地走，安能辨我是雄雌!

此诗属《梁鼓角横吹曲》，著录于陈智匠《古今乐录》，涉及战争与和平的重大题材。诗中叙述女子木兰代父从军的故事，又称天子为可汗，征战地点皆在北方，则当然属于北歌。黑山即杀虎山，燕（然）山即今杭爱山，均在内蒙古境内。诗中战事，当发生于北魏与柔然之间。长期的或大规模的战争，造成男性锐减，兵员不足，遂有女子从军之事，是此诗选材之时代背景。

诗的结尾点题，尤富戏剧性："出门见伙伴，伙伴皆惊忙。同行十二年，不知木兰是女郎！"同行十二年而不知其为女郎，实在太戏剧性，然战争年代容有其事。使人联想到写几位姑娘为国捐躯的苏联小说《这里的黎明静悄悄》里华斯珂夫准尉的那番妙语："现在没有什么妇女不妇女的！就是没有！现在只有战士，还有指挥员，懂吗？现在是战争，只要战争一天不结束，咱们就都是中性。"这是对战争灭绝人性的深刻剖析。在《木兰诗》结句道："双兔傍地走，安能辨我是雄雌！"就是战争制造中性的意思，其妙不仅在于慧黠。

在保家卫国的战争中，女人从来和男人一样做贡献，诚如豫剧《花木兰》所唱："女子哪一点不如男？"本诗塑造一位女扮男装，和男子一起驰骋疆场的女英雄，就在思想上突破了"女不如男"的传统观念。话虽如此，究竟男女有别，深层的心理不像外表那样容易伪装。木兰不止是英雄，而且是个人，是个女人。她尽可雄服乘马，但她的心毕竟是女儿心，诚如杜牧所咏："弯弓征战作男儿，梦里曾经与画眉"（《题木兰庙》）。《木兰诗》之妙，就在于作者立足主人公女性本位，惟妙惟肖地写出了一段不平凡的生活。

开篇直入情节，木兰正当妙龄，所以诗人写罢不闻机杼，唯闻叹息，赓即打趣道："木兰子，你在想哪个？"似乎是说姑娘人大了，心也大了。紧接着代答道："我没有想哪个，我在想我爸。——昨夜见军帖，卷卷有爷名，现在都什么时候？哪有那个心思啊。"

诗写筹备，以东、西、南、北为辞，是一种叙事的程序，并非马鞍鞭辔非分四处买不可，这样写只是表现了当时征人要自备鞍马，事实上是十分忙碌的，读者读着仿佛也跟着跑来跑去，忙得不亦乐乎。为什么要自备鞍马呢？此事与府兵制有关，府兵制渊源于鲜卑部族旧制，建立于西魏大统年间（535－551），士兵为职业军人，当另立户籍，征发时自备武器。

诗反复以旦暮为标志，概括日复一日的行军及空间距离的越行越远："旦辞爷娘去，暮宿黄河边"、"旦辞黄河去，暮至黑山头"。赴边途中之事何其多，诗人专拣两个黄昏来写："不闻爷娘唤女声，但闻黄河流水鸣溅溅"、"不闻爷娘唤女声，但闻燕山胡骑鸣啾啾"，这是何等心细，这就是女孩子。女孩子嫁人之前最想念的是父母，女孩子嫁人之后最想念的可能还是父母（在一次世界小姐选拔赛上，主持人提了一个刁钻的问题："你理想中的爱人，他该有谁的头脑，谁的身体，谁的灵魂？"那位小姐应声回答，除了身体而外，头脑和灵魂，都应像她的爸）。这一节于征途情事叙写较详，后文战争情事反而较略，不仅在行文布局上虚者实之、实者虚之，应该如此；而且不如此不足以显示作品的主人公虽然勇武，但毕竟是一个女性，故绝不似《易水歌》之酷。

本诗描写一个北方勇武女性，如果由笨拙的写作者来创作，一定要描写她如何奋勇，如何作战，如何冲锋陷阵，如何杀敌立功，铺叙个不停。可是诗于从军事实，只用"万里赴戎机，关山度若飞；朔气传金柝，寒光照铁衣；将军百战死，壮士十年归"六句虚写一番，着墨无多，与前写应募出征、后写请愿还乡种种女子情态，描写逼真，适成对照。有道是"男儿生世间，及壮当封侯"，当兵打仗，天生是男人的事；功成受赏，自然是男人的追求。而木兰替父从军，盖事出不得已也。一旦功成，"策勋十二转，赏赐百千强"，热闹是热闹，无奈木兰心不在焉也。

写木兰衣锦还乡，一气铺陈排比三层六句，其中极有分辨，可以玩味——十年过去，所幸双亲尚在，只是年纪更老，故彼此相扶出城来迎——木兰代父从军，可谓忠孝两全！阿姊着妆以迎，不仅意味姊妹喜得重逢，而且表现出这位不同寻俗的妹子，是怎样受到姐姐的敬重和感激。喜庆之日必杀猪宰羊，是中国家庭传统礼俗，小弟已能胜任此事矣，故磨刀霍霍向猪羊。数语间一片欢乐祥和，而又长幼有序，此中深具传统礼俗之美。

对于木兰来说，最大的愿望，可用样板戏小常宝唱词来说："盼只盼，早日还我女儿妆！"后面用"开我东阁门，坐我西阁床；脱我战时袍，著我旧时裳；当窗理云鬓，对镜贴花黄"四排句、两偶句，大写特写木兰入十二年未入之闺阁，坐十二年未坐之绣床，着十二年未着之红妆，理十二年未理之云鬓，贴十二年未贴之花黄（诗中"十"和"十二"等数字——如"军书十二卷"、"策勋十二转"、"同行十二年"、"壮士十年归"等，例皆虚数），和平时代，人性复归，女人是女人，男人是男人了。和平得来不易，故宜重笔描写。所以这首诗也是在呼唤人们要珍爱和平。

这首诗选取女性角度，故虽然是一首战争诗，却写得无比温柔。在实际生活中，女扮男装而又长期不为人觉察，这样的女子不免中性化，然而木兰作为一个文学形象和舞台形象，却永远富于魅力，绝不是女强人、母大虫、母夜叉或一丈青，充分体现了诗人对女性的尊重和对和平生活的热爱。真是一首旷古未有之奇诗。

【薛道衡】（540—609）字玄卿，隋河东汾阴（今山西万荣）人。历仕北齐、北周，入隋坐事除名，复起为内史舍人兼散骑常侍，曾从军伐陈。还任吏部侍郎，坐事发配岭南。又征还，授内史侍郎，加上仪同三司，出为检校襄州总管。隋炀帝时转番州刺史，还任司隶大夫，为炀帝所杀。有明辑本《薛司隶集》。

人日思归

入春才七日，离家已二年。
人归落雁后，思发在花前。

薛道衡是北朝入隋的诗人，在周、隋颇有才名，为诗常具巧思。据说《昔昔盐》"暗牖悬蛛网，空梁落燕泥"二句，到他死时还使隋炀帝妒忌。《人日思归》是其聘陈时在江南所作，其诗已俨然唐人绝句风味。

"人日"是正月初七，见《初学记四·荆楚岁时记》。晋南北朝时民俗已将春节开始的七日与人畜作对应，《北齐书·魏收传》载："魏帝宴百僚，问何故名人日，皆莫能知。收对曰：'晋议郎董勋《答问礼俗》云：正月一日为鸡，二日为狗，三日为猪，四日为羊，五日为牛，六日为马，七日为人。"作者去年由北来南，按天数算，实际不满一年。但他在江南过了年，也就有了两个年头。"每逢佳节倍思亲"（王维），善感的诗人已很想家。《人日思归》就是在这种情况下写作的。

"入春方七日，离家已二年。"二句之妙，在"方七日"与"已二年"的矛盾统一。"方七日"即才七日，意味时间的短；"已二年"则意味时间的长。"入春方七日"乃眼前日历所示，事实上作者离家不算久；而"离家已二年"是掐指一算，已有两个年头，反映在当事人心理上，又觉得这时间并不短。"方七日——已二年"，以"方"、"已"两个含义不同的时间副词作勾勒，大有逝者如斯，时不我待之感。所谓"不算不知道，一算吓一跳"，革命烈士在铁窗中作联语云："洞中方七日，世上已千年"，也用这两个相对的时间副词作骈偶，与此异曲同工。两句对"思归"之情，有兴发引起的作用。

"人归落雁后，思发在花前。"此二句以春雁北归反衬己之未归，以花发之迟反衬归心之急，皆妙在不直说。赋中有兴比，叙写中有对照，故婉曲有味，同时，以"雁"、"花"切"人日"情景，亦佳。盖时当初春，南雁北飞，而花始含蕊，一时之物候如此，情中有景。另一巧思，则是将"思"、"归"二字拆用在两句中，与题面遥遥映带，颇有情致。"人归落雁后"的"人"，指作者本人，又照应题面的"人日"，又关合雁行的"人"字，最是针线细密，读者不易察觉。

归思是一种普遍心理，但作者抓住新春这一特定时节和特定环境中的细微思想活动来写，就不落窠臼，历久弥新。唐人张说《蜀道后期》诗云："客心争日月，来往预期程。秋风不相待，先到洛阳城。"沈德潜评为"以秋风先到形出己之后期，巧心浚发"（《唐诗别裁》）。张说所用，不就是"人归落雁后"这一现成构思吗？全诗四句皆骈，均用流水对，故不觉骈俪，而有行云流水之妙。

【魏徵】 (580—643) 字玄成，隋唐馆陶（今属河北）人。隋末随李密起义，密败，降唐为太子建成洗马。太宗即位，擢为谏议大夫，历官尚书右丞、秘书监、侍中、左光禄大夫、太子太师等职，进封郑国公，史称诤臣。曾主《隋书》《群书治要》等编事，时称良史。《全唐诗》存诗1卷。

述怀

中原初逐鹿，投笔事戎轩。纵横计不就，慷慨志犹存。杖策谒天子，驱马出关门。请缨系南越，凭轼下东藩。郁纡陟高岫，出没望平原。古木鸣寒鸟，空山啼夜猿。既伤千里目，还惊九逝魂。岂不惮艰险？深怀国士恩。季布无二诺，侯嬴重一言。人生感意气，功名谁复论。

齐梁迄于唐初，诗歌创作中心在于宫廷。精心修饰的法则和惯例，高雅的贵族社会趣味，在宫廷诗中占据统治地位。虽然宫廷诗兴起后就激起与之对立的诗论（这种对立诗论后来发展为复古理论），"但是这种反对仅有理论，缺乏诗歌实践，缺乏具有美学吸引力的替换品。"（斯蒂芬·欧文《初唐诗》）在这样的形势下，受对立诗论影响而产生的第一批独具特色的作品，我们理当刮目相看，并加以推崇。

魏徵《述怀》便是这样的一篇杰作。明清时代操唐诗选政的名流李攀龙和沈德潜，一例将此诗置于唐诗卷首，绝非偶然。首开时代风气的作品不出自纯粹的诗人，而出自政治上的风云人物，这一事实耐人寻思。魏徵生在隋末乱离时代，属意纵横之说，曾做过道士，后在李密幕下供职，随李密投唐，成为唐太宗贞观时代的名臣，是个集儒生、策士、史家、诗人于一身的大人物。在唐高祖即位之初，太行山以东有一些李密旧部不肯降唐，魏徵便自告奋勇去说服他们。《述怀》便是这次出潼关安抚山东地区时所作，诗题表明，它是一首言志抒情的作品。

《史记·淮阴侯列传》中蒯通形容秦末的动乱说："秦失其鹿，天下共逐之。"隋末群雄竞逐的局面与之颇相类似。魏徵以一介文士投身政治军事活动，有类于汉代班超的投笔从戎。诗的前二句就融化典实，追忆个人夙昔的不凡志向："中原初逐鹿，投笔事戎轩。"（戎轩即战车）一个"初"，在时间的界定上非常清楚。从当初算起到"出关"（诗题一本即作此）之时，诗人已饱经风霜，在政治上相当成熟老练。忆及在李密部下，曾进十策而不被采用，难免有过受挫失意之感。但他从来没有放弃雄心壮志。"纵横计不就"，是影响情绪的。但有志者事竟成，靠的是不折不挠的精神，"慷慨志犹存"，便足以令人振作。这二句抑扬中有擒纵之致，使人想起"屡战屡败屡战"（曾国藩）式的笔法，为之一击掌。短短四句的回顾是非常必要的，光荣的历史足以引起自豪感，比开门见山地写"驱马出关门"好得远。

看他"杖策（驱马）谒天子"，是何等气概，还真有点"长揖山东隆准公"（李白）的高阳酒徒郦食其的派头呢。须知此行责任重大，动关国是，作者在关键时刻挺身而出，"请缨系南越，凭轼下东藩"，这可不是儿戏。诗中连用了两个汉代典故，一是武帝时的终军自请出使南越，劝说其王归顺汉室，行前请授长缨，谓"必羁南越王而致之阙下"。一是高祖时的郦食其请命劝降齐王田广，使其成为汉之东藩。这两个古人所完成的使命，与魏徵当时将要做的工作非常相似。诗中用典不但贴切，而且突出了历史感和使命感，使诗意变得厚重。

"郁纡陟高岫"六句穿插写景，毕叙征途的艰险。潼关表里山河，地势险要，在旅途是要备尝艰险的，"郁纡陟高岫，出没望平原"便是真实写照。正因为山路萦回，崎岖不平，所以平原时隐时现，时出时没。以下两句"空山"、"古木"、"寒鸟"、"夜猿"以及它们的啼鸣，构成了一幅深山老林的荒寒画图和画险难足的境界。在这样人迹罕至的幽险去处，任你是何等人物，也不免心折骨惊。诗中不讳言艰险，还向读者强调了他的"惊",乃至"伤"。"既伤千里目,还惊九逝魂"二句,化用了楚辞中"目极千里兮伤春心,魂兮归来哀江南"(《招魂》)和"唯郢路之辽远兮,魂一夕而九逝"(《抽思》),感言对故国的怀念和个人吉凶未卜的意识。虽然诗人这里着重写自然环境的艰险,但另一重危险性却能见于言外,这原是从事那样特殊的政治使命所不可避免的。所以"岂不惮艰险",实兼二重意味而言。说"岂不惮",就是承认有所"惮",然而这与承认自己的感伤一样,其实无损抒情主人公的形象,反而增加了他性格的温润感。事实上,他是"明知征途有艰险,越是艰险越向前",具有一种自觉的大无畏精神。感伤与忌惮,只是一闪念。"主上即以国士见待,安可不以国士报之乎"(《旧唐书·本传》),便是"深怀国士恩"句的注脚。

"国士句是主意"(《唐诗别裁》),末四句由此申发。所谓国士,即国家栋梁之材。士大夫受到国士的待遇,足以踌躇满志,当然应竭力报效国家(卢藏用《陈氏别传》说陈子昂"感激忠义,常欲奋身以答国士",便是这个意思)。汉初的季布,以重然诺闻名于关中,时有"得黄金百斤,不如得季布一诺"的谚语。战国的侯嬴,有感于信陵君的知遇之恩,终于以死相报。诗中即以这两个以忠诚守信著名的古人故事,表达对唐室的忠贞不贰。当然,这里还有一个个人功名的问题,古人并不讳言于此,三不朽中即有"立功"一项。不过魏徵这里更强调"意气",也就是感情——这里特指报国热情。诗的末两句用了梁代荀济《赠阴梁州诗》中"人生感意气,相知无富贵"而注入新意,即轻视功名,把诗情推向高峰。

魏徵当时属于近臣,但和此前的宫廷诗人不同,他是在鞍马间为文,因此诗中带有戎马生活气息。这倒有点像汉末的三曹七子,"雅好慷慨,良由世积乱离,风衰俗怨,并志深而笔长,故梗概而多气"(刘勰)。《述怀》一诗,真可使建安作者相视而笑。若要为陈子昂复古诗论找出较早的样板,真是"其则不远"了。魏徵本人后来在《隋书·文学传序》中提倡一种将南朝的清绮与北国的气质合一的"文质彬彬"的雅体。《述怀》就基本上实践着这一主张。它一方面措语朴素,直抒胸臆,慷慨激昂，与声色大开的南朝诗风相异。另一方面又融汇典语，自铸新辞，对仗妥帖，与理胜其辞的河朔诗风不同。体现了政治内容与艺术形式较好的统一。所以沈德潜谓其"气骨高古，变从前纤靡之习，盛唐风格发源于此"（《唐诗别裁集》）。

【虞世南】(558—638) 字伯施，唐初越州余姚（今属浙江杭州）人。官至秘书监，封永兴县子。有《北堂书钞》等。

蝉

> 垂绥饮清露，流响出疏桐。
> 居高声自远，非是藉秋风。

蝉，一名知了，其幼虫在地下吸食大树根汁长达数年至十余年之久，始于夏夜出土上树，蜕变成身体丰满而翅膀透明的蝉。雄蝉求偶时，能发出亢奋的嘶鸣，成为蝉的一大特征。虞世南这首咏蝉之作，除首句刻画蝉的形象和习性外，其余三句就都是从蝉声上作想的。

一首咏物诗大体有两个层面：一个是表示的层面，是诗的本指，须贴切；一个是暗示的层面，是诗的能指，须浑成。只有第一个层面的咏物诗，不能算好的咏物诗，同时具有这两个层面的咏物诗，才算好的咏物诗。

先看表示的层面，即咏蝉的层面。首句，"垂绥"二字写蝉的形象，是拟人法。"绥"是什么呢？是古代绅士结在颔下的帽带，又叫冠缨。一说："蝉首有触须，如人之冠缨。"（刘永济）读者多信而不疑。然而端详蝉的标本，便觉其说不妥——蝉的触须在头顶，而且是短短的两根，像角、也像眉，怎样也不像冠缨。一说："蝉喙长在口下，似冠之缕也。"（孔颖达）按，蝉喙细长如带，部位又在额下，所以说法成立。接着，"饮清露"三字写蝉的习性。古人不知道蝉吸食树汁以存活，以为它餐风饮露。诗非科学，无妨出以想象。次句，始说蝉声："流响出疏桐"。蝉栖高树，梧桐是其中的一种。"流"字状出一种声声不息的感觉，暗逗下文的"秋风"。"疏桐"则暗逗下文的"居高"。三四句就蝉声发议论——"居高声自远，非是藉秋风。"这两句耐人寻味，通向暗示的层面，即借蝉喻人的层面。

《荀子》"劝学篇"有这样两句话："登高而招，臂非加长也，而见者远；顺风而呼，声非加疾也，而闻者彰。"说的是君子"善假于物"。什么是"善假于物"呢？用今天的话说，就是借助媒介来达到人体的延伸。"登高"、"顺风"在这里是并列的，无所轩轾的。而虞世南却别出心裁地将"居高"和"借秋风"加以轩轾，将蝉声之所以远达的原因，归结于"居高"，而不归结于"借秋风"。显然，"居高"和"借秋风"，被人为地赋予了文化的意义。那么，"借秋风"指什么呢？指外力、指运作、指广告，曹丕论文学说："不假良史之辞，不托飞驰之势，而声名自传于后。"（《典论·论文》）其所"不假"、所"不托"与"借秋风"是一类范畴。"居高"呢？正好相反，照应首句的"饮清露"，可知不是指高位，而是指品格、指修养、指造诣，孔子论君子说："其身正，不令而行。"（《论语·子路》）俗谚云："酒好不怕巷子深。""身正"、"酒好"和"居高"是另一类范畴。接受理论告诉我们，同一句话出自不同人之口，其效果也不同。一方面是人微言轻，一方面则相反——说话者越有权威、话的分量就越重。"居高声自远，非是藉秋风"就有这个意思，所以令人神远。一联之中，"自"、"非"二字对举，一正一反，很有力度。有人说，作者在这里是隐然自况。"诗者、志之所之也"（《毛诗序》），谁又能说不是呢。

这首诗运用了拟人法，从"垂緌"伊始，贯彻到底。它又是托物言志，同时具备两个层面——表示的层面做到了贴切，暗示的层面做到了浑成，所以全诗充满了神韵。以蝉喻人，在陈诗中就有——刘删《咏蝉诗》云：“声流上林苑，影入侍臣冠。得饮玄天露，何辞高柳寒。”这首诗对虞世南诗当有影响。不过，虞世南之作的后来居上，却是显而易见的。

【崔液】（？—713?）字润甫，小名海子，唐定州安喜（今河北定县）人。崔湜弟。

上元夜

玉漏银壶且莫催，铁关金锁彻明开。
谁家见月能闲坐？何处闻灯不看来？

农历正月十五又称上元，其夜称元夜、元夕或元宵。在所有传统节日中，最令人心动的大概就是元宵了，因为元宵赏灯的风俗——灯给人们带来光明，也带来希望，人见人爱，所以无论男女老幼，都要欢庆这个节日。

刘肃《大唐新语》载：“神龙（唐中宗年号）之际，京城正月望日，盛饰灯影之会，金吾弛禁，特许夜行。贵族戚属及下隶工贾，无不夜游。车马喧阗，人不得顾。王、主之家，马上作乐，以相竞夸。文士皆赋诗一章，以记其事。作者数百人，唯中书侍郎苏味道、吏部员外郎郭利贞、殿中侍御史崔液为绝唱。”苏味道、郭利贞之作为五律，崔液之作为七绝，原本六首，此其一。

由于元宵节是最盛大的节日，所以京城取消宵禁，当晚城门大开，允许市民通宵进出。“玉漏银壶”是古代的计时器具——用铜壶盛水，壶底打通一小孔，壶中立刻度箭，壶中的水逐渐减少，箭上的度数就依次显露，就可按度计时，击鼓报更。钱锺书先生有一篇文章专论"快乐"，大意说快乐快乐，大凡乐的时候，都会觉得时间太快。所以诗人祈求道，玉漏铜壶呀，你不要催促呀，难得有此不禁之夜，你就让人们好好玩一个通宵吧。无独有偶，苏味道《正月十五日夜》也写道："火树银花合，星桥铁锁开。……金吾不禁夜，玉漏莫相催!"可见"欢娱苦日短"，的确是一种普遍的心理。

苏味道诗的中二联是极力表现元宵节的热闹："暗尘随马去，明月逐人来。游伎皆秾李，行歌尽落梅。"写达官贵人带着宝眷，坐着马车前来观灯，扬起一阵又一阵尘土。明月当头，好像在跟着人们行走嬉戏。妓女们打扮得艳如桃李，纷纷赶来兜售生意。到处笙歌起伏，都是悦耳的和动听的。车马、歌妓、鼓乐，这些典型场面交织在一起，已把盛唐繁华、欢乐、太平、欣欣向荣的景象充分表现出来。他的写法比较充实。

而崔液的这首七绝同样表现元宵节的热闹，却写得十分空灵，只用了两个反诘来表现——"谁家见月能闲坐？何处闻灯不看来？"说"谁家"，那就不止一家，问"何处"，那就不止一处。上至王侯将相，下至平民百姓，男男女女，老老少少，三教九流，无所不包。所以这两句涵盖很大。需要说明一下的是，也并不是所有时代，所有的元宵，都能有这样的气氛。比如李清照写她过的那个元宵，"元宵佳节，融和天气，次第岂无风雨？来相召、香车宝马，谢他酒朋诗侣。……如今憔悴，风鬟雾鬓，怕见夜间出去。不如向帘儿底下，听人笑语。"（《永遇乐》）那是多么凄清。但词中她也回忆了北宋的升平时代自己亲历过的兴高采烈的元宵："中州盛日，闺门多暇，记得偏重三五。铺翠冠儿，捻金雪柳，簇带争济楚。"这和苏味道、崔液诗中描写的情景倒是比较的接近——由此可知，民族节日的气氛，是关乎时代盛衰的。

【王绩】(589？—644）字无功，唐绛州龙门（今山西河津）人。王通之弟。尝居东皋，号东皋子。隋时为秘书省正字，唐初以原官待诏门下省。后弃官还乡。后人辑有《东皋子集》。

秋夜喜遇王处士

北场芸藿罢，东皋刈黍归。
相逢秋月满，更值夜萤飞。

这是一首田园诗，题中提到的王处士，应和作者一样是隐居农村的素心人。秋天是收成的季节，因为新酿初成，多收了三五斗，所以，也是农家待客的季节。诗中就写秋夜待客的喜悦，"喜遇"犹言喜逢（诗云"相逢"），是友人相聚的一种婉转的说辞。全诗于质朴平淡中蕴含着丰富隽永的诗情，不失为诗人的一首代表作。

"北场芸藿罢，东皋刈黍归。"这两句写秋收季节的劳动和收工的喜悦。"芸藿"是锄豆，"刈黍"即割黍。北场、东皋，不过泛说屋北的场圃，家东的田野，并非实指的地名——"东皋"来自陶诗，隐含归隐的志趣。两句只平平叙述，没有任何刻画渲染，却透露出作者对田园生活的习惯和一片萧散自得、悠闲自如的情趣。作者的归隐与陶渊明相似，他参加芸藿、刈黍之类田间劳动，和乡下的农民并不一样，没有十分沉重的生活压力，而有较多的审美情趣。然而，这又并不妨碍他对农民劳作的辛勤，尤其是对农民在得到休息时的愉快心情有切身的体会。而这种体会，是从"芸藿罢"的"罢"和"刈黍归"的"归"字上流露出来的。

而诗人待客的愉快，正是建立在这种辛勤劳动后得到休息的愉快的基础之上的。所谓"农务各自归，闲暇辄相思"（陶渊明）。有了新麦，又有新酿，素心人的相逢是不会羞涩的，当晚的小酌应该是更加惬意的。

然而，诗人却撇开抒情，一味写景；撇开小酌的场面不说，只写主客双方在乡间小路上的碰头。

"相逢秋月满，更值夜萤飞。"满月之夜，整个村庄和田野笼罩在一片明月的清辉之中，月明星稀，天上看不到太多的星星。然而在田间，却流动着星星点点的秋萤。这些小小的精灵，有的飞在空中，有的栖息在田边的野草上，如果有水田，还会有与物象分不清的倒影。"夜萤"出现诗中，为乡间月夜增添了流动的意致和欣然的生意。诗人只写"相逢"的景色，不写相逢的心情。但是，友人相逢的欢悦之情，却通过"秋月满"的"满"字，得到自然的流露。古人习惯在诗中通过月圆月缺象征人间的离合。"更值"二字，是表示递进的，表明看到"夜萤飞"美景，对于主客双方，都是一个意外的惊喜。

这首诗景美情美，诗中故人喜遇的情景，用陶渊明的话说便是"相思辄披衣，言笑无厌时"。但作者不再写"言笑"。也没有篇幅让他写"言笑"——就写了，也是蛇足。还是让读者通过自己的生活经验去想象吧！侧面微挑，以景结情，点到为止，这正是绝句得体的写法。

【上官仪】(605？—664) 字游韶，唐陕州陕县（今属河南）人。贞观进士。官弘文馆直学士、西台侍郎等职。麟德时获罪下狱死。诗多应制、奉和之作，婉媚工整，时称"上官体"。

入朝洛堤步月

脉脉广川流，驱马历长洲。
鹊飞山月曙，蝉噪野风秋。

这首诗是上官仪高宗朝为相时，在东都洛阳于早朝的途中写成的。什么是早朝呢？简单说，这是古代宫廷的一种上早班的制度。唐代立国之初，百官早朝并没有待漏院可供休息，必须在破晓前赶到皇城外等候。东都洛阳的皇城依傍洛水，城门外是天津桥。天津桥入夜落锁，断绝交通，到天明才开锁放行。放行之前，百官都在洛堤上等候，宰相便是他们的领队。

早朝是勤政的体现，宰相的地位特殊，"一人之下，万人之上"的他，在"入朝洛堤步月"的途中心境应该是复杂的。怎么说呢？使命感、责任感、辛勤感、自豪感和荣誉感并存吧。

"脉脉广川流，驱马历长洲。"这两句写半夜入朝的情景。"川流"指洛水，"长洲"指洛堤。这应该是下半月的情景，只有这样的日子，才会有"步月"之事。月光相伴，诗人的兴致就比平时为高。想一想，如果是月黑夜或雨夜，诗就多半写不成了。"驱马"二字，当然有辛苦的感觉。"广川流"的"广"字，"长洲"的"长"字一方面也助长了辛苦的感觉，另一方面，又表现诗人胸襟的开阔。而"脉脉"二字，来自古诗的"盈盈一水间，脉脉不得语"（《迢迢牵牛星》）。有人说，这是以男女喻君臣，暗示皇帝对自己的信任。那么，其中包含着自豪感和荣誉感，也是不言而喻的了。

"鹊飞山月曙，蝉噪野风秋。"这两句是紧扣月色的写景——月色、秋风都是实有的，"鹊飞"可能是由鸟声引起的想象，"蝉噪"则比较出人意料，细考则语出有自。所以，这两句又不仅仅是写景。曹操诗云："月明星稀，乌鹊南飞，绕树三匝，何枝可依。"（《短歌行》）为"鹊飞"句所本。而曹操原诗是有为相者思慕贤才之意的，所以他下文还有"山不厌高，海不厌深，周公吐哺，天下归心"，而上官仪的地位，正决定了他的心情，与曹操是相通的。所以"鹊飞山月曙"不仅仅是写景，也是抒怀——抒发宰相登明选公、执政治世的情怀。陈代诗人张正见诗云："寒蝉噪杨柳，朔吹犯梧桐。还因摇落处，寂寞尽秋风。"（《赋得寒树晚蝉疏》）

为"蝉噪"句所本。而张诗原意有讽喻寒士失意不平之意，而这种情况在任何时代都有，唐初概莫能外，上官仪用诗句表明，作为宰相，他也注意到了这一点。发现问题才谈得上解决问题。言下就有一种使命感和责任感。

上官仪对唐诗的主要贡献是属对。他曾经把对仗的规律总结为"六对"、"八对"。"鹊飞山月曙"二句对仗就非常工整，可谓铢两悉称。有人说它写"洛堤晓行，风景如画"（俞陛云），单从写景的角度看，也是佳句。也有人说它"音响清越，韵度飘扬。"（胡震亨）这是从音韵和婉的角度赞美它的。它措辞精纯自然，而意境又很深邃，所以不但是作者的得意之句，而且不失为唐诗上乘的佳句。

据载，上官仪形貌昳丽，算得上一个美男子。他在公元七世纪的那个月光下的清晨作成这首诗后，在洛堤上按辔徐行，并高声讽吟，如神仙中人，引得百官翘首望之，歆羡不已。今天读这首诗，还能感到诗人那种志得意满的情态。

【卢照邻】（630？—680）字昇之，唐幽州范阳（今河北涿州）人。初唐四杰之一。年弱冠，调邓王府典签。高宗龙朔末（663）拜益州新都尉。总章二年（669）底，二考秩满去官。上元元年（674）秋冬，入太白山服饵，中毒，风疾转笃。武后垂拱二年（686）前后，自投颍水而卒。后人辑有《幽忧子集》。

长安古意

长安大道连狭斜，青牛白马七香车。玉辇纵横过主第，金鞭络绎向侯家。龙衔宝盖承朝日，凤吐流苏带晚霞。百丈游丝争绕树，一群娇鸟共啼花。啼花戏蝶千门侧，碧树银台万种色。复道交窗作合欢，双阙连甍垂凤翼。梁家画阁中天起，汉帝金茎云外直。楼前相望不相知，陌上相逢讵相识。借问吹箫向紫烟，曾经学舞度芳年。得成比目何辞死，愿作鸳鸯不羡仙。比目鸳鸯真可羡，双去双来君不见。生憎帐额绣孤鸾，好取门帘帖双燕。双燕双飞绕画梁，罗帷翠被郁金香。片片行云着蝉翼，纤纤初月上鸦黄。鸦黄粉白车中出，含娇含态情非一。妖童宝马铁连钱，娼妇盘龙金屈膝。御史府中乌夜啼，廷尉门前雀欲栖。隐隐朱城临玉道，遥遥翠幰没金堤。挟弹飞鹰杜陵北，探丸借客渭桥西。俱邀侠客芙蓉剑，共宿娼家桃李蹊。娼家日暮紫罗裙，清歌一啭口氛氲。北堂夜夜人如月，南陌朝朝骑似云。南陌北堂连北里，五剧三条控三市。弱柳青槐拂地垂，佳气红尘暗天起。汉代金吾千骑来，翡翠屠苏鹦鹉杯。罗襦宝带为君解，燕歌赵舞为君开。别有豪华称将相，转日回天不相让。意气由来排灌夫，专权判不容萧相。专权意气本豪雄，青虬紫燕坐春风。自言歌舞长千载，自谓骄奢凌五公。节物风光不相待，桑田碧海须臾改。昔时金阶白玉堂，即今惟见青松在。寂寂寥寥扬子居，年年岁岁一床书。独有南山桂花发，飞来飞去袭人裾。

这是一首都城诗。都城诗源于汉代以来的都城赋。一种歌咏帝京，感叹豪奢，上承《两京赋》《三都赋》；一种凭吊遗迹，登临怀古，导源于《芜城赋》。《长安古意》即属于前者。汉魏六朝以来就有不少以长安洛阳一类名都为背景，描写上层社会骄奢豪贵生活的诗篇，有的通过对比寓讽，如左思《咏史》（"济济京城内"一首）。卢照邻此诗即用传统题材以写当时长安现实生活中的形形色色，托"古意"实抒今情。全诗可分四部分。

第一部分（从"长安大道连狭斜"到"娼妇盘龙金屈膝"）铺陈长安豪门贵

族争竞豪奢、追逐享乐的生活。开篇极有气势地展开大长安的平面图——四通八达的大道与密如蛛网的小巷交织着。春天，无数的香车宝马，川流不息。这样简劲地总提纲领，以后则洒开笔墨，恣肆汪洋地加以描写：玉辇纵横、金鞭络绎、龙衔宝盖、凤吐流苏，真如文漪落霞，舒卷绚烂。这些执"金鞭"、乘"玉辇"，车饰华贵，出入于公主第宅、王侯之家的，当然不是等闲人物。"纵横"可见其人数之多，"络绎"不绝，那追欢逐乐的生活节奏是旋风般疾速的。这种景象从"朝日"初升到"晚霞"将合，二六时中无时或已。

在长安，不但人是忙碌的，连景物也繁富而热闹："游丝"是"百尺"，"娇鸟"则成群，"争"字"共"字，俱显闹市之闹意。写景俱有陪衬之功用。以下写长安的建筑，由"花"带出蜂蝶，又由蜂蝶游踪带出常人无由见到的宫禁景物，笔致灵活。作者并不对宫室结构全面铺写，只展现出几个特写镜头：宫门，五颜六色的楼台，雕刻精工的象征性爱的合欢花图案的窗棂，饰有金凤的双阙的宝顶，使人通过这些接连闪过的金碧辉煌的局部，概见壮丽的宫殿的全景。写到豪门第宅，笔调更为简括："梁家（借穷极土木的汉代梁冀指长安贵族）画阁中天起"，其势巍峨可比汉宫铜柱。这文采飞动的笔墨，纷至沓来的景象，几令人目不暇接而心花怒放。于是，在通衢大道与小街曲巷的平面上，矗立起画栋飞檐的华美建筑，成为立体的大"舞台"，这是上层社会的极乐世界，构成全诗的背景，下一部分的各色人物便是在这背景上活动的。

长安是一片人海，人之众多竟至于"楼前相望不相知，陌上相逢讵相识"。这里"豪贵骄奢，狭邪艳冶，无所不有"，写来够瞧的。作者对豪贵的生活也没有全面铺写，却用大段文字写豪门的歌儿舞女，通过她们的情感、生活以概见豪门生活之一斑。这里有人一见钟情，打听得那仙子弄玉（"吹箫向紫烟"）般美貌的女子是贵家舞女，引起他的热恋："得成比目何辞死，愿作鸳鸯不羡仙。"那舞女也是心领神会："比目鸳鸯真可羡，双去双来君不见。生憎帐额绣孤鸾，好取门帘贴双燕。""借问"

四句与"比目"四句，用内心独白式的语言，是一唱一和，男有心女有意。"比目""鸳鸯""双燕"一连串作双成对的事物与"合欢"映带而与"孤鸾"对比，"何辞死""不羡仙""真可羡""好取""生憎"等果决反复的表态，极写出爱恋的狂热与痛苦。这些专写"男女"的诗句，诚和闻一多赞叹的，比起"相看气息望君怜，谁能含羞不肯前"（梁简文帝《乌栖曲》）一类"病态的无耻"、"虚弱的感情"，"如今这是什么气魄"，"这真有起死回生的力量"（《宫体诗的自赎》）。通过对舞女心思的描写，从侧面反映出长安人们对于情爱的渴望。

后又以双燕为引，写到贵家歌姬舞女的闺房（"罗帷翠被郁金香"），是那样香艳；写到她们的梳妆（"片片行云着蝉翼，纤纤初月上鸦黄"），是那样妖娆，"含娇含态情非一"呵。打扮好了，于是载入香车宝马，随高贵的主人出游。这一部分结束的二句"妖童宝马铁连钱，娼妇盘龙金屈膝（刻龙纹的环纽，车饰）"与篇首"青牛白马七香车"回应，标志对长安白昼闹热的描写告一段落。下一部分写长安之夜，不再涉及豪门情事，是为让更多种类的人物登场"表演"，同时，从这些人的享乐生活不难推知豪门的情况。可见用笔繁简之妙。

第二部分（从"御史府中乌夜啼"到"燕歌赵舞为君开"）主要以市井娼家为中心，写形形色色人物的夜生活。《汉书·朱博传》说长安御史府中柏树上有乌鸦栖息，数以千计，《史记·汲郑列传》说翟公为廷尉罢官后，门可罗雀，这部分开始二句即活用典故。"乌夜啼"与"隐隐朱城临玉道，遥遥翠幰没金堤"写出黄昏景象，表明时间进入暮夜。"雀欲栖"则暗示御史、廷尉一类执法官门庭冷落，没有权力。夜长安遂成为"冒险家"的乐园，这里有挟弹飞鹰的浪荡公子，有暗算公吏的不法少年（汉代长安少年有谋杀官吏为人报仇的组织，行动前设赤白黑三种弹丸，摸取以分派任务，故称"探丸借客"），有仗剑行游的侠客，这些白天各在一方的人臭味相投，似乎邀约好一样，夜来都在娼家聚会了。用"桃李蹊"指娼家，不特因桃李可喻艳色，而且因"桃李不言，下自成蹊"的成语，暗示那也是人来人往、别有一种热闹的去处。追星族在这里迷恋歌舞，陶醉于氤氲的口香，拜倒在明星的紫罗裙下。娼门内"北堂夜夜人如月"，似乎青春可以永葆；娼门外"南陌朝朝骑似云"，似乎门庭不会冷落。这里点出从"夜"到"朝"，与前一部分"龙含"二句点出从"朝"到"晚"，时间上彼此连续，可见长安人的享乐是夜以继日，周而复始。

长安街道纵横，市面繁荣（"五剧"、"三条"、"三市"指各种街道），而娼家特多（"南陌北堂连北里"），几成"社交中心"。除了上述几种逍遥人物，还有大批禁军军官（"金吾"）玩忽职守来此饮酒取乐。娼家的生意原有赖他们的维持。这里是各种"货色"的大展览。《史记·滑稽列传》写道："日暮酒阑，合尊促坐，男女同席，履舄交错。杯盘狼藉，堂上烛灭"，"罗襦襟解，微闻香泽"，这里"罗襦宝带为君解"，即用其一二字面暗示同样场面。古时燕赵二国歌舞发达且多佳人，故又以"燕歌赵舞"极写其声色娱乐。这部分里，长安各色人物摇镜头式地一幕幕出现，"通过'五剧三条'的'弱柳青槐'来'共宿娼家桃李蹊'。诚然，这不是一场美丽的热闹。但这癫狂中有战栗，堕落中有灵性"（闻一多），决非贫血而萎靡的宫体诗所可比拟。

第三部分（从"别有豪华称将相"至"即今惟见青松在"）写长安上层社会除追逐难于满足的情欲而外，别有一种权力欲，驱使着文武权臣互相倾轧。这些被称为将相的豪华人物，权倾天子（"转日回天"），拉帮结派，互不相让。灌夫是汉武帝时将军，因与窦婴相结，使酒骂座，为丞相武安侯田蚡族诛（《史记·魏其武安侯列传》）；萧何，为汉高祖时丞相，高祖封功臣以其居第一，武臣皆不悦（《史记·萧丞相世家》）。"意气"二句用此二典泛指文臣与武将之间的互相排斥、倾轧。其得意者骄横一时，而自谓富贵千载。这节的"青虬（指骏马）紫燕（骏马名）坐春风"、"自言歌舞长千载"二句又与前两部分中关于车马、歌舞的描写呼应。所以虽写别一内容，而彼此关联钩锁，并不游离。"自言"而又"自谓"，则讽意自足。

以下趁势转折，如天骥下坡："节物风光不相待，桑田碧海须臾改。

昔时金阶白玉堂，即今惟见青松（指墓田）在。"这四句不唯就"豪华将相"而言，实一举扫空前两部分提到的各类角色，恰如沈德潜所说："长安大道，豪贵骄奢，狭邪艳冶，无所不有。自嬖宠而侠客，而金吾，而权臣，皆向娼家游宿，自谓可永保富贵矣。然转瞬沧桑，徒存墟墓。"（《唐诗别裁》）四句不但内容上与前面的长篇铺叙形成对比，形式上也尽洗藻绘，语言转为素朴了。因而词采亦有浓淡对比，更突出了那扫空一切的悲剧效果。闻一多指出这种新的演变说，这里似有"劝百讽一"之嫌。而宫体诗中讲讽刺，多么生疏的一个消息！

第四部分即末四句，在上文今昔纵向对比的基础上，再作横向的对比，以穷愁著书的扬雄自况，与长安豪华人物对照作结，这里显见左思《咏史》"济济京城内"一诗影响。但左诗八句写豪华者，八句写扬雄。而此诗以六十四句篇幅写豪华者，其内容之丰富，画面之宏伟，细节之生动都远非左诗可比；末了以四句写扬雄，对比分量不称，而效果更为显著。前面是长安市上，轰轰烈烈；而这里是终南山内，"寂寂寥寥"。前面是任情纵欲倚仗权势，这里是清心寡欲、不慕荣利（"年年岁岁一床书"）。而前者声名俱灭，后者却以文名流芳百世（"独有南山桂花发，飞来飞去袭人裾"）。虽以四句对六十四句，自有"秤砣虽小压千斤"之感。这个结尾不但在迥然不同的生活情趣中寄寓着对骄奢庸俗生活的批判，而且带有不遇于时者的愤慨寂寥之感和自我宽解的意味。是此诗归趣所在。

七古中现这样洋洋洒洒的巨制，为初唐前所未见。其渊源可以追溯到两汉的帝京赋（如《二京赋》《三都赋》）。在初唐，由于都市文明的进一步发展，诗人接过汉赋的题材，创作帝京诗，成为一个突出的现象。同类的作品还有骆宾王《帝京篇》等。它主要采用赋法，但并非平均使力、铺陈始终；而是有重点、有细节的描写，回环照应，详略得宜；而结尾又颇具兴义，耐人含咏。它一般以四句一换景或一转意，诗韵更迭转换，形成生龙活虎般腾踔的节奏。同时，在转意换景处多用连珠格（如"好取

门帘帖双燕。双燕","纤纤初月上鹅黄。鹅黄"),或前分后总的复沓层递句式
(如"得成比目何辞死,愿作鸳鸯不羡仙。比目鸳鸯","北堂夜夜人如月,南陌朝朝
骑似云。南陌北堂","意气由来排灌夫,专权判不容萧相。专权意气"),使意换辞
联,形成一气到底而又缠绵往复的旋律。这样,就由陈隋"音响时乖,
节奏未谐","一变而精华浏亮;抑扬起伏,悉谐宫商;开合转换,咸中
肯綮"(胡应麟《诗薮》内编卷三);所以,胡应麟极口赞叹:"七言长体,极
于此矣!"(同上)虽然此诗在词彩的华艳富赡上犹有六朝余习,但大体上
服从内容需要;前几部分铺陈故多丽句,结尾纵、横对比则转清词,所
以不伤于浮艳。在宫体余风尚炽的初唐诗坛,卢照邻"放开粗豪而圆润
的嗓子",唱出如此歌声,压倒那"四面细弱的虫吟",在七古发展史上
确是可喜的新声,足以被誉为"不废江河万古流"。

【骆宾王】(638?—684?)唐婺州义乌(今属浙江)人。父为青州博昌令,早卒。
高宗朝初为道王府属,后历任奉礼郎等职,迁侍御史。为奉礼郎时曾从军西域,又曾
宦游蜀中。调露元年(679)冬因数上疏言事获罪下狱,次年秋下除临海(今属浙江)
丞。睿宗文明中(684)随徐敬业起兵讨武后,兵败,不知所终。有《骆临海集》。

咏鹅

鹅鹅鹅,曲项向天歌。

白毛浮绿水,红掌拨清波。

这是作者七岁所作,至今广为传诵。这首儿童诗好处何在?它何以
能够在唐诗中占有一席地位,而至今流传呢?一般人往往会拈出后两句,
认为它对仗得好,色彩字用得好。

其实，后两句的好，只是初级水平的好。因为它更多地是运用技巧的结果。对仗的基本技巧是什么呢？是增字法——先写"白毛"，对上"红掌"；再加"绿水"，对上"清波"；上句添动词"浮"，下句对上一个"拨"。旧时代私塾先生教学生对课，就教这个技巧。这两句在声律上（仄仄平仄仄，平平仄平平）也过得去。其中"浮""拨"两个动词尤其妙，很到位，不能替换。对一个七岁孩子来说，能对到这样子，也难能可贵。

然而，这首诗最奇特的，还是前面两句："鹅鹅鹅，曲项向天歌。"给人的第一个感觉，是不整齐。如果遇到颟顸的、自以为是的老师或家长，可能会给他改得整齐一些，可能改成："湖中一只鹅，曲项向天歌"，可能还很得意。然而，这样做，整是整齐了，但这首诗原来所具有的童趣和奇趣，就被破坏了。

何以这样说呢？因为原作前两句虽不整齐，却很天真，出口成章，纯乎天籁。一改，那点儿天真、那点儿童趣、那点儿特色就没有了，很生动的句子，变得很落套、很老套，就把一个可爱的儿童，变成了一个小大人了。此外，"曲项向天歌"这句，活画出鹅的长脖子和鹅叫的样子，而且纯凭观察灵感悟得，没有技巧成分，所以更好。

而"鹅鹅鹅"三字重复，也不能简成一个"鹅"字（像词中《十六字令》的首句），为什么呢，因为这里不仅是在说家禽的名称，而且是在像声，也就是描摹它"曲项向天歌"的叫声（喔喔喔），这也是七岁孩子根据他的感觉的神来之笔。这里的诗歌意象，就是诉诸听觉的有声音的意象，这首诗就是一首绘声绘色的诗。首句改作一个"鹅"字，或改成"湖中一只鹅"，这首诗一下子就"哑"了，失去它原来的生动性。所以这首儿童诗在唐诗中占有一席地位，是有充足理由的。这也表明，在诗化的社会氛围中，唐代儿童受到潜移默化的影响。家长和老师不乱替孩子改诗，表明唐代人普遍具有的鉴赏水平。

在狱咏蝉

西陆蝉声唱，南冠客思深。

那堪玄鬓影，来对白头吟。

露重飞难进，风多响易沉。

无人信高洁，谁为表予心？

　　本篇是蒙冤受屈者的歌吟。武则天时代扩大化的政治清洗，造成数不清的冤狱。骆宾王就曾是一个受害者。调露元年（679），他在侍御史任上以屡次上书讽谏政事，触犯当权的武后，被诬在长安主簿任上犯贪赃罪，于当年秋天下御史台狱，尝到了铁窗风味，也种下了仇恨的种子。后来武则天读他那篇著名檄文至"一抔之土未干，六尺之孤何托"，竟失声道"丞相何得失此人"。《在狱咏蝉》这首诗托物言志，抒发受迫害者沉冤莫白的忧愤心情，在当时和后世都具有典型性。

　　御史台监狱西面有古槐数株，其上秋蝉长鸣，引起诗人悲怀。《左传》成公九年载有楚囚钟仪南冠而系事，后世遂以"南冠"代囚徒。"客思"本指故国之思。但诗中这个"客"字与李后主"梦里不知身是客"的"客"字，特指在囚之身，含义凄楚。"深"一作"侵"，有渐进深至、被痛苦咬啮之感。秋蝉之声自苦，但比起囚犯来，它至少没有失去自由。"客思深"与"蝉声唱"对举，便有人不如蝉之意，遂启三四两句。"日行西方白道曰西陆"（《太平御览》二四《易通统图》）。以"西陆"代秋天，是为了与"南冠"对仗工稳，今人不免感到晦涩，如果要说缺点，这也可以说是这首诗的一个缺点。不过，在普遍借助类书进行律诗创作的初唐诗人，却是习以为常的事。

蝉翼之薄，有如女子云鬓。而古代女子的发式亦有"蝉鬓"的名目。据马缟《中华古今注》，蝉相传为齐后怨魂所化，故又名"齐女"。因而，蝉声能引起关于幽怨女子的形象联想。"玄鬓影"三字正是如此。《白头吟》据传为卓文君作，抒写将被遗弃的女子的凄苦，这对于在政治上被抛弃的作者，是一个恰切的譬喻。同时，"不堪玄鬓影，来对白头吟"十字一气贯注，"吟"字属"玄鬓"，而"白头"又可别解作诗人自谓。虽然当年他不过四十，但忧愤使其产生了未老先衰的感觉。诗人说：蝉啊，你这秀发的婵娟精灵，何苦来对着我这白头缧绁之身哀吟呢？你叫我怎么受得呢？

诗人开始了与秋蝉的对话。"露重飞难进，风多响易沉"二句似乎就是蝉的哀诉。秋来露重风多，蝉的末日将临，快要飞不动，叫不成了。这于作者的处境又构成了象征。"露重"、"风多"，借喻社会环境恶劣、世路艰险，诬枉构陷、罗织罪名成风，令人望而生畏。"飞难进"、"响易沉"则象征"跳进黄河洗不清"的困境。在酷吏横行、"请君入瓮"成为竞相推广的发明的时代，"露重飞难进，风多响易沉"不知概括了几多含冤负屈者的心境。

我国古来执法的传统是"有罪推定"，即除非证明无罪，否则有罪。与其信其无，毋宁信其有。下狱就证明有罪，否则何以下狱？在鼓励告密者的武则天时代，冤假错案之多一度登峰造极。怀着"无人信高洁，谁为表予心"的无可告诉之悲苦者，又何止一个骆宾王！"高洁"一词，双关鸣蝉。蝉栖高树，古人认为它餐风饮露，食性清洁，故视为高洁之士的化身。寂寞难忍时，诗人也只好对它去诉说积郁了。

作为咏物体诗，《在狱咏蝉》达到了物我浑然的境地。它深切表现了被迫害受压制者的"人为刀俎，我为鱼肉"的悲愤心情，是对黑暗政治的有力控诉，具有较高的认识价值和审美价值。

【寒山】生卒年不详。唐代长安（今陕西西安）人。出身于官宦人家，多次投考不第，后出家，三十岁后隐居于浙东天台山。或是隋皇室后裔，后遁入空门，隐于天台山寒岩。

杳杳寒山道

杳杳寒山道，落落冷涧滨。

啾啾常有鸟，寂寂更无人。

碛碛风吹面，纷纷雪积身。

朝朝不见日，岁岁不知春。

生活中从来不缺少美，而缺少美的发现。诗人的职责就是让每一首诗都成为一个美的发现。热烈是一种美，如"红杏枝头春意闹"（宋祁）；萧寂也是一种美，如"闲花落地听无声"（刘长卿）。而这首"杳杳寒山道"的审美，就属于后一种。

此诗写诗人所居天台山寒岩清幽的环境和四周的景致。"杳杳寒山道"写山路，杳杳是幽暗的样子。"落落冷涧滨"写山涧，落落是寂静冷落的样子。虽然冷落，绝不会没有鸟，只是没有人罢了，然而正因为没有人类活动的干扰，这里才更是鸟类的天堂。所以"啾啾常有鸟"和"寂寂更无人"是有因果关系的。当然，"更无人"并不是说一个人也没有，诗中所写，还是一种王国维说的"有我之境"。不然，哪来"碛碛风吹"之"面"，和"纷纷雪落"之"身"呢。"碛碛"一作"淅淅"，形容风声。好幽静的山道，好幽静的人。一个人走在这样的山道上，仰面迎接着寒风和飞雪，必须要身体倍棒，心情不错。这是诗人着意描绘的一幅顶风冒雪的自画像。要知道诗中所写这种气候，在寒岩乃是常态，不然怎么叫"寒岩"或"寒山"呢。"朝朝不见日"，是说阴天居多。而"岁岁不知春"，是说四季如冬。中国地处温带，只听有四季如春的，怎么会四季如冬。如移用到北欧，那倒是司空见惯的。然而这个自号寒山的诗人告诉你，在中国就有这样一个叫"寒山"的地方。所以，这首诗给读者带来一种新鲜之感。

这首诗写作上的显著特点是叠字的运用，每句领头都有。刘勰在《文心雕龙·物色》中说："诗人感物，联类不穷；流连万象之际，沈吟视听之区。写气图貌，既随物以宛转；属采附声，亦与心而徘徊。故'灼灼'状桃花之鲜，'依依'尽杨柳之貌，'杲杲'为出日之容，'瀌瀌'拟雨雪之状，'喈喈'逐黄鸟之声，'喓喓'学草虫之韵。……并以少总多，情貌无遗。"指出叠字有写气、图貌、属彩、附声等作用，使得诗篇既表现生动，又朗朗上口。运用叠字，在《诗经》《古诗十九首》中即多有。这首诗的修辞，就处在其延长线上。诗人运用景物渲染气氛、以气氛烘托心情，加之大量使用叠字，使此诗富于一种特殊的音乐美。但是，用同一种句式一排到底，也是一种冒险，不免于跌宕起伏的内在韵律有所欠焉。事实上，古诗《迢迢牵牛星》《青青河畔草》在多用叠字领句式时，于诗中或诗尾适当破局，从结构上讲，显然更胜一筹。不过，此诗这样做亦不妨聊备一格。

一般说来，寒山诗内容丰富，具有乐山乐水、安闲淡泊、返璞归真的气质；形式上贴近口语、少用典故、不拘格律，信手拈弄，涉笔成趣，虽然浅显，而时有机锋，显示了白话诗自然洒脱的风姿；有较强的宗教性和劝世性，故广受士大夫与世俗大众的欢迎，而四库馆臣评价也不低。翻译到域外，竟成为李白以外最为知名的唐代诗人。

【王梵志】生卒年不详。唐卫州黎阳（今河南浚县）人。生活时代大致在唐初数十年间。其诗在两《唐书》中未曾著录，敦煌遗书中唐五代写本有王梵志诗歌抄本约三十种。

诗五首

其一

我有一方便，价值百匹练。

相打长取弱，至死不入县。

王梵志白话诗唐初流传极广，这些白话诗的大部分从内容上说，无非劝世劝善的诗体道德箴言。梵志诗有文学价值的部分，当推那些揶揄人生，讽刺世相之作。

这首诗以第一人称语气写来，类乎戏曲"道白"。其关键词是"方便"，相当于法宝。法宝本是佛教用语，指佛说的法，又指和尚用的衣钵、锡杖等。道教也用此语，指能制伏或杀伤妖魔的宝物。比喻用起来特别有效的工具、方法或经验。而此诗中的"方便"，乃指处世的法宝，当然是宝贵的经验了。宝贵到何等程度呢，"价值百匹练"。练是白色的熟绢，在古代可作通货，即实物货币。"百匹练"的说法，虽不如无价之宝的说法来得夸张，但却很肯定，肯定到数目字上了。这便具体形象，也是一种诗趣。

接下来说这一法宝的具体运用：在处理人际冲突（"相打"）社会矛盾时，取一种调和的方式，就是"取弱"——便是认输，讨饶。在鲁迅的笔下，对此有很形象的描写：阿Q每逢被人揪住黄辫子的时候，两只手都捏住了自己的辫根，歪着头，说道："我是虫豸——还不放么？"虽然是虫豸，人也不放，仍旧在就近什么地方给他碰了五六个响头，这才心满意足的得胜的走了。不到十秒钟，阿Q也心满意足的得胜的走了，他觉得他是第一个能够自轻自贱的人，除了"自轻自贱"不算外，余下的就是"第一个"。状元不也是"第一个"么。这种调和矛盾的方式虽然可笑，却也有效。

末句归结为一个人生信条："至死不入县。"永不打官司。即使是吃了亏，即使是占着理，也决不拿起法律武器来捍卫自个儿的权利。为什么呢？麻烦呀。请律师（古代叫讼师）要花钱呀，时间精力陪不起呀。语云："与人方便，自己方便。"这是一种与世无争、息事宁人的态度，也是一种人生的"共相"。但"与世无争"的概念并不直接说出，而通过诗中人的现身说法来表现，所以是诗化的。

诗中宣扬的人生信条，有老庄之道的影子。老子说："反者道之动，弱者道之用。"（第四十章）"天下莫柔弱于水，而攻坚强者莫之能胜，以其无以易之。弱之胜强，柔之胜刚，天下莫不知，莫能行。"（七十八章）这些格言，是人生经验教训的总结，有其智慧的成分，也有负面的影响。毛泽东讲区分两类不同性质的矛盾，有不可调和的矛盾。毛泽东也讲法宝，其一是"武装斗争"。还说："马克思主义的道理千条万绪，归根结底就是一句话：造反有理。根据这个道理，于是就反抗，就斗争，就干社会主义。"由此看来，此诗的正面意义，便是对阿Q精神的反讽。"作者未必然，读者何必不然。"（谭献《复堂词录序》）

其二

他人骑大马，我独跨驴子。
回顾担柴汉，心下较些子。

本篇也用第一人称，但展现的却是一幅有趣的"三人行"的戏剧性场面。"骑大马"者与"担柴汉"，是贫富悬殊的两极。而作为这两极间的骑驴者，他的心情是多么矛盾：他比上不足，颇有些不满（这从"独"字的语气上可以会出），但当他看到担柴汉时，便又立刻心安理得起来。"较些子"乃唐人口语,意即"较好些"。诗人这里运用的手法是先平列出三个形象,末句一点即收,饶有情趣。章法也很独到。

这首诗和"我有一方便"诗的共同点是真实地或略带夸张地写出了世人行为和心理上的某种通病,令人忍俊不禁,于笑中又有所反省。值得特别指出的是两首诗均可作两种理解。既可看作是正经的、劝喻的,又可读为揶揄的、讽刺的。但作正面理会则浅,作反面理会则妙不可言。如"我有一方便"一首,作劝人忍让看便浅,作弱者的处世哲学之解剖看,则鞭辟入里。"他人骑大马"一首,作劝人知足看便浅,作中庸者的漫画像看,则惟妙惟肖。

平心而论,梵志这两首诗未必没有劝世的意思,说不定诗人对笔下人物还很欣赏同情。但是,诗人没有做概念化的枯燥说教,而采用了"象教"——即将抽象的道理予以形象地显现。而他所取的又并非凭空臆想的概念化形象,而是直接从平素对生活的敏锐观察和积累中撷取来的。它本身不惟真实,而且典型。当诗人只满足于把形象表现出来而不加评论,这些形象对于思想(诗人的)也就具有了某种相对独立性和灵活性。当读者从全新的、更高的角度来观察它们时,就会发现许多包含在形象中、然而不一定为作者所意识到的深刻的意蕴。王梵志这种性格解剖式的笔调犀利的幽默小品,比一语破的、锋芒毕露的讽刺之作更耐读,艺术上更高一筹。

其三

城外土馒头,馅草在城里。
一人吃一个,莫嫌没滋味。

这首诗和下一首诗的内容都是肯定生命的短暂,死亡的必然。这首诗既可以解释为否定长生的观念,对世相加以揶揄;又可以解释为"黑色幽默"，即面对死亡不可避免的事实，诗人无可奈何地自我解嘲。

"土"与"馒头"本来没有关联，除非小娃娃办"姑姑筵"。诗中用"土馒头"借代坟茔，既冷峻又尖新，想想叫人发笑。由这个比喻很自然地引出第二个比喻。人死入土，当然成了馒头的"馅草"（肉馅）。"城里"、"城外"对举，分别暗示生死的场所，在都城诗中本属习见。如沈佺期的《邙山》"城中日夕歌钟起，山上唯闻松柏声"两句，就有如此联系。不过，像王梵志这样把生死交替比作厨师做白案，却是别出心裁而令人发噱的。他似乎有意化沉重为轻松，但终不免沉重，实在是一种"绞架下的幽默"。

生命对人只有一次，死亦如之。"一人吃一个"，要多也不行。三句之妙在于紧跟前两句的譬喻，再出戏言，一点也不牵强生硬。同时，人固有一死，想躲也不成——"莫嫌没滋味！"将贪生惧死的心理比着厌食或挑嘴，这又是幽默。死亡，是沉重而悲痛的事，诗中居然把它比作公平地分发早点，就像童谣所唱的那样："排排坐，吃果果；你一个，我一个。"诗人似乎有意要化悲痛沉重为愉快轻松，这幽默底下，该有多少的悲观厌世情绪！与之对应的色相自应是"黑色"。

宋代大诗人黄庭坚似乎没有体会到个中深味，鲁莽地批评："己且为土馒头，尚谁食之？今改'预先着酒浇，使教有滋味'。"这一改不要紧，原诗诗味大失，幽默变成贫嘴，直是点金成铁了。

其四

世无百年人，强作千年调。

打铁作门限，鬼见拍手笑。

这首诗没有幽默，相对前首的冷嘲，这里是热讽。首二句化用汉乐府《西门行》古辞："人生不满百，常怀千岁忧。"（古诗作"生年不满百"）

"世无百年人"本是共知的事实，偏偏临到自己头上，人们不肯正视。接受他人死亡的事实容易，接受自身消灭的观念则难。所以世人多见欲壑难填，拼命占有，"多置田庄广修宅，四邻买尽犹嫌窄"，占有了就想永保。这就是所谓"强作千年调"。其至愚者乃至忘记了"昼短苦夜长，何不秉烛游"的古训，变成看钱奴，啬啬鬼，一何可悲。据传王羲之的后人，陈僧智永善书，名重一时，求书者多至踏穿门槛，于是不得不裹以铁叶，取其经久耐磨。诗中就用"打铁作门限"这一故实，具体描绘凡人是怎样追求器用的坚牢，作好长远打算的。在诗人看来这无非是做无用功，故可使"鬼见拍手笑"。说见笑于鬼，是因为鬼是过来的"人"，应该看得最为透彻，所以才会忍俊不禁。鬼笑至于"拍手"，是王梵志诗语言生动诙谐的表现。

宋代范成大曾把这两首诗的诗意铸为一联："纵有千年铁门槛，终须一个土馒头。"（《重九日行营寿藏之地》）十分精警，《红楼梦》中妙玉就很喜欢这两句，而"铁槛寺"、"馒头庵"的来历也在于此。

其五

梵志翻着袜，人皆道是错。

乍可剌你眼，不可隐我脚。

此诗发端于日常生活琐事之微，而归结到生活真谛，具有禅偈式的机趣。

织物（纺织或针织）有正反面的区分。没有线头，较为光洁的一面是"面子"，做成衣物时须用在表面，取其美观悦目；而结有线头，较为粗糙的一面是"里子"，做成衣物时须放在内里，以藏其拙。人们在黑暗中着衣，或动作太急时，往往有将里、面颠倒"翻着"的现象。"梵志翻着袜"，也许本来就是这种偶然的错误。当然，也不排除虚构；或真有布袜

"隐（刺痛）"脚的情况（只不过这种情况并不常见）。翻穿的袜子露在外面，是难看的。熟人或热心的人，不免要加以暗示或提醒。"人皆道是错"，正是出自这样的关心。

诗的要旨在最后的两句答语上。如果说"翻着袜"并非出于无意，则这个答语是成竹在胸的；如果说"翻着袜"真是偶然性差错，这个答语便是将错就错——"乍可（宁可）刺你眼，不可隐我脚！"无论在哪种情况，这对答都可谓绝妙。不过听话听音，读者切不可胶着字面，将这话局限在日常穿着方面，或认为作者提倡损人利己，从而强派他的不是。这都大失作者本心。要看到，这首诗不过是借穿袜这样微不足道的小事，声东击西，以小喻大，对一种普遍的世相即"慕虚荣而处实祸"予以当头棒喝。"寿陵失本步，笑杀邯郸人"（李白）的故事，"打肿脸充胖子"的俗话，都告诉我们，世上确有很多为了绷面子，而不惜穿着隐脚的袜子走路的蠢人。确有必要劝劝他们：还是把袜子翻转穿吧！

黄庭坚说："王梵志诗云'梵志翻着袜，人皆道是错。乍可刺你眼，不可隐我脚。'一切众生颠倒，类皆如此。乃知梵志是大修行人也。昔茅容季伟，田家子尔，杀鸡饭其母，而以草具饭郭林宗。林宗起拜之，因劝使就学，遂为四海名士。此翻着袜法也。今人以珍馔奉客，以草具奉其亲，涉世合义则与己，不合义则称亲，万世同流，皆季伟罪人也。"（《苕溪渔隐丛话前集》卷五六）这样读诗者，可谓解人。

吾富有钱时

吾富有钱时，妇儿看我好。吾若脱衣裳，与吾叠袍袄。吾出经求去，送吾即上道。将钱入舍来，见吾满面笑。绕吾白鸽旋，恰似鹦鹉鸟。邂逅暂时贫，看吾即貌哨。人有七贫时，七富还相报。图财不顾人，且看来时道。

针砭世道人心，使王梵志诗常有杂文的性质。这首诗所针砭世道人心之弊是"势利"——以财产地位给人以分别对待的行为现象。阶级论者说这是剥削阶级思想侵蚀，人性论者说这是人性的弱点，其实只是一回事。

昔日贤文云："贫居闹市无人问，富在深山有远亲。"两句话，十分形象，表现出"势利"这种社会病是如何毒化着人类最天然、最纯粹、最可靠的亲情。于是令人想到《战国策》苏秦的故事。读此诗者，不可不读。

苏秦去游说秦惠王之初，穿的是黑貂之裘，携的是黄金百斤，筹集到偌多资金，可见家人是怎样的支持了。但当其十次向秦王上书，都得不到下文，"黑貂之裘弊，黄金百斤尽，资用乏绝"，"形容枯槁，面目黧黑，状有愧色。归至家"时，"妻不下纴，嫂不为炊，父母不与言"，使得苏秦发出如许喟叹："妻不以我为夫，嫂不以我为叔，父母不以我为子，是皆秦（我苏秦）之罪也。"谁知道后来他发愤攻书，通过燕国，游说赵王，合纵之策大行，掌六国相印，赴楚国途中，再经故里。"父母闻之，清宫除道，张乐设饮，郊迎三十里。妻侧目而视，倾耳而听。嫂蛇行匍伏，四拜自跪而谢。"喜剧得真是可以了。

与《战国策》所不同的是，这首诗用了第一人称的手法，也就是现身说法的写法。开门见山道："吾富有钱时，妇儿看我好。"当我有钱时，妻儿老小对我，是怎样看怎样好。"吾若脱衣裳，与吾叠袍袄。"动作是这样的快。"吾出经求（经营求财）去，送吾即上道。"送行是这样殷勤。"将钱入舍（挣到钱回家）来，见吾满面笑。"表情是这样灿烂。"绕吾白鸽旋，恰似鹦鹉鸟。"是小鸟依人般的可爱，话儿是这样的甜蜜。这一段真是善于形容，将"吾富有钱时"这一前提下，家人的态度描绘得穷形尽相。为下文写家人态度的变化做好了铺垫和伏笔。

然后是突然的转折:"邂逅暂时贫,看吾即貌哨。"一旦暂时亏了本,
蚀了财,家人态度变化之快,比川剧的变脸还快("貌哨"俗语,谓脸色难
看)。与上文写"吾富有钱时"的穷形尽相不同,这一段写"邂逅暂时
贫"比较简括。"人有七贫时,七富还相报"两句用了俗语,所谓"七贫
七富"(亦作"七贫八富"),此种嵌数构词法,类如"三灾八难"、"三长两
短"、"七上八下",等等。意思是人生无常,贫富说不清楚,忽然破产,
忽然暴发,皆有可能。元人马致远《荐福碑》第一折云:"常言道七贫七
富,我便似阮籍般依旧哭穷途。"无名氏《看钱奴》第二折云:"常言道,
人有七贫八富,信有之也。"然而,势利眼总是"图财不顾人",诗人最
后棒喝道:"且看来时道!"

所谓"来时道",就是即将到来的报应,犹言"现世报",例如苏秦
嫂子所遭到的那种报应。《战国策》记苏秦打趣嫂子道:"嫂何前倨而后
卑也",嫂子紧张得不得了,居然恬不知耻地说:"以季子之位尊而多
金。"(因为弟弟你官做大了、钱太多了)留下了千古的笑柄。这首诗以细致入
微的观察力,捕捉日常生活中人们早已见惯不惊的现象,运用浅切的语
言和对比手法,对"一切向钱看"者予以了辛辣的讽刺。

【武则天】(624—705)女,名曌,中国历史上唯一的女皇帝。武氏为唐开国功臣武
士彟次女,母亲杨氏,祖籍并州(今属山西)生于利州(今四川广元)。14岁入后宫
为才人,太宗赐名媚,高宗时为皇后、中宗时为皇太后,后自立为武周皇帝,705年
退位。有《武则天集》。

腊日宣诏幸上苑

明朝游上苑,火急报春知。
花须连夜发,莫待晓风吹。

笔者曾经出席过一个花卉节的开幕式，园子很大，但花只开放了十之二三，有代表解嘲说，今天是"开幕"，不是"开花"。想起诗人张新泉有两句诗道："桃花才骨朵，人心已乱开。"表明春天人们急盼赏花的心情。又想起中国历史上唯一的女皇帝武则天有一首《腊日宣诏幸上苑》诗。

　　上苑是帝王家的园林，是供帝王玩赏打猎的场所。女皇要游上苑，关心一下园中的花开得怎么样，希望园中的花尽快开放，在兴头上，就写了这样一首命令诗。正因为在兴头上，所以这首诗是一气呵成，甚觉畅快。

　　"明朝游上苑，火急报春知"，这是传旨，是下诏，是堂上语，是不容分说。"春"在无意中被人格化了，成了司春之女神，上苑的管家，女皇发号施令的对象。用现成的话说，即"自是帝者气象不侔"。"花须连夜发，莫待晓风吹"，这是传旨的内容，也是不容分说，"花"与"晓风"也都被人格化了。这叫理解也要执行，不理解也要执行，这首诗是够霸道的了——呼风唤雨，如呼奴使婢，然作谐语读方妙。

　　何以言之？难道武则天不知道自然法则么？难道她不知道上苑的花何时开放，并不是帝王说了就算数的么？知道了还这样写，就不怕下不来台么。我想，她是不怕下不来台的。因为她必非常清楚，写诗归写诗，事实归事实，到底是两码事。写诗有游戏的性质，是不能拘泥事实的。如果一定要拘泥事实，那又何必诗呢。正因为有事实层面上做不到的，才需要诗从想象的层面上做到。写诗到底是为释放一种情绪，当代某女词人因"天未足寒，罗冈梅花未放"，做了一首词，结云："快将风雪造严寒，人在梅间，诗在梅间。"亦用祈使的语气，写急切的心情，就大有武则天的风度。

　　这首诗被清人李汝珍录入《镜花缘》第四回"挥醉笔上苑催花"，而广为人知。

据我揣测，武则天写诗的当天，上苑一定准备了许多剪彩花，赶明儿游园，提前系到花枝上去就行了。当时确有这种做法，叫作凑趣。空口无凭，兹引宋之问《奉和立春日侍宴内出剪彩花应制》为证："金阁妆新杏，琼筵弄绮梅。人间都未识，天上忽先开。蝶绕香丝住，蜂怜艳粉回。今年春色早，应为剪刀催！"我们在游园时，也看到这样的情景。

【李峤】（644—713）字巨山，赵州赞皇（今属河北）人。出身隋唐顶级门阀五姓七望之一的赵郡李氏。高宗上元二年（675）三年间，举制策甲科，历任高宗、武后、中宗、睿宗四朝。与杜审言、崔融、苏味道并称"文章四友"。

风

解落三秋叶，能开二月花。

过江千尺浪，入竹万竿斜。

　　有一首英文小诗"*The Wind*"（风），这样写道："Who has seen the wind? /Neither I nor you；/But when the leaves hang trembling, /The wind is passing through.（谁曾见过风的面貌/谁也没见过，不论你或我/但在树叶震动之际/风正从那里吹过）"而具有同样构思的李峤的《风》，比它早了一千多年。

　　谁也没有见过风，但都知道什么是风。当九月（"三秋"）树木落叶的时候，当二月花枝招展的时候，当大江掀起千尺浪的时候，当千万竿竹子都在弯腰的时候，"风正从那里吹过"。这样使无形的风，有了画面感，通过风所作用的景物，获得了它的形态。而"解""能"两个能愿动词，赋予风以意愿和能力；"过""入"两个动词，则是描写风的动态，都有拟人的意思，使无情的风，变为有情，所以这首咏物诗读来十分动人。

这首诗两联都是对仗（或大体对仗），而且每一句都含有一个数词，在形式上显得十分整饬。每句的内容在时间和空间跨度上很大，全靠一个"风"字将它们凝聚在一起。

【杜审言】（645？—708）字必简，唐洛州巩县（今河南巩义市）人。高宗咸亨元年（670）进士及第，其后任隰城尉，累转洛阳丞。武后圣历元年（698）坐事贬吉州司户参军。旋授著作佐郎，迁膳部员外郎。神龙元年（705）流放峰州，不久召还，授国子监主簿，加修文馆直学士。宋人辑有《杜审言集》。

和晋陵陆丞早春游望

独有宦游人，偏惊物候新。
云霞出海曙，梅柳渡江春。
淑气催黄鸟，晴光转绿苹。
忽闻歌古调，归思欲沾襟。

这首诗作于武则天永昌元年（689）前后作者任职江阴时，陆丞乃其同郡邻县晋陵（江苏常州）的僚友，原唱《早春游望》已佚。杜甫有两句很牛气的诗，一句是"诗是吾家事"，一句是"吾祖诗冠古"，说的是一个意思：他是杜审言的嫡孙。过了若干年，人们介绍杜审言，反而说他是杜甫的祖父了。读这首诗，可知杜甫不是大言欺人，杜审言就写得这么好。

"独有宦游人，偏惊物候新。"是说早春物候的细微变化，只有特别敏感的人能够察觉。"宦游人"一词，在王勃《送杜少府之任蜀州》中见过，指在外奔波做官的人，这里指的是《早春游望》的作者陆丞。"偏惊物候新"，概括了陆丞《早春游望》一诗的内容。"独"字、"偏"字，都有强调的作用。而发生在陆丞身上的这种情况，又具有一定普遍性，所以可圈可点。清人纪昀评："起句警拔，入手即撇过一层（指撇过写景而直接抒情），擒题乃紧。知此自无通套之病，不但取调之响也。"（《瀛奎律髓汇评》）

"云霞出海曙，梅柳渡江春。"两句承上紧接着写"物候"如何之"新"，是唐诗中最精彩的写景诗句，是想不到的好。盖太阳出现于东方之前，即有朝霞满天的景象，故云"云霞出海曙"，一个"出"字，写出了朝霞变幻的过程，暗示出一个"早"字。梅、柳是早春相互接替的两种物候，"渡江春"三字不大好懂。需要多说两句：原来气候是由江南向江北逐渐转暖，物候的变化也是由江南往江北逐步地发生，江南的梅花先开先谢，江北的梅花后开后谢，江南的杨柳先发芽，江北的杨柳后发芽，有这样一个过渡（渡江）的情形，因此，"梅柳渡江春"五字，不但写出了早春美丽的景色，简直让人听到了春天的脚步声——这就是想不到的好了。

"淑气催黄鸟，晴光转绿苹。"这两句继续写早春景物的变化。天气逐渐转暖，使得黄莺的叫声一天比一天多，一天比一天悦耳，好像无形中有什么在催促它似的；阳光照在池面，使得苹草一天比一天绿，一天比一天悦目，"转"就是变，也可以作闪烁不定讲。总之，以上四句的写景，用了"出"、"渡"、"催"、"转"四个动词，对景物作动态描绘，较之静态的写景生动得多。对景物作动态描写的成功，是本篇在艺术上最为独到之处。

"忽闻歌古调，归思欲沾襟。"这里，诗人说的"古调"指什么呢？粗心的读者以为是有人唱起了古典歌曲，那就错了。其实，这里的"古调"不是别的什么歌曲，乃是题中提到的晋陵陆丞所写的那一首《早春游望》。只因"贵古贱今"是一种普遍的心理，所以诗人用"古调"来表达可以与古诗比美的意思。他明明只是看到陆丞所写的那首诗，却说"忽闻歌古调"，仿佛有人唱了这首诗似的——这是诗歌表达的灵活，不一定非要那样讲不可。"归思欲沾襟"，是对陆丞原作的感染力的夸张，作者读后曾大受感动。

全诗一气贯注，"独"、"偏"、"惊"、"忽"、"欲"等勾勒字，用得极好。陆丞的原作今天已经看不到了，也许，它并不像杜审言夸的那么好。然而它抛砖引玉，引出了杜审言的这一唐诗名篇——单凭这一点，就值得读者心存感激。

春日京中有怀

今年游寓独游秦，愁思看春不当春。

上林苑里花徒发，细柳营前叶漫新。

公子南桥应尽兴，将军西第几留宾。

寄语洛城风日道，明年春色倍还人。

武则天执政时，除大足元年（701）十月至长安，三年（703）九月一度还京外，长期居住东都洛阳。杜审言一生也基本上在东都供职，其生地巩县亦在洛阳附近，故对其有深厚的故土之恋。此诗当是702年或703年春天扈从武则天去长安期间所作。

诗的前四句写此次寓居长安（古属秦地）之无聊，乃至时逢春至也没有好心情。盖审言仕途并不平坦，长期任职卑微，所谓"载笔下寮，三十余载"，即在内任职，其位也远在"文章四友"中其他三人之下。这次扈从长安，也是跑跑龙套，京中又没有亲情至友，不免有些寂寞。所以诗劈头便说"今年游寓独游秦"，很不是个滋味，于"独"字见意。春来景物鲜奇，长安尤称富丽，正该是"春城无处不飞花"的时节。可在兴致不佳之际，戴上"愁思"的有色眼镜，就全然不是那么回事。"看春不当春"五字，语拙而意妙，既是以我观物的主观感觉，又表现出一种怨艾和无可奈何的情态。以诗人惯用的语言来说，便是"造化小儿"故意相苦，使我损失了一个难得的春天，岂不可恶！

三四句紧承此意，不别换笔，只一直写："花亦不当花，柳亦不当柳。"（《金圣叹批唐诗》）"上林苑"本汉代宫苑名，这里用指唐时长安宫苑。诗人随驾，故能见宫苑花发。"细柳营"为汉将军周亚夫屯军之地，在渭水北岸。春来杨柳新绿，在长安远眺可尽收眼底。宫花岸柳，本是赏心悦目的春色，但愁思之际，反觉恼人。"徒"字、"漫"字，十分准确地传达了这种百无聊赖的沮丧之感，这和一般所谓的"伤春"不同，没有那样悲痛，却更让人气闷，更让人惆怅莫名。

　　后四句一转，写怀念洛城风日，引出无限归思和遐想。佳节思亲是客居中的常情，在极度无绪之中，诗人闭上了眼睛，仿佛回到了洛阳，目睹那里的故人尽兴游春的情景："公子南桥应尽兴，将军西第几留宾。"这"应"与"几"，都表着悬揣的语气。"南桥"指洛水上的天津桥风景点，"西第"借汉代为大将军的梁冀所起宅第（马融有《大将军西第赋》），指洛城豪华的楼堂馆所，这两个具有地方色彩的辞藻，可以引起多少遐想！而句中又暗用《史记·游侠列传》中典故，即汉代陈遵豪爽好客，每逢大醉，必强行扣留客人车辖，使其不能中途退席。所以"留宾"一辞，也有"尽兴"的意味。诗人想象中的洛城故人游春宴乐越是热烈快活，越是尽兴，就越反衬得他本人独游于秦的乏味。同时也暗示南桥西第今春"少一人"的遗憾，表现出一种艳羡得近乎妒忌的情绪。所以金圣叹一针见血地评道："南桥公子，今虽尽兴，西第将军，已自留宾。然我今不与，便都不算。一齐寄语，都要重还。"可见主观情绪的强烈，是此诗一个显著的特点。

　　不过最后两句，诗人并不是直接寄语"公子"，寄语"将军"，而是"寄语洛城风日"。直接和大自然对话，便把自然人格化了，而且充满诗味，表现出诗人对洛城春色爱恋之深。爱之深而盼之切，故作嗔怪语、无赖语："寄语洛城风日道，明年春色倍还人！"真是异想天开，向大自然要求赔偿损失。即：今年欠我的春天，到明年定要加倍还我！结尾两句，既乐观天真，又幽默风趣，居然将先前的愁云，一扫而光。毛泽东咏道："牢骚太盛防肠断，风物长宜放眼量。"本诗篇末结句之妙，正在于它的高瞻远瞩，放眼未来，使意境得到升华，使读者为之感奋。胡应麟标为七律结句范例，诚非虚誉。

七律的形成，较五律为晚。初唐四杰及陈子昂，皆有成熟的五律佳构，然于七律似无所解。故胡应麟说："唐七言律自杜审言、沈佺期开创工密。"（《诗薮》）如本篇八句紧紧围绕一个春天的心理上的得失交战来写，从今年失一春，写到明年倍还春，如空际行云，大河流水，一气呵成，而有顿挫抑扬之妙。检讨少陵诗律，可悟渊源所自，难怪他道"诗是吾家事"、"吾祖诗冠古"，话虽过情，但也有根据，非一味浮夸。

渡湘江

迟日园林悲昔游，今春花鸟作边愁。
独怜京国人南窜，不似湘江水北流。

唐中宗时作者被贬峰州，这首诗当作于流放途中。从现存传记资料和存诗看，作者是一个率性的人，喜好交游活动。有一次扈从武则天到长安，待到第二年春天，写过一首《春日京中有怀》的律诗，诗打头就说："今年流寓独游秦，愁思看春不当春"，人回不到洛阳，连春天都不当春天了。这首诗的前两句，如出一辙，"迟日"语出"春日迟迟"（《豳风·七月》），对应下文"今春"。诗中"园林"，当指东都洛阳的园林，"昔游"指同高朋文友的聚会，在上面提到的那首律诗中写到过的"公子南桥应尽兴，将军西第几留宾"（《春日京中有怀》）那一类聚会。"昔游"本是快乐的，春天的"花鸟"本来是乐景，但是在眼前这个春天，回想起"昔游"、面对着"花鸟"，却令人惨然不乐。这是因为作者失去了行动的自由，在空间上，也和京国、故人拉开了距离。花鸟本可娱之物，诗中用来烘托"边愁"（流放边鄙的悲哀），用王夫之的话说，这叫以乐景写哀，倍增其哀。总之前两句的手法是对比——通过今与昔、哀与乐的对比，用昔日对照今日，用游乐对照边愁。

后两句紧扣题目"渡湘江"，写诗人在"南窜"之时，看到湘江北去的景色，不禁产生的哀恸。湘江在湖南，由南往北流入洞庭湖，汇入长江。这一自然地理的现象，与作者的被流放本来毫无关系。只是因为湘江的流向，与作者的走向适相反对。对作者的主观方面形成一种刺激，使他产生了一种强烈的妒意。就产生了用"水北流"来反形"人南窜"的构思。诗中的"独"字，是相对于"昔游"而言的。"窜"字写流放，形容出被流放者的狼狈。"独怜"、"不似"的勾勒，造成一种加码的感觉。

胡应麟在《诗薮·内编》说，初唐七绝"初变梁、陈，音律未谐，韵度尚乏。唯杜审言《渡湘江》《赠苏绾》二首，结皆作对，而工致天然，风味可掬。"这首诗通篇运用的是对比手法，前两句和后两句是人与物、南与北的对比，用北去的湘江对照南放的流人。对起对结的形式，是服务于内容的，所以工致天然，风味可掬。

【李适之】（694？—747）原名昌，祖籍陇西成纪（今甘肃秦安）人，唐朝宗室、宰相，恒山王李承乾之孙。早年任左卫郎将、历任至刑部尚书。天宝元年（742）拜相，担任左相，封清和县公。他与李林甫争权，罢为太子少保，后贬宜春太守。天宝六年（747），闻韦坚被杀，畏惧自尽。

罢相

避贤初罢相，乐圣且衔杯。

为问门前客，今朝几个来？

李适之天宝初任左相，与权奸李林甫不睦，而与清流名臣韩朝宗、韦坚等交好。在韦坚等遭遇政治迫害时，他"俱自不安，求为散职"。这首诗即作于天宝五年（746）其初罢相后。《资治通鉴》卷二一五云："韦坚等既贬，左相李适之惧，自求散地。庚寅，以适之为太子少保，罢政事。其子卫尉少卿霅尝盛馔召客，客畏李林甫，竟日无一人敢往者。"李适之便口占此诗以摅愤，兼讽世态之炎凉。

前二句表面的意思是，承蒙皇上恩典，同意我避位让贤，罢相后更觉身轻，可以开怀畅饮，不怕喝酒误事了。但"避贤"、"乐圣"二语，有另一层意思，与酒相关。那就是古人曾称清酒为"圣人"，浊酒为"贤人"。语出《三国志·魏志·徐邈传》："时科禁酒，而邈私饮至于沉醉。校事赵达问以曹事，邈曰：'中圣人。'达白之太祖，太祖甚怒。度辽将军鲜于辅进曰：'平日醉客谓酒清者为圣人，浊者为贤人，邈性修慎，偶醉言耳。'竟坐得免刑。"作者读书受用，信手拈来，反话正说，意味深长。杜甫《饮中八仙歌》赞李适之三句："左相日兴费万钱，饮如长鲸吸百川，衔杯乐圣称避贤。"末句照用本诗前二句共六字："衔杯"、"乐圣"、"避贤"，相当于为这首诗做了一个广告。

绝句一般的做法是：前二句若醞藉，耐人咀嚼，如"避贤初罢相，乐圣且衔杯"；则后二句须明快，到口即消，如"为问门前客，今朝几个来？"设问直指人心，纯乎口语，如当头棒喝。《史记·汲郑列传》讲过一个故事：翟公（汉武帝时邽县人）为廷尉，宾客盈门。被贬后，门可罗雀。后复职，宾客又欲前往。翟公于是在大门张贴告示曰："一死一生，乃知交情。一贫一富，乃知交态。一贵一贱，交情乃见。"

因此，做官的要识别真朋友，须是罢官之后。有位高官连降四级，抱病住院，一位老部下毅然探视，开口就说："我是为你带快乐来的。先声明一下，我坚决拥护上面对你的处理。"两人相视大笑。这是真朋友。可惜世上这样的人太少，难怪作者有此一问。昔人评："写得厚道，亦难为人。"（《唐诗直解》）"雀罗之感，发得含蓄。"（《唐诗广选》引蒋仲舒语）要说含蓄，也是明快的含蓄，与朦胧的含蓄还是大有区别的。

古人之诗，往往因诗话的传播而为名篇。晚唐孟棨《本事诗》录此诗云："开元末，宰相李适之疏直坦夷，时誉甚美。李林甫恶之，排诬罢免。朝客来，虽知无罪，谒问甚稀。适之意愤，日饮醇酎，且为诗云云。李林甫愈怒，终遂不免。"这是继杜诗之后的第二次广告，此诗遂成名篇。